DROEMER

NITA PROSE

# EIN *mysteriöser* GAST

ZIMMERMÄDCHEN MOLLY GRAY ERMITTELT

Aus dem Englischen
von Alice Jakubeit

DROEMER

Die amerikanische Originalausgabe erschien 2023 unter dem Titel
»The Mystery Guest« bei Ballantine Books, einem Imprint von
Penguin Random House LLC, New York.



FSC
www.fsc.org
MIX
Papier | Fördert
gute Waldnutzung
FSC® C014496

Deutsche Erstausgabe August 2024

Redaktion: Birgit Förster
Covergestaltung: ZeroMedia nach einem Desgin von
Ellie Game © HarperCollinsPublishers Ltd 2024
Coverabbildung: © Gail Armstrong / Illustration X
Ornamente im Innenteil: Romanova Ekaterina / Shutterstock.com
Satz und Layout: Adobe InDesign im Verlag
Druck und Bindung: GGP Media GmbH, Pößneck
ISBN 978-3-426-28385-1

2 4 5 3 1

*Gewidmet Paul, meinem Vater*

# Prolog

Gran, meine Großmutter, hat mir einmal eine Geschichte über ein Hausmädchen, eine Ratte und einen Löffel erzählt. Die ging so:

*Es war einmal ein Dienstmädchen, das bei vermögenden Grundbesitzern in einem Schloss arbeitete. Sie putzte für sie. Sie kochte für sie. Sie bediente sie von vorn bis hinten.*

*Eines Tages, als das Dienstmädchen seiner Herrschaft ein nahrhaftes Schmorgericht servierte, merkte Ihre Ladyschaft ein wenig verächtlich an, sie vermisse ihren Silberlöffel. Das Dienstmädchen war sich sicher, den Löffel neben dem Teller Ihrer Ladyschaft platziert zu haben, doch als sie nun nachsah, stellte sie mit eigenen Augen fest, dass der Löffel verschwunden war.*

*Das Dienstmädchen entschuldigte sich vielmals, doch Ihre Ladyschaft ließ sich ebenso wenig beschwichtigen wie seine Lordschaft, die tobte und sich echauffierte und dem Dienstmädchen vorwarf, nichts anderes als eine gemeine Diebin zu sein, die ihr Silber stehle.*

*Das Dienstmädchen wurde unsanft vor die Tür gesetzt, doch zuvor wurde ihr noch das von ihr eigenhändig aus frischen Zutaten bereitete Schmorgericht über die weiße Schürze gekippt, wo es einen peinlichen Fleck hinterließ, der nicht mehr herausging.*

*Viele Jahre nach dem Tod Seiner Lord- und Ihrer Ladyschaft und lange nachdem unser armes, in Ungnade gefallenes Dienstmädchen das alles hinter sich gelassen hatte, wurden Bauarbeiter, die sie noch gekannt hatten, damit beauf-*

*tragt, das Schloss zu renovieren. Als sie im Speisezimmer den Boden herausrissen, entdeckten sie ein Nest mit einem mumifizierten Rattenkadaver und daneben einen einzelnen Silberlöffel.*

# Kapitel 1

Meine geliebte Großmutter alias Gran arbeitete ihr gesamtes Leben als Dienstmädchen, und ich bin in ihre Fußstapfen getreten. Das ist nur eine Redewendung. Ich konnte gar nicht im Wortsinn in ihre Fußstapfen treten, weil sie keine hinterlässt, nicht mehr. Sie ist vor über vier Jahren – da war ich fünfundzwanzig Jahre (ergo ein Vierteljahrhundert) alt – gestorben, und bereits davor fand ihre Zeit als Fußgängerin ein jähes Ende, als sie zu meiner großen Bestürzung krank wurde.

Die Sache ist die: Sie ist tot. Fort, doch nicht vergessen, niemals vergessen. Heute gehe ich mit meinen Füßen meinen sprichwörtlichen eigenen Weg, und dennoch schulde ich meiner lieben verstorbenen Gran tiefen Dank, denn sie war es, die mich zu der gemacht hat, die ich bin.

Gran hat mir alles beigebracht, was ich weiß, zum Beispiel wie man Silber poliert, in Büchern und Menschen liest und eine anständige Tasse Tee kocht. Ich habe es Gran zu verdanken, dass ich vorangekommen bin in meiner Laufbahn als Zimmermädchen im Regency Grand Hotel, einem Fünf-Sterne-Boutiquehotel, das sich seiner kultivierten Eleganz und zeitgemäßen Etikette rühmt. Glauben Sie mir, ich habe ganz unten angefangen und mich bis zu dieser erhabenen Position hochgearbeitet. Wie jedes Zimmermädchen, das jemals durch die blitzende Drehtür des Regency Grand getreten ist, wurde ich zunächst angelernt. Wenn Sie jetzt jedoch näher treten und einen Blick auf mein – ordnungsgemäß über dem Herzen befestigtes – Namensschildchen werfen, werden Sie in großen Blockbuchstaben lesen:

was mein Name ist, und darunter in zarter Serifenschrift:

*Chefzimmermädchen*

Lassen Sie mich Ihnen sagen: Es ist keine geringe Leistung, in der Hierarchie eines Fünf-Sterne-Boutiquehotels aufzusteigen. Aber ich kann voller Stolz vermelden, dass ich diese hohe Position jetzt schon seit dreieinhalb Jahren innehabe, was beweist, dass ich keine windige Person bin, sondern, wie Mr Snow, der Geschäftsführer des Hotels, neulich bei einer Mitarbeiterversammlung über mich sagte: »Molly ist eine Mitarbeiterin, die sich eine dankbare Grundhaltung bewahrt.«

Es ist mir immer schwergefallen, die wahre Bedeutung hinter den Worten der Menschen zu verstehen, aber ich bin viel besser darin geworden, in ihnen zu lesen, und deshalb weiß ich auch, was Sie jetzt denken. Sie denken, ich verrichtete eine niedere Arbeit und hätte eine Position inne, für die ich mich schämen müsste, anstatt stolz darauf zu sein. Es liegt mir fern, Ihnen vorzuschreiben, was Sie denken sollen, aber mbMn (will heißen, meiner bescheidenen Meinung nach) liegen Sie total daneben.

Verzeihung. Das klang jetzt ein bisschen schroff. Als Gran noch lebte, hat sie mich immer in Fragen des richtigen Tons beraten und mir geholfen, wenn ich womöglich Anstoß erregt hatte. Aber passen Sie auf: Gran ist tot, und trotzdem habe ich noch ihre Stimme im Ohr. Ist es nicht faszinierend, wie jemand nach seinem Tod noch genauso präsent sein kann wie davor? Darüber denke ich neuerdings häufig nach.

*Behandele andere so, wie du von ihnen behandelt werden willst.*

*Wir sind alle gleich, aber auf unterschiedliche Weise. Am Ende wird alles gut. Sonst ist es nicht das Ende.*

Gott sei Dank habe ich Grans Stimme noch immer im Ohr, denn heute ist kein guter Tag. Genau genommen ist heute sogar der schlimmste Tag, den ich in den letzten rund vier Jahren erlebt habe, und Grans weise Worte geben mir die Kraft, mich der aktuellen »Situation« zu stellen. Mit »Situation« meine ich nicht die Wörterbuchbedeutung »Umstände« oder »Lage«, sondern verwende das Wort so wie Mr Snow, der damit »ein Problem von monumentalen Ausmaßen mit begrenzten Lösungsmöglichkeiten« meint.

Ich werde nicht beschönigen, was wahrhaftig eine monumentale Katastrophe ist: Heute Vormittag ist in unserem Teesalon ein berühmter Mann unverhofft gestorben. Meine gute Freundin Angela, die Chefbarfrau im Social, unserem Hotel-Pub und -Grill, hat die »Situation« so zusammengefasst: »Molly, da ist ein gewaltiger Haufen Kacke am Dampfen.« Weil ich Angela sehr gernhabe, verzeihe ich ihr diesen gfK (geschliffen formulierten Kraftausdruck). Ich verzeihe ihr auch, dass sie eine ungesunde Begeisterung für True Crime an den Tag legt, was vielleicht erklärt, wieso sie so befremdlich fasziniert davon war, dass hier in unserem Hotel ein VIP, eine sehr bedeutende Persönlichkeit, gestorben ist.

Heute sollte ein besonderer Tag für das Regency Grand sein. Heute ist der Tag, an dem der weltbekannte, preisgekrönte Bestsellerautor J. D. Grimthorpe, Meister des Kriminalromans mit über zwanzig Werken, in unserem kürzlich wiederhergerichteten Teesalon eine große Ankündigung machen wollte.

Alles lief ganz wunderbar an diesem Morgen. Mr Snow hatte mir die Verantwortung für den Tee übertragen, zwar hauptsächlich deshalb, weil er erst noch Personal für die

Sonderveranstaltungen im Teesalon einstellen muss, aber ich weiß, dass Gran trotzdem stolz wäre zu sehen, wie mir eine neue berufliche Verantwortung übertragen wird, auch wenn Gran mich natürlich nicht *wirklich* sehen kann, weil sie ja tot ist.

Ich erschien früh zur Arbeit, bereitete den eleganten neuen Salon sorgfältig für die Veranstaltung vor und deckte für die fünfundfünfzig Personen (plus/minus null), denen VIP-Eintrittskarten zuteilgeworden waren, zum Tee ein. Zu diesen VIPs gehörten auch zahlreiche Angehörige von LAMM – das steht für »Liebhaberinnen anspruchsvoller Mysterien und Morde« –, die schon mehrere Tage vor der Veranstaltung Zimmer im dritten Stock des Hotels reserviert hatten. Seit Wochen kursierten im Hotel Gerüchte und Mutmaßungen: Warum könnte J. D. Grimthorpe, ein zurückgezogen lebender und extrem reservierter Schriftsteller, plötzlich eine öffentliche Ankündigung machen wollen? Wollte er einfach für ein neues Buch werben? Oder würde er verkünden, dass er sein letztes Werk geschrieben hatte?

Wie sich herausgestellt hat, hat er auf jeden Fall sein letztes Buch geschrieben, allerdings glaube ich, dass das für ihn selbst ebenso überraschend kam wie für uns andere, die wir ihn vor siebenundvierzig Minuten auf den in Fischgrätoptik verlegten Fliesen zusammenbrechen sahen.

In den Augenblicken vor seinem Auftritt herrschte gebannte Erwartung unter den VIP-Krimifans, Literaturkritikerinnen und Reportern, und lautes Stimmengewirr sowie das helle Klirren des Silberbestecks erfüllten den Salon, während die Gäste sich Tee nachschenkten und die letzten Sandwichhappen verputzten. Sobald J. D. Grimthorpe jedoch eintrat, senkte sich Stille herab. Der Autor stellte sich ans Pult, eine spindeldürre, aber imposante Gestalt, Stichwortkarten in der Hand. Sämtliche Blicke ruhten auf ihm, während er sich mehrfach räusperte.

»Tee«, sprach er ins Mikrofon und deutete zum Teewagen. Gott sei Dank war ich über seine Vorlieben im Bilde und hatte die Küche angewiesen, einen exakt auf seine Bedürfnisse zugeschnittenen Teewagen vorzubereiten – mit Honig statt Zucker. Mein Lehrmädchen Lily, dem ich die Verantwortung für Mr Grimthorpes sämtliche Teewagen für die Dauer seines Aufenthalts übertragen hatte, trat eilends in Aktion. Mit zitternden Händen schenkte sie dem berühmten Schriftsteller eine Tasse Tee ein und lief damit zur Bühne.

»So geht das nicht«, sagte er, nahm ihr die Tasse aus der Hand, stieg von der Bühne und ging selbst zum Teewagen. Er nahm den silbernen Deckel vom Honigtopf, gab zwei gewaltige Klackse des leuchtend gelben Honigs in seinen Tee und rührte mit dem Honiglöffel um, der, wenn er den Tassenrand streifte, nur ein dumpfes Klappern erzeugte. Lily, die vorgestürzt war, um ihn zu bedienen, wusste nicht, was sie jetzt machen sollte.

Alle im Raum beobachteten, wie Mr Grimthorpe seine Tasse hob, einen großen Schluck trank und seufzte. »Ein verbitterter Mann braucht extra viel Honig«, erklärte er, was den Zuschauern ein gedämpftes Lachen entlockte.

Mr Grimthorpes Reizbarkeit ist schon lange ein Markenzeichen seines Ruhms, und ironischerweise scheinen seine Bücher sich umso besser zu verkaufen, je schlechter er sich benimmt. Wer könnte die berüchtigte Szene vergessen, die vor einigen Jahren auf YouTube viral ging? Ein großer Fan (ein seit Kurzem pensionierter Herzchirurg) wandte sich an den berühmten Autor und sagte: »Ich würde mich gern an einem Roman versuchen. Können Sie mir helfen?«

»Sicher«, erwiderte Mr Grimthorpe. »Gleich nachdem Sie mir Ihr Skalpell geliehen haben. Ich möchte mich an einer Herzoperation versuchen.«

An dieses Video musste ich heute Morgen denken, als

Mr Grimthorpe sein Schlangenlächeln aufsetzte und zurück auf die Bühne schlenderte, wo er noch einige Schlucke von seinem gesüßten Tee trank, dann die Tasse vor sich aufs Pult stellte und den Blick auf seine bewundernden Anhänger richtete. Er nahm seine Stichwortkarten, holte mühsam Luft und begann zu sprechen, wobei er ganz leicht schwankte.

»Sicher fragen Sie sich alle, warum ich Sie heute hierhergebeten habe«, sagte er. »Wie Sie wissen, schreibe ich Worte lieber nieder, als sie zu sprechen. Meine Privatsphäre ist seit Langem meine Zuflucht, meine persönliche Geschichte eine Quelle des Rätselns. Aber ich befinde mich in der unangenehmen Lage, Ihnen, meinen Fans und Anhängern, an diesem kritischen Punkt in meiner langen und kriminell steilen Karriere – Achtung, Wortspiel! – gewisse Dinge enthüllen zu müssen.«

Mr Grimthorpe hielt einen Moment inne und wartete auf das Lachen, das pflichtschuldigst folgte. Als er seinen durchdringenden Blick durch den Raum wandern ließ – nach was oder wem er suchte, weiß ich nicht –, erschauerte ich.

»Sehen Sie«, fuhr er fort. »Ich habe ein Geheimnis – eines, das Sie zweifellos überraschen wird.«

Er brach ab, legte eine langgliedrige Hand an den Hals und versuchte vergeblich, seinen Kragen zu lockern. »Was ich sagen will …«, krächzte er, doch mehr brachte er nicht hervor. Sein Mund öffnete und schloss sich mehrmals, und mit einem Mal wirkte er sehr wackelig auf den Beinen, er schwankte auch stärker. Ich musste dabei an einen Goldfisch denken, der in einer Zoohandlung aus seinem Glas gesprungen war und nach Luft schnappend am Boden zappelte.

Mr Grimthorpe griff noch einmal nach seiner Teetasse, trank daraus und kippte unvermittelt vornüber. Ehe ihn jemand auffangen konnte, stürzte er von der Bühne, direkt auf Lily, mein höchst unglückliches Lehrmädchen, und die beiden landeten mit einem dramatischen Aufprall auf dem Boden. Die Porzellantasse zersprang in unzählige rasiermesserscharfe Scherben, und der Löffel rutschte von der Untertasse und fiel scheppernd auf die Fliesen.

Kurz herrschte Stille. Niemand konnte recht glauben, was da vor aller Augen geschehen war. Dann brach unvermittelt Panik aus, und alle – die glühenden Fans und die übrigen Gäste, Kofferträger wie Kritikerinnen – stürzten nach vorn.

Mr Snow, der Geschäftsführer des Hotels, hockte zu Mr Grimthorpes Linken und klopfte ihm auf die Schulter. »Mr Grimthorpe! Mr Grimthorpe!«, sagte er immer wieder. Ms Serena Sharpe, Mr Grimthorpes persönliche Sekretärin, kauerte zur Rechten des Schriftstellers und legte ihm zwei Finger an den Hals. Lily, mein Lehrmädchen, versuchte verzweifelt, sich unter dem Autor hervorzuwinden. Ich reichte ihr die Hand. Lily ergriff sie, ich zog sie zu mir hoch und behielt sie neben mir.

»Machen Sie Platz! Treten Sie zurück!«, schrie Mr Grimthorpes persönliche Sekretärin die Fans und VIPs an, die sie umringten.

»Rufen Sie den Rettungsdienst! Sofort!«, verlangte Mr Snow in höchst gebieterischem Ton. Kellnerinnen und Gäste, Pagen und Rezeptionistinnen stoben in alle Richtungen davon.

Ich stand nahe genug an der »Situation«, um zu hören, was Ms Serena Sharpe sagte, als sie die Finger von Mr Grimthorpes Hals nahm.

»Ich fürchte, es ist zu spät. Er ist tot.«

# Kapitel 2

Ich stehe mit einer frischen Tasse Tee in Mr Snows Büro. Meine Hände sind zittrig, mein Herz rast. Der Boden unter meinen Füßen neigt sich zur Seite, als wäre ich in einem Gruselkabinett, was ich eindeutig nicht bin.

Der Tee ist nicht für mich, sondern für Lily Finch, die ich vor drei Wochen eingestellt habe – für Lily, die zierlich und still ist, schulterlanges tiefschwarzes Haar und einen unsteten Blick hat und im Moment zitternd auf Mr Snows braunem Lederbürostuhl sitzt, während ihr die Tränen übers Gesicht strömen. Wirklich, das versetzt mich zurück an einen Tag, an dem ich ganz allein auf demselben Stuhl saß wie Lily jetzt und zitternd darauf wartete, dass andere über mein Schicksal entschieden.

Es geschah vor knapp vier Jahren. Beim Reinigen einer Penthouse-Suite im dritten Stock war ich auf einen Gast gestoßen, von dem ich zunächst dachte, er schlafe tief und fest. Doch selbst jemand mit einem sehr festen Schlaf hört nicht völlig auf zu atmen. Die rasche Kontrolle von Mr Blacks Puls ergab, dass er tatsächlich tot – *sehr* tot – in seinem Hotelbett lag. Und obwohl ich von diesem Augenblick an nach Kräften versuchte, diese höchst ungewöhnliche »Situation« zu bewältigen, zeigten plötzlich sämtliche Finger auf mich als Mörderin. Viele in meiner unmittelbaren Umgebung – auch die Polizei und eine erschreckende Anzahl meiner Kolleginnen und Kollegen – nahmen an, ich hätte Mr Black ermordet.

Ich bin Reinigungskraft, keine Mörderin. Ich habe Mr Black *nicht* ermordet – weder kalt- noch lauwarmblütig, was das betrifft. Ich wurde fälschlich beschuldigt, aber mithilfe einiger sehr lieber Menschen wurde ich entlastet. Trotzdem hat diese Erfahrung eindeutig ihren Tribut von mir gefordert. Sie hat verdeutlicht, wie risikoreich die Arbeit eines Zimmermädchens sein kann. Die größte Gefahr geht nicht von der Knochenarbeit, den anspruchsvollen Gästen oder den Reinigungsmitteln aus, sondern von der Vorannahme, Zimmermädchen seien Kriminelle, Mörderinnen oder Diebinnen: Schuld ist immer das Dienstmädchen. Ich habe wirklich geglaubt, Mr Blacks Ableben sei der Anfang vom Ende für mich, aber dann hat sich alles zum Guten gewendet, so, wie Gran es immer vorhergesagt hatte.

Jetzt in Mr Snows Büro sehe ich Lily in die Augen, und da spüre ich ihre Angst wie einen Stromschlag, der mir direkt ins Herz fährt. Wer könnte es ihr verdenken, dass sie Angst hat? Ich sicher nicht. Wer um alles in der Welt rechnet denn damit, dass der weltberühmte Schriftsteller, den man eines Tages bei der Arbeit bedienen soll, einem in einem voll besetzten Raum vor seinen bewundernden Fans und wild knipsenden Presseleuten wegstirbt? Und welche arme, unglückselige Hotelangestellte käme auf die Idee, dass der Schriftsteller nicht nur sterben könnte, während sie ihn gerade bedient, sondern sie ihm darüber hinaus auch noch als Totenbett dienen würde?

Arme Lily. Armes, armes Mädchen.

*Du bist nicht allein. Du wirst immer mich haben* – wie stets habe ich Grans Worte im Ohr. Wenn Lily sie nur auch hören könnte.

»Eine schöne Tasse Tee kuriert alles.« Ich reiche Lily den Tee.

Sie nimmt ihn, sagt jedoch nichts. Das ist nicht ungewöhnlich für Lily. Es fällt ihr schwer, sich mit Worten auszudrücken, aber in letzter Zeit ist sie schon viel besser darin geworden, jedenfalls mir gegenüber. Seit ihrem Einstellungsgespräch, das Mr Snow und ich mit ihr führten, hat sie sich sehr gut gemacht. Das Gespräch lief so schlecht, dass Mr Snows Augen hinter seiner Schildpattbrille um zwei Nummern größer zu werden schienen, als ich erklärte: »Lily Finch ist unsere stärkste Kandidatin für den Job.«

»Aber sie hat im gesamten Vorstellungsgespräch kaum etwas gesagt!«, wandte Mr Snow ein. »Als ich sie bat, ihre besten Eigenschaften zu schildern, ist ihr keine Antwort eingefallen. Warum um alles in der Welt wollen Sie ausgerechnet sie nehmen, Molly?«

»Darf ich Ihnen ins Gedächtnis rufen, Mr Snow«, erwiderte ich, »dass ein übersteigertes Selbstvertrauen bei der Einstellung eines Zimmermädchens nicht das entscheidende Kriterium ist? Sie erinnern sich vielleicht noch daran, dass ein gewisser ehemaliger Angestellter dieses Hotels Selbstvertrauen in Hülle und Fülle hatte, sich aber als richtig falscher Fuffziger entpuppt hat. Wissen Sie nicht mehr?«

Mr Snow nickte, fast unmerklich zwar, aber das Gute ist, dass ich jetzt viel besser in ihm lesen kann als bei meiner Einstellung im Regency Grand vor siebeneinhalb Jahren. Dieses knappe Nicken ließ die Bereitschaft erkennen, die endgültige Entscheidung über Lilys Bewerbung mir zu überlassen.

»Ms Finch ist unbestreitbar still«, sagte ich. »Aber seit wann ist Redseligkeit eine Schlüsselkompetenz für ein Zimmermädchen? ›Man kann sich auch um Kopf und Kragen reden.‹ Sagen Sie das nicht immer, Mr Snow? Lily muss angelernt werden – was ich zu tun beabsichtige –, aber ich sehe schon, dass sie eine Arbeitsbiene ist. Sie hat alles, was man braucht, um ein wertvolles Mitglied des Bienenstocks zu werden.«

»Nun gut, Molly«, sagte Mr Snow, wobei seine geschürzten Lippen erkennen ließen, dass er nicht restlos überzeugt war.

In den wenigen Wochen, die ich Lily jetzt als Zimmermädchen anlerne, hat sie enorme Fortschritte gemacht. Erst neulich hat sie tatsächlich etwas gesagt, als wir unsere entzückenden Stammgäste Mr und Mrs Chen vor ihrer Penthouse-Suite antrafen. Zum ersten Mal hat Lily sich in Gegenwart von Gästen mit Worten ausgedrückt.

»Guten Tag, Mr und Mrs Chen«, sagte sie, und ihre sanfte Stimme klang wie ein Windspiel. »Es ist schön, Sie zu sehen. Molly und ich haben Ihr Zimmer in einen Zustand der Perfektion zurückversetzt, wie ich hoffe.«

Ich lächelte von einem Ohr zum anderen. Was für eine Freude, sie sprechen zu hören, nachdem zwischen uns beiden so viel bedeutungsvolles Schweigen geherrscht hatte. Tagtäglich hatten wir Seite an Seite gearbeitet. Ich hatte ihr die einzelnen Aufgaben gezeigt – wie man Betten macht und dabei die Ecken der Laken akkurat einschlägt; wie man einen Wasserhahn auf Hochglanz poliert; wie man ein Kopfkissen so aufschüttelt, dass es möglichst prall wirkt –, und sie war meinem Beispiel wortlos gefolgt. Ihre Arbeit war makellos, und das habe ich ihr auch gesagt.

»Du hast ein Händchen dafür, Lily«, habe ich sie nicht nur einmal gelobt.

Abgesehen davon, dass sie den scharfen Blick eines Zimmermädchens fürs Detail hat, ist Lily auch diskret. Sie bewegt sich so unauffällig durch das Hotel, dass sie fast unsichtbar wird, wenn sie gewissenhaft reinigt, poliert und wienert. Sie mag still sein – rätselhaft sogar –, aber täuschen Sie sich nicht: Lily ist ein talentiertes Zimmermädchen.

Jetzt stellt sie ihre Teetasse unangerührt auf Mr Snows Schreibtisch und ringt die Hände im Schoß. Als ich sie so betrachte, fühle ich mich ganz matt, denn ich sehe die ganze Zeit mich selbst auf diesem Stuhl. Ich habe das auch schon erlebt, und ich möchte es nie wieder erleben.

Wie ist es so weit gekommen?

Als ich heute Morgen um 7:00 Uhr unsere Zweizimmerwohnung verließ, war es hell und sonnig. Aus zwei Gründen war es für mich kein gewöhnlicher Morgen. Erstens war heute der Tag, an dem der Bestsellerautor J. D. Grimthorpe bei einer Pressekonferenz im Hotel seine große Ankündigung machen würde. Zweitens ist mein Freund Juan Manuel, mit dem ich seit über drei Jahren in häuslicher Glückseligkeit zusammenlebe und sogar noch länger zusammenarbeite, im Moment nicht da. Er ist seit vollen drei Tagen in Mexiko und besucht dort seine Familie, und ich muss gestehen, in diesem speziellen Fall wächst die Liebe nicht mit der Entfernung. Da wachsen schon eher Pilze in meinem Herzen. Ergo: Ich vermisse ihn schrecklich.

Es ist seit Jahren Juan Manuels erste Reise nach Hause, eine Reise, auf die wir fleißig gespart haben. Oh, wie gern wäre ich mit meinem Geliebten geflogen – eine gemeinsame Reise, ein echtes Abenteuer –, aber ach, es hat nicht sollen sein: Juan ist in Mexiko, und ich sitze hier fest. Zum ersten Mal seit Juans Einzug bei mir bin ich wieder allein in unserer Zweizimmerwohnung, wie nach Grans Tod. Egal. Alles wird gut. Ich bin nur froh, dass Juan seine Familie wiedersieht und besonders seine Mutter, die ihn jahrelang so vermisst hat, wie ich ihn jetzt vermisse.

Obwohl er nur zwei Wochen fortbleiben wird, kann ich es kaum erwarten, bis er wieder hier ist. Mit Juan ist das Leben einfach besser. Heute Morgen hat er mir geschrieben, bevor ich zur Arbeit ging.

**JM:** Das wird toll heute! MbMn gibt es keinen Grund zur Sorge. Te amo.

Ich muss zugeben, dass seine Liebeserklärung ein sehr angenehmes Schmetterlingsgefühl in meinem Bauch auslöste, aber sein Gebrauch von Abkürzungen konsterniert mich jedes Mal.

Ich schrieb zurück:

**MG:** FYI, ich habe keine Ahnung, was du meinst.
**JM:** Ich meine, ich liebe dich.
**MG:** Den Teil verstehe ich.
**JM:** Meiner bescheidenen Meinung nach bist du unglaublich, und heute wird es spektakulär.

So sehnsüchtig ich mir gewünscht hatte, mit Juan nach Mexiko zu fliegen, die Pflicht rief, oder vielmehr, Mr Snow hatte angerufen, und mir war sofort klar gewesen, dass ich nirgendwohin fliegen würde.

»Ist Ihnen der Schriftsteller J. D. Grimthorpe ein Begriff?«, fragte Mr Snow mich vor einigen Wochen am Telefon.

»Allerdings«, erwiderte ich und beließ es dabei.

»Seine persönliche Sekretärin hat das Regency Grand gerade für eine exklusive VIP-Veranstaltung angefragt, bei der Mr Grimthorpe beabsichtigt, eine sehr wichtige Ankündigung zu machen. Und … er möchte den Teesalon dafür.«

Mr Snows atemlose Begeisterung übermittelte sich sogar am Telefon. Diese Neuigkeit war eine glückliche Fügung. Nachdem der skandalöse Mord an Mr Black uns so gebeutelt hatte, war Mr Snow auf die brillante Idee gekommen, eine neue Klientel anzuziehen, indem er einen Lagerraum abseits der Hotellobby zu alter Pracht restaurieren ließ, zu einem museumswürdigen Art-déco-Teesalon. Die Renovierung war so gut wie abgeschlossen, und zur feierlichen Eröffnung benötigte das Hotel eine VIP-Veranstaltung. Es war perfekt! Und was noch besser war: Mr Snow wollte, dass mein Team und ich die Veranstaltung betreuten. Ich erzählte sofort Juan davon.

»Diese Gelegenheit darfst du dir nicht entgehen lassen«, sagte er. »Wir stornieren unsere Reise und fliegen ein andermal.«

Doch diese Vorstellung fand ich unerträglich. »*Mi amor*. Flieg du ohne mich. Wir reisen ein andermal gemeinsam.«

»Wirklich?«, fragte er nach. »Es würde dir nichts ausmachen?«

»Ausmachen? Ich bestehe darauf. Wir können deine Mutter nicht eine Minute länger warten lassen.«

Er schloss mich fest in die Arme und übersäte mein Gesicht mit Küssen. »Einen für jeden Tag, den ich fort sein werde. Und ein paar zusätzlich einfach so. Bist du sicher, dass du ohne mich zurechtkommst?«

»Natürlich«, erwiderte ich. »Was soll denn schiefgehen?«

Und so bestieg Juan vor ein paar Tagen sein Flugzeug, während ich zurückblieb und mich mit den Vorbereitungen für den Grimthorpe-Auftritt beschäftigte.

Heute Morgen machte ich mich dann mit kribbelig-federnden Schritten auf den Weg zu dem großen Ereignis. Ich war vorfreudig und nervös zugleich. Als ich in der Innenstadt um die letzte Ecke bog, kam das Hotel in Sicht.

Da war es, das Regency Grand, auf erhabene Weise zeitlos inmitten der urbanen Hässlichkeit von Neonwerbung und klotzigen modernen Bürokomplexen. Ein roter Teppich ziert die kurze Treppe zum majestätischen Vorbau des Hotels. Glitzernde Messinggeländer rahmen den Eingang ein und führen zu einer blitzenden Drehtür. In der Lobby wimmelte es von plaudernden Gästen, die ihr Gepäck hinter sich herzogen, sowie Reportern und Podcastern, die ihre Ausrüstung durch die Drehtür schleppten und sich auf das herausragende Ereignis dieses Morgens vorbereiteten.

Auf dem Treppenabsatz auf halber Höhe stand Mr Preston, der langjährige Portier des Regency Grand, mit seiner stattlichen Mütze und dem langen Mantel mit dem Hotelemblem. »Guten Morgen, Molly«, sagte er, als ich zu ihm an sein Portierspult trat. »Großer Tag heute.«

»Ja, das ist es«, erwiderte ich. »Aber wir sind bereit. Haben Sie den Teesalon gesehen? Er ist prachtvoll.«

»Stimmt. Hören Sie, Molly. Ich dachte, Sie und ich, wir müssen doch unser übliches Abendessen am Sonntag nicht ausfallen lassen, bloß weil Juan Manuel nicht da ist. Ist doch nicht sinnvoll, dass wir beide allein essen. Außerdem gibt es da etwas, worüber ich mit Ihnen reden möchte.«

»Abendessen am Sonntag klingt gut«, erwiderte ich. »Aber lassen Sie uns abwarten, wie die Woche läuft. Sie wird bestimmt hektisch ohne Juan Manuel, und ich kann nicht versprechen, dass ich dem Kochen ohne ihn gewachsen bin.«

Mr Preston nickte und lächelte. »Verstanden. Ich weiß ja, wie viel Sie arbeiten, und ich will Ihnen ganz bestimmt keine Umstände machen.«

Das sonntägliche Abendessen mit Mr Preston ist seit mehreren Jahren Tradition bei uns: Einmal die Woche speisen wir drei abends zusammen bei uns am gemütlichen Küchentisch. Wir bringen immer einen Toast aus, um zu feiern, dass wieder eine Arbeitswoche in trockene Tücher gebracht ist. Die Mahlzeiten sind schlicht, aber beim Essen erfreuen wir einander mit Anekdoten über merkwürdige Begebenheiten der vergangenen Woche – und es sei festgehalten, dass merkwürdige Begebenheiten im Regency Grand an der Tagesordnung sind. Tatsächlich habe ich Juan und Mr Preston erst vergangenen Sonntag mit einer farbigen Beschreibung von Zimmer 404 unterhalten, das Lily und ich an diesem Tag gereinigt hatten.

»Überall lagen Unrat, Kartons und Aktenmappen«, erzählte ich, »es sah aus wie in einem Rattennest. Der Gast in diesem Zimmer hortet Regency-Grand-Shampoo. Da waren Hunderte von Minifläschchen.«

»Wer braucht denn so viel Shampoo zum Duschen?«, fragte Juan Manuel.

»Die Fläschchen standen nicht mal in der Dusche«, fuhr ich fort, »sondern auf der Minibar neben einem Haufen Knabbereien und einem großen Glas Erdnussbutter, in dem ein Löffel aus Edelstahl steckte.«

Mr Preston und Juan lachten und mimten einen Toast mit Regency-Grand-Shampoofläschchen anstelle von Schampus.

Ich schob diese Erinnerung beiseite und sah Mr Preston auf dem roten Teppich an. In seinem Haar ist mehr Grau als früher, in seinem Gesicht sind mehr Falten, aber er erledigt seine Arbeit noch immer hervorragend. Ich habe diesen Mann von Anfang an ins Herz geschlossen. In all den Jahren war er immer überaus liebenswürdig zu mir, und er hat Gran gekannt. Vor langer Zeit – lange bevor ich auch nur ein Glitzern in den Augen meiner Mutter war – war Mr Preston Grans Verehrer, will heißen, sie waren Geliebte, ein Paar. Doch Grans Eltern verboten ihren Bund. Mr Preston heiratete schließlich eine andere Frau und gründete eine Familie. Dennoch hatte die Freundschaft zwischen Gran und Mr Preston Bestand. Gran hatte ihn bis zu ihrem Tod sehr gern. Sie war auch mit seiner Frau Mary befreundet. Aber jetzt, wo Mary tot ist und Charlotte, seine blitzgescheite Tochter, die mir nach Mr Blacks Tod so geholfen hat, weit weg ist, frage ich mich, ob Mr Preston wohl einsam ist. Vielleicht sind ihm unsere Sonntagsessen deshalb so wichtig. In letzter Zeit ist er noch fürsorglicher als sonst schon, und ich weiß nicht, wieso.

»Falls es da drin heikel wird, wissen Sie ja, wo ich bin«, sagte Mr Preston heute Morgen auf der Treppe mit dem roten Teppich. »Es gibt nicht viel, was ich nicht für Sie tun würde, Molly. Vergessen Sie das nicht.«

»Danke«, erwiderte ich. »Sie sind ein wunderbarer Kollege, Mr Preston.«

Ich verabschiedete mich von ihm und ging durch die

Drehtür in die herrliche Lobby des Regency Grand. Noch nach all den Jahren verschlägt es mir bei ihrem Anblick den Atem – der Boden aus italienischem Marmor mit seinem frischen Duft nach Zitruspolitur, das goldene Treppengeländer mit den sich windenden Schlangen, die üppig gepolsterten Samtsofas, die schon unzählige Rendezvous und Geheimnisse in sich aufgesogen haben.

In der Lobby herrschte ein überaus reges Treiben, und das Rezeptionspersonal – schwarz-weiß gekleidet wie adrette kleine Pinguine – wies Gepäckträger und Gäste in diese oder jene Richtung. In der Mitte der Lobby stand ein gewaltiges Schild in einem verschnörkelten goldenen Rahmen, den ich erst gestern auf Hochglanz poliert hatte, sodass er glitzerte, funkelte und schimmerte:

HEUTE
J. D. Grimthorpe
Renommierter Kriminalschriftsteller
VIP-Pressekonferenz, 10:00 Uhr
Teesalon des Regency Grand

Ich durfte keinen Augenblick vergeuden – es war so viel vorzubereiten. Ich eilte die Treppe hinab in den Mitarbeiterbereich im Keller, wo niedrige, enge, von Neonlicht erleuchtete Flure in ein Labyrinth aus Räumen führen, darunter die Wäscherei, die Vorratskammern, die dampferfüllte Hotelküche und natürlich mein persönlicher Lieblingsbereich, die Hauswirtschaftsräume.

Eilig ging ich direkt zu meinem Spind, an dem, in dünne Plastikfolie gehüllt, ein Ding von enormer Schönheit hing: meine Uniform. Oh, wie ich meine Zimmermädchenuniform liebe – eine blendend weiße, gestärkte Hemdbluse und einen schmalen schwarzen Rock aus bequemem Stretchmaterial, der das zur Tätigkeit jedes hart arbeitenden Zimmermädchens gehörende ständige Bücken und Strecken ermöglicht.

Eilends zog ich mich um und befestigte stolz mein Chefzimmermädchenschild über dem Herzen. Ich warf einen prüfenden Blick in den großen Spiegel, strich ein paar widerspenstige dunkle Strähnen in meinem ansonsten akkuraten Bob glatt und kniff mich in die Wangen, damit sie ein wenig Farbe bekamen. Zufrieden mit der Wirkung bemerkte ich hinter mir im Spiegel noch jemanden, ein Double von mir: Lily. Sie war das lebende Inbild eines adretten Zimmermädchens. Ihre Uniform war makellos und ihr Schildchen wie meines geradewegs über dem Herzen befestigt.

Ich drehte mich zu ihr um. »Du bist früh dran«, sagte ich.

Sie nickte.

»Du bist früher gekommen, um mir zu helfen?«

»Ja«, sagte sie leise.

»Mein liebes Mädchen. Du bist ein echter Schatz. Machen wir uns an die Arbeit.«

Gemeinsam gingen wir zur Tür, doch eine birnenförmige Gestalt versperrte uns den Weg: Cheryl, das ehemalige Chefzimmermädchen; Cheryl, die keine Skrupel hatte, die Waschbecken der Gäste mit demselben Lappen zu reinigen, den sie auch für ihre Toiletten benutzte. Früher war sie meine Vorgesetzte gewesen, doch überlegen war sie mir nie gewesen. Nach dem Debakel um Mr Black hatte Mr Snow sie degradiert und mich an ihre alte Position befördert.

»Cheryl, warum um alles in der Welt bist du so früh da?«, fragte ich.

Das war noch nie vorgekommen. Sie kam immer zu spät, bewaffnet mit einer ganzen Batterie von Ausreden, die mich manchmal so in Rage versetzten, dass ich sie nicht nur feuern, sondern gleich auch anzünden wollte – ein unbarmherziger Gedanke, das gebe ich zu.

»Viel zu tun heute«, sagte Cheryl und wischte sich mit dem Handrücken über die Nase.

Meine Schultern versteiften sich vor Abscheu.

»Ich dachte, du und dein verhuschtes Lehrmädchen da, ihr könntet jemanden mit langjähriger Erfahrung brauchen.«

Lily stand reglos da und sagte nichts. Sie sprach nur selten, wenn andere Mitarbeiter anwesend waren. Stattdessen betrachtete sie ihre sorgsam polierten Schuhe.

»Wie bemerkenswert großzügig von dir, Cheryl«, sagte ich. Nur um das festzuhalten: Ich habe das nicht so gemeint. Wie ich gelernt habe, bedeutet ein Lächeln manchmal nicht, dass jemand fröhlich ist, und ein Kompliment ist zuweilen nur geheuchelt. Und als ich jetzt Cheryls »Großzügigkeit« lobte, habe ich in Wirklichkeit Ironie eingesetzt, denn es gibt nur wenige Menschen auf der Welt, die so selbstsüchtig sind wie Cheryl.

»Ich habe eine Idee«, sagte Cheryl. »Lily sollte heute die Gästezimmer reinigen, und ich kann dir helfen, bei der Grimthorpe-Veranstaltung den Tee zu servieren. Ich habe ihr schon einen Vorsprung verschafft, indem ich die Suite der Chens geputzt habe.«

Cheryl mochte diese Suite gereinigt haben, aber ich wusste, dass sie das nur getan hatte, um das Trinkgeld zweier unserer großzügigsten Gäste zu stehlen, ein Trinkgeld, das für Lily bestimmt war, nicht für sie.

»Danke, aber nein, danke«, sagte ich und drängte mich durch die Tür, sodass Cheryl beiseitetreten musste. »Und Cheryl«, fügte ich hinzu und drehte mich zu ihr um. »Wasch dir die Hände, bevor du wieder an die Arbeit gehst. Denk daran: Hygiene ist unser oberstes Gebot.«

Ich winkte Lily, mir zu folgen, und wir ließen Cheryl stehen.

Nachdem wir einmal links und einmal rechts abgebogen

waren, bat ich Lily, in die Küche zu gehen und nach den Vorbereitungen für den Teeempfang zu sehen. »Du bist heute für beide Teewagen von Mr Grimthorpe zuständig«, sagte ich. »Bring einen gleich jetzt zu seinem Zimmer. Klopf dreimal an und stelle ihn draußen vor seiner Tür ab. Dann lass einen zweiten Wagen für die Veranstaltung selbst vorbereiten. Achte darauf, dass das Küchenpersonal beide Wagen genau nach Mr Grimthorpes Anweisungen ausstattet.«

Lily nickte, dann ging sie durch den verschlungenen Flur zur Küche. Ich eilte unterdessen die Treppe hinauf und vorbei an der burgunderroten Kordel, die den Zugang zum Teesalon des Regency Grand versperrte, direkt hinein.

Einen Augenblick lang blieb ich an der Tür stehen und bewunderte den prächtigen Anblick. In der Decke des hohen Raums befindet sich eine Glaskuppel, sodass alles in ein schimmerndes Licht getaucht war. Die Wände waren mit einer grün-goldenen Art-déco-Tapete bespannt; Bögen schwangen sich triumphal bis hinauf zu Empire-Stuckleisten. Runde Kaffeehaustische waren mit gestärkten weißen Tischtüchern, von mir selbst aufgelegt, zu Rosenknospen gefalteten Servietten und Blumengestecken mit eleganten rosa Lotusblüten in der Mitte geschmückt. Kurz gesagt: Der Teesalon war ein Traum, eine gloriose Rückkehr in eine Ära der Pracht und unendlichen Möglichkeiten.

Geräusche rissen mich aus meiner Verzückung: Im hinteren Teil des Raums richteten sich Journalisten ein, verlegten ihre Kabel, justierten ihre Kameras und spekulierten über die Gründe für diesen höchst seltenen öffentlichen Auftritt des berühmten Autors. Vorn stand Mr Snow und nickte mehrmals einer hübschen jungen Frau zu, die mit einer Mappe in der Hand das Mikrofon am Pult testete. Neben der erhöhten Bühne legten Buchhändlerinnen auf einem Tisch J. D. Grimthorpes Bestseller aus, darunter auch *Das*

*Dienstmädchen im Herrenhaus*, den Roman, der ihn weltweit auf die Bestsellerlisten katapultiert hatte. Auf dem Einband der neuesten Ausgabe wand sich ein Weg aus blutroten Rosen bis zu einem monumentalen Anwesen, wo in einem Fenster im Obergeschoss ein ominöses Licht brannte. Als ich den Bücherstapel betrachtete, überlief mich ein kalter Schauer. Ich wusste so viel über den Mann, der diesen Roman geschrieben hatte.

In diesem Augenblick entdeckte Mr Snow mich und winkte mich zu sich nach vorn. Ich schlängelte mich zwischen den Tischen hindurch und ging zu ihm und der jungen Frau.

»Molly«, sagte Mr Snow. »Erlauben Sie mir, Ihnen Ms Serena Sharpe vorzustellen, J. D. Grimthorpes persönliche Sekretärin.«

Sie trug ein kühnes blaues Kleid, das sich perfekt an ihren Körper schmiegte und sämtliche Blicke im Raum auf sie zog. Ms Sharpe lächelte mich an, doch ihr Lächeln reichte nicht ganz bis zu ihren Katzenaugen. Ihr Gesicht hatte etwas Sphinxartiges, und ich konnte ihre Miene nicht recht deuten.

»Ich bin Molly Gray, das Chefzimmermädchen«, stellte ich mich vor.

»Ms Sharpe geht die letzten Details von Mr Grimthorpes Auftritt mit uns durch«, erklärte Mr Snow. »Ich habe ihr versichert, dass niemand ohne einen VIP-Ausweis Zugang zu diesem Salon erhält und allen Gästen um genau neun Uhr fünfzehn Tee und Erfrischungen serviert werden, ehe Mr Grimthorpe dann um exakt zehn Uhr erscheint.«

Ich war nicht überrascht über Mr Snows präzise Ablaufplanung, denn wir hatten gestern Stunden damit zugebracht, sämtliche Details durchzusprechen.

»Ich bin Ihnen wirklich dankbar, dass Sie uns so kurzfristig Ihren neuen Veranstaltungsraum zur Verfügung stellen«, sagte Ms Sharpe. »Solche Wünsche setzen das gesamte Personal enorm unter Druck, das weiß ich.«

So war es tatsächlich gewesen. Die Bauarbeiter hatten sich beeilt, letzte Hand an den Fliesenboden des Teesalons zu legen; Küchenchef und Souschefs hatten eilends eine elegante Frühstücks- und Teekarte zusammengestellt, inklusive Sandwichhappen; Mr Preston hatte zusätzliche Security für das Hotel organisiert; und mir war die Aufgabe zugefallen, in unseren Lagerräumen fünfzehn elegante silberne Teekannen mitsamt Zuckerschalen und Milchkännchen sowie passendem Besteck aufzutreiben. Vor langer Zeit habe ich mir ein recht beachtliches Geschick im Reinigen von Silber erworben, daher hatte ich jedes Teil eigenhändig poliert, bis hin zum letzten Löffel.

»Es ist mir ein Vergnügen, Ihnen zu Diensten zu sein«, sagte ich zu Mr Grimthorpes Assistentin. »Ich hoffe, Sie finden alles in unserem Teesalon zu Ihrer Zufriedenheit.«

»Das tue ich«, erwiderte sie. »Genau genommen ist alles so perfekt, dass ich glaube, wir sind unserem Zeitplan voraus. Falls Sie Interesse haben, kann ich J. D. früher hereinschicken, damit er für Ihr Personal Bücher signiert.«

Mr Snows Augenbrauen schossen hinauf bis zu seinem zurückweichenden Haaransatz. »Das wäre wundervoll!«, rief er, zog sein Telefon aus der Tasche seines Zweireihers und tätigte rasch eine Reihe von Anrufen.

Innerhalb weniger Minuten bildete sich hinter der burgunderroten Kordel vor dem Teesalon eine Schlange von eifrigen Hotelangestellten. Angela stand mit ihrer schwarzen Barfrauschürze in der Mitte der Schlange, während Cheryl sich den Platz ganz vorn gesichert hatte. Lily bildete das Schlusslicht, hinter diversen Köchen, Tellerwäschern und Zimmermädchen.

»Führen Sie sie bitte geordnet hinein, Molly«, sagte Mr Snow, und so geleitete ich meine Kolleginnen und Kollegen in den Teesalon und ließ sie in einer Reihe vor dem Büchertisch Aufstellung nehmen, wo ein leerer Stuhl auf das Eintreffen unseres literarischen VIP-Gasts wartete.

Ms Serena Sharpe klopfte an eine Tür, die in der Holztäfelung seitlich der Bühne verborgen war. Die Tür öffnete sich knarrend, und Mr Grimthorpe trat hindurch – schlank, geschmeidig, mit wildem Habichtsblick, widerspenstigem grauem Haar und gemessenem, selbstbewusstem Schritt. Er nahm am Signiertisch Platz, und Ms Sharpe reichte ihm einen schwarz-goldenen Füllfederhalter. Gemurmel breitete sich wie eine Welle im Salon aus, und überall wurden Telefone gezückt: Alle wetteiferten um das beste Foto.

»Molly, vergessen Sie nicht, sich auch anzustellen«, drängte mich Mr Snow. »Das ist Ihre einzige Chance, sich ein Buch vom Meister des Kriminalromans persönlich signieren zu lassen.«

Meine Beine fühlten sich an wie Baumstümpfe, aber ich zwang mich, sie zu bewegen, und nahm meinen Platz hinter einem Pagen ein, der wie ein eifriges Erdhörnchen vor mir auf und ab wippte.

Ich tippte ihm auf die Schulter. »Hat jemand Mr Preston von der Signieraktion für das Personal erzählt?«

»Natürlich«, erwiderte er. »Er wollte nicht kommen. Hat gesagt, er sei lieber an der frischen Luft, als sich vor diesem Schriftsteller zu verneigen.«

»Das hat er wirklich gesagt?«

»Hm, hm«, bekräftigte der junge Mann, ehe er seine Aufmerksamkeit wieder auf den Mann am Signiertisch richtete.

Mir trat der Schweiß auf die Stirn, während die Schlange vor mir immer weiter schrumpfte und einer nach dem anderen verzückt davonstürmte, das signierte Exemplar von J. D. Grimthorpes neuestem Buch schützend unter den Arm geklemmt.

»Sie sind an der Reihe, Molly«, sagte Mr Snow schließlich

hinter mir. »Treten Sie vor.« Und so stand ich plötzlich direkt vor dem Schriftsteller persönlich.

»Ihr Name?«, fragte Mr Grimthorpe und taxierte mich mit Raubtierblick.

»M-M-Molly«, brachte ich hervor.

»Freut mich, Sie kennenzulernen. Ich bin J. D. Grimthorpe«, sagte er, als wüsste ich das nicht schon.

Er schrieb meinen Namen ins Buch, signierte es, gab es mir zurück und nahm noch einmal Blickkontakt mit mir auf. Ich wartete, aber er erkannte mich nicht wieder.

Wie war es möglich, dass ich mich ganz genau an ihn erinnerte, aber er sich nicht an mich?

# Kapitel 3

## FRÜHER

Im Geiste wende ich mich einer Erinnerung zu.

Ich bin zehn Jahre alt und sitze neben Gran auf dem Kunstlederrücksitz eines Taxis. Ich halte den Türgriff fest umklammert, während wir das Stadtzentrum verlassen und in die Außenbezirke fahren, wo ein Haus größer und imposanter als das andere ist. Wir sind unterwegs an irgendeinen sehr besonderen Ort, und ich praktiziere einen gut eingeübten Zaubertrick, bei dem ich im Kopf ein frisches, unangenehmes Erlebnis mit Kreide auf einer imaginären Tafel skizziere und dann wegwische, sodass es aus meinen Gedanken verschwindet, wenn nicht für immer, so doch für ein Weilchen.

Gran sitzt neben mir und bestickt einen Kissenbezug. Ihr Haar ist grau durchzogen, und ihre Brille sitzt gefährlich dicht an der Nasenspitze. Sticken ist eine ihrer Lieblingsbeschäftigungen. Ich habe sie einmal gefragt, warum sie gern stickt.

»Um etwas Gewöhnliches in etwas Außergewöhnliches zu verwandeln«, antwortete sie. »Außerdem entspannt es mich.«

Sie lässt die Nadel fliegen und zieht leuchtend bunte Fäden durch das schlichte weiße Gewebe. Die erste Zeile auf dem Kissen hat sie fertiggestellt – *Gott, gib mir die Gelassenheit* – und gerade mit der danach begonnen.

»Was kommt als Nächstes?«, frage ich sie.

Sie seufzt und hält inne. »Wenn ich das nur wüsste.«

»Es war etwas mit verändern«, rufe ich ihr in Erinnerung.

»Ach, du meinst, was als Nächstes auf den Kissenbezug kommt. *Gott, gib mir die Gelassenheit, Dinge hinzunehmen, die ich nicht ändern kann, den Mut, Dinge zu ändern, die ich ändern kann …*«

»… *und die Weisheit, das eine vom anderen zu unterscheiden*«, sage ich.

»Das ist richtig«, erwidert Gran.

»Bist du sicher, dass wir uns das leisten können?«, frage ich, rutsche auf dem quietschenden Kunstleder herum und ziehe den Sicherheitsgurt, der mir in die Taille schneidet, vom Körper ab.

»Ob wir uns was leisten können?«

»Dieses Taxi. Das wird uns teuer zu stehen kommen, oder? Spare in der Zeit, so hast du in der Not?«

»Ab und an können wir auch mal ein bisschen prassen, nur nicht ständig. Und heute hat deine Gran ein bisschen Prassen gebraucht.« Sie lächelt und nimmt ihre Nadel wieder auf.

»Erzähl mir noch mal, wie es da ist, wo wir hinfahren«, sage ich.

»Es ist ein gut ausgestattetes prachtvolles Anwesen mit sanft gewellten Rasenflächen, sehr gepflegten Gartenanlagen und vielen Zimmern.«

»Ist es größer als unsere Wohnung?«

Sie zögert mit erhobener Nadel. »Liebes Mädchen, es ist ein palastartiges Herrenhaus mit acht großen Schlafzimmern, einer Bibliothek, einem Ballsaal, einem Wintergarten, einem Arbeitszimmer und einem Salon voller unschätzbarer Antiquitäten. Genau das Gegenteil unserer bescheidenen Wohnung.«

Ich kann es mir noch immer nicht vorstellen, die Ausmaße, die Pracht. Ich führe mir das eleganteste Haus vor Augen, das ich je im Fernsehen gesehen habe, in einer *Co-*

*lumbo*-Episode, mit Dachgauben, einem englischen Garten und wucherndem Efeu. Aber erst als das Taxi eine letzte Kurve nimmt und Gran sagt: »Wir sind da«, wird mir klar, dass ich noch nie so ein Haus gesehen habe, weder im echten Leben noch im Fernsehen.

Das Taxi hält vor einem imposanten schmiedeeisernen Tor, das von bedrohlichen Spitzen gekrönt und von zwei schmucklosen Steinpfeilern flankiert ist. Auf dem Grundstück dahinter steht in einiger Entfernung ein grauer, dreistöckiger Wachturm mit dunkel getönten Fenstern.

»Ich springe nur kurz raus. Der Wachmann öffnet uns das Tor«, sagt Gran. Mit großen Augen beobachte ich, wie Gran aussteigt, einen fast unsichtbaren beigefarbenen Knopf an einem der Steinpfeiler drückt und in die getarnten Schlitze daneben spricht.

Sie kommt zurück zum Taxi und öffnet meine Tür. »Komm«, sagt sie. Ich steige aus und drücke ihren Kissenbezug an mich, während der Taxifahrer sein Fenster herunterlässt.

»Ich kann Sie bis ganz rauffahren, Ma'am«, bietet er an. »Das ist kein Problem.«

»Das ist nicht nötig«, erwidert sie, öffnet ihr Portemonnaie und kramt mehrere hart verdiente Geldscheine hervor.

»Ich suche nur eben Ihr Wechselgeld heraus«, sagt der Taxifahrer und öffnet das Handschuhfach.

»Nein, nein«, erwidert Gran. »Der Rest ist für Sie.«

»Danke, Ma'am.« Er schließt sein Fenster wieder, winkt uns beiden zu, wendet in einem weiten Kreis und fährt zurück dorthin, woher wir gekommen sind.

Gran und ich stehen zwischen den beiden steinernen Pfeilern des geöffneten Tors. Vor uns liegt ein kopfsteingepflasterter Weg, der durch einen gepflegten Garten voller sattgrüner Sträucher mit den größten blutroten Rosenblüten, die ich je gesehen habe, führt. Am Ende des Wegs ragt das Herrenhaus auf, drei Geschosse mit einer glatten grauen Fassade und acht Fenstern mit schwarzen Rahmen, verteilt auf drei Reihen: zwei, zwei und vier. Das gesamte Gebäude erinnert mich an die achtäugige Wolfsspinne, die Gran und ich einmal bei *National Geographic* bestaunt haben – na ja, Gran hat gestaunt, mich hat es geschüttelt.

Ich nehme Grans Hand.

»Na, na«, sagt sie. »Alles wird gut.«

Für Gran, die schon lange als Dienstmädchen im Herrenhaus der Grimthorpes angestellt ist, ist es nur ein weiterer Arbeitstag, aber für mich ist es der erste Besuch hier. Gran hat mir im Lauf der Jahre viel von diesem Haus erzählt – von dem Salon mit den Schätzen, die Mr Grimthorpe von seinen Lesereisen im Ausland mitgebracht oder von seinen Vorfahren väterlicherseits geerbt hat; von dem abstrakten Kunstwerk im Hauptflur, das Gran den »bourgeoisen Klecks« nennt; und in letzter Zeit von dem frisch renovierten Wintergarten neben der Küche mit seinen elektrischen Sonnenschutzvorrichtungen, die man mit nur einem Händeklatschen öffnet und schließt.

»Das ist erst der Anfang«, sagte Gran einmal, als ich mehr Einzelheiten erfahren wollte. »Das Licht im Flur oben geht an, wenn es dich wahrnimmt.«

»Man muss keinen Schalter drücken?«

»Nein«, erwiderte Gran. »Es ist, als wüsste das Haus, dass du da bist.«

Das klang übernatürlich, wie Zauberei, wie etwas aus einem Märchen. Und auch wenn Gran mir das Herrenhaus in allen Einzelheiten beschrieben hat, habe ich es noch nie mit eigenen Augen gesehen. Kein Wunder, dass ich mich wie eine Astronautin fühle, die auf dem Mars landet. Trotzdem bin ich lieber hier bei Gran als in der Schule, wo ich heute, an einem Wochentag, normalerweise wäre.

Tatsächlich kommen wir gerade von dort – aus der Schule. Heute Morgen wurde Gran zu einem frühen Gespräch mit meiner Lehrerin Ms Cripps bestellt, und trotz Ms Cripps' Protest hat Gran mir erlaubt, bei dem Gespräch dabei zu sein. Wir trafen meine Lehrerin im Büro der Direktorin, wo ich häufiger war, als ich mich erinnern möchte. Ms Cripps setzte sich an den großen Holzschreibtisch der Direktorin, während Gran und ich auf harten Stühlen davor Platz nahmen.

»Danke, dass Sie gekommen sind«, sagte Ms Cripps. Ich sehe ihr Gesicht vor mir, dieses schmale Lächeln, das ich zunächst nicht deuten konnte. Ich hielt sie für ein Inbild der Höflichkeit. Jetzt weiß ich es besser.

»Die Bildung meiner Enkelin ist für mich von größter Wichtigkeit«, erwiderte Gran, aber jetzt im Rückblick fallen mir Grans gefaltete Hände auf, die sie ganz bewusst auf den Schreibtisch vor ihr legte – eine kleine Geste, bittend und sich behauptend zugleich.

»Dürfte ich fragen, wo Mollys Mutter ist?«, erkundigte sich Ms Cripps. »Nicht, dass ich etwas dagegen hätte, mit Ihnen zu sprechen, aber Sie sind eine Generation weiter auseinander.«

»Molly lebt bei mir. Ich bin ihr gesetzlicher Vormund. Und sie ist mein Mündel.«

Ich wollte Gran gerade sagen, dass sie die Frage der Lehrerin nicht beantwortet hatte, etwas, was Ms Cripps immer missbilligte, aber als ich den Mund öffnete, legte Gran mir die Hand aufs Knie, und da blieben mir die Worte in der Kehle stecken, wobei mir damals nicht klar war, wieso. Ich versuchte, herauszufinden, worin die Verbindung bestand, indem ich das Skelett-Lied summte, in dem es darum ging, dass der Fußknochen mit dem Beinknochen verbunden ist und so weiter, aber obwohl ich das ganze Lied durchging, fand ich keine Zeile, die meine Zunge mit meinem Knie verband.

Unterdessen setzten Ms Cripps und Gran ihre höfliche Unterhaltung fort.

»Ich weiß, Sie haben zu tun, Mrs Gray. Sie sind verheiratet, richtig?«

»Sie können mich Ms Gray nennen«, berichtigte Gran.

»Molly zufolge arbeiten Sie noch. Ich muss sagen, das ist beeindruckend in Ihrem fortgeschrittenen Alter.«

Gran räusperte sich.

»Das Problem ist dies«, fuhr Ms Cripps fort. »Es sind nur noch wenige Wochen bis zum Schuljahresende, und um diese Zeit denken wir immer über die Einstufung der Schüler im kommenden Schuljahr nach.«

»Ihre Vorausplanung ist löblich«, erwiderte Gran. »Molly freut sich darauf, im nächsten Jahr eine neue Lehrerin zu haben. Das stimmt doch, Molly?«

»Ich kann es gar nicht erwarten«, sagte ich. »Ich hätte auch gerne neue Klassenkameraden.«

»Genau darum geht es, Ms Gray«, sagte Ms Cripps, als ob ich gar nichts gesagt hätte. »Ich bin zu der schwierigen Entscheidung gelangt, dass es das Beste für Molly ist, sie das Jahr wiederholen zu lassen. Ich fürchte, ihre Fortschritte entsprechen nicht unseren pädagogischen Maßstäben.«

Gran setzte sich anders hin und sah von mir zu Ms Cripps. »Ich verstehe nicht. Sie hat gute Noten.«

»Ja, ihre Noten sind zufriedenstellend. Ihr sprachlicher Ausdruck und ihre Lesefähigkeit übertreffen die ihrer Altersgenossen bei Weitem. Sie ist oft ein wenig altklug. Sie korrigiert die Grammatik ihrer Klassenkameraden und verbessert ihre Wortwahl.«

Gran unterdrückte ein Lachen. »Das ist typisch Molly.«

»Aber sehen Sie, sie ist … anders.«

»Da bin ich ganz Ihrer Meinung«, erwiderte Gran. »Sie ist ein einzigartiges Mädchen. Aber ist Ihnen schon einmal aufgefallen, Ms Cripps, dass wir trotz unserer Unterschiede im Wesentlichen alle gleich sind?«

Dieser Frage wich nun Ms Cripps aus. Anstelle einer Antwort sagte sie: »Mollys soziale Entwicklung ist unterdurchschnittlich. Sie hat in der Schule keine Freundschaften geschlossen. In dieser Hinsicht ist sie eine Versagerin. Ms Gray, ich würde Mollys soziale Kompetenz als … primitiv bezeichnen.«

»Primitiv«, wiederholte ich. »P-R-I-M-I-T-I-V. Primitiv.« Ich wartete darauf, dass Gran mich lobte, aber sie sagte nichts. Ich wusste, dass ich das Wort korrekt buchstabiert hatte, aber trotzdem schien sie den Tränen nahe zu sein.

Ich wollte ihr sagen, dass alles gut würde und dass ich das Wort aus der Sendung mit David Attenborough kannte, die wir vor ein paar Wochen zusammen angeschaut hatten. Darin ging es um Affen, ganz unglaubliche Tiere, so oft unterschätzt. Sie können primitive Werkzeuge einsetzen, um ein Problem zu lösen, nicht nur unter Labor- oder Zoobedingungen, sondern auch in freier Wildbahn. Bemerkenswert!

»Ms Gray«, sagte Ms Cripps, »neulich hat Molly eine Klassenkameradin gescholten, weil sie mit offenem Mund Kaugummi gekaut hat. Sie stellt sich so dicht vor die kleineren Kinder, dass sie ihnen Angst macht. Sie nennt den Hausmeister immer wieder Sir Walter von den Besen. An manchen Tagen versteckt sie sich in einer Toilettenkabine und weigert sich herauszukommen. Sie sehen also, sie ist nicht auf dem Niveau der Kinder ihres Alters.«

Gran setzte sich sehr aufrecht hin. »Ich bin ganz Ihrer Meinung. Sie ist *nicht* auf dem Niveau der anderen Kinder. Molly.« Gran drehte sich zu mir um. »Warum versteckst du dich auf der Toilette?«

»Schmutz«, erwiderte ich sachlich.

»Schmutz?«, wiederholte Gran, und ich war so stolz, dass ich es gehört hatte, das zarte Ansteigen ihrer Wortmelodie am Ende. Das bedeutete, dass sie mehr darüber hören wollte.

»In der Pause haben die anderen Kinder mich eingeladen, mit ihnen Fußball zu spielen. Ich habe mich bereit erklärt, die Torhüterin zu sein, bevor ich die schlammige Pfütze entdeckte, die sich von einem Torpfosten zum anderen zog. Als ich mich geweigert habe, mich ins Tor zu stellen, haben meine Mannschaftskameraden mich dort festgehalten, und das schlammige Wasser ist mir in die Schuhe gelaufen. Als ich geschrien habe, haben sie mich mit Schlamm beworfen und mir gesagt, ich soll mich daran gewöhnen. ›Schmutz ist nichts, wovor man Angst haben muss.‹ Das haben sie gesagt.«

Grans Mund klappte weit auf, und sie wandte sich wortlos Ms Cripps zu.

»So sind Kinder nun einmal. Sie haben es nicht böse gemeint«, sagte Ms Cripps. »Außerdem muss Molly irgendwie lernen.«

»In diesem letzten Punkt sind wir einer Meinung«, sagte Gran. »Aber gewiss muss Molly nicht auf diese Weise lernen, und ihre Erziehung sollte nicht ihren Altersgenossen überlassen werden.«

Das war eine interessante Feststellung. Und ich muss zugeben, dass mir noch nie in den Sinn gekommen war, meine Klassenkameraden könnten zugleich meine Lehrer sein. Insgeheim stellte ich die Vorzüge dieses pädagogischen Ansatzes infrage. Was sollte ich daraus lernen, dass mein Gesicht regelmäßig in die Toilettenschüssel gedrückt oder mir in mein Federmäppchen gespuckt wurde? Was sollte ich daraus lernen, dass ich Psycho-Molly, Zimperliese, Waschmaschine und – das mochte ich am wenigsten – Vollpfosten genannt wurde?

Es stimmt, ich hatte etwas von meinen Klassenkameraden gelernt, und zwar, dass das Sprichwort über die Stöcke und Steine, die mir die Knochen brechen können, während Worte mich nicht verletzen können, nicht wahr ist. Sie hatten mir reichlich Gelegenheit gegeben, zu üben, wie man diesen beiden Geschossen ausweicht, und selbst wenn sie mich damit trafen, verschwanden die blauen Flecke doch mit der Zeit wieder. Aber die Worte – ihr Stachel, ihr Stigma – blieben mir für immer. Ihre Worte verletzen mich bis heute.

»Haben Sie schon einmal in Erwägung gezogen, dass Molly von einer individuelleren Betreuung profitieren könnte?«, fragte Gran und beugte sich vor. »Vielleicht könnte die Schule Anpassungen vornehmen, damit sie sich in der Klasse wohler fühlt. Es könnte sinnvoll sein, dass ihre Lehrer neue Ansätze ausprobieren, um Molly zu erreichen, meinen Sie nicht auch?«

Da kicherte Ms Cripps, und ich dachte schon, ich hätte einen Witz verpasst. »Ich bin jetzt seit fast sieben Jahren Lehrerin, nach fünf Jahren Studium. Ich denke, mittlerweile weiß ich, was ich tue«, sagte sie. »Natürlich gibt es viele Hilfen für ein Kind wie Molly, und ich gebe Ihnen gern Broschüren der Spezialisten mit, die Sie privat engagieren können.«

»Privat«, wiederholte Gran. »Das heißt, es würden Kosten entstehen.«

»Natürlich. Sie erwarten doch nicht von den Pädagogen, dass sie gratis arbeiten, oder?«

»Selbstverständlich nicht«, sagte Gran und nahm die Hände vom Schreibtisch.

»Dies ist eine öffentliche Schule, Ms Gray. Wir können uns nicht nur um ein einziges Mädchen kümmern. Ich unterrichte eine fünfunddreißigköpfige Klasse.«

»Ich verstehe«, erwiderte Gran. »Ich fürchte, ein Spezialist oder eine Privatschule liegen außerhalb meiner Möglichkeiten.«

»Sie sind Hausangestellte. Dienstmädchen, richtig?«

Gran nickte.

»Molly spricht oft von Ihnen. Sie möchte später genau wie ihre Gran werden. Der Apfel fällt nicht weit vom Stamm, wie man sagt. Sie könnte Reinigungskraft werden. Oder vielleicht Tellerwäscherin. Das scheint mir ein angemessenes Berufsziel für ein Mädchen wie sie zu sein.«

Gran blickte in ihren Schoß. Sie brauchte einen Augenblick, um zu antworten. »Es fällt mir schwer nachzuvollziehen, warum ein Kind mit guten Noten eine Klasse wiederholen muss. Ich bin nicht davon überzeugt, dass das der richtige pädagogische Ansatz ist. Ich weiß Ihre Meinung in dieser Sache zu schätzen, aber könnte ich mit der Direktorin sprechen?«, fragte Gran.

»Das bin ich«, erwiderte Ms Cripps. »Es wurde noch nicht bekannt gegeben, aber das Schulamt war der Auffassung, ein wenig frisches Blut könne nicht schaden, jemand ... ein bisschen Jüngeres. Die alte Direktorin geht Ende des Jahres in den Ruhestand. Im Moment ist sie krankgeschrieben. Stressbedingt«, fügte sie im Flüsterton hinzu, aber ich habe es trotzdem gehört.

»Nun gut«, sagte Gran, und dann klopfte sie sich auf die Oberschenkel, nahm ihre Handtasche und stand ziemlich abrupt auf. »Lass uns gehen, Molly. Zeit ist kostbar.«

Ich folgte Gran zur Tür.

»Warten Sie«, sagte Ms Cripps. »Molly bleibt hier. Sie hat noch einen ganzen Schultag vor sich.«

»Ah«, entgegnete Gran. »Ich fürchte, da irren Sie sich. Wenn Sie sie zwingen, das Schuljahr zu wiederholen, dann ist das Mindeste, was ich tun kann, ihr zu ersparen, dass sie dieses Jahr beenden muss. Auf Wiedersehen.« Und damit führte sie mich schnurstracks zur Tür hinaus.

In meiner Erinnerung umschließt eine warme Hand die meine – so ein schlichter Trost. Ich bin nicht mehr im Büro der Direktorin, sondern stehe mit Gran vor dem Herrenhaus der Grimthorpes.

»Gehen wir hinein?«, frage ich.

»Ja, wir gehen hinein«, sagt sie.

»Erwarten sie mich?«

»Nein, sie erwarten dich ganz gewiss nicht.«

»Was ist, wenn sie mich nicht im Haus haben wollen, während du arbeitest? Was ist, wenn sie mich nicht mögen? Was sollen wir dann machen?«

»Mein liebes Mädchen«, sagt Gran. »Wir stellen uns dieser Situation, wie wir uns allem stellen.«

»Wie denn?«

»Gemeinsam.«

# Kapitel 4

Lily und ich warten schon übermäßig lange in Mr Snows Büro. Seit zehn Minuten hat keine von uns ein Wort gesagt. Das ist zugegebenermaßen für mich ungewöhnlicher als für Lily. Ich laufe im Raum auf und ab, während sie bleich und reglos dasitzt; ihre Haut wirkt klamm.

Es war schrecklich, als Mr Grimthorpe im Teesalon tot zusammenbrach, und es war noch schlimmer, als die Sanitäter hereinrannten und schrien: »Alle Mann raus hier! Sofort!« Die Gäste stürzten zum Ausgang, während die Sanitäter vergeblich versuchten, den Verblichenen am Boden wiederzubeleben. Ich wollte den Gästen schon folgen, aber Lily hatte mir ihre Hand entzogen und drückte sich an die Wand, das reine Entsetzen im Blick, so deutlich, dass ich es mühelos lesen konnte. Sie war wie erstarrt und sah aus, als wollte sie mit der Tapete verschmelzen.

»Lily!«, rief ich und drängte mich zu ihr durch. »Lass uns gehen.« Ich ergriff ihre eiskalte Hand, und gemeinsam verließen wir den Teesalon, wobei wir uns bemühten, Mr Grimthorpes schlaffe, leblose Leiche am Boden nicht anzusehen. »Bringen Sie sie in mein Büro, Molly«, sagte Mr Snow, als er uns erblickte. »Die Beamten wollen vielleicht mit ihr sprechen.«

Die »Beamten«. Bei diesem Wort lief mir ein kalter Schauder über den Rücken.

Mit Lily an meiner Seite bahnte ich mir einen Weg durch die Menge, die den gesamten Flur vom Eingang des Teesalons bis zur Lobby vorn verstopfte. Krimibegeisterte LAMM-Frauen und nach einer Sensationsmeldung gierende Journalisten, alle mit VIP-Ausweisen um den Hals, tauschten sich in gedämpftem Ton aus. »Ist er tot? Was ist passiert? Was wollte er denn ankündigen?« Aber schon versammelten sich auch andere dort – diejenigen, die gehört hatten, dass im Regency Grand etwas vorgefallen war.

Als wir durch die Lobby eilten, erhaschte ich einen Blick auf Mr Preston draußen auf der Treppe, der mit ausgebreiteten Armen versuchte, die Menge zurückzuhalten, während die blinkenden Lichter der Rettungswagen sich im glänzenden Hoteleingang spiegelten.

Mit jedem Schritt wurde Lily an meinem Arm schwerer. Ich befürchtete schon, sie werde gleich hier zusammenzubrechen. »Kopf hoch, Herzchen. Alles wird gut«, zwitscherte ich, hielt sie gut fest und zog sie eilig durch die hinteren Flure des Hotels. In Wahrheit glaubte ich nicht, dass alles gut werden würde, aber ich habe vor langer Zeit von Gran gelernt, wie wichtig ein sonniges Gemüt in finsteren Zeiten ist.

Wir liefen durch die labyrinthartigen Flure und Gänge, bis wir endlich vor Mr Snows Büro standen. Ich klopfte fest an und sagte mit bebender Stimme, aber in energischem Ton: »Housekeeping!« Wenig überraschend antwortete niemand, aber es ist wichtig, sich an die Regeln zu halten. Ich drehte den Knauf und fand die Tür glücklicherweise unverschlossen. Ich führte Lily zu einem braunen Gästestuhl, auf dem sie in sich zusammensank wie eine fallen gelassene Marionette. So sitzt sie jetzt seit über einer halben Stunde da, in sich zusammengesunken und stumm.

»Lily? Ist alles in Ordnung?«

Sie sieht mich an, und ihre Pupillen sind größer, als ich sie je gesehen habe. »Ich habe ein ganz mulmiges Gefühl«, flüstert sie. »Das könnte sehr, sehr schlecht sein. Für mich. Für uns.«

In diesem Augenblick erscheint ein Gesicht an der Tür,

ein vertrautes und hochwillkommenes Gesicht. »Angela!«, rufe ich, stürze zur Tür und schlüpfe zu ihr hinaus auf den Flur. Sie hält eine Teetasse in der Hand.

»Hier«, sagt sie und reicht mir die Tasse. »Ich dachte, den kannst du sicher brauchen.«

»Danke. Ich kann es nicht fassen, Angela. Ich kann nicht fassen, dass er tot ist.«

»Geht mir genauso«, erwidert sie. »Lass uns bloß hoffen, dass es eine gute Erklärung gibt. Aber ich sage dir, Molly, das sieht schlecht aus. Also, True-Crime-schlecht.«

Ich bin schon immer schnell ohnmächtig geworden, und jetzt schlägt meine alte Nemesis – der Schwindel – wieder zu. Ich habe das grässliche Gefühl, dass die Welt auf den Kopf gestellt wird und ich nichts dagegen tun kann. Um mich zu stabilisieren, konzentriere ich mich auf die Teetasse in meinen Händen.

Ist es nicht seltsam, wie sich die Bedeutung von etwas blitzartig verändern kann? Erst vor ein paar Monaten hat Angela mich mit True-Crime-Podcasts bekannt gemacht, und ich habe diese Erfahrung sehr genossen. Zusammen haben wir uns einen Podcast mit dem Titel *Ein Dutzend schmutzige Verdächtige* angehört, in dem es um eine Reihe von Mafiamorden in einem Vorort ging. Angela erriet schon in der ersten Episode nach zehn Minuten, wer der Mörder war.

»Tschakka!«, rief sie vergnügt, als das Rätsel in der letzten Episode gelöst wurde. »Wer ist hier der Crack?«, fragte sie, während sie zur Feier ihrer Scharfsinnigkeit einen kleinen Freudentanz aufführte, dass ihr feuerrotes Haar nur so flog.

Noch vor wenigen Monaten war True Crime eine unterhaltsame Ablenkung, aber jetzt wird mir allein beim Gedanken daran ganz schwach.

»Molly, ist alles in Ordnung?«, fragt Angela.

Ich bringe ein knappes Nicken zustande.

»Mach du dir mal keine Sorgen«, sagt Angela, »ich sperre Augen und Ohren auf. Ich lasse es dich wissen, wenn ich irgendwelchen Dreck finde.«

»Dreck?«, wiederhole ich.

»Molly.« Sie legt mir die Hand auf den zitternden Arm. »Ein so plötzlicher Tod ist nicht gerade natürlich.«

»Wenn er nicht natürlich ist, was dann?«

»Kriminell«, sagt Angela und sieht mich mit großen Augen düster an.

»Meine Gran hat immer gesagt: Zieh keine voreiligen Schlüsse, das könnte nach hinten losgehen«, sage ich.

In diesem Augenblick dringt Schluchzen aus Mr Snows Büro. Wir spähen beide hinein und sehen, dass Lily den Kopf in den Händen vergraben hat und weint.

»Ist alles in Ordnung mit ihr?«, fragt Angela.

»Ganz ehrlich, ich weiß es nicht«, erwidere ich sotto voce. Ich danke Angela für den Tee. Sie nickt und geht ohne ein weiteres Wort davon.

Ich kehre ins Büro zurück und stelle den Tee auf den Beistelltisch neben die Tasse, die ich Lily vorhin gebracht habe. »Hier. Eine schöne Tasse Tee kuriert alles. Und falls doch nicht, trink noch eine.«

Ich hoffe auf ein Lächeln, einen Blick, bekomme aber keins von beidem.

Daraufhin plappere ich erstaunlich lange ohne Sinn und Verstand daher, über die penible Ordnung in Mr Snows Büro, den Unterschied zwischen Ledereinbänden und Taschenbüchern, Haushaltstipps von Gran, nicht nur zum Polieren von Silber, sondern auch zum Reinigen ledergebundener Bücher, nämlich am besten mit einem nicht fusselnden Tuch und Sattelseife.

»Molly«, sagt Lily unvermittelt.

Ich eile zu ihr und setze mich auf den Stuhl neben ihr. »Ja?«

Ihre Augen sind runde Teiche der Beklommenheit. »Ich habe Angst.«

»Ich weiß. Aber warum?«

»Weil ein berühmter Mann tot ist. Weil sie die Schuld immer dem Zimmermädchen geben. Ausgerechnet du müsstest das doch wissen.«

Ich nehme ihre Hände und hole gerade zu meiner wirksamsten Aufmunterungsrede aus, in der es darum geht, dass das Gute immer über das Böse triumphiert und die Sanftmütigen das Erdreich besitzen werden, da erscheint Mr Snow an der Tür.

»Ach, Gott sei Dank«, sage ich. »Ich bin so froh, Sie zu sehen ...« Meine Worte bleiben mir in der Kehle stecken, denn als Mr Snow eintritt, folgt ihm eine Person, der zu begegnen ich vor einigen Jahre das schreckliche Pech hatte und von der ich gehofft hatte, dass ich sie nie wiedersehen müsste. Sie ist groß, stattlich, mit breiten, athletischen Schultern, und trägt einen schwarzen Pullover und eine schwarze Hose, doch dass sie heute in Zivil anstatt in Uniform auftritt, lindert meine Beunruhigung nicht.

»Hallo, Molly«, sagt Detective Stark, die selbstbewusst an der Schwelle zu Mr Snows Büro steht.

Ich weiß, die Etikette verlangt von mir eine Floskel in der Art von »Wie schön, Sie zu sehen« oder »Was für eine Freude, Sie wiederzutreffen, nachdem Sie mir vor ein paar Jahren den Mord an Mr Black anhängen wollten und fast mein Leben ruiniert hätten«, aber ich habe gelernt, dass es am besten ist, die Klappe zu halten, wenn ich die Worte in meinem Kopf nicht im Griff habe.

»Als Mr Grimthorpe zusammenbrach, hat sofort jemand den Notruf gewählt«, erzählt Mr Snow. »Die Polizei traf ein, kurz nachdem Sie den Raum verlassen hatten, Molly.«

»Und ich bin nicht lange danach eingetroffen«, ergänzt Detective Stark, hakt die Daumen in die Gürtelschlaufen und wippt vor und zurück wie die Cowboys in alten Spielfilmen. »Hier zu sein, ist wie ein Déjà-vu«, fügt sie hinzu und sieht sich in Mr Snows Büro um.

»Das will ich nicht hoffen«, entgegne ich. »Falls Sie hier sind, um zu ermitteln, wäre es wünschenswert, diesmal grobe Fehlurteile zu vermeiden. Wie meine Gran immer sagte: ›Einmal zu irren, ist menschlich; zweimal zu irren, ist idiotisch.‹«

Mr Snow räuspert sich. »Molly, ich denke, die Ereignisse heute Morgen haben Sie aus der Fassung gebracht.«

Stark kommt ganz herein und mustert Lily, die niedergeschlagen und in sich zusammengesunken auf ihrem Stuhl hockt. »Sieht so aus, als wäre da noch jemand aus der Fassung«, sagt sie und nickt in Lilys Richtung. »Ich nehme an, das ist die junge Frau, die Grimthorpe unmittelbar vor seinem Tod bedient hat.«

»Diese junge Frau hat einen Namen«, sage ich. »Sie ist Lily Finch, mein zuverlässiges Lehrmädchen. Bitte verzeihen Sie ihr Schweigen. Ich glaube, sie steht unter einem schweren Schock.«

»Darf ich?«, fragt Detective Stark, während sie sich bereits einen Stuhl heranzieht und sich vor Lily setzt, bevor irgendjemand »Bitte« sagen kann. »Ich muss Ihnen einige Fragen stellen«, sagt sie zu laut. Glaubt sie etwa, Lily sei taub?

»Ihre Ohren funktionieren wunderbar«, sage ich.

Lily betrachtet ihre Hände, die fest verschränkt und mit weißen Knöcheln in ihrem Schoß liegen.

»Sie ist nicht die Redseligste, aber ich versichere Ihnen, sie ist ein außergewöhnliches Lehrmädchen«, erkläre ich.

»Außergewöhnlich worin, ist die Frage«, erwidert Stark. »Lily, Ihnen ist doch klar, dass Mr Grimthorpe tot ist. Ich habe mir seine Leiche gerade gründlich angesehen, und dabei sind mir einige … sehr merkwürdige Dinge aufgefallen.

Verdächtige Dinge. Meines Wissens haben Sie heute Morgen seinen Tee zubereitet.«

»Woher wissen Sie das?«, frage ich.

»Cheryl hat es dem Detective gesagt«, antwortet Mr Snow. »Sie ist noch eine Weile am Tatort geblieben.«

»Was hat der Umstand, dass Lily Mr Grimthorpes Tee zubereitet hat, damit zu tun, dass er tot zusammengebrochen ist?«, frage ich.

Die Polizistin wendet sich mir zu. »Molly, Männer sterben nicht ohne guten Grund so plötzlich. Normalerweise muss dabei ein bisschen nachgeholfen werden.« Sie wendet sich von mir ab und beugt sich zu Lily vor. »Lily, hat außer Ihnen heute noch jemand den Teewagen dieses Schriftstellers angefasst?«

Schweigen.

»Haben Sie heute im Hotel irgendetwas Ungewöhnliches bemerkt?«, fragt Detective Stark. »Oben oder vielleicht auch unten in der Küche?«

Lily antwortet nicht. Ihre Augen sind glasig, ihr Blick unscharf. Das Wort »katatonisch« kommt mir in den Sinn, und ich bin versucht, es laut zu buchstabieren, eine alte Gewohnheit, aber ich widerstehe.

»Detective«, mische ich mich ein. »Das Küchenpersonal hat heute Morgen zwei Teewagen für Mr Grimthorpe vorbereitet – einer wurde ihm vor der Veranstaltung serviert, der andere währenddessen. Lily war für beide Wagen zuständig. Und was ›etwas Ungewöhnliches im Hotel‹ betrifft: Im Regency Grand ereignen sich mit erschreckender Regelmäßigkeit merkwürdige Vorfälle. Erst vor ein paar Wochen hat ein Gast sein Haustier, eine Schlange, auf sein Zimmer geschmuggelt. Sie entkam und rollte sich auf einem Stuhl in der Lobby zusammen. Glücklicherweise habe ich die eigenartige Spirale auf einem der smaragdgrünen Sofas entdeckt, bevor eine Dame mit einem ausladenden Hinterteil sich daraufsetzen konnte. Wussten Sie, dass ich einmal einen Popstar dabei ertappt habe, wie er seine Toilette mit Eiswürfeln füllte, um Champagner zu kühlen? Und erst gestern liefen diverse Fans von Mr Grimthorpe mit gefälschten VIP-Ausweisen um den Hals durch das Hotel.«

»Woher wussten Sie, dass sie gefälscht waren?«, fragt die Polizistin.

»Grimthrope«, erwidere ich.

»Wie bitte?«

»Auf den Ausweisen waren die Buchstaben in Grimthorpes Namen vertauscht. Rechtschreibfehler«, erkläre ich. »Sehr nachlässig.«

»Molly hat ein Adlerauge fürs Detail«, bekräftigt Mr Snow.

»Hmm.« Detective Stark verzieht den Mund. Das erinnert mich an den Hund auf der Straße gegenüber meiner Wohnung, der immer, bevor er sich mit voller Wucht gegen den Zaun stürzt, eine Lefze zur Seite zieht. Vielleicht fällt es Lily auch auf, denn mit einem Mal bricht sie wieder in Tränen aus und vergräbt das Gesicht in den Händen.

»Du bist nicht in Schwierigkeiten, Lily«, sage ich.

»Bisschen zu früh, um das zu sagen«, widerspricht die Detective.

»Zu Ihrer Information: Lily ist nicht die Einzige, die diese Teewagen heute Morgen angefasst hat. Auch ich habe das getan. Ich habe Diverses korrigiert, was das Küchenpersonal übersehen hatte. Ihnen fehlt diese Woche ein wichtiger Mitarbeiter, und leider muss ich berichten, dass ihnen ein paar Fauxpas unterlaufen sind.«

Detective Stark steht auf und läuft durch den Raum. Nach einigen vollständigen Umrundungen bleibt sie direkt vor mir stehen.

»Sie geben also zu, dass Sie diesen Teewagen angefasst haben?«

»Ja«, sage ich und hebe die rechte Hand. »Es ist meine

Pflicht als Chefzimmermädchen, sämtliche Details im Rahmen der Qualitätskontrolle zu überprüfen. Und ich drücke mich nicht vor meinen Pflichten.«

»War an diesem Wagen etwas merkwürdig? Oder an dem ersten? Irgendetwas nicht in Ordnung?«, fragt die Detective.

Ich überlege. »Doch, da war etwas. Das Deckchen unter der Teekanne lag ein bisschen schief, aber ich habe es zurechtgezogen.«

»Gott helfe mir.« Detective Stark reibt sich die Stirn. »Ich habe das nicht wörtlich gemeint.«

»Pardon?«, sage ich und meine es auch nicht wörtlich. Ich meine: *Ich verstehe nicht, was um Himmels willen Sie von mir wollen.*

»Dieser Teewagen«, setzt Stark noch einmal an. »Ich möchte wissen, ob es da irgendetwas gab, was damit zu tun haben könnte, dass ein Mann im Teesalon plötzlich tot zusammenbricht.«

»Ich denke nicht, es sei denn, der Tee wäre vergiftet gewesen«, erwidere ich.

Wie aufs Stichwort verzieht Stark den Mund zu einem süffisanten Grinsen, und bei Lily fließen frische Tränen.

Detective Stark wendet sich an Mr Snow. »Ich muss genau wissen, was Grimthorpe in seiner großen Ankündigung gesagt hat.«

»Nichts«, erwidert Mr Snow. »Bevor er etwas Nennenswertes sagen konnte, ist er … er …«

»Gestorben«, schlage ich vor. »Es hat keinen Zweck, es anders zu nennen, als es ist. Mr Grimthorpe *starb,* bevor er seine Rede halten konnte.«

Detective Stark sieht Mr Snow an. »Und als der Mann, der die Veranstaltung mit Grimthorpe arrangiert hat, wissen Sie da nicht, was er ankündigen wollte?«

»Leider nein«, sagt Mr Snow.

»Sehen Sie sich die Stichwortkarten an«, schlage ich vor.

»Stichwortkarten?«, wiederholt Detective Stark und klingt wie ein trainierter Papagei.

»Er hatte sie in der Hand, als er auf die Bühne kam. Er hat sie aufs Pult gelegt«, erkläre ich.

»Tatsächlich?« Stark verschränkt die Arme.

Ich nehme mir einen Moment Zeit und überlege, ob dieses »Tatsächlich?« eine rhetorische Frage ist oder die Polizistin diesmal tatsächlich eine Antwort erwartet. Aus reiner Vorsicht entscheide ich mich für Ersteres.

Detective Stark atmet auf eine Weise aus, die Gran früher vielleicht als »theatralisch« bezeichnet hätte. »Wir haben auf dem Pult keine Stichwortkarten gefunden«, sagt sie. »Oder sonst wo im Raum.«

Sie wendet sich an Lily. »Sie müssen endlich mit mir reden. Jetzt. Und Sie müssen mit mir in diesen Teesalon kommen und mit mir durchgehen, was passiert ist. Ist das klar?«

»Detective«, sage ich und stelle mich zwischen sie und mein verstörtes Lehrmädchen. »Lily ist im Augenblick nicht in der Lage, zu sprechen. Ich habe früher ähnliche Blockaden erlebt. In meinem Fall kam es dazu, wenn Menschen in einem Ton mit mir sprachen, den ich nicht verdient hatte. Ich verstehe, dass die Angelegenheit keinen Aufschub duldet, und da mein Mund voll funktionsfähig ist – jedenfalls im Moment –, melde ich mich freiwillig, Sie in den Teesalon zu begleiten und die Ereignisse des heutigen Morgens mit Ihnen durchzugehen.«

»Nein. Keine Chance«, erwidert die Polizistin.

»Jetzt warten Sie mal«, wirft Mr Snow ein. »Molly war dort, gleich neben Lily. Sie hat alles gesehen. Außerdem ist ihr gerade aufgefallen, dass etwas fehlt, das Sie und Ihre Beamten nicht am Tatort gefunden haben. Molly ist vielleicht nützlicher, als Sie glauben.«

»Ich habe wirklich ein Adlerauge fürs Detail«, sage ich.

»Wobei Sie so viel übersehen, wie Sie entdecken«, gibt Stark zurück.

Gran hat einmal gesagt, wenn man nichts Nettes zu sagen hat, sagt man am besten gar nichts. Aus diesem Grund hebe ich das Kinn, nehme die Schultern nach hinten und halte den Mund fest geschlossen.

Allerdings wird die Stille bald ohrenbetäubend laut.

Detective Stark seufzt einige Male auf ihre typisch theatralische Art. »Also kommen Sie mit, Molly«, sagt sie. »Ich will hoffen, dass Sie nicht meine Zeit verschwenden.«

# Kapitel 5

## FRÜHER

Fragen Sie sich auch manchmal, wie es wäre, Orte, an die man sich aus der Kindheit erinnert, aufzusuchen und sie mit den Augen einer Erwachsenen zu betrachten? Würden sie noch genauso aussehen, oder würden sie kleiner wirken, als ob man sie im Rückspiegel betrachtete, nicht weil die Orte sich verändert hätten, sondern weil man sich selbst verändert hat?

Ich habe das Rumpeln eines schwarzen schmiedeeisernen Tors im Ohr, das sich hinter mir schließt.

»Einen Fuß vor den anderen. Nur so kommt man in diesem Leben irgendwohin«, sagt Gran. Sie legt mir ihre warme Hand auf den Rücken und schiebt mich auf den rosengesäumten Weg zum Herrenhaus der Grimthorpes.

»Bist du sicher, dass das kein Museum ist?«

»Es ist ein privater Wohnsitz, Liebes«, sagt Gran. »Allerdings zögere ich, es ein Zuhause zu nennen.«

»Warum?«

»Du wirst schon sehen.«

Unterwegs strecke ich die Hand aus und berühre die seidig weichen Blütenblätter der prachtvollen blutroten Rosen.

»Vorsicht«, sagt Gran. »Du musst immer auf die Dornen achten.«

Ich ziehe den Arm zurück und finde wieder Grans Hand. »Gibt es noch mehr Dienstmädchen und Arbeiter im Herrenhaus?«, frage ich, als wir die Hälfte des Weges hinter uns haben.

»Jetzt nicht mehr«, erwidert Gran. »Die meisten wurden … entlassen. Es gibt einen Gärtner und den Wachmann im Turm am Tor. Beim Haus selbst vertrauen sie fast niemandem. Es ist ein riesiger Wohnsitz, aber ich bin mittlerweile fast die Einzige, die hineingelassen wird.«

»Fast?«

»Der springende Punkt ist, dass dieses Haus nicht gerade von Geselligkeiten strotzt. Die Grimthorpes bleiben für sich.«

»Das klingt perfekt«, erwidere ich.

»Mrs Grimthorpe, die jederzeit untertänige Loyalität verlangt, lernst du gleich kennen, aber ihr Mann, Mr Grimthorpe, ist in letzter Zeit größtenteils unsichtbar … außer wenn er es nicht ist.«

Mit einem leisen Gruseln stelle ich mir etwas Waberndes vor, einen Schemen, einen teilweise unsichtbaren Mann. »Ist er ein Gespenst?«, frage ich.

Gran gluckst. »In gewisser Weise. Er ist ein Schriftsteller, der sich meistens in seinem Arbeitszimmer einschließt. Mrs Grimthorpe beharrt darauf, dass seine Übellaunigkeit ein Anzeichen seines künstlerischen Genies ist und er über uns gewöhnlichen Leuten steht. Wir sollen ihm und ihr dienen, ohne Fragen zu stellen. Was du auch tust, Molly, störe ihn *nicht* beim Schreiben. Ich rate dir, einen Sicherheitsabstand einzuhalten, denn er ist ein bisschen wie ein Troll, mit einem Temperament, das von melancholisch bis diabolisch reicht.«

Ein neues Bild nimmt in meinem Kopf Gestalt an – ein stämmiger, stark behaarter Brückentroll mit roten Knopfaugen, einem krummen Rücken und Überbiss. »Und Mrs Grimthorpe?«, frage ich hoffnungsvoll. »Hat sie selbst Kinder?«

»Nein«, erwidert Gran. »Sie hat ihr ganzes Leben dem Wohlergehen ihres Mannes und dem Bewahren des guten Namens ihrer Familie gewidmet.«

»Mag sie wenigstens Kinder?«

»Ich bezweifle es stark, aber wir werden es gleich herausfinden.«

Wir haben den langen, gewundenen Weg zurückgelegt und stehen vor der gewaltigen Haustür mit ihrem bedrohlich wirkenden Messingtürklopfer in Form eines wütenden Löwenkopfs.

»Na los«, sagt Gran. Ich packe den schweren Unterkiefer mit meiner kleinen Hand und klopfe zweimal.

Hinter der Tür nähern sich hohe Absätze, dann dreht sich der Knauf. Ich eile zurück an meinen sicheren Platz neben Gran.

Die Tür öffnet sich knarrend und gibt den Blick frei auf eine Frau von etwa Grans Alter und Größe. Sie hat ein langes Gesicht, schmale Lippen und herabgezogene Mundwinkel.

Gran stellt einen Fuß hinter den anderen, senkt den Blick und macht einen Knicks – das habe ich sie noch nie tun sehen.

»Flora?«, fragt die verdrießliche Frau, und ihre Stimme knistert wie eine zerkratzte Schallplatte. »Was um alles in der Welt ist *das?*«

Die zusammengekniffenen Augen der Frau wenden sich mir zu, und ich drücke mich an Gran.

»Dies ist Molly, meine Enkelin«, sagt Gran mit fester, kräftiger Stimme. »Ich bitte Sie demütig um Erlaubnis, sie heute bleiben zu lassen.«

»Wo bleiben?«, fragt Mrs Grimthorpe.

»Madam, es gab heute ein höchst unerwartetes Problem in ihrer Schule. Sie hat sonst niemanden, bei dem sie bleiben könnte, während ich arbeite, deshalb bitte ich um Erlaubnis, sie während meines Dienstes hierzubehalten. Sie ist ein gutes Mädchen. Sie macht niemals Umstände. Sie ist … sie ist mein Schatz.«

Mrs Grimthorpe schnaubt, dann legt sie ihre spindeldürren Finger an die Stirn, als hätte diese Neuigkeit ein grässliches Fieber bei ihr ausgelöst. »Das Dienstmädchen sucht Kinderbetreuung bei ihren Arbeitgebern. In jeder Hinsicht absurd.« Sie schüttelt den Kopf. »Für heute will ich großzügig sein, aber Ihnen muss klar sein, dass meine Generosität ihre Grenzen hat, und die Grenze ist heute um siebzehn Uhr.«

»Generosität«, sage ich. »G-E-N-E-R-O-S-I-T-Ä-T. Bedeutung: Großmütigkeit, Freigebigkeit.« Ich knickse und beuge den Kopf genau wie Gran eben.

»Was um alles in der Welt war das?«, fragt Mrs Grimthorpe.

»Buchstabierwettbewerb«, erklärt Gran. »Sie ist sehr gut darin.«

Mrs Grimthorpes Augen sind wie schwarze Löcher, ihr Blick bohrt sich in mich hinein. »Es gibt Regeln in diesem Haus, junge Dame. Und du wirst jede einzelne befolgen.«

»Ich mag Regeln«, sage ich.

»Gut. Regel Nummer eins: Kinder soll man sehen, aber nicht hören. Ich korrigiere: Kinder soll man nicht sehen *und* nicht hören.«

Ich nicke und traue mich nicht, etwas zu sagen, da das gegen Regel Nummer eins verstoßen würde.

»Regel Nummer zwei: kein Kreischen, Schreien, Quengeln, kein Rennen, überhaupt keine Geräusche.«

Wieder nicke ich.

»Regel Nummer drei: Du darfst Mr Grimthorpe nicht stören – unter keinen Umständen. Er würde es nicht gut aufnehmen und ich auch nicht. Seine literarische Tätigkeit ist von größter Wichtigkeit, und seine Arbeit darf nicht unterbrochen werden. Verstehst du?«

Noch einmal nicke ich, während meine Finger in Grans Hand sich versteifen.

»Molly ist außergewöhnlich höflich und wohlerzogen«, sagt Gran. »Sie wird es zufrieden sein, still im Salon zu sitzen.«

»Und wie wird sie sich beschäftigen?«, fragt Mrs Grimthorpe. »Müßiggang ist aller Laster Anfang, und ich will nicht, dass sie vor Langeweile das Haus abreißt.«

»Ich beschäftige mich mit meiner reichen Fantasie«, antworte ich und merke zu spät, dass ich gegen eine Regel verstoßen habe. Ich füge ein »Madam« hinzu und hoffe, dass das meinen Fehler aufwiegt.

Mrs Grimthorpe seufzt, dann tritt sie beiseite und lässt uns eintreten.

Die Eingangshalle ist prachtvoller als alles, was ich je gesehen habe. Sie hat einen Boden aus glänzendem schwarzem Marmor mit kunstvollen geometrischen Einlegearbeiten und eine geschwungene Treppe aus dunklem Eichenholz, die hinauf in den hohen ersten Stock führt. Aus einem großen Spiegel an der Wand links von mir blickt mir mein fassungsloses Gesicht entgegen. Der Spiegel hat einen so prachtvollen goldenen Rahmen, dass ich sicher bin, es ist der Zauberspiegel aus *Schneewittchen*. Als ich nach oben blicke, ist die Decke so himmelhoch, dass ich einen steifen Nacken bekomme. Über uns hängt an einem unfassbar dünnen Draht ein glitzernder moderner Kronleuchter aus Tausenden eisähnlichen Kristallsplittern. Ein Stückchen weiter entdecke ich an den Wänden Gemälde, und sie sind wirklich so, wie Gran gesagt hat – keine Bilder von Figuren, die ich erkennen kann, sondern abstrakte Farbkleckse, die eher auf die Leinwand geworfen statt gepinselt zu sein scheinen.

Hinter uns ertönt ein hohler Knall: Mrs Grimthorpe hat die Haustür geschlossen.

»Ich setze dich in den Empfangssalon, Molly«, sagt Gran. »Du kannst mit meiner Stickarbeit weitermachen. Wie klingt das?«

»Machen Sie schnell«, befiehlt Mrs Grimthorpe. »Die Fenster im Wintergarten putzen sich nicht von allein, Flora.«

Sie macht auf dem Absatz kehrt, klappert durch die Eingangshalle und verschwindet in den geheimnisvollen Tiefen des Hausinneren. Gran klopft mir auf die Schulter, dann führt sie mich durch eine Flügeltür aus Glas in das erste riesige Zimmer zu unserer Rechten. »Der Empfangssalon«, verkündet sie.

Ich sehe mich in diesem Salon um, und mir wird ganz schwindelig: königsblaue Sessel mit hohen Rückenlehnen, Stuck, der wie der Zuckerguss auf einer Torte aussieht, klassische Gemälde, die jeden Zentimeter Wand bedecken – Schiffe und Schiffskatastrophen, Damen mit hübschen wallenden Röcken, Jagdgesellschaften in sattgrünen Wäldern, die Füchse mit angstvoll aufgerissenen Augen jagen. Und schließlich auf dem Sims über der dunklen Kaminöffnung, genau in der Mitte aufgestellt, der bemerkenswerteste Gegenstand, den ich je gesehen habe. Auf einem filigranen, ein wenig angelaufenen Sockel ruht ein mit Diamanten und anderen Edelsteinen besetztes, perlmuttartig schimmerndes Schmuck-Ei. Es ist nicht groß. Es würde in meine Handfläche passen. Es ist so betörend schön, dass ich gar nicht wegsehen kann.

»Mach den Mund zu, sonst kommen Fliegen hinein«, sagt Gran.

Ich gehorche, aber ich kann den Blick nicht von dem bezaubernden Ding auf dem Kaminsims losreißen.

»Mrs Grimthorpe behauptet, es sei ein Fabergé-Ei«, sagt Gran. »Eine kostbare Antiquität, über Generationen weitervererbt. Wunderschön, nicht wahr?«

»Ein Schatz«, hauche ich.

»Ich habe diesen Raum schon immer geliebt«, sagt Gran. »Den Eingangsbereich und einige der anderen Salons haben sie modernisiert, aber diesen mag ich am liebsten. Komm jetzt.« Gran reißt mich aus meiner Träumerei und zieht mich zu einem der königsblauen Sessel. »Du kannst dich hierhersetzen und an meinem Kissen arbeiten. Du darfst die rosa-blauen Blümchen sticken. Erinnerst du dich an das, was ich dir gezeigt habe?«

Ich erinnere mich. Die Nadel ist ein Kaninchen – man schlängelt sie in das Loch, und wenn sie einmal unten ist, macht man einen Knoten, um den Faden zu sichern.

»Ich gehe jetzt besser schnell in den Wintergarten. Falls du meinst, Mrs Grimthorpe sei jetzt schon mürrisch, dann glaub mir, du willst sie nicht erleben, wenn ich nicht bald mit diesen Fenstern anfange.«

Daraufhin macht Gran etwas Komisches. Sie hockt sich vor mich und nimmt meine Hände. »Es tut mir so leid«, sagt sie, und ihre Augen füllen sich mit Tränen. »Du hast etwas Besseres verdient, aber ich weiß einfach nicht, was ich sonst machen soll.«

Ich habe keine Ahnung, warum sie so aus der Fassung ist. Mein Magen krampft sich zusammen, als ich ihre Tränen fallen sehe. »Nicht weinen, Gran. Weißt du nicht mehr, was nach deinen Worten passiert, wenn ich meinen Glücksort finde?«

»Wenn du ihn erst gefunden hast, wird alles gut?«

»Ja. Und Gran?«

»Was?«

»Ich habe ihn gerade gefunden.«

Nachdem Gran gegangen ist, sitze ich eine ganze Weile einfach auf diesem königsblauen Sessel und sehe mir den majestätischen Raum in allen Einzelheiten an, studiere ihn und präge mir alles ein, indem ich jeden Gegenstand in einer imaginären Kladde in meinem Kopf verzeichne. Auf diese Weise kann ich ihn in meiner Erinnerung immer wieder aufsuchen, selbst wenn ich nie mehr ins Herrenhaus der Grimthorpes zurückkehren sollte.

Das ist eine Technik, die ich vor noch gar nicht so langer Zeit bei einem Schulausflug ins Kunstmuseum gelernt habe. Meine Klassenkameraden haben mich zwar ausgelacht und darüber geschimpft, dass ich jedes Schild zu jedem Ausstellungsstück gelesen habe, aber das war mir egal. Nichts war wichtiger als das, was ich in meiner Erinnerung errichtete – nicht nur einen Glücksort, sondern einen Glückspalast.

Sobald ich jedes Gemälde, jeden Wandteppich und jedes Kunstwerk im Salon der Grimthorpes aufgeführt habe, erschaffe ich mit geschlossenen Augen alles neu, und erst als ich ein vollständiges Bild des Salons abgespeichert habe, nehme ich Grans Kopfkissenstickerei zur Hand. Ich beginne mit einer rosa-blauen Blume, aber es dauert nicht lange, da werden meine Augenlider schwer. Ich lege Grans Stickarbeit auf dem Schoß ab und gestatte meinen Augen, sich zu schließen.

»Teestunde!«, höre ich plötzlich und reiße die Augen auf. Ich brauche einen Augenblick, bis ich wieder weiß, wo ich bin. Gran steht vor mir. Ich schaue auf die Uhr auf dem Couchtisch und stelle zu meinem Entsetzen fest, dass der kleine Zeiger mehr als eine Runde gedreht hat.

»Wie ich sehe, hast du dich ein bisschen ausgeruht«, sagt Gran. »Kein Wunder, dass du müde bist, Molly. Du hattest einen ziemlich fordernden Morgen.«

Neben ihr steht ein Wagen mit einer dampfenden Teekanne, einer helltürkisfarbenen Teetasse auf einer zarten Untertasse, einem Korb mit frisch gebackenen Rosinen-Scones, Clotted Cream in einer hübschen rosa Schale, Zitronenscheiben in einer gelben, Gurkensandwiches ohne Kruste auf einem separaten Teller und einem kunstvollen Silberlöffel.

»Für wen ist das alles? Du hast gesagt, die Grimthorpes laden nie Gäste ein.«

Gran lacht. »Ich versichere dir, das machen sie wirklich nicht. Das ist alles für dich.«

Ich kann es kaum glauben. Samstags macht Gran uns zum Tee etwas Besonderes, nämlich Crumpets, die wir in unserer beengten Wohnung an unserem kleinen Küchentisch aus zweiter Hand essen. Zu meinem achten Geburtstag hat Gran einmal Clotted Cream gekauft, die so herrlich und köstlich war, dass ich den Geschmack nie mehr vergessen habe. Ich habe sie gefragt, ob wir jedes Wochenende Clotted Cream essen könnten, aber Gran hat den Kopf geschüttelt. »Ich wünschte, wir könnten das«, sagte sie. »Aber es ist zu teuer.«

Jetzt bereitet Gran mir meinen Tee genau so zu, wie ich es mag: mit zwei Stück Zucker und einem Spritzer Milch. Dann belädt sie einen kleinen Teller mit köstlichen Leckereien und stellt ihn auf den Beistelltisch mit den geschwungenen Beinen neben mir. Schließlich faltet sie ein sauberes Tuch und legt es über die Armlehne meines Sessels, vermutlich wegen Krümeln und Spritzern.

»Trinkst du nicht mit mir Tee, Gran?« Ich erwarte wirklich, dass sie sich einen Stuhl herbeizieht. Ich kann es gar nicht erwarten, ihr alles über den Palast in meinem Gedächtnis zu erzählen – wie ich mir jeden Gegenstand in diesem Raum eingeprägt habe, von den Fasanen auf dem handgewebten Teppich bis zu den diversen Edelsteinen auf dem Fabergé-Ei, nur für den Fall, dass ich nie mehr in dieses wundervolle Haus zurückkehre.

»Molly, ich kann mich nicht zu dir setzen. Ich habe noch weitere Fenster zu putzen«, sagt Gran. »Aber ich sehe später nach dir. Heute ist Staubputztag – also Kampf dem Staub. Später kannst du mir Gesellschaft leisten, während ich diesen Salon putze. Würde dir das gefallen?«

»Ja, Gran.«

Ihre Hand streift meine Wange. Dann verlässt sie den Raum.

Ich bestaune noch einmal den Teewagen. Ich bestreiche einen Scone mit Clotted Cream und Marmelade, dann noch einen. Ich verputze beide und spüle sie mit dem Tee hinunter, der wie sonnendurchglühte Bergamotte und Rosen schmeckt. Ich schenke mir eine zweite Tasse Tee ein und benutze dafür beide Hände, genau wie Gran es mir gezeigt hat. Ich bin stolz darauf, dass kein Tropfen danebengeht.

Ich versuche, mich zu bremsen, und kaue jeden Bissen mindestens zwanzigmal, aber bald ist der Scones-Korb leer, und auf dem Sandwichteller liegen nur noch ein paar Krümel. Ich stelle mein Geschirr zurück auf den Teewagen. Dann fällt mein Blick auf das Tuch, das Gran auf die Armlehne meines Sessels gelegt hat. Es bringt mich auf eine Idee. Warum sollte ich meine Zeit damit verbringen, Tee zu genießen und zu sticken, wenn ich mich auch nützlich machen kann?

*Tu Gutes, wo Not ist.* Das hat Gran mich gelehrt.

Ich nehme den Lappen und wische als Erstes die Krümel von meinem Sessel. Dann mache ich mit Grans Arbeit weiter, indem ich den Beistelltisch abstaube und poliere, bis er glänzt. Ich staube sämtliche Oberflächen im Salon ab, nicht nur die Tische und Stühle, sondern auch die Rahmen an der Wand, jedenfalls soweit ich heranreiche. Ich staube die Uhr auf dem Couchtisch und die ledergebundenen Bücher ab. Ich staube Ziergegenstände und Statuen ab, Lampenfüße und -schirme, Fensterbänke und -rahmen.

Schließlich bleibt nur ein Gegenstand im Raum abzustauben – das atemberaubende, aber ein wenig angelaufene Fabergé-Ei. Ich nehme es vom Kaminsims und trage es vorsichtig zu meinem Sessel, setze mich und lege das kostbare Kunstwerk in meinen Schoß. Es ist schwerer, als es aussieht, und aus nächster Nähe sogar noch schöner. Die geschwungenen Beine seines Sockels sind mit kunstvollen Girlanden verziert, die Reihen von edlen Diamanten und schimmernden Perlen auf dem Ei selbst sind absolut symmetrisch. Der goldene Sockel mag im Moment matt und die Farben verblasst sein, aber ich weiß genau, wie ich das in Ordnung bringen kann.

Ich schnappe mir zwei Zitronenscheiben vom Teewagen und drücke sie über den angelaufenen Beinen das Podests aus, wie Gran es mir gezeigt hat, als wir unser gebraucht gekauftes Tafelsilber zu Hause poliert haben. Dann nehme ich ihren Lappen und rubbele und poliere, schrubbe und wienere. Als ich fertig bin, sind meine Hände und Finger müde, aber an dem goldenen Podest gibt es keine einzige Stelle mehr, die nicht glänzt und schimmert. Ich stelle das Ei wieder auf den Kaminsims, wo es jetzt strahlt wie eine Miniatursonne.

Da höre ich hinter mir eine krächzende Stimme: »Was hast du getan?«

Ich fahre zusammen und drehe mich um.

Mrs Grimthorpe steht an der Tür und deutet mit einem knochigen Finger auf das glänzende Fabergé-Ei. Eilige Schritte nähern sich, dann erscheint auch Gran an der Tür. Ihr Blick fällt auf den Putzlappen und die Zitronenschale auf meinem Sessel.

»Molly«, fragt Gran, »was tust du da?«

»Ich dachte, ich fange schon einmal mit deiner Reinigungsarbeit an«, erwidere ich. »Kampf dem Staub. Und ich habe auch poliert. Das Fabergé-Ei war so schmutzig, Gran. Ich glaube, es ist noch nie geputzt worden.«

Ich erwarte, dass Gran mich für meine Eigeninitiative lobt, aber sie legt sich eine Hand auf den Mund.

»Du verflixtes Mädchen!«, schreit Mrs Grimthorpe und verstößt damit gegen ihre eigene Regel Nummer zwei, laute

Stimmen im Haus betreffend. Sie dreht sich zu Gran um. »Sie hat gerade eine unbezahlbare Antiquität ihrer Patina beraubt!«

»Ich habe es nicht beschädigt«, sage ich. »Sehen Sie doch, es glänzt.«

»Du bist ein Schwachkopf!«, kreischt Mrs Grimthorpe, und ihr knochiger Finger zeigt noch immer auf mich, als wäre ich eine fünfbeinige Kröte oder ein Kalb mit zwei Köpfen oder irgendeine andere unnatürliche Abscheulichkeit.

»Sie wollte doch nur helfen«, wirft Gran ein.

»Sie ist ein Trottel! Sie hat den Wert eines Fabergé-Eis zerstört! Wenn ich Mr Grimthorpe erzählen würde, was du gerade getan hast, junge Dame, würde man dich und deine Großmutter in hohem Bogen hinauswerfen.«

»Aber Gran hat nichts getan«, wende ich ein. »Das war ich allein.«

»Pst«, befiehlt Mrs Grimthorpe. »Begreifst du nicht, was es bedeutet, *still* zu sein?«

Das ist genau die Art Zwickmühle, die mir zu schaffen macht. Wie soll ich still sein, wenn man mir eine Frage stellt?

Gran greift ein. »Madam, ich kann die Patina wiederherstellen. Es gibt Tricks, die jede gute Hausangestellte kennt. Mr Grimthorpe muss davon gar nichts erfahren. Entlassen Sie mich nicht. Sie wissen, wie schwer es heutzutage ist, vertrauenswürdiges Personal zu finden. Wie Sie immer sagen: *Es kann und wird immer noch schlimmer werden.*«

»Ein besseres Dienstmädchen als Gran finden Sie nie«, sage ich. »Niemals.«

Mrs Grimthorpe sieht mich mit zusammengekniffenen Augen wütend an. »Deine Großmutter ist loyal, manchmal zu loyal. Im Gegensatz zu *anderen* Dienstmädchen, die dieses Haus durchlaufen haben, weiß sie wenigstens, was Pflicht ist. Aber du, junge Dame, weißt es nicht.«

»Bitte«, sagt Gran. »Molly hat einen Fehler gemacht. Mehr nicht.«

»Wenn Ihre Enkelin es in dieser Welt zu etwas bringen will, muss sie lernen, dass ihre Handlungen Konsequenzen haben«, sagt Mrs Grimthorpe. »Das Mädchen muss bestraft werden.«

»Da bin ich ganz Ihrer Meinung«, erwidert Gran. »Sie verdient eine strenge Bestrafung. Eine sehr schwere Bestrafung.«

»Gran!« Ich bin entsetzt, dass sie so etwas vorschlägt, obwohl sie weiß, dass ich nur helfen wollte. Aber dann sehe ich, dass sie zwei Finger ans Kinn legt, unser geheimes Zeichen, das bedeutet, alles wird gut und ich soll ihrem Beispiel folgen. Sofort verstumme ich.

»Ich schlage vor«, sagt Gran, »dass Molly ihre Schuld bei Ihnen abarbeitet. Kinder müssen ihre Lektion lernen, und welche Lektion wäre besser als harte Arbeit, meinen Sie nicht auch?«

Mrs Grimthorpes Miene verändert sich. »Harte Arbeit?«, wiederholt sie. »Was genau schwebt Ihnen vor?«

»Molly wird ihre Talente sinnvoll einsetzen. Sie wird putzen. Ohne dass Ihnen Kosten entstehen.«

Mrs Grimthorpe lächelt, aber es ist nicht die Art Lächeln, die bis in die Augen reicht. »Diese Strafe passt wohl wirklich zu ihrem Vergehen. Sie wird das Silber in der Silberkammer polieren«, befiehlt sie.

»Alles?«, fragt Gran.

»Alles«, erwidert Mrs Grimthorpe.

»Aber das wird Wochen dauern!«, sagt Gran.

»Ja«, erwidert Mrs Grimthorpe. »Das stimmt.«

Gran wirft mir einen eigenartigen Blick zu, den ich nicht einordnen kann. Sie strahlt genauso wie das Fabergé-Ei. »Komm, Molly. Bringen wir dich in den Raum, wo du deine strenge Strafe verbüßen wirst.«

Mir dreht sich der Kopf. Ich verstehe nichts von dem, was hier passiert, aber ich folge Gran und Mrs Grimthorpe aus dem Salon und über den langen Flur tiefer hinein in den labyrinthartigen Bauch des Herrenhauses. Wir kommen an einem gewaltigen Ballsaal links, einem förmlichen Speisesaal rechts, einem Billardzimmer und mehr als einem Bad vorbei. Schließlich mündet der lange Flur in die größte, sauberste, prachtvollste Küche, die ich je gesehen habe, mit deckenhohen Fenstern, die auf einen Wintergarten und die Gartenanlagen dahinter blicken. Die Rasenflächen sind so grün und gepflegt, dass sie wie aus einem Märchen wirken.

»Trödle nicht, Kind«, sagt Mrs Grimthorpe und stapft durch die Küche zu einer Tür am hinteren Ende, öffnet sie und macht Licht. Dieser Raum ist doppelt so groß wie mein Zimmer zu Hause. In deckenhohen Regalen stapeln sich silberne Servierplatten, Silberteller, Silberschüsseln, Silberteekannen und unzählige Silbermesser, Silbergabeln und Silberlöffel. Das kann nicht sein. Wie kann ein einziges Ehepaar so viel Silber besitzen? Haben wir einen Piratenschatz oder einen Drachenhort gefunden?

»Das ist die Silberkammer«, verkündet Mrs Grimthorpe. »Das Silber ist angelaufen. Schmutzig, alles. Ich habe einmal einem Hausmädchen gekündigt, weil es sich geweigert hat, das Silber zu polieren. Sie meinte, das sei Zeitverschwendung. Neben anderen absurden Behauptungen erklärte sie, die Politur ruiniere ihr die Hände. Also so etwas!«

»Gran«, sage ich. »Warum hast du das Silber nicht poliert?«

»Weil deine Großmutter andere Aufgaben hat«, ruft Mrs Grimthorpe, »unter anderem muss sie sich um das gesamte Haus und die umfangreichen Bedürfnisse meines Mannes kümmern. Verstehst du, dass es ein Privileg ist, sich auch nur in der Nähe eines solchen Künstlers und Genies aufzuhalten? Indem wir ihm dienen, dienen wir der Kreativität an sich.«

Ich nicke mehrmals, um zu zeigen, dass ich verstehe, dann hebe ich die Hand, wie ich es in der Schule mache, wenn ich eine drängende Frage habe.

Mrs Grimthorpe lächelt spöttisch. »Was ist denn jetzt?«

»Bedeutet das, dass ich jeden Tag hierherkommen darf, anstatt zur Schule zu gehen? Und bedeutet es, dass ich dieses Silber hier polieren darf?«

Ich sehe zu Gran, und sie gibt mir wieder das Kinn-Zeichen. Ich werde so reglos wie eine Statue und drücke die Lippen aufeinander.

»Du bist ein schreckliches, undiszipliniertes Kind«, sagt Mrs Grimthorpe. »Aber ich hoffe, dass du dich besser entwickelst als diejenigen, die dir vorausgingen. Generös, wie ich bin, gebe ich dir eine zweite Chance. In der nächsten Zeit wirst du jeden Tag hierherkommen und arbeiten, um den Schaden, den du an einer von Mr Grimthorpes unbezahlbaren Antiquitäten angerichtet hast, wiedergutzumachen. Du wirst mich entschädigen, indem du das gesamte Silber in dieser Kammer reinigst und polierst.«

Ich kann mein Glück nicht fassen und hüpfe vor Freude. Dann sehe ich zu Gran, und ich glaube, sie verkneift sich ein Grinsen.

»Das ist einfach wunderbar!«, sage ich. »Aber ich habe noch eine Frage.« Ich sehe Mrs Grimthorpe an. »Darf ich sofort anfangen?«

# Kapitel 6

Detective Stark marschiert aus Mr Snows Büro, und ich folge ihr wie geheißen, während Lily und Mr Snow zurückbleiben. Als der Flur sich gabelt, bleibt Stark stehen, und ich wäre beinahe von hinten gegen sie geprallt.

»Wo geht's zum Teesalon?«, fragt sie.

»Das kommt ganz darauf an«, erwidere ich. »Bevorzugen Sie die reizvollere Strecke durch die Lobby oder die schnellste durch die hinteren Flure?«

»Bringen Sie mich einfach dorthin, so schnell Sie können, ja?«, erwidert sie mit einer gehörigen Portion Frechheit, wie mir nicht entgeht.

»Sehr wohl«, sage ich. »Der frühe Vogel fängt den Wurm.« Ich wende mich nach links und führe die Detective durch die hinteren Flure, biege noch einmal links, dann rechts ab, bis wir am Teesalon sind, vor dessen Eingang Absperrband hängt. Wieder ergreift mich tiefes Unbehagen, meine Sorge wegen der Ereignisse des Morgens wächst. Als ich in den Raum blicke, schnappe ich nach Luft.

»Mit der Zeit gewöhnt man sich daran«, sagt Stark.

Sie bezieht sich auf Mr Grimthorpe, der steif in einem Leichensack mitten im Raum liegt. Zwei uniformierte Polizisten schließen gerade den Reißverschluss daran. Aber mich schockiert nicht der Anblick von Mr Grimthorpes Leiche, sondern der Zustand des Salons. Nach der ganzen Arbeit, die ich da hineingesteckt habe, herrscht jetzt ein heilloses Durcheinander. Die Tischdecken hängen schief und voller Teeflecken auf den Tischen, das Geschirr ist zusammengeschoben worden und teils umgefallen. Die Fliesen unter meinen Füßen sind klebrig. Hier und da wurden Sandwichhappen zu Brei zertreten. Es ist ein Wunder, dass außer Mr Grimthorpes Teetasse, deren Scherben kreuz und quer um den Leichensack verteilt liegen, nichts zu Bruch gegangen ist.

»Wie Sie wissen, Detective«, sage ich, »ist mir der Tod schon einmal begegnet.« Dass ich nicht allzu betrübt über Mr Grimthorpes Tod bin und das Schicksal manchmal eine geradezu unheimliche Art hat, jemandem genau das zuteilwerden zu lassen, was er verdient hat, behalte ich für mich. Auch meine Verbindung zu dem Mann im Leichensack erwähne ich nicht. Wenn ich aus *Columbo* und eigener Erfahrung eins gelernt habe, dann, dass die lebenden Bekannten von Toten im Handumdrehen verdächtig werden, und das ist das Letzte, was ich im Moment sein möchte.

Noch einmal sehe ich mich im Teesalon um und fühle mich zutiefst niedergeschlagen. Ich war so stolz darauf, wie wir aus einem verstaubten alten Lagerraum einen atemberaubenden neuen Veranstaltungssaal gemacht haben. Doch da geht mir etwas auf: Ein Raum ist nur ein Behälter. Jeder Raum kann von der Erinnerung an das, was darin geschehen ist, vergiftet werden. Ein Teesalon, eine Bibliothek, ein privater Salon …

Plötzlich fühle ich mich wackelig auf den Beinen. Die ganze Welt kippt zur Seite. Hinter mir höre ich Schluchzen und Schniefen.

»Ist er wirklich … tot?«, fragt jemand mit bebender Stimme.

Detective Stark und ich drehen uns um.

Im Flur steht ein Grüppchen mittelalter Frauen und drängt sich so dicht zusammen, dass kaum zu erkennen ist, wo die eine Frau aufhört und die andere beginnt. Alle tragen VIP-Ausweise um den Hals und über dem Herzen die gleichen Buttons mit dem Aufdruck J. D. GRIMTHORPES GRÖSSTER FAN.

»Wer sind Sie?«, fragt Stark.

»Wir gehören zu LAMM«, antwortet eine hochgewachsene Frau mit grauen Locken, die ganz vorn steht. An ihrem kleinen roten Fähnchen erkenne ich sie sofort als die Vorsitzende von LAMM. Sie trägt es seit Tagen mit sich herum, wenn sie mit ihren Schwestern im Geiste durch das Hotel streift, immer in der Hoffnung, einen Blick auf den berühmten Schriftsteller persönlich zu erhaschen, ein Autogramm von ihm zu bekommen oder noch besser ein Selfie mit ihm machen zu können.

»Sie sind ein Fanklub«, erkläre ich Detective Stark. »Begeisterte Leserinnen von Kriminalromanen, die sich auf das Studium von Mr Grimthorpe und seinem *Œuvre* spezialisiert haben.«

»Wir sind nicht *nur* ein Fanklub. Wir sind Aficionadas des Kriminalromans«, sagt eine andere, recht dralle Grauhaarige und deutet dabei auf den Größter-Fan-Button an ihrem braunen Pullover. Der Pullover ist voller Knötchen und besteht entweder vollständig aus Katzenhaaren oder ist derart damit überzogen, dass das Gewebe darunter kaum zu erkennen ist.

»Tot oder lebendig, krank oder gesund, wir widmen uns dem Meister des Kriminalromans«, lässt sich eine zierliche Frau mit silbergrauem Haar und leuchtend fuchsiaroten Strähnen aus der Mitte der Schar vernehmen. »In unseren Herzen und in unserer Erinnerung lebt J. D. *in perpetuum*.«

»Will heißen, für immer«, sage ich und muss an die Situation denken, in der ich diesen Begriff kennengelernt habe.

Mehrere, wenn nicht alle, LAMM-Frauen beginnen unisono zu schluchzen. Irgendwo in der Mitte der Gruppe taucht eine Packung Papiertaschentücher auf und wird von einem Fan zum nächsten weitergereicht.

»Sie sind von der Kriminalpolizei?«, fragt die hochgewachsene, lockige Vorsitzende und deutet mit ihrem roten Fähnchen auf Stark.

»Ja.«

»Kennen Sie die Todesursache?«, fragt eine andere Frau in der Mitte der Schar.

»Um die herauszufinden, bin ich hier«, erwidert Stark.

»War es Mord?«, fragt die Frau mit den fuchsiaroten Strähnchen.

»Bisher schließe ich noch nichts aus«, erwidert Stark.

»Ich kann Ihnen helfen«, bietet die Dame mit dem Katzenhaarpullover an. »Ich bin Expertin für J. D. Grimthorpe.«

»Ich habe schon mehr Hilfe, als mir lieb ist«, erwidert Stark und sieht dabei mich an. »Und was ich im Moment von Ihnen allen brauche, ist Ungestörtheit. Bitte entfernen Sie sich unverzüglich.«

Die Vorsitzende nickt. »Selbstverständlich. LAMM-Frauen – gebt der Polizei Raum.« Sie hebt ihr rotes Fähnchen. »Detective, wir sind in der Nähe, falls Sie Ihre Meinung ändern und Hintergrundinformationen wünschen«, bietet sie an und führt ihre Gruppe fort vom Eingang des Teesalons.

»Bitte vergessen Sie uns nicht«, sagt die zierliche Grauhaarige mit den fuchsiaroten Strähnen.

»Das könnte ich gar nicht, selbst wenn ich wollte«, erwidert Stark.

Sobald sie fort sind, hebt Detective Stark das gelbe Absperrband vor der Tür. »Hinein mit Ihnen, Molly«, befiehlt sie.

»Wie liebenswürdig von Ihnen«, sage ich und ducke mich unter dem Absperrband hindurch. Detective Stark folgt mir.

Die beiden Beamten, die den Leichensack geschlossen haben, kommen auf uns zu.

»Erkenntnisse?«, fragt Detective Stark.

»Nesselausschlag um den Mund, Angioödem unter den Augen.«

»Will heißen, Schwellung, wie sie bei Organversagen oder manchmal Herzstillstand auftritt«, sage ich. »Aber was ist eigentlich die Ursache, wenn ein Herz stehen bleibt? Das ist immer die Frage, nicht wahr?«

Die Beamten drehen sich zu mir um, als bemerkten sie mich erst jetzt. »Wer ist das denn?«, fragt der Größere.

»Molly. Sie ist nur ein Zimmermädchen«, erwidert Stark.

»Molly, das Zimmermädchen, wie bei Molly Maid? Sie machen Witze«, sagt der Kleinere und meint damit die bekannte Reinigungsfirma.

»Schön wär's«, erwidert Detective Stark sotto voce, aber nicht so sotto voce, dass es mir entginge.

»Und was macht ein Zimmermädchen am Tatort?«, fragt der Größere.

»Nehmen Sie an, dass dies ein Tatort ist?«, frage ich. »Das ist aber vorschnell, denn erstens kommt es anders, zweitens als man denkt.« Aus irgendeinem Grund verdreht Detective Stark die Augen, während den beiden anderen die Kinnlade herunterklappt.

»Ignorieren Sie sie«, sagt Stark. »Sie ist mein Problem. Gehen Sie einfach wieder an die Arbeit.«

»Aber ich muss dieses Durcheinander beseitigen«, sage ich zu ihr. »Es wird eine Weile dauern, diesen Raum in einen Zustand der Perfektion zurückzuversetzen.«

»Kommt nicht infrage. Hier wird nicht geputzt«, sagt Stark.

Erst da wird mir klar, was für ein törichter Impuls das war.

Die beiden Uniformierten gehen zurück zu dem Chaos im vorderen Teil des Teesalons.

Stark zieht ein kleines Notizbuch aus der Tasche. »Okay,

bringen wir es hinter uns. Ich möchte, dass Sie mir den Raum so beschreiben, wie er vor der Veranstaltung war. Können Sie mir sagen, wer und was sich wo befand, unmittelbar bevor Mr Grimthorpe die Bühne betrat? Kein Detail ist zu unwichtig. Verstehen Sie?«

»Voll und ganz«, erwidere ich, wende mich in Gedanken dem heutigen Morgen zu und rufe mir ein Bild des Teesalons in voller Pracht vor Augen, bevölkert von Gästen, die auf Mr Grimthorpes Erscheinen warten.

»Um Viertel nach neun saßen sämtliche Gäste an ihren Plätzen. Gepäckträger, Kellner und Zimmermädchen standen an den Wänden. Ich war genau dort, relativ weit vorn, gleich neben Lily. Die Fotografen und Journalisten waren hinter uns.«

»Und der Tisch da?«, fragt Stark.

»Das war der Büchertisch. Und Lily hat Mr Grimthorpes Teewagen besetzt.«

»Ist das sein Wagen da?« Sie deutet auf einen Teewagen im vorderen Bereich des Raums.

»Ja, das ist er«, erwidere ich. »Ich meine, das *war* Mr Grimthorpes Teewagen.«

»Jungs!«, ruft Detective Stark. »Das da ist der Grimthorpe-Wagen.« Sie nicken und beginnen, ihn mit behandschuhten Händen zu untersuchen.

»War Grimthorpe im Raum, als Sie hereinkamen?«, fragt Stark.

»Nein. Er war hinter der Geheimtür in der Holztäfelung. Ms Serena Sharpe, Mr Grimthorpes persönliche Sekretärin, hat geklopft. Dann kam Mr Grimthorpe heraus. Es wurde mucksmäuschenstill im Raum, als er auf die Bühne ging und seine Stichwortkarten aufs Podium legte.«

»Richtig. Die Stichwortkarten. Jungs!«, ruft sie. »Habt ihr irgendwelche Stichwortkarten gefunden?«

»Nein, Ma'am«, erwidert der größere Beamte.

Der andere schüttelt bloß den Kopf.

»Und was ist dann passiert?«, fragt Stark, während sie etwas in ihr Notizbuch schreibt.

»Mr Grimthorpe hat sich geräuspert und um eine Tasse Tee gebeten, die Lily ihm eingeschenkt und eilig auf die Bühne gebracht hat.«

»Wir werden den Tee in dieser Kanne untersuchen.«

»Nicht nötig«, sage ich. »Es war English Breakfast. Das weiß ich genau.«

»Ich meine, auf Giftstoffe untersuchen, Molly. Kapieren Sie das? Wir wollen wissen, ob irgendjemand, zum Beispiel diese Schwachmatin in Mr Snows Büro, dem Schriftsteller irgendetwas in den Tee getan hat.«

»Es besteht kein Grund zu Beleidigungen«, sage ich. »Und was Grimthorpes Tee angeht, darin war auf jeden Fall etwas: Honig.«

»Honig«, wiederholt Detective Stark.

»Ja. Aus dem Honigtopf, den ich zuvor auf den Teewagen gestellt hatte. Wie gesagt, unmittelbar vor dem großen Ereignis habe ich den Teewagen selbst inspiziert und festgestellt, dass es qualitative Mängel gab. Mr Grimthorpe trinkt seinen Tee mit Honig, nicht mit Zucker. Ich habe ein Spitzendeckchen zurechtgezogen, dann habe ich die Zuckerschale gegen den Honigtopf eingetauscht.«

»Jungs!«, ruft sie wieder. »Sucht nach dem Honigtopf auf dem Teewagen.«

Die Männer gehorchen, finden ihn aber nicht.

»Er muss dort sein«, sage ich. »Ein hochwertiger silberner Honigtopf mit einer kleinen Aussparung im Deckel für einen Regency-Grand-Löffel.« Ich marschiere zum Teewagen, aber dort angekommen, sehe ich nur ein nacktes Zierdeckchen auf dem Silbertablett.

»Der Honigtopf ist weg«, sage ich. Ich blicke mich im Raum um. Auf allen Tischen stehen Zuckerschalen, aber keine weiteren Honigtöpfe, weil sie nicht zu unserem regulären Teeservice gehören.

»Wie merkwürdig«, sage ich. »Mr Grimthorpe ist von der Bühne gestiegen und hat eigenhändig Honig in seinen Tee getan.«

»Hat er aus der Tasse getrunken, deren Scherben da am Boden liegen?«, fragt Detective Stark.

»Allerdings. Wir haben es alle gesehen. Er hat mehrere Schlucke sofort getrunken und noch ein paar, als er wieder auf der Bühne stand. Dann hat er die Tasse abgestellt und angefangen zu sprechen. Er wollte gerade ein Geheimnis enthüllen – so viel hat er gesagt –, aber bevor er dazu kam, fing er an zu schwanken und wirkte fast betrunken. Plötzlich ist er nach vorn gekippt und auf die arme Lily gefallen.«

»Und seine Teetasse ist ihm aus der Hand geflogen«, bemerkt Stark.

»Ja«, erwidere ich und betrachte die Scherben am Boden. »Und der Löffel und die Untertasse ebenfalls.«

Detective Stark geht hinüber zu den Scherben von Tasse und Untertasse und geht vorsichtig daneben in die Hocke. »Jungs, habt ihr einen Löffel vom Boden eingetütet?«

»Nein«, sagt der Größere, und der andere schüttelt den Kopf.

Stark notiert sich etwas in ihrem Block, dann schlägt sie die Seite um. »Was geschah, nachdem Grimthorpe zusammengebrochen war?«, fragt sie.

»Alle sind nach vorn gestürzt. Es wurde um Hilfe gerufen, die Leute haben gedrängelt. Ich habe mich nach vorn durchgeschoben, dann habe ich Lily unter Mr Grimthorpe hervorgezogen. Mr Snow und Mr Grimthorpes persönliche Sekretärin, Ms Serena Sharpe, haben versucht, ihn wiederzubeleben.«

Detective Starks Kopf fährt in die Höhe. »Was meinen Sie, wo sie jetzt ist, diese Sekretärin?«

»In ihrem Zimmer vielleicht?«, mutmaße ich. »Es grenzt an das von Mr Grimthorpe im ersten Stock.«

»Benachbarte Zimmer? Mit ihrem Chef?«, fragt Stark. Sie wendet sich an ihre Männer. »Ist einer von euch auf die Idee gekommen, die persönliche Sekretärin festzuhalten und zu befragen?«

Die beiden Männer weichen ihrem Blick aus.

Detective Stark klappt ihren Notizblock zu. »Zeit, sich zu sputen«, sagt sie und marschiert zum Ausgang.

»Wohin gehen Sie?«, frage ich.

»Serena Sharpe suchen.«

Ich folge ihr aus dem Teesalon und an der Lobby vorbei zu den Aufzügen, wo diverse Gäste warten.

»Sie sind entlassen. Tun Sie, was immer Sie hier zu tun haben«, verkündet Detective Stark und drückt den Aufzugknopf mit weitaus mehr Kraftaufwand, als nötig wäre. »Aber verlassen Sie das Hotel noch nicht, Molly. Hören Sie? Und lassen Sie Ihre Handlangerin auch nirgendwohin.«

»Sehr wohl«, erwidere ich. »Und wie genau beabsichtigen Sie, in Ms Sharpes Zimmer zu gelangen, falls sie nicht da ist? Hat Ihnen jemand einen Schlüssel ausgehändigt? Mr Snow vielleicht? Außerdem gehe ich davon aus, dass Sie einen Durchsuchungsbeschluss haben, da man ja nicht einfach nach Lust und Laune irgendwelche Hotelzimmer betreten darf … es sei denn natürlich, man ist ein Zimmermädchen.« Ich halte meine Generalschlüsselkarte in die Höhe.

Stark mustert die Gäste zwischen uns. Ist das eine optische Täuschung, oder nehme ich da eine tomatenrote Verfärbung wahr, die von ihrem Hals bis in die Wangen wandert?

»Na schön«, murmelt sie. »Sie können mitkommen. Und sollte jemand fragen, sind es streng genommen Sie, die dieses Zimmer betreten, nicht ich, kapiert?«

»Wie Sie wünschen«, erwidere ich.

Dann passiert etwas, was in all meinen Jahren als Hotelzimmermädchen noch nie geschehen ist. Die Aufzugtür öffnet sich, und die Gäste in unserer Nähe lassen Detective Stark und mir den Vortritt. Ich höre sie miteinander tuscheln: »Wer ist die Frau in Schwarz? Sie sieht aus wie eine Kriminalpolizistin in Zivil! Heißt das, Grimthorpe ist ermordet worden?« Die Tür schließt sich, und ich drücke den Knopf für den ersten Stock. Stark und ich schweigen, bis sich die Aufzugtür mit einem Klingeln wieder öffnet.

»Hier entlang«, sage ich und führe Detective Stark zu Ms Sharpes Suite, Nummer 201. Ich klopfe an die Tür, während Stark ein paar Schritte hinter mir wartet. »Housekeeping!«, rufe ich mit fester, energischer Stimme. »Ich bin ausnahmsweise nicht hier, um Ihr Zimmer zu reinigen. Stattdessen habe ich hier jemanden, der mit Ihnen sprechen möchte.«

Wir warten, erhalten aber keine Antwort. Ich drehe mich zu Detective Stark um. »Genau genommen und nach meinem höchst eigenen Regelbuch darf nur das für Ms Sharpe zuständige Zimmermädchen ihr Zimmer betreten, und das bin ich nicht. Aber dieses eine Mal werde ich eine Ausnahme machen.«

»Ich bin Ihnen ewig dankbar«, erwidert Detective Stark, aber wie sie das sagt, lässt mich an ihrer Aufrichtigkeit zweifeln.

Ich öffne die Tür mit meiner Schlüsselkarte und stelle sie fest. Detective Stark bleibt draußen, streckt aber den Kopf herein und dreht ihn von einer Seite zur anderen. Ich weiß, was sie da macht, weil ich es auch mache. Sie prägt sich die Einzelheiten ein, speichert sie in ihrem Kopf ab, damit sie sie später in Ruhe untersuchen kann.

Das Bett ist frisch gemacht, die Ecken der Laken sind ordentlich eingesteckt. Die Wassergläser auf dem Tisch sind mit Hygieneabdeckungen versehen. Der Teppich wurde gesaugt und sieht aus wie ein frisch gerechter japanischer Garten, der Flor ist perfekt und makellos. Dieses Zimmer wurde nicht nur vor Kurzem gereinigt, sondern Ms Sharpe ist eindeutig abgereist. Nirgendwo ist ein Koffer zu sehen, nirgendwo liegen persönliche Gegenstände.

»Ist alles in Ordnung, Molly?«, höre ich hinter mir. »Haben wir alles gut gereinigt?«

Ich drehe mich um und erblicke neben Detective Stark Sunshine und Sunitha, zwei erfahrene Zimmermädchen, mit einem Reinigungswagen.

»Hat eine von euch Ms Sharpe gesehen?«, frage ich sie.

Sunshine schüttelt den Kopf. »Die Rezeption hat gesagt, sie hätte ausgecheckt. Wir sollten diese Suite und die von Mr Grimthorpe nebenan reinigen. Er hat auch ausgecheckt.«

»So kann man es auch nennen«, sagt Detective Stark.

»Er ist tot«, erkläre ich meinen beiden Kolleginnen. »Sehr tot.«

Sunitha bleibt der Mund offen stehen. Sunshine reißt die Augen auf.

»Habt ihr das denn nicht mitbekommen?«, frage ich.

»Uns fehlen doch zwei Zimmermädchen, Molly, weil ihr für den Teesalon eingeteilt wart, du und Lily. Eigentlich hätte Lily dieses Zimmer reinigen sollen, aber Cheryl hat uns gesagt, wir sollen es machen. Wir haben diese Etage den ganzen Vormittag nicht verlassen«, erklärt Sunshine.

»Kann ich mir Ihren Müll ansehen?«, fragt Detective Stark.

Sunshine und Sunitha wechseln einen Blick, der nur bedeuten kann, dass sie diese von Kopf bis Fuß schwarz gekleidete Riesin von einer Frau des Wahnsinns, der Perversität oder einer Mischung aus beidem verdächtigen.

»Sie ist hier, um zu ermitteln«, erkläre ich. »Bitte zeigt ihr den Müll aus diesem Zimmer.«

Sunitha nickt, durchsucht ihren Wagen und zieht einen kleinen weißen Müllbeutel heraus, den sie Detective Stark reicht.

»Haben Sie Handschuhe?«, fragt Stark.

Sunshine nimmt frische Einweghandschuhe vom Wagen und reicht sie ihr.

Die Polizistin streift sie über, öffnet den Müllbeutel, wühlt ein bisschen darin herum und zieht dann etwas von ganz unten heraus, ein zerknittertes Blatt Regency-Grand-Papier mit einer Notiz darauf. Sie streicht es glatt, und ich blicke ihr über die Schulter und lese:

*Sie sind ein Engel*
*Herzliche Grüße*
*Ihr glühendster Verehrer*

Die Handschrift ist perfekt, die Notiz mit einem Füllfederhalter geschrieben, den feinen Linien, Schnörkeln und Schlingen nach zu urteilen. Die Schrift wirkt sehr vertraut, und trotzdem kann ich sie nicht recht einordnen.

»Ist das Mr Grimthorpes Handschrift?«, fragt Stark.

»Auf keinen Fall«, erwidere ich. Das sehe ich sofort.

Detective Stark sieht mich mit gerunzelter Stirn an. »Wieso sind Sie sich da so sicher?«

Ich überlege fieberhaft, das Herz klopft mir bis zum Hals. Schon färbt sich das Zimmer an den Rändern schwarz ein. »Ich weiß es, weil … er vorhin Bücher signiert hat, für mich und viele andere«, stoße ich hervor. »Diese Handschrift stimmt damit nicht überein.«

»Hmm«, erwidert Stark.

Sunshine und Sunitha verfolgen unsere Unterhaltung wie ein Tennismatch, aber da sie darauf gedrillt sind, Gäste zu bedienen, anstatt sie zu befragen, erkundigen sie sich nicht, was um alles in der Welt hier los ist.

»Meine Damen, hat Sharpe noch etwas in diesem Zimmer zurückgelassen?«

»Ja«, sagt Sunshine. »Die da.« Sie deutet auf eine Glasvase mit zwölf langstieligen roten Rosen auf ihrem Reinigungswagen. »Molly, wir haben sie behalten. Es wäre eine solche Verschwendung, sie wegzuwerfen. Wir wollten dich noch fragen – ist das okay?«

Ich kann den Gewissenskonflikt meiner wohlmeinenden Zimmermädchen sofort nachfühlen. Einerseits steht im *Leitfaden und Handbuch für Zimmermädchen: Housekeeping, Reinigung und Bewahrung eines Zustands allerhöchster Perfektion* (einem Buch mit offiziellen Regeln, das ich selbst konzipiert und geschrieben habe), dass Gegenstände, die Gäste zurückgelassen haben, als Fundsachen an der Rezeption abzugeben sind. In einem Unterabschnitt steht allerdings, wenn etwas, das ein Gast zurückgelassen hat, eher als ausrangiert denn als vergessen einzuschätzen ist, darf das Zimmermädchen besagtes Etwas für den persönlichen Gebrauch an sich nehmen.

»Ihr könnt die Blumen behalten«, sage ich. »Spare in der Zeit, so hast du in der Not.«

»Was ist mit Mr Grimthorpes Zimmer?«, fragt Stark. »Wurde dort irgendetwas zurückgelassen?«

Sunitha schüttelt den Kopf.

»Nichts im Abfall?«

»Überhaupt nichts im ganzen Zimmer«, antwortet Sunshine. »Kein Koffer, keine Abfälle, nichts. Nur ein aufgeschlagenes Bett.«

»Ihr Chef stirbt also plötzlich, und sie macht sich aus dem Staub, einfach so?« Detective Stark kneift die Augen zusammen. Sie faltet die Nachricht aus dem Müllbeutel und steckt sie in ihren Notizblock, dann geht sie zum Reinigungswagen, lässt den Müllbeutel wieder in den Mülleimer fallen und wirft die Handschuhe hinterher.

»Das ist dann alles«, sagt sie und geht davon.

»Wohin wollen Sie?«, frage ich und folge ihr.

»Zur Wache.«

»Also sind Ihre Ermittlungen hier beendet?«

Unvermittelt dreht sie sich um, und ich laufe fast in sie hinein.

»Die sind alles andere als beendet. Zu Ihrem eigenen Besten – und zum Besten Ihrer kleinen Handlangerin – sollten Sie hoffen, dass im Teesalon am Ende alles sauber ist.«

»Oh, es wird sauber sein«, sage ich. »Alles wird makellos sein, wenn ich dort fertig bin.«

»Ich meine nicht die Reinigung, Molly. Ich meine den toxikologischen Bericht. Ich meine den Tee auf diesem Wagen.«

»Mir ist durchaus klar, was Sie meinen, Detective. Ist Ihnen klar, was *ich* meine?«

Detective Stark stemmt die Hände in die Hüften. »Lassen Sie mich das einfach sehr direkt fragen. Wissen Sie, ob ein Dienstmädchen oder eine andere Hotelangestellte, Sie selbst oder jemand anders, Grund hatte, Mr Grimthorpe zu hassen?«

Ich zögere, weil ich nicht weiß, was ich antworten soll. Die Wahrheit ist, ich weiß von einem Dienstmädchen, das Grund hatte, Mr Grimthorpe zu hassen. Aber ich weiß auch, dass dieses Dienstmädchen tot ist.

# Kapitel 7

## FRÜHER

Ich rufe es mir in Erinnerung und kann es erneut durchleben, als wäre es gestern gewesen. Es ist der Abend des ersten Tages, an dem ich mit Gran im Herrenhaus der Grimthorpes gearbeitet habe. Ich bin wieder in unserer Wohnung. Gran hat mich zu Bett gebracht und mir wie immer eine gute Nacht und schöne Träume gewünscht. Ich schließe die Augen und schlafe gleich darauf so wunderbar wie noch nie in meinem Leben.

Zum ersten Mal seit sehr langer Zeit träume ich nicht von den Quälereien, die mich am nächsten Tag auf dem Schulhof erwarten. Stattdessen blitzen und blinken meine Träume, Visionen von Silberzeug und Fabergé-Eiern tanzen in meinem Kopf. Am Morgen wache ich erfrischt und vorfreudig auf, weil ich einen weiteren Tag im Haus der Grimthorpes verbringen werde.

Um Viertel vor acht machen Gran und ich uns auf den Weg. Kein teures Taxi heute. Stattdessen befördern uns unsere eigenen Füße und dann ein Linienbus und dann noch einer. Auf der langen Fahrt zur Arbeit erzähle ich Gran von der Erleuchtung, die ich gestern Abend vor dem Einschlafen hatte. »Ich habe mich entschieden. Ich weiß, was ich werden möchte, wenn ich groß bin.«

»Und zwar?«, fragt Gran.

»Dienstmädchen, genau wie du.«

»Oh, das kann ich nicht empfehlen«, sagt Gran. »Dieser Beruf birgt viele versteckte Tücken. Und ich glaube, du kannst dir höhere Ziele setzen mit diesem scharfen Verstand, den du hast.«

»Was meinst du mit höheren Zielen? Ich möchte Dienstmädchen werden«, sage ich.

Gran seufzt und tätschelt meine Hand. »Na gut. Fürs Erste kannst du im Herrenhaus mein Lehrmädchen sein. Wie klingt das?«

»Himmlisch«, erwidere ich.

Eine Stunde später stehen wir vor dem Tor des Herrenhauses. Gran klingelt, um uns anzukündigen, und der unsichtbare Torhüter im Wachturm macht »Sesam, öffne dich«. Wir gehen über den kopfsteingepflasterten, von duftenden Rosen flankierten Weg zum Herrenhaus. Über der Tür hängt ein Kopf mit verzerrtem Gesicht, der mir gestern gar nicht aufgefallen war, und sieht auf uns herab.

»Gran, ist das Mr Grimthorpe?«

»Nein«, sagt sie und lacht leise. »Das ist ein steinerner Wasserspeier, wobei ich zugeben muss, dass die Ähnlichkeit geradezu unheimlich ist.«

Ich packe den schweren Löwenkiefer und klopfe dreimal fest an. Der Knauf dreht sich, und Mrs Grimthorpe erscheint in einer beigefarbenen Bluse und einem grauen Rock, die Lippen fest geschürzt.

»Guten Morgen, Mrs Grimthorpe. Ich bin bereit zum Wienern und Polieren«, sage ich, stolz auf meine neue Auszeichnung als Grans offizielles Lehrmädchen.

Mrs Grimthorpe antwortet nicht, sondern tritt bloß beiseite, um uns einzulassen. Sie verschränkt die Arme und sieht uns an, als wir im Foyer stehen. Gran holt einen Lappen aus dem Vorraum und lässt mich die Schuhe ausziehen. Sie wischt die Unterseiten unserer Schuhe energisch ab, ehe sie sie in den Schrank stellt, getrennt von den anderen, eleganten Schuhen.

Mrs Grimthorpe rümpft die Nase, dann führt sie uns

durch den Hauptflur, vorbei am bourgeoisen Fleck, ins Hausinnere. Wir kommen in die herrliche, sonnendurchflutete Küche, die nach Zitronen und Frühlingsluft riecht.

»Ich habe heute in der Stadt Einkäufe und andere Besorgungen zu erledigen«, verkündet Mrs Grimthorpe. »Der Pförtner fährt uns in die Stadt. Flora, Sie begleiten mich und tragen meine Taschen. Das Mädchen bleibt hier und arbeitet.«

»Madam, ich kann Molly nicht allein lassen«, sagt Gran. »Wer soll sich um sie kümmern?«

»Sie kann sich ja wohl um sich selbst kümmern. Außerdem ist Mr Grimthorpe oben in seinem Arbeitszimmer, und Jenkins ist gleich dort im Garten.«

Ich blicke durch die raumhohen Fenster und entdecke einen rotgesichtigen Mann mit vorstehenden Augen und einem Rücken, der so gerade wie ein Ausrufezeichen ist. Er sieht zu uns, während er mit einer rasiermesserscharfen Gartenschere durch die Hecken schneidet.

Mrs Grimthorpe blickt auf ihre Armbanduhr, dann sagt sie: »Hopphopp, Flora. Bringen Sie das Mädchen in die Silberkammer, während ich meine Sachen hole.« Dann klickerdiklackert sie durch einen Flur außer Sicht.

Sobald sie fort ist, spüre ich Grans Hände auf meinen Schultern.

»Molly, ich möchte dich nicht hier allein lassen.«

»Es macht mir nichts aus. Ich komme schon zurecht.«

»Wirklich? Manchmal weiß ich einfach nicht, was ich machen soll«, sagt Gran, und die Haut um ihre Augen zerknittert so stark, dass mir der Bauch wehtut. Das passiert manchmal zwischen Gran und mir. Ich fühle, was sie fühlt; ihre Gefühle dringen durch meine Haut und graben sich direkt in mich hinein. Ich nehme mir vor, das im Anatomiebuch in der Bibliothek nachzuschlagen, denn selbst wenn es im Skelett-Lied nicht vorkommt, muss es doch eine Erklärung dafür geben, dass Grans Augen mit meinem Bauch verbunden sind.

»Im Falle eines Falles hilft Putzen, und zwar alles«, sage ich zu Gran. Das ist ein Jingle, den wir, wie so viele andere, zusammen singen, wenn wir zu Hause unsere Putzaufgaben in Angriff nehmen.

Gran umarmt mich, dann hält sie mich auf Armeslänge von sich weg. »Falls du irgendetwas brauchst, während ich unterwegs bin, geh zu Jenkins, dem Gärtner, okay? Ich weiß, er sieht zum Fürchten aus, aber eigentlich ist er weich wie Wackelpudding. Ich sage ihm, er soll ein Auge auf dich haben. Mr Grimthorpe oben darfst du auf gar keinen Fall stören, verstehst du?«

Bevor ich antworten kann, sehe ich eine Frau auf dem Weg herankommen, der zur Seitentür des Hauses führt. Sie trägt ein blaues Kopftuch und passende blaue Handschuhe. Sie sieht uns durchs Fenster und winkt, dann nickt sie Jenkins zu und geht weiter.

»Gran, wer ist das?«

»Ach, das ist Mr Grimthorpes persönliche Sekretärin. Mrs Grimthorpe hat ihr verboten, mit uns anderen Umgang zu haben – angeblich damit die Vertraulichkeit von Mr Grimthorpes Arbeit gewahrt bleibt. Komm, auf zur Silberkammer.«

Ich trabe neben Gran her zu dem Raum, von dem ich die ganze Nacht geträumt habe. Er ist genau so, wie ich ihn zurückgelassen habe, bis zur Decke voller silberner Erbstücke, und alle bedürfen meiner Aufmerksamkeit. Auf dem großen Tisch glitzern die Stücke, die ich gestern gereinigt habe, wie helle Sterne.

Gran durchsucht einen Schrank und holt zwei Paar Gummihandschuhe, einen großen Krug und eine breite Schüssel heraus. Sie dreht sich zu mir um und stemmt die Hände in die Hüften. »Ich kann dich nicht das ganze Silber hier nur mit Muskelschmalz polieren lassen. Da würden dir irgendwann die Arme abfallen.«

Das anstrengende Polieren gestern hat sämtliches Schmalz in meinen Muskeln verbraucht, deshalb fühlen sie sich heute ein wenig steif an, aber ich glaube, im Moment droht noch nicht der Verlust eines Körperteils.

Gran zieht Handschuhe an und gießt vorsichtig etwas Flüssigkeit aus dem Krug in die Schüssel.

»Das ist Silberpolitur, Molly. Sie enthält geringe Mengen Lauge, die die Haut angreift. Früher, als ich selbst ein Lehrmädchen war, haben wir die Politur eigenhändig angerührt. Ein Dienstmädchen, mit dem ich damals gearbeitet habe, hat einmal den Anteil der Lauge in der Politur vervierfacht und die Schüssel am Hintereingang des Gebäudes stehen lassen. Seine Lordschaft kam von der Jagd zurück, sah die Schüssel und tauchte die schmutzigen Hände hinein. Hätte ich sie ihm nicht sofort mit Wasser abgespült, so hätte sich die ätzende Flüssigkeit bis in seine Knochen gefressen.«

»Was für ein schrecklicher Unfall«, sage ich.

»Schrecklich, ja. Ein Unfall? Da war ich mir nie ganz sicher.«

»Wie meinst du das?«

»Schicksal, Molly. Es arbeitet auf unergründliche Weise. Deshalb ist es auch so wichtig, andere stets respektvoll zu behandeln«, sagt sie und reicht mir das andere Paar Handschuhe. Ich ziehe sie an.

»Diese moderne Politur ist nicht so scharf wie das Zeug, das wir damals benutzt haben. Sie ist sehr mild, aber du musst trotzdem Handschuhe tragen, wenn du damit arbeitest.«

Gran nimmt einen angelaufenen silbernen Kerzenhalter, taucht ihn in die Flüssigkeit und reibt mit einem Lappen darüber. Nach kurzem Polieren strahlt das Silber wieder auf Hochglanz.

»Das ist Zauberei!«, sage ich und klatsche in die Hände.

»Flora!«, hören wir es irgendwo im Haus rufen. »Hopphopp!«

Gran zieht die Handschuhe aus und legt sie ordentlich neben die Schüssel. Sie drückt mir einen Kuss auf die Stirn. »Ich bin schneller wieder da, als du ›Glückes Geschick‹ buchstabieren kannst«, sagt sie, dann eilt sie aus dem Zimmer.

Ich höre, wie Mrs Grimthorpe Gran im Hausflur herumkommandiert. Dann schließt sich die Haustür mit einem dumpfen Knall, und ich weiß, sie sind fort.

Es ist so weit, denke ich bei mir. Ich bin allein im Herrenhaus – keine Gran. Anstatt mir Angst zu machen, erfüllt dieses Wissen mich mit Stolz auf meine neu gewonnene Verantwortung. Ich buchstabiere fünfmal »Glückes Geschick«, dann komme ich zu dem Schluss, dass Gran das, was sie gesagt hat, im übertragenen Sinn gemeint hat (will heißen, nicht wirklich) statt buchstäblich (will heißen, exakt und präzise so).

In der Stille, die nun eintritt, tönt ein neues Geräusch durch die hohen Räume.

*Rattattattatta.*

Das ist eine Schreibmaschine. Sehr viele Geräusche tun mir in den Ohren weh, aber dieses macht mir nichts aus, weil es rhythmisch und berechenbar ist. Das muss die Frau in Blau sein, Mr Grimthorpes persönliche Sekretärin, die in einem Arbeitszimmer irgendwo tief im Herrenhaus auf der Maschine schreibt.

Während ich mich in der Silberkammer umsehe, werde ich regelrecht euphorisch. Ich bin allein. In einem Herrenhaus! Ich bin eine Erwachsene, der man Erwachsenenverantwortung übertragen hat. Ich hüpfe durchs Zimmer, dann ziehe ich meine Schürze und meine frischen Gummihandschuhe an.

*Ein Tröpfchen Lauge bringt Freude fürs Auge.*

Ich mache mich an die Arbeit, poliere ein Stück nach dem anderen und lege die fertigen Gegenstände in einer makellos geraden Reihe auf den Tisch. Bei der Arbeit stelle ich mir vor, ich würde den Tisch für ein königliches Bankett decken, das Gran alias die Herzogin von Schürze und ich, Maid Molly von Fabergé, geben.

Auf unserer Gästeliste steht die Crème de la Crème. Am Kopf des Tisches sitzt Robin Hood in einem grünen Knittersamtanzug, neben ihm Columbo in einem brandneuen Trenchcoat, das Haar ausnahmsweise ordentlich gekämmt, genau wie Gran es gern hätte. Ihnen gegenüber sitzen der Dachs und der Kröterich, dann kommen Sir David Attenborough im Safarianzug, ein wackeliger Humpty Dumpty in kurzer Hose mit Hosenträgern und Sir Walter von den Besen, der Hausmeister meiner Schule und einzige Mensch, den ich dort mag.

Es sind immer noch ein paar Plätze zu füllen, und die belege ich mit der Vogelscheuche, dem Löwen und dem Blechmann aus *Der Zauberer von Oz*. Ich füge noch die Grinsekatze hinzu, die zusammengerollt auf einem Stuhl am anderen Ende des Tisches liegt und grinst und grinst. Dann ist noch ein Stuhl übrig, und der ist für mich. Ich trage ein makelloses weißes Kleid mit Flügelärmeln aus Spitze und einem Rüschenunterrock, der mir bis zu den Knöcheln geht.

Ich kündige einen Trinkspruch an, indem ich mit meinem frisch polierten Silberlöffel an meine Porzellantasse klopfe. Das helle Klingeln ist Musik in meinen Ohren. »Auf Gran«, sage ich. »Und auf meine besten Kinderbuchfreunde. Danke, dass ihr so treu und loyal seid, von der ersten bis zur letzten Seite.«

Wir trinken Tee und essen Scones mit Clotted Cream. Wir veranstalten einen Buchstabierwettbewerb, und ich buchstabiere »frappierend« im ersten Anlauf richtig. Wir sind die Wahren Silberritter von der rechteckigen Tafel. Sie sind verwandte Geister, die einzigen Freunde, die ich je haben werde.

Ein leises Brennen reißt mich aus meinem Tagtraum. Ein einzelner Tropfen Silberpolitur ist auf meinem Unterarm gelandet, gleich oberhalb des Handschuhs. Ich stürze zum Waschbecken, wo ich die brennende Stelle mit kaltem Wasser abspüle. Das lindert das Brennen, aber als ich zu meiner Teegesellschaft zurückkehre, haben sich meine Freunde in Luft aufgelöst.

»Wartet, kommt zurück!«, sage ich, aber meine Fantasie lässt mich im Stich. Ich betrachte meine schäbige Schürze – keine Rüschen oder Flügelärmel, nur die fadenscheinige Wahrheit.

Da merke ich, dass ich ziemlich dringend zur Toilette muss. Ich ziehe die Gummihandschuhe aus und verlasse die Silberkammer. Gestern hat Gran mir die Toilette gezeigt, die ich benutzen soll. Es ist nicht die Gästetoilette in der Nähe der Haustür, die Gran das »Gold de Toilette« nennt. Und es ist auch nicht die im Badezimmer an der Küche, dem mit dem großen Whirlpool. Und es ist schon gar nicht die im Obergeschoss. Ich soll die Bedienstetentoilette benutzen, die im Keller ist, wo die nackten Wände feucht sind und in jeder Ecke eine behaarte Spinne mit vielen beängstigenden Knopfaugen haust.

»Sie ist nur mit dem Nötigsten ausgestattet«, sagte Gran gestern, als sie an der Kordel zog, mit der man die nackte Glühbirne einschaltet, und mir voran die knarrenden, schlüpfrigen Stufen hinabstieg.

Jetzt stehe ich vor der Kellertür gleich neben der Küche und bereite mich geistig darauf vor, sie zu öffnen und die Treppe hinunterzusteigen, aber meine Beine sind wie am Boden festgewurzelt. Ich kann mich nicht rühren.

*Klopf, klopf, klopf.*

Ich zucke zusammen. Als ich mich umdrehe, entdecke ich vor dem Küchenfenster Jenkins, der mich mit seinen vorstehenden Augen ansieht. Er schüttelt ein paarmal den Kopf und sagt etwas, was ich nicht verstehe.

»Ich kann Sie nicht hören«, antworte ich. »Ich weiß nicht, was Sie sagen.«

Jenkins geht zur Glastür. Er öffnet sie, kommt aber nicht herein, sondern streckt nur den Kopf hindurch und flüstert: »Du musst nicht da runtergehen.«

»Doch«, sage ich. »Ich muss zur Toilette.« Mir fällt ein, dass Gran sagte, Jenkins sehe zum Fürchten aus statt wie ein Pudding, was mir deutlich lieber wäre. Er hat überall kleine Kratzer, vermutlich von den Rosendornen, und in seinem Gürtel steckt eine bedrohliche Anzahl scharfer Werkzeuge. Beim Anblick der rasiermesserscharfen Gartenschere überläuft es mich eiskalt. Trotzdem, er ist besser als Spinnen. Und im Moment ist er meine einzige Hoffnung. »Bitte, Sir«, sage ich. »Würden Sie mich in den Keller begleiten?«

»Ich wünschte, das könnte ich, kleine Maus«, antwortet er, »aber ich darf nicht ins Haus. Von wegen schmutziger Arbeiter und so. Wenn die Madam mich erwischt, zieht sie mir das Fell über die Ohren. Und dann setzt sie mich vor die Tür. Benutz einfach ein anderes Klo. Wenn du gut aufpasst, merkt Mrs Grimthorpe nichts davon«, sagt er und zwinkert.

Ich nicke und schlucke.

Leise schließt Jenkins die Tür wieder. Dann zieht er die Gartenschere aus dem Gürtel und attackiert eine Hecke am Fenster.

Ich atme ein paarmal tief durch, um mich zu beruhigen. Gran hat mir ausdrücklich gesagt, dass die Toiletten im Erdgeschoss tabu sind, und das Letzte, was ich will, ist, dass ich Mrs Grimthorpe verärgere, indem ich gegen die Regeln verstoße, und sie mir deshalb das Fell über die Ohren zieht, was schrecklich unangenehm klingt.

Ich gehe zur Vorderseite des Hauses und bleibe unter dem modernistischen Kronleuchter mit den eisähnlichen Splittern stehen. Wenn ich eine Toilette im Obergeschoss benutze, werden etwaige Spuren meiner Anwesenheit dort vielleicht Mr Grimthorpe oder seiner Sekretärin zugeschrieben. Auf Zehenspitzen schleiche ich die Treppe hinauf. Die Stufen knarren bei jedem Schritt. Nach der Hälfte der Treppe gibt es einen kleinen Absatz mit einem Fenster, und dann folgt ein weiterer Treppenabschnitt in den ersten Stock. Oben angekommen, sehe ich einen langen höhlenartigen Flur mit einer düsteren Damasttapete vor mir. Das Muster der Tapete sieht für mich wie Hunderte von zusammengekniffenen Augen aus, die jede meiner Bewegungen verfolgen.

Als ich über diesen Flur laufe, gehen über mir wie durch Zauberei Lampen an. Ich komme an einem luxuriös ausgestatteten Schlafzimmer nach dem anderen vorbei und werfe in jedes rasch einen Blick: Eins hat ein Himmelbett, das nächste ein Messingbett, das aussieht, als wäre es dem Film *Die tollkühne Hexe in ihrem fliegenden Bett* entsprungen. Endlich finde ich eine Toilette, gehe hinein und schließe die Tür ab. Nachdem ich meine Notdurft verrichtet habe, seife ich mir die Hände ein und spüle sie mit Wasser aus den goldenen Hähnen ab, dann trockne ich sie mir mit einem Handtuch ab, das so flauschig wie eine Wolke ist. Ich schließe die Tür auf und gehe sehr erleichtert hinaus.

Ich weiß, ich sollte jetzt wieder die Treppe hinunterschleichen und zurück an die Arbeit gehen, aber da sehe ich ein Stück weiter eine offene Tür, die in einen weitläufigen Raum führt, und es verschlägt mir den Atem. Es ist die Bibliothek, die Gran mir beschrieben hat, aber nichts hätte mich darauf vorbereiten können, wie sie wirklich aussieht.

Selbst von hier aus kann ich erkennen, dass sie voller deckenhoher Bücherregale mit kostbaren Lederbänden in Rot und Blau, Gold und Grün ist.

Es gibt Momente, da haben meine Füße einen eigenen Willen, und dies ist einer davon. Sie schleichen über den Flur, und die Deckenlampen winken mich weiter. Ehe ich merke, was ich da tue, stehe ich schon an der Schwelle zur Ehrfurcht gebietenden Bibliothek. In einer Ecke befindet sich eine mit Samt bezogene Chaiselongue und daneben eine Leselampe, deren Schirm von einer mitten im Herumtollen erstarrten Messingnymphe gehalten wird. An der hinteren Wand lehnt eine Leiter mit Rädern, mit der man überall im Raum auch an die obersten Bücher heranreichen kann.

Entzückt trete ich ein. Von einigen dieser Bücher habe ich schon gehört oder habe sie in der Stadtbibliothek gesehen. Andere sind mir neu, darunter die mit J. D. Grimthorpes Namen auf dem Rücken: *Geheimnis eines Toten, Cyanid und Sühne, Ein geheimnisvoller Gast.* Ich strecke die Hand aus und fahre mit den Fingerspitzen an einem Regal voller Lederbände in den Farben von Edelsteinen entlang: *Der Graf von Monte Christo, Grimms Märchen, Die Drehung der Schraube.* Ich möchte nichts lieber, als mir ein Buch herauszuziehen, mich auf die Chaiselongue zu kuscheln und in den Seiten zu verlieren.

*Rattattattatta.*

Wieder das Geräusch der Schreibmaschine, näher jetzt. Da sehe ich, dass durch einen Spalt an der Unterseite der mir am nächsten stehenden Bücherwand ein dünner Lichtstrahl fällt. Ich gehe näher heran.

Dann höre ich Schritte. Auf der anderen Seite der Wand ist jemand.

»Geschwurbel! Alles Müll! Jedem Wort die Pest an den Hals!« Es ist eine Männerstimme, ein dunkles, heiseres Knurren. Die Schritte verwandeln sich in ein Stampfen, und dann fällt etwas zu Boden. Ich spüre die Vibrationen des Aufpralls unter meinen Füßen.

Ein Schatten fällt über den Lichtstrahl auf dem Boden. Ich gehe zaghaft ein paar Schritte näher heran, aber dabei knarrt der Boden.

»Wer ist da?«, höre ich – eine Stimme wie ein Donnergrollen.

In meinen Kinderohren klingt das unverkennbar wie die übellaunige, blutrünstige Stimme eines Trolls.

»Ich will eine Antwort!«, verlangt der Troll.

Da fange ich an zu zittern, denn ich sehe ihn vor meinem geistigen Auge: buckelig und haarig mit vorstehenden Fangzähnen und blutunterlaufenen Augen. Er wird mich an den Bändern meiner Schürze packen und sich meinen zappelnden Körper direkt in den klaffenden, gierigen Schlund stecken.

Ich rühre mich nicht, ich laufe nicht weg, und ich sehe es mir auch nicht näher an, denn Gran sagt immer, Neugier sei der Katze Tod, und in diesem Fall möchte ich keine Katze sein.

Es wird still, und da bin ich furchtbar erleichtert. Aber dann sind meine Füße wieder ungehorsam. Unvermittelt schleiche ich vor und gehe in die Hocke. Ich kann nicht dagegen an. Ich lege mich auf den Boden, damit ich durch den ominösen Spalt unter der Bücherwand in das Zimmer nebenan spähen kann. Ich lege den Kopf auf die Seite und schiebe mich noch näher an den Spalt heran, immer näher, bis … mich ein Auge – ein stahlblaues Trollauge – durch den Spalt unter der Wand ansieht.

»Aaaaaah!«, kreische ich, und das Adrenalin fährt mir ins Blut. Ich stehe auf, renne aus der Bibliothek und über den langen Flur. Da höre ich, wie die Haustür geöffnet wird und Mrs Grimthorpe Gran befiehlt, alle Tüten von draußen hereinzutragen.

Ich sause die Haupttreppe hinunter, immer zwei Stufen auf einmal, bis ich atemlos an der Haustür stehe, wo ich versuche, in jeder Hinsicht normal zu wirken.

»Molly?«, fragt Gran und setzt einen Armvoll Einkaufstüten auf dem Boden ab. »Du siehst aus, als hättest du ein Gespenst gesehen.«

Ich klammere mich ans Treppengeländer und versuche weiterhin tapfer, normal zu wirken. »Ein Gespenst nicht«, erwidere ich. »Nicht direkt.«

# Kapitel 8

In meinem Traum streife ich durch einen Zauberwald nicht weit von unserem Pfefferkuchenhäuschen.

Ein seltsam aussehendes Schaf fragt mich, was ich hier mache. »Heilkräuter für Gran sammeln«, antworte ich.

»Beeil dich lieber, bevor es zu spät ist«, sagt das Schaf und trottet davon.

Als ich nach Hause komme, liegt Gran im Bett und hat die Decke bis zum Kinn hochgezogen. »Ich habe deine Heilkräuter. Alles wird gut.«

»Du kommst zu spät«, erwidert Gran. Erst da merke ich, dass im Bett nicht Gran liegt, sondern Mr Grimthorpe, der Troll, in ein Schafsfell gehüllt und mit einer weißen Haube auf dem Kopf.

»Nein!«, kreische ich. »Du bist tot. Geh weg und komm nie wieder!«

Er fängt an zu lachen, ein tiefes, irres Lachen. Als er gerade die Klauen nach mir ausstrecken will, werde ich wach, weil das Telefon auf meinem Nachttisch klingelt.

Ich bin kein Kind in einem Albtraum, sondern eine erwachsene Frau in ihrem eigenen Bett.

Mit einem Wischen übers Display nehme ich den Anruf an. »Hallo?«, melde ich mich atemlos.

»Molly?«, sagt Juan Manuel. »Du klingst, als wärst du gerannt.«

»Ich habe geschlafen«, sage ich. Ich bin verschwitzt und verwirrt.

»Tut mir leid, dass ich dich geweckt habe, *mi amor*. Ich wollte dir nur einen guten Morgen wünschen und dich daran erinnern, dass es Zeit ist, aufzustehen und der Welt ein Lächeln zu schenken.«

Er zitiert Gran. Ich habe ihm erzählt, dass sie das in meiner Kindheit jeden Morgen zu mir sagte, wenn sie den Vorhang an meinem Fenster aufzog. »Steh auf und schenk der Welt ein Lächeln!«, zwitscherte sie fröhlich wie ein Sperling. Sie starb, bevor Juan Manuel sie kennenlernen konnte, und dennoch, auch wenn ich nie verstehen werde, wie das sein kann, leben Teile von ihr in ihm weiter, wie sie auch in mir weiterleben. Dieses Wissen spendet mir an jedem einzelnen Tag Trost.

»Wie war die Grimthorpe-Veranstaltung, Molly? Mit dem Tee hast du bestimmt den Vogel abgeschossen, oder?«

»Ich habe was?«, frage ich und richte mich auf. Es dauert einen Augenblick, bis ich begreife, dass er nicht Mr Grimthorpe meint, sondern nur eine dieser bildhaften Redewendungen gebraucht hat, die er so liebt. »Nur damit du es weißt«, sage ich, »ich habe niemanden abgeschossen.«

Da lacht Juan. »Ist die Veranstaltung gestern gut gelaufen?«

Ich will der Wahrheit nicht aus dem Weg gehen, aber ich weiß, wenn ich ihm erzähle, dass im Teesalon des Regency Grand ein berühmter Schriftsteller gestorben ist, wäre er krank vor Sorge. Wie ich ihn kenne, säße er in null Komma nichts im Flieger zurück hierher, und das wäre so unfair. Ich kann nicht von Juan erwarten, dass er jedes Mal, wenn etwas schiefläuft, für mich da ist. Außerdem bin ich voll und ganz in der Lage, diese Situation selbst zu bewältigen. Immerhin *bin* ich Chefzimmermädchen.

»*Mi amor*, bist du noch da? Ist alles in Ordnung?«, fragt er.

»Wer sagt denn, dass nicht alles in Ordnung ist? Hat sich jemand aus dem Hotel mit dir in Verbindung gesetzt?«

»Nein. Sie dürfen mich nicht kontaktieren. Mr Snow hat dem Küchenpersonal gesagt, er erwarte, dass sie selbst eine

Lösung finden, statt jedes Mal zu mir zu kommen, wenn etwas danebengeht.«

»Ganz recht«, sage ich. »Wir verlassen uns alle zu sehr auf dich. Es ist höchste Zeit, dass du eine echte, erholsame Pause hast.«

»Aber du vermisst mich doch, *mi amor?*«

»Natürlich. Du kannst dir nicht vorstellen, wie sehr.« Traurigkeit steigt in mir auf, und ich schlucke sie schnell wieder hinunter, ehe mir etwas entschlüpfen kann. »Ich mache jetzt lieber Schluss. Es gibt viel zu tun im Hotel.«

»Das bekommst du bestimmt hin. Wie immer.«

Wir verabschieden uns liebevoll voneinander, und ich lege auf.

Schlaf und Träume sind vergessen. Ich springe aus dem Bett, eile geschäftig durch die Wohnung und mache mich bereit für meinen Tag. Ich habe keine Ahnung, was er bringen wird, aber wie Gran immer sagte: *Sei offen für die Möglichkeiten. Du weißt nie, was vielleicht passiert.* Ich hoffe bloß, dass wir Mr Grimthorpes vorzeitigen Tod bald einer natürlichen Ursache zuschreiben und uns wieder dem zuwenden können, was wir im Regency Grand am besten können: unseren Gästen den herausragenden Service bieten, der ihnen in einem anspruchsvollen Hotel in der heutigen Zeit zusteht.

Innerhalb einer Stunde gehe ich mit flotten Schritten durch den Sonnenschein auf die Hoteltreppe mit dem scharlachroten Teppich zu. Mr Preston ist dort und hilft einigen Touristen mit einer Wegbeschreibung aus. Er schickt das junge Paar in die nächste Straße, und sie eilen die Treppe hinab auf ihr Ziel zu, als ob alles normal wäre, als ob unser Hotel nicht erst gestern von einem Erdbeben erschüttert worden wäre. Als ich den Hoteleingang betrachte, beginnen meine Knie zu zittern.

»Molly!«, ruft Mr Preston, sobald er mich erblickt.

Ich gehe die Treppe hinauf zu ihm.

»Mein liebes Mädchen, ich habe den ganzen Morgen an Sie gedacht. Was für ein furchtbarer Schock das gestern für Sie gewesen sein muss. Geht es Ihnen gut?«

»Mr Preston, nicht ich bin gestorben. Da liegt es nahe, dass es mir gut geht«, erwidere ich, obwohl ich das selbst nicht glaube.

»Gott sei Dank. Ich bin einfach froh, dass die gestrige Nervenprobe Ihnen nicht zu sehr zugesetzt hat. Um den Schriftsteller ist es nicht schade, sage ich.«

»Um den Schriftsteller ist es nicht schade? Das ist aber nicht sehr freundlich.«

»Freundlichkeit spare ich mir für die auf, die sie verdienen«, erwidert Mr Preston. »Und dieser Mann hatte sie nicht verdient.«

In den Tiefen meines Bauchs regt sich ein eigenartiges Kribbeln. Gran bekam immer solche Gefühle. Sie nannte sie ihre »Intuition«.

»Mr Preston«, sage ich. »Haben Sie Mr Grimthorpe gekannt?«

»Ich weiß nicht, ob irgendjemand diesen Mann gekannt hat, am wenigsten er selbst.«

»Sie glauben doch nicht wirklich, jemand in diesem Hotel könnte ihn getötet haben, oder?«

»Einen Mann wie ihn? Alles ist möglich.«

In diesem Augenblick trifft ein Taxi mit Gästen ein. »Molly, passen Sie da drin heute gut auf sich auf. Hier geht irgendetwas vor, was ich nicht recht verstehe, und solange das so ist, sind Sie am besten wachsam.«

Eine merkwürdige Warnung in einer Unterhaltung voller Merkwürdigkeiten, aber Mr Preston ist in letzter Zeit nicht er selbst. Immer wieder besteht er darauf, wir müssten uns zum Abendessen treffen, und da frage ich mich, ob bei ihm alles in Ordnung ist. Er ist auch zerstreuter und erschöpfter als sonst. Er bittet die Angestellten vom Parkdienst um Hilfe und macht neuerdings häufiger Pausen.

»Sie brauchen sich keine Sorgen um mich zu machen, Mr Preston«, sage ich. »Ich komme schon zurecht. Wenn überhaupt, sollten Sie sich um sich selbst sorgen.«

Er nickt und läuft die Treppe hinunter. Ich wende mich in die andere Richtung und gehe durch die Drehtür in die atemberaubende Lobby des Regency Grand. Dort geht es zu wie in einem Bienenstock, obwohl es noch nicht 9:00 Uhr ist. Auf jedem der smaragdgrünen Sofas drängen sich Besucher. In der Luft vermischen sich die morgendlichen Gerüche von Kaffee und frischer Zitruspolitur.

An der Rezeption wartet eine Reihe neuer Gäste, während Pagen einander zurufen und die plötzliche Kofferflut in Angriff nehmen, die die Lobby überschwemmt. So etwas habe ich natürlich schon einmal erlebt, und zwar am Tag nachdem der niederträchtige Mr Black in unserem Hotel gestorben ist. An jenem Morgen war das Hotel komplett ausgebucht. Sämtliche Schaulustigen der Stadt schienen eingecheckt zu haben, um »dabei zu sein«, und alle stellten die gleiche Frage: War Mr Black eines natürlichen Todes gestorben, oder war da im Regency Grand etwas Unheilvolleres im Gange? Diesmal ist es nicht anders. Gestern ist ein weltberühmter Schriftsteller in unserem Teesalon unvermittelt gestorben, und heute pulsiert die Lobby förmlich vor konspirativer Energie: Gäste und Hotelangestellte tauschen pikanten Tratsch aus – wer kennt wen, wer weiß was? Es ist besorgniserregend, dieses Geschwätz über potenzielle Verdächtige und mögliche Kriminelle in unserer Mitte.

Ich verlasse die Lobby ganz rechts und eile die Treppe hinunter in den Hauswirtschaftsbereich, wo meine frisch gereinigte Uniform in einer dünnen Plastikfolie an der Tür meines Spinds hängt – ein neuer Anfang. Rasch lege ich sie an und befestige gerade meine Chefzimmermädchen-Anstecknadel über dem Herzen, da sehe ich etwas aus dem Augenwinkel, das mich zusammenfahren lässt.

»Lily!« Sie steht stocksteif im Schatten neben ihrem Spind. »Du hast mich fast zu Tode erschreckt. Mein liebes Mädchen, was machst du heute hier? Ich habe dich nicht erwartet nach der gestrigen Aufregung. Warum hast du dich nicht krankgemeldet?«

»Weil ich nicht krank bin«, flüstert sie. »Und da ist etwas, das ich …«

In diesem Augenblick kommt Cheryl herein, mit diesem schlurfenden Gang, bei dem ich ihr am liebsten die Füße abhacken würde.

»Da bist du ja, mein Mauerblümchen«, dröhnt Cheryl, als sie Lily in ihrer Ecke entdeckt. »Na, wenn du nicht ›zu einem Zustand der Perfektion geschniegelt‹ bist. Du reinigst heute die gesamte erste Etage, weil Molly woanders eingesetzt wird.«

»Wovon redest du?«, frage ich Cheryl.

»Ach, hat Mr Snow dir nicht Bescheid gesagt? Er braucht dich im Social. Weil irgendwelche Kellnerinnen nicht zur Arbeit gekommen sind. Damit bin *ich* heute deine Vorgesetzte, Lily. Anordnung von Mr Snow.« Sie deutet auf die Anstecknadel, die schief auf ihrem beachtlichen Busen befestigt ist. »Seht nur, wer wieder Chefzimmermädchen ist.«

In meinem Inneren herrscht Aufruhr. Ich kann mich nicht entscheiden, ob ich Cheryls Anstecknadel gerade rücken oder ihr einfach eine Ohrfeige verpassen möchte. »Ich bin sicher, das ist ein Missverständnis«, sage ich zu Lily. »Ich spreche Mr Snow gleich darauf an.«

»Tu, was du nicht lassen kannst«, murmelt Cheryl.

Gran hat immer gesagt: *Die Klügere gibt nach.* Also nehme ich meine Chefzimmermädchen-Anstecknadel ab und verstaue sie in meinem Spind. »Einen wunderschönen Tag,

Lily«, sage ich und verlasse den Raum ohne ein weiteres Wort an Cheryl.

Und ab nach oben, die Treppe wieder hinauf, während es in mir brodelt wie in einem kochenden Wasserkessel.

Ich gehe in die Lobby, wo Mr Snow mit einer schwarzen Samtweste und einem adretten Paisleyhalstuch an der Rezeption steht. Neben ihm ist Angela, das flammend rote Haar zerzaust.

Ich gehe schnurstracks zu ihnen. »Bin ich nun das Chefzimmermädchen in diesem Hotel oder nicht?«, frage ich Mr Snow.

Er seufzt, dann richtet er sein Halstuch. »Es ist nur für heute, Molly. Angela fehlen drei Servierkräfte, also sind wir ziemlich in der Bredouille. Wir brauchen im Restaurant Ihre Hilfe. Und da Sie dann nicht in der Nähe der Gästezimmer sind, musste ich jemandem die Verantwortung für die Zimmermädchen übertragen.«

»Und da haben Sie Cheryl ausgewählt? Warum haben Sie nicht mich zurate gezogen, wenn es doch um die Führung meiner eigenen Abteilung geht? Ist die Welt denn komplett auf den Kopf gestellt? Und was ist mit den Kellnerinnen? Haben sie sich krankgemeldet?«

»Wenn, dann sind sie krank vor Angst«, erwidert Angela. »Anscheinend fürchten sie, dass hier bei uns im Hotel ein Mörder herumläuft.«

»Das ist absurd«, sagt Mr Snow. »Völlig absurd.«

»Ach ja?«, sagt Angela. »Wenn die Podcasts mich eins gelehrt haben, dann, dass die schlimmsten Verbrechen an den sichersten Orten passieren.«

Mr Snow kräuselt die Lippen, als hätte er in eine Zitrone gebissen.

»Außerdem«, fährt Angela fort, »finden Sie es nicht ein bisschen merkwürdig, dass Grimthorpes persönliche Sekretärin gestern, gleich nachdem ihr Chef den Löffel abgegeben hatte, verduftet ist? Ich meine, ich bin froh, dass sie heute zurückkommt, aber trotzdem … das ist doch nicht normal.«

»Woher wissen Sie, dass Ms Sharpe heute zurückkommt?«, fragt Mr Snow.

»Echt jetzt?«, fragt Angela. »Auf dem Aktenkarton hinter Ihnen steht ihr Name.«

Mr Snow rückt seine Brille so zurecht, dass sie mehr oder weniger gerade auf seinem Nasenrücken sitzt.

»Sie sehen heute übrigens richtig schnieke aus, Mr Snow«, bemerkt Angela. »Sieht er nicht scharf aus, Molly?«

»Ja«, stimme ich ihr zu. »Haben wir heute eine Nobelhochzeit im Hotel? Oder ein Bankett? Mr Snow, warum haben Sie sich so fein gemacht?«

Mr Snow sucht die Lobby ab, aber nach was oder wem, ist mir nicht klar.

»Mr Snow?«, hake ich nach.

»Was ist in dem Karton?«, fragt Angela.

Bestürzt sieht er sie an. »Ein paar Kleinigkeiten. Ein wenig Krimskrams, der in der Aufregung gestern zurückgelassen wurde.« Er legt die Hand auf den Karton hinter sich.

»Cool. Ich mag Krimskrams«, sagt Angela, packt den Deckel und nimmt ihn mit einer geschmeidigen Bewegung ab, sodass Mr Snows Hand herabfällt. Sie blickt in den Karton. »Sieh dir das an, Molly!«

Der Karton enthält eine sehr alte Ausgabe von Mr Grimthorpes Bestseller *Das Dienstmädchen im Herrenhaus,* die im Gegensatz zu den Exemplaren auf dem Büchertisch gestern noch die Originalillustration auf dem Einband hat – mit der berühmten Haustür und dem Auge, das durchs Schlüsselloch späht. Neben dem Buch liegen Mr Grimthorpes Füllfederhalter, den ich von der Signierstunde gestern wiedererkenne, sowie ein schwarzes Moleskin-Notizbuch mit Monogramm und ein verschlossener Regency-Grand-Briefumschlag mit der Aufschrift *Serena.*

»Die Nachricht für Serena ist von mir«, sagt Mr Snow. »Um ihr für ihre Unterstützung zu danken.«

»Serena? Sie meinen sicher Ms Sharpe«, sage ich. Ich will zu einem längeren Vortrag über die korrekten Anredeformen für Gäste ansetzen, doch Mr Snow unterbricht mich.

»Lassen Sie mich eines absolut klarstellen«, sagt er. »Serena ist so unschuldig wie ein Lamm.«

»Niemand in diesem Hotel ist *so* unschuldig«, erwidert Angela. »Nicht einmal Sie, Mr Snow.« Sie nimmt den Roman und blättert darin, bis sie die Seite mit dem Copyright-Eintrag findet. »Hammer! Das ist eine Erstausgabe«, sagt sie. »Das ist bestimmt eine Rarität.«

»Ja, das ist richtig«, räumt Mr Snow ein. »Wir hatten sie neben den anderen persönlichen Gegenständen in einem Schaukasten vorn ausgestellt, um für die Veranstaltung mit Mr Grimthorpe zu werben. Wie auch immer, Serena möchte das alles zurückhaben.«

»Na, so was. Wenn man vom Teufel spricht«, sagt Angela.

Gerade kommt Ms Serena Sharpe durch die Drehtür des Regency Grand herein. Sie ist strahlend schön, ätherisch, obwohl ihre Kleidung – ein eng anliegendes schwarzes Samtkleid – deutlich macht, dass sie trauert.

Sie blickt sich in der Lobby um, entdeckt Mr Snow, der ihr hektisch zuwinkt, und kommt zu uns herüber. Aus nächster Nähe fällt mir unwillkürlich die Erschöpfung – oder ist es Kummer? – auf, die sich in den dunklen Schatten unter ihren enigmatischen blauen Augen zeigt.

»Meine liebe Serena«, sagt Mr Snow. »Wie geht es Ihnen?«

»Um ehrlich zu sein, stehe ich noch unter Schock«, antwortet sie. »Ich kann nicht recht fassen, dass er nicht mehr da ist.«

»Das ist völlig verständlich«, erwidert Mr Snow. »Sie haben mein tiefstes Mitgefühl, und sollten Sie in dieser schweren Zeit emotionale Unterstützung benötigen, können Sie auf mich zählen, das versichere ich Ihnen.«

Was dann passiert, macht mich fassungslos. Mr Snow legt Ms Sharpe die Hand auf den nackten Arm. Ich will schon darauf hinweisen, dass dies ein Verstoß gegen sämtliche Verhaltensregeln im Umgang mit den Hotelgästen darstellt, da entzieht Ms Sharpe ihm ihren Arm.

»Was ich fragen wollte«, sagt sie. »Wissen Sie etwas Neues darüber, woran Mr Grimthorpe gestorben ist? Hat die Polizei irgendetwas gesagt?« Ihre Stimme klingt zittrig und unsicher.

»Leider nein«, antwortet Mr Snow. »Das Ergebnis der Autopsie wird erst in ein, zwei Tagen erwartet, hat man mir gesagt.«

»Übrigens«, werfe ich ein. »Gestern hat Detective Stark nach Ihnen gesucht, Ms Sharpe. Sie wollte Sie fragen, was Mr Grimthorpe ankündigen wollte, bevor er starb.«

»Oh, ich weiß«, erwidert sie. »Sie hat mir diverse Nachrichten auf der Mailbox hinterlassen.«

»Vielleicht können Sie sie zurückrufen«, schlage ich vor.

Ms Sharpes Miene versteinert. »Tatsächlich fahre ich jetzt gleich zur Wache«, sagt sie steif.

In diesem Augenblick huscht etwas am Rand meines Blickfelds entlang. Ich drehe mich um und entdecke Lily in der dunkelsten Ecke der Lobby. Sie steht unter der großen Treppe zwischen zwei smaragdgrünen Sofas und hält einen Staubwedel in der Hand. Warum um alles in der Welt ist sie in der Lobby, wenn sie oben die Gästezimmer reinigen soll?

»Wie lange genau haben Sie für Mr Grimthorpe gearbeitet?«, fragt Mr Snow Ms Sharpe.

»Etwas über ein Jahr«, erwidert sie. »Er hat mich als Sekretärin eingestellt, nachdem seine vorherige Assistentin gestorben ist. Ich habe keine Ahnung, was ich beruflich machen soll, jetzt, wo er tot ist.«

Genau in diesem Augenblick betritt Cheryl die Lobby und schiebt einen verblichenen Wischmopp vor sich her. Warum um alles in der Welt ist noch ein weiteres Zimmermädchen in der Lobby, das eigentlich oben reinigen soll? Offensichtlich denkt Mr Snow das auch, denn er blickt Cheryl voller Geringschätzung an und öffnet den Mund, aber bevor er sie zu sich rufen kann, attackiert ein durchdringendes Geräusch unsere Ohren. Hastig schlage ich mir die Hände darauf. Erst nach einem Augenblick begreife ich, dass es ein Feueralarm ist. Überall um mich herum zucken Gäste und Hotelangestellte zusammen und drängen zum Ausgang.

Ich spüre eine Hand auf dem Arm. Sie gehört Angela, die mich zum Ausgang zieht. Pulks von Gästen umgeben uns, alle drängen durch die Drehtür hinaus. Bald stehen wir draußen auf dem flauschigen roten Teppich, wo der schrille Alarm nicht annähernd so ohrenbetäubend laut ist.

Ein Meer von Menschen sammelt sich um uns.

»Was ist los?«

»Was ist passiert?«

»Brennt es?«

Inmitten all dieses Chaos ruft Mr Preston zu Gelassenheit auf und führt die Menschen die Treppe hinab auf den sicheren Bürgersteig.

So plötzlich, wie der Lärm eingesetzt hat, ist er auch wieder vorbei. Mr Snow stürzt durch die Drehtür heraus und ruft: »Alles ist gut! Ein Fehlalarm. Bitte, Sie können das Regency Grand wieder betreten.«

Überall um mich herum höre ich erleichterte Laute.

»Das war aufregend«, sagt Angela.

»Es war alles andere als aufregend«, entgegne ich. »Es war anstrengend und nervenaufreibend.«

»Komm«, sagt Angela. »Jetzt ist es ja vorbei. Gehen wir wieder rein.«

Ich folge ihr die Treppe hinauf und durch die Drehtür. Wir gehen zurück zur Rezeption, wo wir vor dem Alarm standen.

Mr Snow stürzt herbei. Sein Blick wandert suchend durch die Lobby. »Wo ist sie hingegangen?«, fragt er. »Wo ist Serena?«

»Ich weiß nicht mehr als Sie«, erwidert Angela.

Da fällt mein Blick auf den Rezeptionstresen. Anscheinend ist Ms Sharpe nicht das Einzige, was fehlt. Der Karton mit der seltenen Erstausgabe ist auch fort.

# Kapitel 9

## FRÜHER

Ich werde zurückversetzt in die winzige Küche, in der Gran und ich in meiner Kindheit so viele gemeinsame Mahlzeiten genossen haben. Es ist der Morgen, nachdem ich in das Stahlauge des Trolls geblickt habe, der hinter der Wand in der Grimthorpe'schen Bibliothek lebt. Hatte ich Angst? Ja. Bin ich weggelaufen? Ja. Aber der Troll hat mich nicht gefressen. Ich bin nicht versteinert oder auf der Stelle geschmolzen. Ich habe dem Ungeheuer ins Auge geblickt und überlebt.

Unter unserem abgewetzten rustikalen Küchentisch lasse ich die kurzen Beine baumeln. Gran trägt zwei dampfende Schüsseln mit Zimtporridge zum Tisch. Ich atme den Duft ein, den ich bis heute mit Güte und Zuhause verbinde.

»Gran, wenn du reich wärst, wofür würdest du dein Geld ausgeben?«, frage ich zwischen zwei Löffeln heißem Porridge.

»Für eine Privatschule für dich, mit freundlichen und geduldigen Lehrern. Und für ein Häuschen, das wir unser Eigen nennen könnten, ohne Rechnungen und Vermieter, und für zwei Sessel am Kamin.«

»Wenn wir reich sind, können wir dann jeden Tag Clotted Cream zum Tee essen?«

»Jeden einzelnen Tag.«

»Erzähl es mir noch einmal, Gran. Was ist mit meiner Mutter passiert?«

Das kommt aus heiterem Himmel und überrumpelt sie. Sie legt den Löffel hin. »Deine Mutter hat uns verlassen.«

»Das weiß ich«, erwidere ich und versuche, mir ihr Gesicht in Erinnerung zu rufen, aber Fehlanzeige. Ich habe immer nur das gerahmte Foto von ihr vor Augen, das Gran im Wohnzimmer aufgestellt hat. Dieses Foto wurde aufgenommen, als meine Mutter nur wenige Jahre älter war als ich jetzt.

»Deine Mutter hatte mit Dämonen zu kämpfen«, sagt Gran. »Sie hat sich im Labyrinth verirrt, wie Menschen es manchmal tun. Als sie erkannte, dass sie sich von einem windigen Gesellen hatte fortlocken lassen, war es zu spät, um sie zu retten.«

Ich denke an den Troll im Herrenhaus. Er kommt mir nicht annähernd so furchterregend vor wie die Dämonen meiner Mutter oder der geflügelte windige Geselle, der sie fortgelockt hat. Gegen Ungeheuer, die man sehen kann, kann man kämpfen, oder man kann vor ihnen davonlaufen. Aber den unsichtbaren kann man nicht entrinnen.

Ich rühre mit dem Löffel in meinem Porridge. »Gran, was passiert, wenn du stirbst?«

Ihre Augen werden zwei Nummern größer. »Mein liebes Mädchen, ich sterbe nicht.«

»Das ist eine Lüge«, sage ich und knalle zum Protest den Löffel auf den Tisch.

»Du hast recht. Eines Tages werde ich sterben. Aber nicht bald. Und außerdem, selbst wenn ich nicht mehr bin, werde ich dich nicht verlassen. Du wirst mich zwar nicht sehen, aber ich werde hier bei dir sein, immer.«

»Wie ein Geist?«

»Ja. Wie ein freundlicher Geist, der dich für den Rest deiner Tage heimsucht. Und dich daran erinnert, dir die Zähne zu putzen, nachdem du gefrühstückt hast.« Sie lächelt und streichelt meine Wange.

Ich nehme meine leere Schale und stelle sie in die Spüle, dann sause ich über den Flur in unser winziges Badezimmer, wo ich mir wie geheißen die Zähne putze. Wenige Minuten später treffe ich mich mit Gran an der Wohnungstür.

»Auf zum Herrenhaus«, sagt sie. Sie geht in die Hocke und bindet ihren rechten Schuh zu. Als sie fertig ist, blickt sie zu mir hoch. »Molly, versprich mir, dass du es mir sagst, falls du im Herrenhaus unglücklich bist, ja?« Ihre Augen sind feucht, die Haut darum herum ganz zerknittert.

»Unglücklich? Gran, ich finde es toll dort. Ich putze doch gern.«

»Du hast auf jeden Fall einen guten Eindruck bei Mrs Grimthorpe hinterlassen mit dem vielen Silber, das du gestern poliert hast. Sie hat dich ›gehorsam und folgsam‹ genannt, was bei ihr ein Kompliment ist, wie es größer nicht sein könnte. Heute hat sie eine Überraschung für dich.«

»Eine Überraschung? Was denn?«

Gran steht auf und kneift mich in die Wange. »Das musst du abwarten.«

Zusammen treten wir unseren langen Arbeitsweg an. Unterwegs überlege ich die ganze Zeit, was für eine Überraschung eine Frau wie Mrs Grimthorpe für mich bereithalten könnte. Einen gebrauchten, vergrauten Schlafanzug? Ein Stück Kohle zu Weihnachten? Ein Schraubglas mit einer behaarten Spinne darin?

Doch als Mrs Grimthorpe uns die schwere Haustür öffnet, verrät sie mir es direkt. »Deine Großmutter und ich haben uns unterhalten, als wir neulich einkaufen waren. Wir haben einen Entschluss gefasst.«

»Betreffend was?«, frage ich.

»Dich«, antwortet Mrs Grimthorpe und kneift die Augen zusammen, bis sie nur noch zwei Nadelspitzen sind, die mich fixieren wie einen Schmetterling auf einem Brett. »Mr Grimthorpe und ich waren immer schon der Ansicht, dass schlechte Angewohnheiten wieder abgelegt werden können und ein wohlerzogenes Kind mit guten Manieren einer faulen Rotzgöre vorzuziehen ist.«

»R-O-T-Z-G-Ö-R-E. Will heißen, Dreckspatz?«

»Oder Frechdachs«, sagt Gran.

»Lumpengesindel«, fügt Mrs Grimthorpe in endgültigem Ton hinzu.

»Was Mrs Grimthorpe meint«, erklärt Gran, »ist, dass alle Kinder – und sogar Erwachsene – lernfähig sind; es ist nur so, dass manche auf ihre eigene Weise lernen müssen, und eine Institution wie eine Schule oder eine ähnliche Einrichtung ist nicht für jeden der richtige Ort.«

»Aber niemand, weder Erwachsener noch Kind, sollte eine Gelegenheit, sich zu verbessern, vergeuden«, ergänzt Mrs Grimthorpe.

»Sie auch nicht, Mrs Grimthorpe?«, frage ich.

Mrs Grimthorpe stemmt die Hände in die Hüften, und ihre spitzen Ellbogen ragen bedrohlich nach links und rechts. »Nur damit du es weißt«, sagt sie verärgert, »vor dir stehen zwei Frauen, die viel dafür geopfert haben, dass es einem geliebten Menschen besser geht, und eines Tages wirst du das auch verstehen. Aber im Moment ist dein Kopf so mit kindischem Unfug angefüllt, dass nicht viel Raum für anderes bleibt, das ist deutlich zu erkennen.«

»Was Mrs Grimthorpe sagen will«, mischt sich Gran ein, »ist, dass du dich gestern beim Silberpolieren so gut angestellt hast, dass sie dich in ihrer *grenzenlosen Güte belohnen* möchte. War es nicht das, worauf Sie hinauswollten, Mrs Grimthorpe?«

Mrs Grimthorpe verzieht das Gesicht, als könnte sie durchaus einen epileptischen Anfall bekommen, wenn sie mich loben würde. »Wir haben oben eine Bibliothek«, sagt sie schließlich. »Sie ist bis zur Decke mit Büchern angefüllt. Mr Grimthorpe und ich waren schon immer der Ansicht, dass die Lektüre von Büchern jeden rehabilitieren kann. Wie ich höre, liest du gern.«

Ich nicke mehrmals.

»Nun gut. Von jetzt an wirst du den halben Tag reinigen und polieren, und die andere Hälfte des Tages wirst du lesen. Wenn du nicht zur Schule gehen kannst, ist das Mindeste, was du tun kannst, dich selbst weiterzubilden.«

Ich kann nicht glauben, was ich da höre. Es klingt zu schön, um wahr zu sein. Fragend sehe ich Gran an. Sie lächelt und nickt.

»Folge mir«, sagt Mrs Grimthorpe. »Zur Bibliothek.«

»Ach, ich weiß, wo …« Ich unterbreche mich gerade noch rechtzeitig. »Ja, Madam.«

Mrs Grimthorpe steigt die große Treppe hinauf, die bei jedem Schritt knarrt und ächzt. Ich folge dicht hinter ihr. Auf dem Treppenabsatz in der Mitte blicke ich aus dem Fenster und sehe die Dame in Blau aufs Haus zugehen wie gestern auch.

»Wo ist ihr Arbeitszimmer?«, frage ich Mrs Grimthorpe.

»Wessen Arbeitszimmer?«, fragt Mrs Grimthorpe und bleibt ebenfalls stehen.

»Ihres.« Ich deute auf die elegante Dame mit dem blauen Kopftuch und den blauen Handschuhen, die gerade durch die Seitentür ins Haus geht.

»Das, junge Dame, geht dich entschieden und eindeutig nichts an. Verstanden?«

Um des lieben Friedens willen nicke ich und halte den Mund fest geschlossen.

Mrs Grimthorpe nimmt den nächsten Treppenabschnitt in Angriff, und ich folge ihr. Oben gehen wir über den langen Flur, den ich gestern auf eigene Faust schon erkundet habe. Die Lampen über unseren Köpfen erspüren uns wie durch Zauberei und leuchten auf, wenn wir vorübergehen. Wie merkwürdig, dass sich das Muster der Damasttapete, das mir gestern voller wachsamer Augen zu sein schien, in ein vornehmes und hübsches Paisleymotiv verwandelt hat. Wir gehen an einem Schlafzimmer nach dem anderen vorüber – kein Arbeitszimmer –, bis wir schließlich vor der Bibliothek stehen.

Mrs Grimthorpe geht hinein und zieht die schweren Samtvorhänge am hohen Fenster in der einen Wand zurück. Tageslicht strömt herein, und Staubkörnchen tanzen wie Naturgeister in der Luft. Mein Blick wandert zu dem Spalt, der dicht über dem Boden in der Wand vor mir ist. Heute fällt kein Licht darunter hindurch, und auf der anderen Seite der Wand ist alles still. Kurz frage ich mich, ob mein Verstand mir gestern einen Streich gespielt hat. Vielleicht gibt es gar keinen Troll. Vielleicht war das alles nur ein Produkt meiner blühenden Fantasie.

»Was du in dieser Bibliothek siehst, ist eine der hervorragendsten privaten Sammlungen seltener ledergebundener Ausgaben, die du je in der englischsprachigen Welt finden wirst«, sagt Mrs Grimthorpe. »Mr Grimthorpe hat jedes dieser Bücher in allen Facetten persönlich studiert, und ein jedes hat sein literarisches Werk inspiriert. Er ist ein gelehrter Mann, der sich seinen hervorragenden Ruf durch ernsthaftes Studium erworben hat. Für ein Mädchen wie dich ist es ein Privileg, sich in diesem Raum auch nur aufhalten zu dürfen. Verstehst du?«

»Ja, ich verstehe.«

»Deine Großmutter hält dich anscheinend für eine begabte Leserin, auch wenn ich den Verdacht habe, dass sie zu exzessiver Betriebsblindheit und allgemein zur Hyperbel neigt.«

Ich suche im Regal an der Wand vor uns nach einem Wörterbuch, in dem ich einige der Wörter, die Mrs Grimthorpe gerade benutzt hat, nachschlagen kann. Ich entdecke eines und strecke die Hand danach aus.

»Nein!«, fährt Mrs Grimthorpe mich an, so heftig und in einem so scharfen Ton, dass ich hastig zurückweiche.

»Du darfst keine Bücher von der vierten Wand nehmen«, verfügt sie. »Du darfst Bücher von dieser, dieser und dieser Wand dort nehmen, aber die Wand vor dir hast du nicht, niemals, anzurühren. Ist das klar? Diese Bände sind kostbare Sammlerstücke, und ich lasse nicht zu, dass du sie so ruinierst wie unser Fabergé-Ei.«

Ich betrachte ihr verkniffenes Gesicht, das einer zerknitterten Papiertüte gleicht. Es hat mir die Stimme verschlagen, also nicke ich nur zur Antwort.

»Du darfst einige Stunden hier lesen. Nach dem Tee wirst du zu deinen Pflichten zurückkehren und unten Silber polieren. Nutze deine Zeit gut, Molly. Einen klugen Kopf zu vergeuden, ist unverzeihlich. Gelegenheiten, sich zu verbessern, sind kostbar.«

Damit macht sie auf dem Absatz kehrt, läuft wieder über den Flur mit der Damasttapete und geht die Treppe hinab, während die Lampen hinter ihr erlöschen.

Sobald sie fort ist, sehe ich mich in der hell erleuchteten Bibliothek um. Ich kann mein Glück nicht fassen. Wie kann es sein, dass ich mich hier hinsetzen und lesen darf? Ich gehe zur hinteren Wand, einer der drei, die ich anrühren darf, und streiche über die Buchrücken. *Mord im Orientexpress*, *Der Hund von Baskerville*, *Große Erwartungen*. Mit dem Zeigefinger ziehe ich *Große Erwartungen* heraus und trage den schweren indigoblauen Band hinüber zur Chaiselongue. Ich setze mich, schlage das Buch auf und beginne zu lesen.

Ich lerne gerade erst einen unglücklichen Waisenjungen namens Pip kennen, da höre ich sie wieder – Schritte hinter der vierten Wand. Ein Klicken ertönt, dann fällt Licht durch den Spalt in der Wand und wirft einen langen Streifen auf den Boden in der Bibliothek.

*Rattattattatta.*

Wieder das Klappern einer Schreibmaschine.

»Verflixt und zugenäht! Geschwurbel und Geschwafel!«, dringt es durch die verbotene Wand – das Knurren eines hungrigen Trolls.

Ich lege das Buch ab und schleiche auf Zehenspitzen auf die Stimme zu. Ich weiß, ich sollte das nicht tun. Man hat mir verboten, diese Wand anzurühren, trotzdem lege ich die Hand auf das *Oxford Dictionary* und drücke das Ohr an den *Weltatlas,* damit ich den Troll besser hören kann. Kaum hat meine Hand das Buch berührt, da gibt etwas nach, und die Wand springt auf.

»AHHHHHhhhhhh!«, schreie ich und weiche verdutzt zurück.

»Wahhhhhh!«, ertönt ein tiefes Echo.

Bevor ich mir auch nur darüber klar werden kann, was passiert ist, sehe ich mich einem schlanken, gebrechlichen Mann gegenüber, der an einem gewaltigen Mahagonischreibtisch sitzt, eingerahmt von zwei hoch aufragenden Stapeln Moleskin-Notizbüchern. Sein grau meliertes Haar ist völlig zerzaust, seine stahlblauen Augen bohren sich in meine, und wenn ich mich nicht irre, verrät sein Blick entweder kannibalische Absichten oder abgrundtiefe Verwirrung.

Meine Hand auf dem Wörterbuch zittert, aber ich kann es nicht loslassen, denn das gesamte Bücherregal ist in Wirklichkeit eine Geheimtür, die ich mit meiner Hand offen halte.

»Wer zum Henker bist du?«, fragt das Wesen vor mir, das einen schwarz-goldenen Füllfederhalter hoch über den Kopf erhoben hält wie ein Messer. Mir ist nicht ganz klar, ob er mich damit erstechen oder sich Notizen machen will, aber als ich seine Hand betrachte, fällt mir auf, dass ich nicht die Einzige bin, die zittert.

»Sprich!«, donnert er. »Was tust du hier?«

Ich fürchte, mein Leben hängt von meiner Antwort ab, und doch weiß ich nicht genau, was ich erwidern soll.

»Es … es tut mir leid, dass ich Sie gestört habe«, sage ich. »Ich habe es nicht böse gemeint.«

»Wer bist du?«, knurrt er. »Zu wem gehörst du?«

»Zu Gran? Sie arbeitet hier.«

»Das Dienstmädchen?«

»Ja. Das Dienstmädchen. Ich bin ihre Enkelin. Ich heiße …« Plötzlich fällt mir wieder ein, dass Gran mir ausdrücklich verboten hat, Fremden meinen Namen zu sagen.

»Nennen Sie mich Pip«, sage ich und untermale es mit einem wackeligen Knicks.

»In diesem Fall«, erwidert er, »muss ich Großes von dir erwarten.«

Einen Moment lang sehe ich ihn an und fürchte, dass ich dabei zu Staub zerfallen könnte. »Bist du ein Troll oder ein Mann?«, frage ich mit zitternder Stimme.

»Wie erfrischend. Noch nie wurde mir diese Frage so unverblümt gestellt. Ich bin ein bisschen von beidem, nehme ich an«, sagt er. »Ich bin ein sogenannter Misanthrop.«

»Misanthorpe«, wiederhole ich. »M-I-S-A-N-T-H-O-R-P-E.«

»Falsch. Du hast es mit Grimthorpe verwechselt. Du hast zwei Buchstaben vertauscht.«

Ich sehe mir das Wesen vor mir genau an. Er ist dünn und geschmeidig und hat keinerlei Gesichtsbehaarung. Seine Haut ist bleich und glatt. Seine Zähne sind gerade und sauber, keine spitzen, blutrünstigen Fänge. Sein Haar ist widerspenstig und könnte besessen sein, aber er selbst ist ordentlich gekleidet, mit einem blauen durchgeknöpften Hemd, gebügelter Stoffhose und Cordpantoffeln mit Monogramm. Mein Blick zuckt durch das spartanisch eingerichtete Zimmer. Ich präge mir alle Details ein. Da ist ein Lesesessel in einer Ecke, auf dem sich Zeitungen stapeln. Da ist der Schreibtisch mit den schwarzen Moleskin-Stapeln. Da ist auch ein Bücherregal an der hinteren Wand, in dem auf sämtlichen Buchrücken der Name J. D. Grimthorpe steht. Zwar ist dieses Arbeitszimmer alles andere als aufgeräumt, aber nirgends liegen Knochen von Kindern oder kleinen Säugetieren. Es gibt überhaupt keine Anhaltspunkte für ein offenkundiges Ungeheuersein.

»Sie sind kein Troll«, sage ich. »Sie sind ein Mann. Sie sind Mr Grimthorpe, der sehr bedeutende Schriftsteller, der nicht gestört werden darf.«

Er verschränkt die Arme und mustert mich. »Hat sie dir das gesagt? Meine Frau?«

Ich nicke.

»Tja dann. Was für ein enormes Privileg, dich in Gegenwart solch ehrwürdiger Größe aufzuhalten.« Er steht auf und verbeugt sich. »Ich nehme an, sie hat dir auch gesagt, dass du mein Arbeitszimmer unter keinen Umständen betreten darfst.« Zu meiner großen Erleichterung knallt er den spitzen Füller auf den Schreibtisch. Dann kommt er dahinter hervor, hockt sich auf die Schreibtischkante, mitten zwischen die wackeligen Stapel mit den Notizbüchern, und sieht mich grimmig an mit seinen beiden stahlblauen Augen, von denen ich eins gestern durch den Spalt unter der Tür gesehen habe, nur weiß ich nicht, welches.

»Ich wollte Sie nicht stören«, erkläre ich. »Ich habe eine Stimme gehört. Ich wusste nicht, dass Ihr Arbeitszimmer hinter der Wand liegt. Ich habe in der Bibliothek gesessen und ein Buch gelesen.«

»Gelesen? Was hast du gelesen?«

»Ein Buch über ein Kind ohne Vater und Mutter, genau wie ich.«

»Ah ja, verstehe. *Große Erwartungen*. Frühreif.«

»Frühreif«, wiederhole ich. Dieses Wort kenne ich. So bin

ich schon früher genannt worden. »Will heißen, klug, intelligent. Den Altersgenossen voraus.«

»Offensichtlich«, erwidert er.

Er läuft vor seinem Schreibtisch auf und ab. Hin und wieder wirft er mir einen kurzen durchdringenden Blick zu. »Du liest also gern«, sagt er.

»Ja«, bestätige ich. Ich habe wackelige Knie, aber sie sind eindeutig doch nicht mit meinem Mund verbunden, denn trotz meiner großen Angst kann ich immer noch sprechen.

»*Warum* liest du gern?«, fragt Mr Grimthorpe.

Er ist so groß und knorrig, dass er nur aus spitzen Winkeln zu bestehen scheint, und trotzdem bewegt er sich mit verstohlener Anmut. Er wartet darauf, dass ich auf seine unmögliche Frage antworte.

Ich zermartere mir den Kopf, und irgendwann blubbert eine Idee an die Oberfläche. »Lesen hilft mir, die Dinge zu verstehen«, sage ich. »Und die Menschen. Außerdem besuche ich gern andere Welten.«

»Gefällt dir die, in der du lebst, denn nicht?«

»Nicht immer, nein.«

»Hmm.« Er schnaubt und stützt einen Ellbogen auf einen der Moleskin-Stapel. »Dann haben der Misanthrop und das Kind etwas gemeinsam.«

Plötzlich verfinstert sich seine Miene wie ein Sommerhimmel vor dem Regen. Ich brauche einen Augenblick, aber schließlich bringe ich den Mut auf. »Ich habe Ihnen gesagt, warum ich lese. Und warum schreiben Sie?«

Er kratzt sich am Kopf und zögert. »Ich schreibe, um zu beweisen, dass ich es kann, und um meine Dämonen auszutreiben. Mein berüchtigter Name wird in der Erinnerung weiterleben wie die Namen all dieser Autoren in meiner Bibliothek – *in perpetuum.*«

»Will heißen?«

»Für immer«, erklärt er.

»Aber Sie sind schon ein sehr berühmter Schriftsteller. Reicht das nicht?«

Er verschränkt die Arme vor der schmächtigen Brust. »Hat dir schon einmal jemand gesagt, dass du eine beunruhigend stark ausgeprägte Fähigkeit hast, Salz in eine Wunde zu streuen?«

»Gran sagt, das muss man tun, um sie zu reinigen.«

»Hmm. Das hat sie mir auch schon gesagt«, erwidert er. »Sie wissen nicht, dass du hier drin bist, oder? Deine Großmutter und meine Frau?«

Ich schüttele den Kopf.

»Es wird ihnen nicht gefallen. Der *große Schriftsteller* darf nicht gestört werden. Er ist launenhaft. Unberechenbar. Ein zorniger, mittelalter, frisch abstinenter kreativer Tyrann mit der Neigung, grundlos aus der Haut zu fahren. Überdies ist er damit beschäftigt, das Krimigenre für die heutige Zeit neu zu definieren.«

»Sie schreiben also ein neues Buch?«

»Selbstverständlich. Was glaubst du wohl, wozu diese Moleskins da sind?« Er nimmt eines vom Stapel, kommt zu mir und drückt es mir in die Hände.

Zaghaft schlage ich das Notizbuch aufs Geratewohl auf. Die Seite ist von unordentlichem, verschmiertem Gekritzel bedeckt. Ich konzentriere mich auf die Worte, aber ich werde nicht schlau aus dem, was da steht. Entweder ist es in einer anderen Sprache geschrieben oder in irgendeinem Code, den ich nicht entschlüsseln kann.

Bevor ich ihn danach fragen kann, entreißt er mir das Notizbuch wieder, schlägt es zu und legt es zurück auf den wackeligen Stapel.

»Es ist nicht einfach, weißt du«, sagt er. »Ein Meisterwerk zu konzipieren, das die Zeit überdauert.« Seine Stimme hat alles Knurrige und Bissige verloren. Mit einem Mal erinnert er an ein großes, bockiges Kind. Ich muss daran denken, wie ich das Fabergé-Ei im Salon unten zum ersten Mal sah – ein edelsteinbesetzter Schatz, der unter jahrhundertealtem Schmutz verborgen war, und trotzdem hatte ich ihn als das erkannt, was er war.

»Es ist eine Frage des Polierens«, sage ich. »Bei den meisten Sachen, besonders bei Meisterwerken, geht es darum, die angelaufene Schicht zu entfernen, um den Glanz zum Vorschein zu bringen.«

Er sieht mich mit zusammengekniffenen Augen an. Mit einem Mal tritt er zwei große Schritte zurück, dann geht er in die Hocke, damit er auf Augenhöhe mit mir ist. Er ist nur eine Armeslänge von mir entfernt, aber ich habe keine Angst. Nicht mehr. Ich habe ihn als das erkannt, was er ist. Er ist kein Troll oder überhaupt ein Ungeheuer. Er ist nur ein Mann.

»Bist du eine kleine Philosophin?«, fragt er. »Eine Hofnärrin? Die Possenreißerin? Die, die sagen darf, was andere nicht zu sagen wagen?«

»Gran sagt, ich bin meinem Alter voraus.«

»Das Dienstmädchen, das alles weiß. Auch bei ihr verbirgt sich Glanz unter einer angelaufenen Schicht.« Er richtet sich auf. »Du darfst mich jederzeit gern besuchen, vorausgesetzt, du gerätst mir nicht zwischen die Füße.«

»Ihre Füße sind nicht annähernd so groß, wie ich sie mir vorgestellt habe. Mr Grimthorpe, darf ich Ihnen noch eine Frage stellen?«

»Sie dürfen, Ms Pip.«

»Wo ist die Frau mit dem blauen Kopftuch und den blauen Handschuhen? Ihre persönliche Sekretärin.«

»In ihrem Arbeitszimmer, wo sie tut, was ich ihr auftrage.«

»Tippt sie Ihre Notizbücher ab? Ich höre immer jemanden auf der Schreibmaschine schreiben.«

»Selbstverständlich«, erwidert er.

»Und das ist alles, was sie tut?«

Da passiert es. Sein Gesicht verfinstert sich wieder, und seine Augen werden zu Schlitzen. »Was glaubst du eigentlich, wer du bist? Natürlich ist das alles, was sie tut! Jetzt *raus!*«, brüllt er.

Meine Füße sind wie angewurzelt. Ich möchte rennen, aber ich bin wie versteinert.

»Hast du mich gehört, oder bist du schwachsinnig? Ich habe gesagt: RAUS!«, knurrt er.

Meine Füße lösen sich vom Boden, und ich stürze aus dem Zimmer. Die Geheimtür schlägt hinter mir zu und wird wieder zu einer Wand aus Büchern. Atemlos stehe ich allein in der Bibliothek, und das Blut rauscht mir in den Ohren. Ich habe keine Ahnung, was ich falsch gemacht oder womit ich Anstoß erregt habe.

»Molly?« Das ist Grans melodische Stimme, die die Treppe heraufschallt. »Entschuldige, dass ich dich beim Lesen störe, aber würdest du bitte nach unten kommen? Es ist Zeit für den Tee!«

»Ich komme!«, rufe ich zurück.

Ich hole das Buch von der Chaiselongue und stelle es wieder ins Regal. Ein letztes Mal betrachte ich den Lichtstrahl aus dem verborgenen Arbeitszimmer, der auf den Boden vor der Bücherwand fällt. Dann laufe ich mit einem mulmigen Gefühl im Magen aus der Bibliothek und in die sichere Obhut von Gran und unserem Tee.

# Kapitel 10

Wir sind wieder in der Hotellobby – Mr Snow, Angela und ich. Kein Feueralarm mehr. Die Ordnung ist wiederhergestellt.

Alle drei starren wir eine Stelle auf dem Rezeptionstresen an, eine Leere, wo vor nicht einmal einer Stunde ein einzelner Aktenkarton mit einer Erstausgabe von Mr Grimthorpes berühmtestem Roman, seinem Füllfederhalter, einem schwarzen Moleskin-Notizbuch mit Monogramm und einer Dankesnachricht an Ms Sharpe stand.

»Der Karton«, sage ich. »Er stand genau hier … und jetzt ist er weg.«

»Siehst du?«, fragt Angela. »Heutzutage kann man nicht vorsichtig genug sein. Überall sind Kriminelle.«

»Daran ist nichts Kriminelles«, sagt Mr Snow. »Serena war offensichtlich in Eile. Und sie hat den Karton, dessentwegen sie gekommen war, mitgenommen. Es besteht keine Notwendigkeit, in allem eine Verschwörung zu sehen, Angela.«

Genau in diesem Augenblick kommt Cheryl durch die Drehtür in die Lobby und schlurft auf uns zu, wobei sie mit ihrem Wischmopp immer wieder Gäste anstößt.

Als sie bei uns ist, bleibt sie stehen und lehnt sich auf den Mopp. »Bescheuerte Feuermelder«, sagt sie. »Wir sollten sie abschaffen.«

Mr Snow nimmt die Brille ab und massiert sich den Nasenrücken. »Cheryl, in einem sicheren Hotel schlafen die Gäste ruhig«, zitiert er direkt aus dem *Leitfaden und Handbuch für Zimmermädchen.* Zu hören, wie er meine Worte wiederholt, macht mich maßlos stolz. Cheryl dagegen verdreht die Augen so heftig, dass es ein Wunder ist, wenn sie sich nicht daran verschluckt.

»Wo ist denn Grimthorpes kleine Lady?«, fragt sie.

»So sprechen wir in diesem Hotel nicht über Gäste«, erwidert Mr Snow. »Und sollten Sie nicht oben sein und die Zimmer reinigen? Ich weiß gar nicht, was Sie überhaupt in der Lobby zu suchen haben.«

»Das Gleiche gilt für Lily«, sage ich. »Als ihre vorübergehende Vorgesetzte solltest du ein Auge auf sie haben. Ich weiß nicht, was sie vorhin hier wollte.«

»Sie war nicht hier«, widerspricht Cheryl.

»Doch. Direkt dort an der Treppe.« Ich deute auf die nunmehr verlassene Stelle an der Treppe, wo Lily mit ihrem Staubwedel gestanden hatte.

»Hm«, sagt Angela. »Direkt neben dem Feuermelder.«

Mr Snow klatscht in die Hände. »Also gut. Das reicht. Hat in diesem Hotel denn niemand zu arbeiten? Ab mit Ihnen. Molly, Sie sollen Angela im Social aushelfen, und wie ich Ihnen bereits versichert habe, es ist nur für heute.«

Cheryl grinst und schleift ihren Wischmopp zu den Aufzügen, während Angela und ich zum Social Bar & Grill gehen.

Sobald wir außer Hörweite sind, packt Angela mich an den Schultern und zieht mich ziemlich rüde in eine Nische.

»Was soll das denn?«, frage ich.

»Molly, ich muss dir etwas mitteilen«, sagt sie mit großen runden Augen und streicht sich das Haar aus der Stirn. »Wir sind nicht so knapp an Personal, wie ich behauptet habe. Ich musste dich loseisen, damit ich dich warnen kann. Du bist in Schwierigkeiten, verstehst du? Wir *alle* sind das.«

»Wovon redest du?«

»Ich habe diese Detective gestern mit ihren Mitarbeitern reden hören. Sie glauben, bei Mr Grimthorpes Tod war ein

Verbrechen im Spiel. Sie haben gestern Abend das Küchenpersonal befragt und auch das Personal im Social. Sie haben eine Liste möglicher Verdächtiger aufgestellt, obwohl sie das Ergebnis der Obduktion noch gar nicht haben. Sie haben Namen genannt.«

»Meinen?«

»Hm, hm.«

»Haben sie sonst noch jemanden genannt?«, frage ich und habe Angst vor der Antwort.

»Deine zarte Blume. Lily.«

Mir verschwimmt alles vor den Augen. So ist das immer – jedes Mal, wenn das Leben zu viel für mich ist, legt sich ein dunkler Schleier über mich, der mich aus der Gegenwart entführt.

»Molly!« Angela schüttelt mich an den Schultern. »Wage es ja nicht, mir jetzt ohnmächtig zu werden. Keine Sorge. Ich habe einen Plan.«

»Einen Plan?«, frage ich die dreifache Angela, die vor meinen Augen wabert.

»Um immer einen Schritt voraus zu sein. Ich sage dir, darauf bereite ich mich schon mein ganzes Leben lang vor.«

Ehrlich, ich habe keine Ahnung, wovon sie redet, aber immerhin dreht sich die Welt fürs Erste nicht mehr. »Worauf bereitest du dich vor?«

»Mord. Verbrechen. Verdächtige, Motive und Alibis.« Sie schüttelt den Kopf, als wäre das ja wohl offensichtlich. »Manchmal passiert übler Scheiß aus einem guten Grund, Molly, weiß du, was ich meine?«

»Allerdings. Gran hat das auch immer gesagt … ohne den Fäkalausdruck.«

»Molly, ich bin Barfrau. Die Leute erzählen mir alles. Und was sie mir nicht erzählen, bekomme ich trotzdem mit. Du kennst doch diese verrückten Katzen-Ladys, Mr G.s größte Fans, die ihm überall aufgelauert haben?«

»Die LAMM-Frauen. Und sie sind keine Katzen-Ladys – na ja, nicht alle –, sie sind Bücherfrauen, Krimiliebhaberinnen.«

»Von mir aus. Sie müssten jeden Moment ins Social kommen, und wenn irgendjemand weiß, was Grimthorpe wirklich zugestoßen ist, dann sind sie es. Sie haben ihn gestalkt, seit sie hier angekommen sind.«

»Na und?«, erwidere ich. »Was sollen wir also tun? Sie beim Frühstück ausfragen?«

»Ja. Na ja, gewissermaßen. *Du* wirst sie beim Frühstück ausfragen. Es ist alles arrangiert.«

»Angela, hast du den Verstand verloren?«

»Nein.« Angela seufzt. »Sieh mal, du musst mir vertrauen. Gestern ist in unserem Hotel unerwartet ein Mann gestorben. Dann verschwindet hier alles Mögliche, und gerade eben, als Grimthorpes persönliche Sekretärin hier war, sind Snow fast die Augen aus dem Kopf gefallen ... Wobei ich mir nicht so sicher bin, ob sie wirklich eine Sekretärin ist, falls du weißt, was ich meine.«

»Um das festzuhalten: Ich habe nicht die geringste Ahnung, was du meinst.«

»Macht nichts. Weißt du noch, als du gestern mit der Detective draußen vor dem Teesalon gestanden hast?«

»Ja.«

»Ich hab mal kurz den Kopf aus dem Social gestreckt, und da habe ich dich gesehen. Und als die LAMM-Frauen gestern Abend noch spät auf ein Gläschen hereinkamen, habe ich ihnen etwas erzählt.«

Dann ist Angela ausnahmsweise still. Das ist so untypisch für sie, dass es als kleines Wunder durchgeht. »Was hast du ihnen denn erzählt?«, frage ich.

»Ich habe irgendwie gesagt, dass du im Hotel sozusagen ... inkognito ... als Zimmermädchen arbeitest. Ich habe möglicherweise irgendwie angedeutet, dass du undercover als zusätzlicher Schutz für Mr Grimthorpe hier warst. Möglicherweise habe ich auch gesagt, dass du für Detective Stark arbeitest und in Wirklichkeit Detective bist. Undercover.«

»Das hast du ihnen nicht erzählt. Bitte sag, dass du das nicht getan hast.«

»Doch«, erwidert Angela und verzieht den Mund zu einem Lächeln, das dieser Situation so unangemessen ist, dass ich schreien könnte.

»Du hast gelogen. Über mich!«

»Zu deinem eigenen Besten, Molly. Auf diese Weise können wir ein Team bilden.«

»Für diese spezielle Partnerschaft bin ich nicht zu haben.«

»Warum denn nicht? Wir müssen den wahren Mörder finden, bevor Stark den Mord einer von uns Angestellten anhängt. Ausgerechnet du müsstest doch wissen, wie inkompetent die Cops sind. Sie sagen, sie wollen Gerechtigkeit, aber stimmt das wirklich? Sie ziehen die falschen Schlüsse und geben die Schuld ständig Menschen wie uns.«

»Das ist absurd, ein hirnrissiger Plan, der uns beiden zum Verhängnis werden wird«, sage ich.

»Molly.« Angela wackelt mit dem Zeigefinger vor meiner Nase. »Ich bin vielleicht eine Amateurin, aber täusch dich nicht: Ich bin eine erstklassige Detektivin. Ich konnte schon immer eins und eins zusammenzählen, wo andere es nicht konnten. Wenn wir zusammenarbeiten, haben wir die Nase vorn vor Stark und ihrer Hornochsentruppe. Außerdem: Jetzt, da die LAMM-Frauen wissen, dass du undercover arbeitest, werden sie dir alles erzählen. Vertrau mir einfach, okay?«

Bevor ich antworten kann, erregt am anderen Ende der Lobby etwas Angelas Aufmerksamkeit. »Oh, oh«, sagt sie. »Sie sind früh dran.«

Da kommen zwei vertraut wirkende Damen, angeführt

von der hochgewachsenen, lockigen LAMM-Vorsitzenden mit dem Fähnchen. Das Trio steuert direkt auf das Social zu.

»Juu-huu!«, hören wir, bevor ich noch etwas sagen kann. Die LAMM-Vorsitzende winkt uns mit ihrem Fähnchen zu. »Detective, bitte leisten Sie uns beim Frühstück Gesellschaft.«

Ich möchte sie korrigieren, ihr genau sagen, was ich bin und was nicht, aber Angelas Fingernägel bohren sich so tief in meinen Arm, dass ich nichts herausbringe.

»Wie lieb von Ihnen, Molly zum Frühstück einzuladen«, sagt Angela, als sie näher herankommen. »Wir begleiten Sie.«

»Oh, wir kooperieren gern«, erwidert die fähnchentragende Anführerin. »Es ist unsere feierliche Pflicht J. D. gegenüber. Wir möchten helfen, Ihnen und ... der Detective«, flüstert sie und zeigt auf mich.

»Ich bin nur ein Zimmermädchen«, sage ich. »Mehr nicht.«

»Selbstverständlich.« Die Vorsitzende nickt so energisch, dass ihre grauen Locken auf und ab wippen.

»Unbedingt«, sagt die kleinste der drei, die Frau mit den fuchsiaroten Strähnchen. »Sie machen das ganz wunderbar mit dem unauffälligen Verhalten. Erst neulich habe ich Sie mein Hotelzimmer reinigen sehen. Ich bin erstaunt, wie weit Sie bei der Kriminalpolizei gehen, nur um undercover zu bleiben. Das ist wirklich beeindruckend.«

»Ganz meiner Meinung«, sagt die dritte grauhaarige Dame, die – zu meinem großen Entsetzen – denselben braunen Pullover wie gestern trägt, noch immer voller Knötchen und Katzenhaare.

Und so kommt es, dass ich trotz wiederholter Proteste und weiterer Versuche, klarzustellen, wer ich bin, mit einem Haufen LAMM-Frauen frühstücke, die mich für etwas halten, was ich ganz eindeutig nicht bin.

»Sie vier können den Tisch gleich hier nehmen«, sagt Angela, als wir das Restaurant betreten. Sie deutet auf einen freien Tisch, der der Theke zufällig am nächsten steht. »So kann ich mich selbst um Sie kümmern.« Sie schnappt sich ein paar Speisekarten von der Theke und knallt sie auf den Tisch.

»Gestatten Sie«, sagt die Frau im braunen Pullover, rückt mir einen Stuhl vom Tisch ab und bedeutet mir, ich solle mich setzen. »Ich bin übrigens Beulah«, verkündet sie, während sie sich neben mich setzt. »Beulah Barnes, J. D. Grimthorpes Biografin.«

»*Unautorisierte Fotografin*«, korrigiert die fähnchentragende LAMM-Vorsitzende und setzt sich mir gegenüber. »Und ich bin Gladys, Chief Literary Officer und Präsidentin von LAMM. Die Zierliche mit den flammend rosa Strähnchen ist Birdy, die offizielle Schatzmeisterin. Die übrigen LAMM-Frauen sind da drüben – das sind die Frühaufsteherinnen.« Diverse Augenpaare am anderen Ende des Restaurants taxieren mich aus der Ferne.

»Ich besorge Ihnen allen Kaffee«, sagt Angela.

»Für mich Tee«, korrigiere ich.

»Bin gleich wieder da«, erwidert Angela. Dann, im Flüsterton und nur zu mir: »Während ich weg bin, *stell Fragen*, Molly. Jede Menge. Denk daran, deswegen bist du hier.«

Sie zwinkert und eilt davon. Die drei Frauen sehen mich an, und ich sitze ratlos da. Dann fällt mir etwas ein. »Ich frage mich, warum Sie noch hier sind. Im Hotel meine ich. Es ist ja nicht so, als gäbe es noch weitere Buchveranstaltungen – nicht nach dem, was gestern passiert ist.«

»Wenn es einen freudigen Anlass gibt, feiern wir gemeinsam. Wenn es Kummer gibt, trauern wir gemeinsam«, erwidert die LAMM-Vorsitzende.

Alle drei nicken einmütig.

»Außerdem«, fügt Beulah hinzu, »sind wir genauso begierig, zu erfahren, was J. D. passiert ist, wie Sie. Es wird eine fürchterliche biografische Fußnote sein, falls sich herausstellt, dass es …«

»Mord war«, beendet Birdy Beulahs Satz mit quiekender Stimme. Es ist das Erste, was die zierliche Frau gesagt hat, seit wir uns gesetzt haben.

Angela erscheint mit drei Tassen Kaffee und meinem Tee und stellt alles auf den Tisch. »Möchten Sie schon bestellen?«, fragt sie.

Die LAMM-Frauen bestellen alle das Gleiche – Le Grand Œuf, das größte Frühstück auf der Speisekarte.

»Was nimmst du, Molly?«, fragt Angela.

»Nichts«, erwidere ich.

»Sie ist im Dienst«, erklärt Angela.

»Sehr professionell«, sagt Gladys, die Vorsitzende. »Wir haben tatsächlich eine Frage an Sie, Molly. Haben Sie herausgefunden, was Mr Grimthorpe gestern bei seinem großen Auftritt verkünden wollte?«

»Nein, haben wir nicht«, erwidert Angela. »Ich meine, *die Polizei* hat es noch nicht herausgefunden«, korrigiert sie sich und deutet auf mich. »Aber wir würden gern Ihre Theorien hören.«

»O nein, geht das schon wieder los«, sagt Beulah.

»Zufällig sind Sie da auf ein sehr strittiges Thema gestoßen«, sagt Gladys und rührt einen gehäuften Löffel Zucker in ihren Kaffee.

»Wir sind nicht immer einer Meinung«, ergänzt Beulah, zupft ein Katzenhaar von ihrem Pullover und pustet es über unserem Tisch in die Luft.

»Meine Theorie«, sagt Gladys, »lautet, dass J. D. die Fortsetzung seines größten Bestsellers ankündigen wollte.«

*»Das Dienstmädchen im Herrenhaus 2.0«,* mischt sich Birdy ein. »Haben Sie mitbekommen, dass der Auktionspreis für eine Erstausgabe dieses Buchs gestern noch auf einen satten fünfstelligen Betrag gestiegen ist?«

»Sammler«, schnaubt Beulah, umgeben von einem Heiligenschein aus Tierhaaren. »Morbide Aasgeier.«

»Sind Sie nicht alle Sammlerinnen?«, fragt Angela.

»Wir sind viel mehr als das. Um das klarzustellen«, sagt Gladys, »wir sind Forscherinnen und stolz auf unsere Studien. Wir haben weder jetzt noch in der Vergangenheit danach getrachtet, Profit aus J. D. Grimthorpe zu ziehen.«

»Das ist richtig«, pflichtet Beulah ihr bei. »Unser Auftrag war es stets, für sein Œuvre zu werben.«

»Ich gebe jetzt Ihre Bestellungen auf«, sagt Angela. Sie wendet sich ab, geht zur Theke und lässt mich furchtbar allein zurück.

Die zierliche Birdy beugt sich vor, um etwas zu sagen. Sie ist so klein, dass ihr Kopf wie eine Pink Grapefruit knapp über der Tischkante schwebt. »Wir hatten uns gefragt, ob Sie daran gedacht haben, dass J. D.s Romane Hinweise enthalten könnten. Sein größter Bestseller handelt von einem Romancier, der sich in seinem herrschaftlichen Wohnsitz verkrochen hat, um sein größtes Buch überhaupt fertigzustellen. Aber jemand – ich werde nicht verraten, wer – ist darauf aus, zu töten.«

»Es war das Zimmermädchen«, wirft Beulah ein. »Sie war die Mörderin, sie hat die ganze Zeit gleich dort im Herrenhaus gearbeitet, und doch wirkte sie so unschuldig.«

»Bei allem, was gute Literatur ist, sie macht es schon wieder! Spoilerwarnung«, sagt Birdy.

Gladys schüttelt frustriert die grauen Locken. »Wie oft haben wir es dir schon gesagt, Beulah? Du kennst unsere Prinzipien.«

Birdy hebt einen Finger, als würde sie ein Orchester dirigieren. »Mitglieder von LAMM verderben niemals einem Krimileser den Spaß, indem sie ihm den Ausgang des Romans verraten«, sagt sie. »Das ist unsere oberste Regel.«

Beulah seufzt, dann richtet sie ihren emotionslosen

Blick auf mich. »Es gibt zwei überraschende Wendungen in dem Buch. Ich habe nur eine verraten.« Sie wendet sich Gladys und Birdy zu. »Ich schwöre, manche Menschen lesen nur der überraschenden Wendungen wegen. Aber J. D.s Romane haben mehr zu bieten als das. Jeder Idiot kann das sehen.« Sie faucht ihre LAMM-Kolleginnen regelrecht an. Dann wendet sie sich wieder mir zu. »Sie haben *Das Dienstmädchen im Herrenhaus* vermutlich nicht gelesen, oder?«

Meine Antwort bleibt mir im Halse stecken. Ich fühle mich wie ein Fisch, der an Land nach Luft schnappt.

»Molly?«, fragt Gladys. »Alles in Ordnung?«

»Ich ... ich habe den Roman nicht gelesen«, sage ich. »Aber ich kenne die Handlung. Ich kenne sie nur allzu gut.« Ein Schriftsteller, der in einem hallenden, leeren Herrenhaus lebt, tötet seine Frau. Er glaubt, er hätte eine Möglichkeit gefunden, ungestraft damit davonzukommen, aber er irrt sich. Die Hausangestellte hat alles gesehen, und sie übt Rache, indem sie ihn auf die gleiche Weise tötet, wie er seine Frau getötet hat, und dann lässt sie seine Leiche verschwinden.

»Gladys ist sich sicher, dass J. D. bei der gestrigen Veranstaltung eine Fortsetzung dieses Buchs ankündigen wollte«, erklärt Birdy.

»Und Birdy ist davon überzeugt, dass J. D.s Frau der Grund für sein Einsiedlerleben war«, sagt Gladys. »Mrs Grimthorpe ist vor einigen Jahren gestorben, und Birdy glaubt, in der gestrigen Ankündigung wäre es um sein neues Liebesobjekt gegangen.«

»Mrs Grimthorpe ist tot?«, frage ich.

»Ja«, erwidert Birdy. »Was bedeutet, es gab nichts, was den Mann davon abgehalten hätte, eine neue Liebe zu suchen«, fügt sie mit träumerischem Blick hinzu.

»Die bescheuertste Theorie, die ich je gehört habe«, sagt

Beulah. »Du könntest nicht noch mehr danebenliegen, selbst wenn du es darauf angelegt hättest.«

Gladys schüttelt ihren Lockenkopf. »Beulah mag diese Theorie nicht, weil sie schon ewig für J. D. schwärmt.«

»Lächerlich«, schnaubt Beulah. »Wenn jemand in ihn verliebt ist, dann Birdy. Und keine von euch hat Ahnung von wissenschaftlicher Arbeit, von der hohen Kunst, Hinweise aufzudecken. Als J. D.s Biografin weiß ich mehr über ihn, als ihr zwei jemals wissen werdet.«

»Beulah behauptet, sie hätte bisher unentdeckte Fakten über J. D. zutage gefördert, aber sie weigert sich, uns mit Belegen oder Details zu erleuchten, und das sorgt für ...«

»Spannungen«, schlägt Birdy vor und streicht ihr fuchsiarot gesträhntes Haar glatt.

»Enttäuschung«, beendet Gladys ihren Satz und unterstreicht ihn mit einem Schwenken ihres Fähnchens.

»Alles wird enthüllt, wenn ich meine offizielle Biografie veröffentliche«, sagt Beulah.

»*Inoffizielle* Biografie«, korrigiert Gladys.

»Von Toten braucht man keine Genehmigung«, erwidert Beulah.

»Aber du hast niemanden, der deine Entdeckungen bestätigen könnte, was deine professionelle Pflicht ist«, merkt Birdy an. »Sie hat J. D. ständig ersucht, sie offiziell zu beauftragen. Das ist seit fast zwei Jahrzehnten ihr Lebenswerk.«

»J. D. ist – war – zurückhaltend, was gewisse sensible Details aus seinem Leben betrifft«, sagt Beulah. »Das ist verständlich. Wir haben uns über die Jahre hinweg ausgetauscht, wissen Sie.«

»Ach ja?«, fragt Birdy. »Habt ihr das wirklich?«

»Eines Tages kommt die Wahrheit ans Licht«, erwidert Beulah.

»Warum nicht heute?«, frage ich. Drei bohrende Blicke richten sich auf mich. »Meiner Erfahrung nach«, sage ich,

»haben Geheimnisse es an sich, diejenigen, die sie für sich behalten, zu quälen.«

»Es ist verantwortungslos, ohne hieb- und stichfeste Beweise Theorien aufzustellen«, entgegnet Beulah.

»Ihr Frühstück.« Angela kommt zu uns an den Tisch, beide Arme mit Tellern beladen. Sie stellt sie auf den Tisch, und Beulah und Gladys greifen sofort zu. Birdy isst mit zierlichen Bissen und starrt dabei in die Ferne. Unwillkürlich frage ich mich, ob diese Frauen womöglich alle drei in den berühmten Schriftsteller vernarrt sind. Wie das sein kann, geht über meinen Horizont, aber Gran hat immer gesagt: *Wenn Liebe blind macht, sehen Frösche wie Prinzen aus.* Doch sämtliche Spannungen, die zwischen den dreien geherrscht haben, haben sich mit dem Eintreffen des Essens in Luft aufgelöst.

Diesen Moment der Stille nutze ich, um ein wenig Milch in meinen abkühlenden Tee zu rühren. Ich konzentriere mich auf das dumpfe Geräusch, das ertönt, wenn der Edelstahllöffel gegen die schlichte Steinguttasse schlägt. Nur im Social verwenden wir dieses profane Besteck, dem der zarte melodische Klang des Regency-Grand-Silbers auf echtem Porzellan abgeht.

Angela stellt sich neben mich und stemmt die Hände in die Hüften. Sie blickt von einer Dame zur anderen, während diese wortlos ihr Frühstück verzehren.

Nach einer Weile beugt Angela sich zu mir herunter und flüstert mir ins Ohr: »Hörst du das?«

»Höre ich was?«, flüstere ich zurück.

»Das Schweigen«, antwortet sie. »Das Schweigen der LÄMMER.«

# Kapitel 11

## FRÜHER

Ich schwinge unter unserem abgewetzten Frühstückstisch die Beine vor und zurück, während ich jeden Bissen meines Frühstücks zwanzigmal kaue, weil es (a) gut für die Verdauung ist, (b) köstlich schmeckt und es (c) Kinder auf der Welt gibt, die nicht jeden Tag zu essen haben, also sollte man lieber dankbar für jedes einzelne Häppchen sein.

Mr Grimthorpes Schimpftirade liegt jetzt eine Woche zurück, und ich höre zwar von Zeit zu Zeit seine verräterischen Schritte hinter der vierten Wand, aber gesehen habe ich ihn nicht mehr. Trotzdem muss ich ständig an ihn denken. Warum ist ein Mann, der so viel hat, anscheinend so unglücklich? Und womit habe ich ihn so wütend gemacht? Werde ich ihn je wiedersehen?

Die großen Physiker haben recht: Das Universum dehnt sich wirklich aus, meins jedenfalls. Der Beweis sind die vielen neuen Fragen, die ich Gran tagtäglich stelle. Gestern Abend lag ich wach in meinem Bett und suchte wieder einmal nach Antworten. Als ich noch jeden Tag zur Schule ging, war das nicht so. Da war mein Verstand eingesperrt, ein Tiger im Käfig, der hinter Gitterstangen rastlos hin und her läuft. Ich konnte überhaupt nicht denken, geschweige denn, etwas hinterfragen. Aber seit ich zu den Grimthorpes gehe, ist meine Fantasie entfesselt und meine Neugier unersättlich.

Als ich so an unserem Tisch sitze und die Beine schwinge, gelange ich zu einer wichtigen Erkenntnis – Bildung ist nichts, was ausschließlich in Klassenzimmern stattfindet. Bildung ist eine Geisteshaltung. Voller Begeisterung stelle ich Gran meine neuen Fragen, so hartnäckig, dass es sie sicher erschöpft, wobei sie sich niemals auch nur das Geringste anmerken lässt. Immer behandelt sie mich wie eine Erwachsene und spricht auch so mit mir.

Wusste sie damals, dass ich mich später an unsere Unterhaltungen erinnern würde, dass ich sie im Kopf immer wieder durchgehen und ihre Weisheit dabei Schicht für Schicht freilegen würde?

»Gran, kann man zugleich reich und arm sein?«, frage ich, trinke einen großen Schluck Tee mit Milch und bereite mich auf einen weiteren Bissen vor.

»Auf jeden Fall«, erwidert sie. »Man kann reich an Liebe und arm an weltlichen Gütern sein.«

»Oder man kann arm an Gesundheit und reich an Reichtum sein«, ergänze ich.

»Ein Punkt für dich.« Sie buttert ihr Crumpet mit kunstvoller Präzision, bis ihr Messer ganz sauber ist.

»Gran, wie sind die Grimthorpes so reich geworden?«

»Als Mr Grimthorpe ein Beststellerautor wurde, hat er ein kleines Vermögen verdient«, erwidert sie und hebt ihr Crumpet zum Mund, aber vor dem Abbeißen hält sie noch einmal inne. »Allerdings war er schon reich, bevor seine Bücher so erfolgreich wurden. Sein Großvater war ein wohlhabender Investor und sein Vater auch.«

Ich versuche, mir Mr Grimthorpes Vater vorzustellen, aber ich kann nur den Bankier mit dem Schnurrbart von meinem Monopoly-Spielbrett heraufbeschwören.

»Glaubst du, seine Familie war gut zu ihm?«, frage ich.

»Ich weiß es nicht, Molly, aber irgendwie bezweifle ich es. Was ich weiß, ist, dass Mr Grimthorpe ein Einzelkind war und beide Elternteile ihn als Versager betrachteten.«

»Hat er in der Schule versagt, so wie ich?«

»Er war brillant in der Schule. Und nur um das festzuhalten, Molly, in meinen Augen hast du nicht versagt. Aber was Mr Grimthorpe angeht, der wollte immer nur schreiben, anstatt die Investment-Firma seiner Familie weiterzuführen. Und ein schöpferisches Temperament galt in seiner Familie damals als Fluch. Als seine Eltern starben, hat Mr Grimthorpe dieses Herrenhaus und ein beträchtliches Vermögen geerbt. Aber außerdem hat er eine Menge Altlasten geerbt, Molly, von der emotionalen Sorte, und die trägt er bis heute mit sich herum. Er mag von altem Geld sein, aber das hat ihn nicht sehr glücklich gemacht.«

Mir kommt ein Gedanke. »Gran, wenn er von altem Geld ist, sind wir dann von neuem Geld?«

Sie lacht laut auf, aber ich weiß, sie lacht mit mir, nicht über mich. »Meine Liebe, wir sind von gar keinem Geld.«

Das weiß ich natürlich. Ich merke es daran, dass wir Coupons ausschneiden und unsere Socken stopfen. Ich merke es daran, wie selten wir Clotted Cream essen, daran, dass wir einen Vermieter haben, der Geld von uns verlangt, dass wir zu Fuß zur öffentlichen Bibliothek gehen, anstatt eine bei uns zu Hause zu haben, und an dem zusammengewürfelten Besteck, das wir in Wohltätigkeitsläden kaufen, statt dass es über Generationen bis an uns vererbt wurde.

Es ist Zeit, die Frage zu stellen, die mich am meisten beschäftigt, die Frage, die mir seit Tagen ein Loch ins Hirn brennt. »Gran, wenn Mr Grimthorpe so ein Genie ist, warum versteckt er sich dann im Herrenhaus?«

Sie legt den Kopf schräg und sieht mich irgendwie komisch an. »Urteile über niemanden, bevor du nicht ein Stück in seinen Schuhen gelaufen bist«, sagt sie. »Hast du dieses Sprichwort schon einmal gehört?«

»Ja, aber ich verstehe nicht, wie das hier zutreffen soll. Mr Grimthorpe trägt Pantoffeln, keine Schuhe.«

»Es trifft trotzdem auf ihn zu. Und auf dich auch, meine

Liebe.« Sie streichelt meine Wange. »Es bedeutet, man kann jemanden nicht richtig beurteilen, wenn man das, was derjenige durchgemacht hat, nicht erlebt hat. Vertu dich nicht, Mr Grimthorpe hatte mit Dämonen zu kämpfen. Jetzt ist er wiederhergestellt, aber während seiner Krankheit hat die Finsternis übernommen.«

»Er war krank?«

»Ja. Schrecklich krank. Und sein Leiden hat ihn eine Zeit lang zu einem Ungeheuer gemacht. Aber das alles haben wir überstanden. Wir haben es überwunden. Mrs Grimthorpe und ich haben ihm geholfen, und er hat sich gebessert. Er ist jetzt sauber, Molly – verstehst du, was ich damit meine?«

Ich stelle mir vor, wie scharfflügelige Wasserspeierfiguren Mr Grimthorpe umringen, während Gran und Mrs Grimthorpe sie abwehren. »Wie habt ihr die Dämonen verscheucht?«

»Mit Geduld und Beharrlichkeit«, erwidert Gran. »Mrs Grimthorpe hat mich angewiesen, stundenlang am Bett ihres Mannes zu sitzen und ihm vorzulesen, und das habe ich auch getan. Es hat ihn von den schlimmsten seiner Symptome abgelenkt. Ich habe ihm auch Tee serviert, was zu jener Zeit gewiss nicht das Getränk seiner Wahl war. Tee ist etwas Erstaunliches. Ich sage dir, er kuriert fast alles.«

»Aber was ist, wenn er wieder krank wird?«, frage ich.

»Da besteht kein Grund zur Sorge. Er ist wiederhergestellt. Und Mrs Grimthorpe und ich haben ihm die Fehler, die er damals unter dem Einfluss seiner Krankheit gemacht hat, vergeben. Aber infolge dieser finsteren Zeiten bleibt er für sich. Scham ist die Narbe, die diese Dämonen hinterlassen. Merk dir das, Molly.«

Ich betrachte mein halb gegessenes Crumpet auf dem Tisch. Gerade eben noch sah es so appetitlich aus, aber jetzt ist die Butter darauf geronnen, und es kommt mir grotesk vor.

»Bist du fertig mit deinem Frühstück?«, fragt Gran.

Ich nicke.

»Gut. Es ist Zeit.« Gran legt ihre warme Hand auf meine. »Auf geht's zum Herrenhaus.«

Den ganzen Vormittag über arbeite ich in der Silberkammer, während Gran kocht und gleich vor der Tür der Silberkammer in der Küche putzt. Dabei singt sie wie ein Sperling. Mrs Grimthorpe ist woanders, jedenfalls im Augenblick. Wahrscheinlich singt Gran deshalb.

Mit jedem Tag, der vergeht, werde ich geschickter im Einsatz der Lauge und brauche viel weniger Muskelschmalz, um die Anlaufschicht vom Silber zu entfernen. Heute habe ich mich entschieden, vormittags Silber zu polieren und nachmittags zu lesen. Ich habe bereits ein komplettes Teeservice, mehrere Serviertabletts und einen ganzen Satz Besteck gewienert bis hin zum letzten Silberlöffel, den ich mir gerade vors Gesicht halte. Ich betrachte das Spiegelbild in der Löffelmulde, es ist seitenverkehrt und entstellt, eine verzerrte, auf den Kopf gestellte Welt wie alles im Haus der Grimthorpes.

Noch jemand erscheint in der Löffelmulde – Mrs Grimthorpe, deren sonst so mürrische Miene zu einem für sie ganz untypischen Lächeln verzogen ist. Ich drehe mich zu ihr um, während sie die frisch polierten Silbersachen auf dem Tisch begutachtet.

Sie neigt das Kinn und zollt mir widerstrebend Anerkennung. »Du kannst gehen«, sagt sie. »Du darfst jetzt in der Bibliothek dein Buch lesen.«

Ich mache einen Knicks und gehe aus der Silberkammer in die Küche, wo Gran gerade Scones aus dem Backofen holt.

»Du machst das wunderbar«, flüstert Gran. »Sogar Ihre Ladyschaft kann das nicht leugnen. Na, dann geh nach oben. Ich rufe dich später zum Tee.«

Ich gehe zur Vorderseite des Hauses und schleiche die Treppe hinauf. Im ersten Stock angekommen, bleibe ich stehen und blicke durch den langen Damastflur zur Bibliothek am anderen Ende. Mr Grimthorpe ist kein Troll – das weiß ich jetzt –, aber am Ende unserer Begegnung vor einer Woche hat er gebrüllt und getobt. Er hat mich schlimm beschimpft und weggeschickt. Ich weiß immer noch nicht, was ich falsch gemacht habe. Allerdings weiß ich das sonst auch erst, wenn es zu spät ist. Es erinnert mich an einen Vorfall in der Schule, als ich ein Wort berichtigte, das Ms Cripps falsch an die Tafel geschrieben hatte. Dafür musste ich so lange in einer Ecke des Klassenzimmers stehen, bis die Scham einen Ausgang fand und mir heiß die Beine hinablief.

Jetzt schleiche ich auf Zehenspitzen zur Bibliothek und bleibe an der Schwelle stehen. Ich gehe nicht hinein, noch nicht. Stattdessen betrachte ich die verbotene Bücherwand und den Spalt am Boden – dunkel, keine Anzeichen von Leben auf der anderen Seite.

Ich gehe zum Regal und ziehe *Große Erwartungen* heraus, setze mich damit auf meinen Platz auf der Chaiselongue und schlage das Buch auf. Ich bin gut vorangekommen. Zwar weiß ich nicht, ob ich alles über Pip verstehe, aber von Miss Havisham, der alten, verwelkten Braut mit der eigentümlichen Mission im Leben, einen Jungen mit einem guten Herzen zu quälen, bin ich fasziniert. Irgendwie ist dieses Buch beängstigender als alles, was ich je gelesen habe. Warum also blättere ich eine Seite nach der anderen um?

*Klick.* Ein leises Geräusch, aber es hallt durch die Gewölbestille des hohen Raums.

Licht fällt durch den Spalt in der Wand auf den Boden der Bibliothek.

Schritte, das Schlurfen von Pantoffeln.

Zum ersten Mal seit Tagen gibt es Lebenszeichen auf der anderen Seite der verbotenen Wand.

Ich behalte das *Oxford Dictionary* im Auge, das zwischen den anderen Buchrücken hervorragt. Und da, einfach so, öffnet sich die Bücherwand und gibt den Blick frei auf Mr Grimthorpe, der zerknittert und irgendwie schlaff an der Tür steht und die Schultern hängen lässt. Ich drücke mein Buch an die Brust.

Dann passiert etwas ganz Merkwürdiges.

»Es tut mir leid«, sagt Mr Grimthorpe.

Ich traue meinen Ohren nicht. Ist das eine Entschuldigung aus dem Mund eines erwachsenen Mannes? Diese Vorstellung ist so fremd, dass Mr Grimthorpe genauso gut in Zungen reden könnte. Ich muss mehrmals den Kopf schütteln, einfach damit ich sicher bin, dass ich mich nicht verhört habe.

»Mein Benehmen neulich war unverzeihlich«, sagt er. »Ich habe wie ein Idiot getobt. Ich habe dich mit einem Schimpfwort belegt, das im Rückblick eher auf mich zutrifft als auf dich, denn ich bin hier der Schwachsinnige, der eitle König mit Anspruch auf nichts. Die einzige Erklärung, die ich für meinen irrationalen Aussetzer zu bieten habe, ist mein persönliches Leiden, zu dessen anhaltenden Symptomen die ungesunde Neigung, über Unschuldige herzufallen, gehört. Ich bitte um Entschuldigung.«

Ich kann ihm nicht ganz folgen, aber sein Gesicht ist voller Kummerfalten. Ich diesem Augenblick mache ich eine wichtige Entdeckung: Es spielt keine Rolle, wenn man den Schmerz eines anderen Menschen nicht versteht, denn seine Verletzung ist trotzdem echt.

»Ich verzeihe Ihnen, Mr Grimthorpe. Aber wissen Sie, was ›Es tut mir leid‹ bedeutet?«

»Kläre mich auf«, erwidert er.

»Es bedeutet, Sie versprechen, diesen Fehler nie wieder zu machen.«

Er seufzt, geht zu seinem Schreibtisch und lässt sich auf

seinen Stuhl fallen. »Ich werde diesen Fehler nie wieder machen, aber ich kann mir nicht sicher sein, ob ich nicht andere mache. Die Wahrheit ist, Pip, ich habe all meinen Frohsinn eingebüßt, falls ich denn je welchen hatte.«

»Eingebüßt?«, frage ich und bleibe an der Tür stehen.

»Das bedeutet verloren«, erklärt er. »Früher habe ich Frohsinn am Grund einer Flasche gefunden, aber das habe ich aufgegeben. Und dazu noch anderes. Wo mein Frohsinn jetzt ist, weiß ich nicht. Manchmal bin ich mir sicher, dass ich ihn wiederfinde, wenn ich meinen nächsten Roman zu Ende bringe, aber ich kämpfe mit einem neuen, sogar noch schlimmeren Leiden.«

»Will heißen, Krankheit?«

»Ja. Ein Leiden, das Schriftsteller befällt. Es heißt Schreibblockade. Ich sehe mich außerstande, mein aktuelles Werk zu vollenden. Es entzieht sich mir in jeder Hinsicht, und doch bin ich sicher, wenn ich wüsste, wie ich es beenden kann, würde es mir einbringen, was ich mir wünsche.«

»Und das ist?«

»Noch größere Verrufenheit. Berühmtheit. Ein Platz in den Bücherregalen der kommenden Jahrhunderte. Das Ende meiner Rastlosigkeit, die Rückkehr meines Frohsinns.«

Vorsichtig trete ich vor in sein Arbeitszimmer und bleibe in sicherer Entfernung – eine Armeslänge – von seinem Schreibtisch und den wackeligen Moleskin-Stapeln stehen.

»Dürfte ich fragen, wovon Ihr Buch handelt?«

Er beugt sich vor. »Es ist ein Kriminalroman. Ein Schriftsteller wird von seiner Frau in seinem Haus gefangen gehalten. Er hat zwei Möglichkeiten: sie zu töten oder sich selbst zu töten.«

»Für welche entscheidet er sich?«

»Er tötet seine Frau. Aber dann hat er ein neues Problem.«

»Welches?«

»Er muss ihre Leiche verschwinden lassen, sonst würde er des Mordes angeklagt und einer neuen Form von Gefangenschaft entgegensehen, diesmal im Gefängnis statt in der relativen Annehmlichkeit seines eigenen Hauses.«

Ich betrachte den dünnen Mann, der da vor mir sitzt mit seinem widerspenstigen Haar und den Augen eines Wildpferds. Was, wenn das nicht nur ein Roman ist? Bei diesem Gedanken krampft sich mir der Magen zusammen.

»Haben Sie vor, Mrs Grimthorpe zu töten?«, frage ich.

Er legt den Kopf in den Nacken und lacht schallend über meine Frage.

»Warum lachen Sie?«

»Weil das absurd ist. Ich habe keinerlei Absicht, meine Frau zu töten. Es wäre sinnlos. Sie ist seit zwanzig Jahren so gut wie tot, und das ist meine Schuld. Diese langmütige Frau hat ihr gesamtes Erwachsenenleben damit verbracht, meinen Ruf zu schützen und sich um meine Gesundheit und mein Wohlergehen zu kümmern. Ich versichere dir, ich habe ihr nichts davon leicht gemacht. Sagen wir einfach, es gibt treuere Ehemänner auf der Welt, aber nur wenige Ehefrauen, die so loyal sind wie sie.«

»Das verstehe ich nicht«, sage ich.

»Nicht schlimm. Der entscheidende Punkt ist, ich brauche eine Auflösung für meinen Roman. Ein Dénouement. Eine unerwartete Wendung. Vielleicht auch zwei. Und ich muss diese imaginäre Leiche verschwinden lassen.«

»Lauge«, sage ich.

»Seifenlauge?«

»Nicht diese Art von Lauge. Natronlauge. Sie brennt. Wenn man genug davon nimmt, könnte man eine ganze Leiche damit verschwinden lassen, vermute ich.«

Er steht auf und läuft hin und her. Dann bleibt er wieder stehen und sieht mich mit seinen eisblauen Augen durchdringend an. »Woher weißt du das?«, fragt er.

»Es war einmal ein Dienstmädchen«, erzähle ich. »Sie war so unglücklich bei ihrem Herrn, dass sie seine Hände in Natronlauge aufgelöst hat.«

Er bekommt große Augen. »Wer hat dir das erzählt?«

»Ich habe es mir ausgedacht, gewissermaßen. Gran hat mir eine wahre Geschichte erzählt, aber dann habe ich sie gerade eben abgeändert. Wie nennt man das, wenn eine Geschichte etwas Wahres enthält, das aber kein Fakt ist?«, frage ich.

Sein Gesicht verwandelt sich. All die strengen Falten werden weich. All der Kummer löst sich auf. Zum allerersten Mal wirkt er ausgelassen, glücklich und unbeschwert.

»Einen Roman«, erwidert er. »Das nennt man einen Roman.«

# Kapitel 12

Ich habe mich von den LAMM-Frauen verabschiedet und will das Social gerade verlassen, da hält Angela mich kurz vor dem Eingang auf.

»Molly, du warst unglaublich!«, sagt sie. »Diese Frauen haben wirklich geglaubt, dass du Detective bist, sie haben es tatsächlich geschluckt!«

»Das war demütigend und hinterhältig von dir«, sage ich. »Und ich weiß nicht, ob ich etwas Verwertbares herausgefunden habe.«

»Manchmal erweist sich etwas, das anfangs nach nichts klingt, hinterher als der Schlüssel zum Rätsel. Man muss nur wissen, wie man die einzelnen Details zusammenfügt.«

»Ich bin nicht daran interessiert, irgendetwas zusammenzufügen, Angela. Ich bin daran interessiert, meine Arbeit zu machen – meine Arbeit als Zimmermädchen.«

»Na schön. Geh nicht gleich an die Decke. Zieh ab, sei ein Zimmermädchen. Ignorier einfach, dass um dich herum irgendwas gewaltig stinkt. Aber sei vorsichtig, Molly, ja? Und falls du irgendwas Verdächtiges hörst oder siehst, lässt du es mich wissen, ja?«

»Ja. Kann ich jetzt gehen?«

Ich warte ihre Antwort gar nicht ab, sondern marschiere einfach aus dem Restaurant und steuere auf die Lobby zu, wo Mr Snow mich entdeckt und zur Rezeption winkt. »Wo wollen Sie hin, Molly?«

»Angela ist fertig mit mir«, sage ich. »Und ich mit ihr. Ich gehe zurück an meine eigentliche Arbeit, falls Sie nichts dagegen haben.«

»Nun gut«, sagt Mr Snow. »Die Zimmermädchen oben werden sich freuen, Sie zu sehen.«

Ich gehe zur hinteren Treppe und steige hinauf in den dritten Stock. Mein Magen ist völlig verkrampft. Ich weiß genau, warum ich so verstört bin. Beim Frühstück mit den LAMM-Frauen habe ich mich als etwas ausgegeben, was ich nicht bin, und auch wenn Gran keine Augen mehr hat, um es zu sehen, weiß ich, dass mein Verhalten sie nicht stolz machen würde. Ich bin eine Betrügerin und Heuchlerin, und zu beidem hat sie mich nicht erzogen. Warum habe ich nicht deutlicher widersprochen und die Wahrheit gesagt? Warum habe ich den LAMM-Frauen gegenüber nicht darauf bestanden, dass ich nur ein einfaches Zimmermädchen bin?

Im dritten Stock angekommen, treffe ich Sunshine mit ihrem Wagen und einem übervollen Wäschesack auf dem Flur.

»O Molly«, sagt sie, sobald sie mich erblickt. »Bitte sag, dass du wieder mit uns arbeitest. Wir schaffen es nicht. Die neue Chefin sitzt im Pausenraum und ›verschnauft‹, und Lily – tja, sagen wir einfach, ich weiß nicht, was heute mit ihr los ist. Wir sind erschöpft. Sieh dir Sunitha an.«

Sunitha kommt aus dem Hotelzimmer nebenan und schleift einen Wäschesack voller schmutziger Bettbezüge hinter sich her. Sie sieht aus wie ein glasiertes Küchlein, das in der Sonne schmilzt.

»Den Traum vom sauberen Hotel erreicht man als Team besonders schnell«, sage ich. »Wisst ihr noch?«

»Heute gibt es hier kein Team. Lily hat irgendwas, Molly. Ich weiß, das gestern war ein Schock, aber sie benimmt sich noch seltsamer als sonst und will nicht sagen, was los ist. Außerdem verschwindet sie immer wieder. Als wir vorhin ein Zimmer gereinigt haben, wollte ich sie nach Papierhandtüchern fragen, aber als ich mich umgedreht habe, hatte sie sich paff in Luft aufgelöst. Einfach so.«

»Wo ist sie jetzt?«

»Dahinten«, sagt Sunshine und deutet mit einem Nicken den Flur entlang.

»Danke.« Ich gehe bis ans Ende des Flurs, wo eine Tür von einem Zimmermädchenwagen offen gehalten wird. Im Zimmer steht Lily reglos am Fenster, in einer Hand eine Sprühflasche mit Reinigungsmittel, in der anderen einen Lappen.

»Lily?«, sage ich, und sie zuckt zusammen. »Ist alles in Ordnung?«

Sie sieht mich an, und ihr Gesichtsausdruck passt zu keinem, den ich je in meinem mentalen Katalog menschlichen Verhaltens gesammelt habe. »Wer ist die Chefin?«, flüstert sie, und ihre Stimme zittert.

»Wie meinst du das?«

»Ist es Cheryl, oder bist du es?«

»Heute ist Cheryl Chefzimmermädchen. Morgen ist alles wieder normal. Ist das für dich in Ordnung?«

Sie zuckt die Achseln.

»Lily, wenn du ein Problem hast, kannst du jederzeit zu mir kommen.«

»Kann ich das?«

»Natürlich.«

»Aber man kann sich auch um Kopf und Kragen reden. Das hast du selbst gesagt, als du mich eingestellt hast. ›Diskretion steht im Regency Grand an oberster Stelle.‹«

»Lily, du bist die Letzte, der ich jemals Indiskretion vorwerfen würde. Ich habe Wochen gebraucht, bis ich dich so weit hatte, dass du überhaupt gesprochen hast. Bitte werd mir jetzt nicht wieder stumm.«

»Ich versuch's. Aber … das ist nicht leicht. Ich bin auf diesen Job angewiesen, Molly. Ich bin schon einmal gefeuert worden, und das darf mir nicht wieder passieren.«

Das ist das erste Mal, dass sie einen früheren Arbeitsplatzverlust erwähnt, und diese Neuigkeit ist ein ziemlicher Schock für mich. Ich schlucke meine Überraschung hinunter und frage sanft: »Was ist passiert?«

»Ich war vorher Kassiererin in einem Supermarkt.«

»Daran erinnere ich mich«, sage ich. »Das stand in deinem Lebenslauf.«

»Aber was ich dir nicht gesagt habe, ist, dass ich entlassen wurde, nachdem ich den Diebstahl eines anderen Kassierers gemeldet hatte, weil er mir in die Schuhe geschoben wurde. Ich dachte, wenn ich dir das sage, stellst du mich niemals ein. Und jetzt habe ich Angst, überhaupt etwas zu sagen. Molly, wem soll ich vertrauen?«

»Mir. Du sollst mir vertrauen.« Als ich Lily betrachte, ist es, als sähe ich in einem Spiegel ein früheres Ich. In meiner ersten Zeit hier im Hotel habe ich auch niemandem vertraut, und bis heute gibt es Situationen, in denen dieses beunruhigende Misstrauen zurückkehrt.

»Molly, am einen Tag bist du meine Chefin, und am nächsten Tag bist du es nicht«, erklärt Lily. »Und ein Mann, dem ich den Tee serviert habe, ist im Teesalon gestorben.« Sie wendet sich ab, um ein paar Fingerabdrücke von der Fensterscheibe zu entfernen.

»Lily. Falls du dir Sorgen machst, dass in diesem Hotel ein Mord geschehen sein könnte, kann ich dir ganz ehrlich sagen, dass keine Veranlassung besteht, so etwas zu glauben.« Mein Magen vollführt einen Flickflack, denn was ich da gesagt habe, ist keine unwiderlegbare Tatsache.

Lily dreht sich um und sieht mich mit ausdruckslosen, matten Augen an. »Schuld ist immer das Zimmermädchen«, sagt sie. Dann macht sie sich wortlos wieder an die Arbeit.

Ich kann nicht dagegen an: Diese Unterhaltung hat mich ziemlich verärgert, und ich seufze laut. Ganz ehrlich, ich gebe mein Bestes, aber ich weiß nicht, wie ich dieser jungen

Frau helfen soll. Dann kommt mir der Gedanke, dass ich vielleicht am besten einfach wortlos Seite an Seite mit ihr arbeite.

Schweigend nehme ich das Bett in Angriff, ziehe die schmutzige Bettwäsche ab und neue auf. *Ein ordentlich gemachtes Bett schafft Ordnung im Kopf,* denke ich bei mir. Aber es funktioniert nicht. In meinen Gedanken herrscht alles andere als Ordnung, und es ist unübersehbar, dass Lily mit ihrer ganz persönlichen Verwirrung kämpft.

Ich bringe die schmutzige Bettwäsche zu ihrem Wagen und will sie gerade in den Wäschesack stecken, da fällt mir etwas in ihrem Recyclingkorb auf: ein zusammengefalteter Aktenkarton, der Deckel deutlich lesbar mit *Serena* beschriftet. Es ist der Karton, der gestern während des Feueralarms verschwand.

»Lily«, sage ich.

Sie wendet sich mir zu.

»Hast du diesen Karton in deinen Wagen gesteckt?«, frage ich.

Sie schüttelt den Kopf.

»Weißt du, wer das getan hat?«

Wieder schüttelt sie den Kopf, dann sieht sie mich mit diesen dunklen, glasigen Augen an.

»Sag es mir, Lily. Ich flehe dich an.«

Doch sie hat nur eins zu sagen: »Man kann sich um Kopf und Kragen reden.«

Meine Nerven liegen blank. Während ich Lily helfe, Zimmer 429 zu reinigen, merke ich, dass ich tief verstört bin. Ich kenne den wahren Grund für mein Unbehagen. Es ist eigentlich nicht Lily, obwohl ich mir natürlich Sorgen um sie mache. Es sind nicht einmal Mr Grimthorpes Tod oder die seltsamen Vorgänge hier im Hotel. Der Grund ist, dass ich in eine Lüge verstrickt wurde, und allein der Gedanke erschüttert mich bis ins Mark.

*Wenn du einmal lügst, wird deine Wahrheit fragwürdig.* Immer wieder gehen mir Grans Worte durch den Kopf, ich kann sie nicht zum Verstummen bringen.

»Lily«, sage ich. »Es ist Mittag. Zeit für eine Pause.«

Sie nickt, stellt ihre Sprühflasche ab und verlässt rasch den Raum.

Mit einem Mal weiß ich, was ich zu tun habe, und zwar unverzüglich.

Ich lasse den Raum in einem Zustand der Unperfektheit zurück, eile hinunter in die Lobby und aus dem Hotel. Als ich die Treppe mit dem flauschigen roten Teppich hinablaufe, entdeckt mich Mr Preston und hält mich auf.

»Molly«, sagt er. »Wohin so eilig?«

»Ich muss eine Besorgung machen«, erkläre ich. »Ich bin bald wieder da.«

»Ich habe auch eine zu machen«, sagt er. »Also, Molly, wegen unseres Abendessens am Sonntag dachte ich …«

»Mr Preston«, unterbreche ich ihn. »Kann unser Abendessen bitte warten, bis Juan Manuel zurück ist? Ich schaffe es so schon kaum, und ich glaube nicht, dass ich im Moment noch mehr bewältigen kann.«

Mr Prestons Gesicht fällt in sich zusammen wie ein Kuchen, den man zu früh aus dem Backofen geholt hat, aber bevor er noch etwas sagen kann, winken ihn ein paar Geschäftsleute mit Koffern herbei. Er eilt zu ihnen, und ich gehe hastig davon.

Mit flotten Schritten steuere ich auf die nächste Straße zu, biege links ab, dann rechts, dann wieder links. Nach genau fünfzehn Minuten erreiche ich die Polizeiwache. Ich nehme mir einen Augenblick Zeit, um das Gebäude von der anderen Straßenseite aus zu betrachten – ein grauer brutalistischer Klotz mit getönten Fenstern.

Ich überquere die Straße und trete durch den Haupteingang in den Empfangsbereich.

Eine blonde Frau mit langen violetten Fingernägeln begrüßt mich. »Ja?«, sagt sie.

»Ich möchte jemanden von der Kriminalpolizei sprechen«, sage ich, um eine feste Stimme bemüht.

»Beschwerde? Hinweis? Wollen Sie sich stellen?«, fragt die Frau.

»Letzteres«, erwidere ich.

Sie zögert. »Ihnen ist klar, dass ›Letzteres‹ das Letzte, was ich gesagt habe, bedeutet, ja?«

»Ja. Ich habe ein Gespür für Sprache.«

Miss Violette Krallen betrachtet mich mit einer eigenartigen, undeutbaren Miene.

»Ich muss mit Detective Stark sprechen«, sage ich. »Sie kennt mich. Ich bin Zimmermädchen in dem Hotel, in dem Mr Grimthorpe gestorben ist.«

Da steht die Frau sehr langsam auf. Ohne sich umzudrehen, öffnet sie die Tür hinter sich und ruft mit bebender Stimme in den Flur dahinter: »Detective Stark! Kommen Sie schnell! Bitte?!«

Sie geht nicht zurück an ihren Schreibtisch, wie ich gedacht hätte, sondern drückt sich an die Wand und mustert mich, als könnte ich etwas stehlen oder eine Pistole ziehen.

Schwere Stiefel stapfen durch den Flur, und dann steht Detective Stark, wie immer ganz in Schwarz, an der Tür. »Molly? Was zum Teufel tun Sie hier?«

»Sie will sich stellen«, flüstert Miss Violette Krallen.

Detective Starks Augenbrauen schießen in die Höhe. »Kommen Sie mit«, sagt sie.

Ich danke Miss Violette Krallen, dann folge ich Stark über den Flur zu einem Raum, den ich schon einmal aufgesucht habe, unter Begleitumständen, an die ich nicht denken möchte. Der Raum ist genau so, wie ich ihn in Erinnerung habe – widerwärtig grelles Neonlicht, und alles ist mit einer klebrigen Schicht kriminellen Schmutzes überzogen.

»Nehmen Sie Platz«, sagt Stark und deutet auf einen schmierigen schwarzen Stuhl an einem fleckigen weißen Tisch. Ich setze mich auf das abstoßende Möbel. Detective Stark nimmt mir gegenüber Platz.

Ich weiß nicht genau, wie ich anfangen soll, weil ich noch nie ein Verbrechen gestanden habe, also warte ich stumm auf einen wie auch immer gearteten Hinweis. An einer Ecke des Fensters hinter Detective Stark blinkt ein rotes Licht.

»Hätten Sie gern einen Kaffee?«, fragt Stark. »Würde es Ihnen das leichter machen?«

»Nein«, erwidere ich. Beim letzten Mal brachte sie mir Wasser anstelle des erbetenen Tees, und das auch noch in einem quietschenden, das Ohr beleidigenden Styroporbecher. Ich glaube, wenn das noch einmal passiert, bekomme ich keinen Ton heraus.

Stark sieht mich erwartungsvoll an. »Tja, Sie haben gesagt, warum Sie hier sind, also heraus damit. Hinterher wird es Ihnen besser gehen, das verspreche ich Ihnen.«

Ich atme tief durch. »Ich kann mit dieser Täuschung nicht leben. Mir wird übel davon. Es frisst mich bei lebendigem Leib auf. Ich habe an meine Großmutter gedacht, und wie enttäuscht sie wäre, wenn sie wüsste, was ich getan habe. Was nicht der Fall ist. Weil sie tot ist.«

»Sie tun jetzt das Richtige, Molly. Und ich bin bereit für Ihr Geständnis«, erwidert Stark.

»Ich habe eine Straftat begangen«, sage ich.

»Ja. Ich weiß. Aber Sie müssen etwas präziser sein. Sie müssen laut aussprechen, dass Sie Mr Grimthorpe getötet haben, dass Sie ihn vergiftet haben.«

»*Was?*«, rufe ich. Ich traue meinen Ohren nicht. »Ich habe nichts dergleichen getan. Wofür halten Sie mich? Für eine Mörderin?«

»Sie haben gesagt, Sie sind hier, um zu gestehen.«

»Einen Betrug, keinen Mord! Ich habe mich für eine Gesetzeshüterin ausgegeben und bereue es zutiefst. Ich habe versucht zu erklären, wer ich in Wahrheit bin, aber die LAMM-Frauen wollten nicht zuhören. Verstehen Sie nicht?«

»Nein, ich verstehe nicht, Molly. Weil das, was Sie sagen, wie üblich keinen Sinn ergibt. Ich weiß auch nicht, warum mich das immer noch überrascht.«

Ich nehme mir einen Moment Zeit, um mich zu sammeln, dann beginne ich von vorn und erkläre Stark in allen Einzelheiten, dass die LAMM-Frauen mich für eine Detective halten, die inkognito im Hotel arbeitet, und trotz meines Widerspruchs einfach nicht glauben wollen, was die Wahrheit ist – dass ich wirklich nur ein Zimmermädchen bin.

»Sie sehen also«, sage ich abschließend, »ich habe eine Amtsanmaßung begangen. Und möglicherweise auch Justizbehinderung. Sie können mich jetzt anklagen. Ich habe es verdient.«

»Anklagen?«, fragt Detective Stark. »Weil ein Haufen mittelalter Bücherfreaks Sie für eine Polizistin gehalten hat?«

Erst jetzt dringt zu mir durch, was Detective Stark gerade gesagt hat. »Moment. Wurde Mr Grimthorpe vergiftet?«

Detective Stark seufzt. »Wir haben den Autopsie- und den toxikologischen Bericht. Ethylenglycol. In seinem Tee. Wir haben das noch nicht öffentlich bekannt gegeben, aber Sie hätten es sowieso bald erfahren, weil wir in einer Stunde eine Pressekonferenz abhalten. Irgendeine Ahnung, wie Ethylenglycol in seine Teetasse gekommen ist, Molly?«, fragt Stark und beugt sich so dicht zu mir, dass es sich definitiv wie ein Eindringen in meinen persönlichen Raum anfühlt.

»Woher soll ich wissen, wie Frostschutzmittel in seinen Tee gekommen ist?«, frage ich zurück.

Stark stützt die Ellbogen auf dem Tisch auf. »Von Frostschutzmittel habe ich nichts gesagt.«

»Ethylenglycol ist ein Frostschutzmittel«, erkläre ich. »Offen gesagt bin ich entsetzt, dass eine Polizeibeamtin von Ihrem Format das nicht weiß.«

»Gott helfe mir.« Stark legt die Hände an die Stirn. »Molly, ich habe Ihnen nicht gesagt, dass Ethylenglycol Frostschutzmittel ist! Und das ist nicht gerade allgemein bekannt, oder? Verstehen Sie, wie ich darauf komme, dass Sie Grimthorpes Mörderin sein könnten?« Sie blickt mich mit zusammengekniffenen Augen an, was höchst unvorteilhaft aussieht.

»Halten Sie mich für schwachsinnig?«, frage ich. »Damit Sie es wissen: Ich bin ziemlich bewandert in Chemikalien und Giften, und nicht nur durch *Columbo*. Angela hat mir einmal eine wahre Geschichte über eine Frau erzählt, die ihren ersten und dann auch ihren zweiten Ehemann getötet hat, indem sie handelsübliches Frostschutzmittel in ihren Scones verbuk. Es gibt einen Fernsehfilm darüber – ich glaube, er heißt *Die schwarze Witwe*. Es ist einer ihrer Lieblingsfilme.«

»Angela? Wer ist Angela?«

»Die Barfrau im Social. Der Filmtitel ist sehr passend, denken Sie nicht?«

Detective Stark verschränkt die Arme. »Ich denke, wenn Sie so viel über Gifte wissen, wissen Sie genau, warum Frostschutzmittel benutzt wurde, um Mr Grimthorpe zu ermorden.«

»Das weiß ich tatsächlich. Weil es süß schmeckt. Sehr süß. Man kann es fast in allem verbergen.«

»Genau«, erwidert Detective Stark. »Und wie trinkt Mr Grimthorpe seinen Tee, Molly?«

»Mit Honig. Viel Honig.«

»Richtig!«, trällert Stark misstönend. »Und wer hat den Honigtopf auf seinen Teewagen gestellt, Molly?«

»Ich«, antworte ich feierlich und bestimmt. Erst dann

wird mir klar, dass dieser Umstand falsch ausgelegt werden kann. »Aber ich habe Mr Grimthorpe nicht vergiftet«, stelle ich klar. »Ich hatte kein Motiv dafür.«

»Wir haben Ihre Fingerabdrücke überall auf seinem Teewagen gefunden«, entgegnet Stark.

»Natürlich. Und ich bin sicher, Sie haben auch Lilys gefunden.«

Detective Stark schnaubt, antwortet aber nicht.

»Ich bin hierhergekommen, um eine Straftat zu gestehen, für die Sie mich nicht verhaften wollen, und muss feststellen, dass Sie mir einen Mord anhängen wollen, über den ich nichts weiß. Detective Stark, falls Sie mich verhaften wollen, dann haben Sie hoffentlich Beweise, die mich – ohne jeden Zweifel – mit diesem Verbrechen in Verbindung bringen. Ohne Motiv, irgendeinen Beweis und eine Waffe können Sie mich nicht inhaftieren. Und soweit ich weiß, haben Sie im Moment nur das Verbrechen.«

»Und wo ist er, Molly? Wo ist der gottverdammte Honigtopf? Haben Sie ihn als perverse Trophäe behalten? Oder haben Sie ihn in einen Müllcontainer geworfen?«

»Warum durchsuchen Sie nicht das Hotel? Wenn ich so dämlich bin, einen berühmten Mann zu vergiften und meine Fingerabdrücke überall auf seinem Teewagen zu hinterlassen, liegt es doch nahe, dass ich den Honigtopf auch gleich in meinem Spind gelassen habe.«

Stark lacht schallend. »Snow hat mich gestern Abend Ihren Spind überprüfen lassen. Hab nicht viel gefunden.«

Ich schnappe geräuschvoll nach Luft. »Sie waren ohne meine Erlaubnis an meinem Spind?«

»Meinen Sie das ernst?«, fragt Stark zurück.

»Hierherzukommen war ein schrecklicher Fehler«, stelle ich fest. »Sie werden mich nie als das sehen, was ich bin, egal, wie viel Mühe ich mir gebe. Sind wir fertig, Detective? Kann ich jetzt gehen?«

»Ich kann Sie ja schlecht davon abhalten, oder?«, erwidert Stark. »Aber ich werde jeden Ihrer Schritte beobachten, Molly. Ich habe Augen im Hotel. Ich habe überall Augen.«

Sofern sie keine Libelle oder Spinne ist, ist das eklatanter Unsinn, aber da nicht zu übersehen ist, dass Detective Stark mehr als nur ein bisschen entnervt ist, beschließe ich, ihre okulare Übertreibung nicht infrage zu stellen.

Stattdessen sage ich: »Auf Wiedersehen, Detective.« Dann knickse ich tief und gehe.

Erst als ich aus der Wache heraus bin und wieder auf der anderen Straßenseite stehe, atme ich weiter, und da wird mir der Ernst der Lage erst so richtig bewusst. Mr Grimthorpe ist keines natürlichen Todes gestorben. Er wurde kaltblütig ermordet. Jemand hat ihn vergiftet, und derjenige befindet sich wahrscheinlich noch im Hotel. Ich muss Mr Snow Bescheid geben, ehe die Neuigkeit öffentlich bekannt wird.

Ich beschleunige meine Schritte und eile zurück zum Hotel, so schnell meine Füße mich tragen. Als ich nur noch wenige Blocks entfernt bin, sehe ich auf der anderen Straßenseite etwas, das mich wie angewurzelt stehen bleiben lässt. Schräg gegenüber ist der örtliche Pfandleiher mit dem großen Schaufenster und dem Neonschild, das rund um die Uhr leuchtet.

Vor dem Geschäft steht Mr Preston und betrachtet etwas in der Schaufensterauslage. Dann schlendert er in den Laden, und ich höre die Türglocke läuten, als er drinnen verschwindet. Das an sich wäre nicht bemerkenswert – Mr Preston, mein Freund, der Portier des Regency Grand, stöbert beim örtlichen Pfandleiher. Das wäre überhaupt nicht besorgniserregend.

Das Problem ist das Buch, das er in den Händen hielt,

als er eintrat. Diese dunkle Holztür und das einzelne Auge, das durchs Schlüsselloch späht – sogar von hier aus konnte ich das Bild auf dem Einband ziemlich gut erkennen.

Es war eine seltene Erstausgabe von J. D. Grimthorpes *Das Dienstmädchen im Herrenhaus.*

# Kapitel 13

## FRÜHER

So war das schon immer für mich, mit meinem Blick fürs Detail. Das eine fällt mir auf, aber etwas anderes entgeht mir. Ich schaue genau hin, übersehe aber irgendwie, was anderen relativ mühelos auffällt.

Vor meinem geistigen Auge bin ich wieder ein Kind mit einem Schulzeugnis, das mein Sozialverhalten als EXTREM SCHLECHT bewertet, mich offiziell zur VERSAGERIN erklärt und anordnet, dass ich die Klasse wiederholen muss. Ich arbeite jetzt seit fast zwei Wochen mit Gran im Herrenhaus, und mit jedem Tag, der vergeht, vertraue ich mehr auf meine Fähigkeiten. Doch als ich jetzt dieses Zeugnis in den Händen halte, löst sich mein Selbstbewusstsein sofort in Luft auf.

Ich kann Gran nicht einmal ansehen. Meine Wangen brennen vor Scham. Am liebsten würde ich das Blatt in eine Million Stücke zerreißen, sie anzünden und zu Asche verbrennen. Aber ein Teil von mir ist auch neugierig – neugierig darauf, was mich von gleichaltrigen Kindern unterscheidet.

»Gran, wie ist das, wenn man Sozialverhalten immer versteht?«

Sie lacht. »Ach, Molly. Niemand, am allerwenigsten ich, versteht es *immer*. Zwischenmenschliche Beziehungen sind komplex. Je mehr Übung man im Umgang mit anderen bekommt, desto besser versteht man, wie alles zusammenpasst.«

»Erklär mir das.«

Gran denkt nach. »Manchmal ist es das, was man nicht sehen kann, das einer Sache ihre Form und Bedeutung verleiht«, sagt sie. »Plötzlich wirst du dir dessen bewusst werden, was niemals laut ausgesprochen wird, und trotzdem wirst du wissen, dass es ein wesentlicher Teil der Gleichung ist – das fehlende X –, auch wenn es unsichtbar ist, auch wenn es in Wirklichkeit gar nicht da ist.«

Ich gebe mir alle Mühe, mir einen Reim auf das, was sie sagt, zu machen, aber ich kann es nicht. Wenn etwas fehlt, ist es nicht da. Wenn es nicht da ist, gibt es nichts zu sehen. In diesem Augenblick komme ich zu dem Schluss, dass es hoffnungslos ist, dass *ich* ein hoffnungsloser Fall bin. Ich werde das niemals lernen.

Gran hockt sich vor mich, um mir auf Augenhöhe zu begegnen. »Nimm dir dieses Schulzeugnis nicht zu Herzen, Molly. Du bist keine Versagerin. Wenn hier irgendetwas versagt, dann ist es das System. Das ist bloß ein dummes Blatt Papier, das sich weigert, deine Stärken in Zahlen auszudrücken.«

»Stärken?«, wiederhole ich.

»Ja. Stärken. Davon hast du jede Menge. Du magst von Zeit zu Zeit gewisse Feinheiten übersehen, aber du hast das Herz und die Seele auf dem rechten Fleck.«

Mein Herz ist auf meiner linken Seite. Das weiß ich, weil ich es spüren kann, wenn ich mir die Hand auf die Brust lege, und meinen Studien in der Bibliothek zufolge bin ich anatomisch korrekt. Was meine Seele angeht – wo die ist, weiß ich nicht. Vielleicht ist es wie mit dem geheimnisvollen X in Grans Gleichung: etwas mit einer Form, die nur durch das sichtbar wird, was sie umgibt.

»Da du schon nach sozialen Fähigkeiten fragst«, sagt Gran. »Ich wollte dir schon längst sagen, dass du nicht ganz so oft ›Ja, Madam‹ zu Mrs Grimthorpe sagen musst, zu anderen übrigens auch nicht. Es ist schön und gut, Respekt zu zeigen, aber wenn du es damit übertreibst, könnten die Leute dich für unterwürfig halten.«

»U-N-T-E-R-W-Ü-R-F-I-G. Will heißen, übermäßig gehorsam.«

»Ja, und kriecherisch. Für jemanden, dem es an Selbstachtung mangelt. Und wo wir schon dabei sind: Wenn du die Bedeutung eines Worts wissen möchtest, musst du es nicht buchstabieren. Ich mag deinen Buchstabiereifer, aber das geht nicht jedem so. Vielleicht wäre das etwas, was du auch sparsamer einsetzen könntest?«

Dann kommt Gran zu mir, nimmt mich in die Arme und küsst mich auf den Kopf. »Und Molly, denk einfach daran: Egal, was passiert, ich werde immer stolz auf dich sein. Du hast genauso wie jeder andere das Recht, den Kopf hocherhoben zu tragen.«

»Hoch das Köpfchen«, sage ich und blicke zu Gran auf.

»So ist's recht«, erwidert sie. »Molly, ich laufe jetzt nach unten, um die Wäsche zu holen. Ich falte sie rasch zusammen und bin im Handumdrehen wieder da.«

Heute hat sie drei Waschmaschinenladungen zusammenzufalten, und selbst wenn sie nur eine hätte, wäre sie nicht im Handumdrehen wieder da. Aber ich weiß, dass Gran eine Redewendung benutzt hat. Sie meint es nicht wörtlich, will heißen, nicht genau, präzise, buchstäblich.

Sie öffnet die Wohnungstür, doch dann dreht sie sich noch einmal um. »Falls Mr Rosso vorbeikommt, gib ihm bitte den Umschlag, den ich auf den Küchentisch gelegt habe. Und wohlgemerkt, lass dir eine Quittung geben. Es ist wieder einmal so weit«, sagt sie und wirkt müde.

Ich weiß genau, was sie mit »wieder einmal so weit« meint. Es bedeutet, es ist der Monatserste, der Zeitpunkt, zu dem unsere Miete fällig ist. Mr Rosso mit seiner großen Knollennase und dem dazu passenden Bauch wird jeden

Augenblick hier sein, an die Tür hämmern und verlangen, was ihm zusteht.

»Warum wird er Hausherr genannt?«, frage ich Gran. »Er benimmt sich nicht wie ein Herr.«

»Findest du nicht? Er verlangt Geld für schäbige Unterkünfte, erwartet Achtung für nicht geleistete Dienste und begehrt Eigentum, als gehörte die ganze Welt ihm. Aber gib ihm die Miete trotzdem. Schließlich wollen wir weiter Licht haben. Also sei höflich.«

»Das bin ich immer.«

»Ja, das bist du.« Gran lächelt, geht hinaus und schließt die Tür hinter sich. Ich kann sie summen hören, als sie über den Flur zur Treppe geht.

Sobald sie fort ist, knülle ich mein Zeugnis genüsslich zu einem Ball zusammen und werfe ihn in den Küchenabfalleimer.

Es dauert nicht lange, bis ich ein Klopfen an unserer Tür höre. »Ich komme!«, rufe ich, nehme einen Küchenstuhl und gehe damit zur Wohnungstür. Gran lässt mich immer zuerst durch den Spion sehen, bevor ich »Sesam, öffne dich!« mache, deshalb stelle ich den Stuhl vor die Tür, steige darauf und schaue durch das Guckloch.

Aber es ist nicht Mr Rosso, sondern eine junge Dame, die ich nicht kenne, mit pechschwarzem Haar und nervösem Blick.

»Guten Tag!«, rufe ich durch die Tür. »Dürfte ich fragen, wer Sie sind?«

»Ich sage dir meinen Namen, wenn du mir deinen nennst«, antwortet die junge Dame auf der anderen Seite der Tür.

Ohne das Auge vom Spion zu nehmen, denke ich darüber nach.

»Gran sagt, ich soll Fremden nicht meinen Namen sagen. Und ich soll ihnen auch nicht die Tür aufmachen.«

Die Frau tritt von einem Fuß auf den anderen, als ob sie dringend zur Toilette müsste. »Ich bin keine Fremde«, sagt sie. »Deine Gran kennt mich gut. Und ich kenne dich. Deine Gran heißt Flora, und du bist Molly. Ich war schon mal hier, weißt du. Du erinnerst dich bloß nicht daran, weil du damals noch ein ganz kleines Würmchen warst, wie deine Gran immer gesagt hat.«

Das klingt beruhigend, aber ich habe *Ali Baba* gelesen, deshalb hüte ich mich, die Tür zu öffnen, bevor das richtige Zauberwort gesprochen wurde. »Beweisen Sie, dass Sie schon mal hier waren«, verlange ich.

Sie kratzt sich am Kopf. »Ähm, okay … Die Lieblingsteetasse deiner Großmutter ist die mit dem Cottage darauf. Sie bewahrt sie in der Küche auf dem Regal neben dem Ofen auf.«

Sie hat absolut, hundertprozentig recht. Und es ist eine Information, die nur jemand kennen kann, der schon bei uns in der Wohnung gewesen ist.

Trotzdem beschließe ich, einen weiteren Beweis zu verlangen. »Woher kennen Sie Gran?«

»Oh«, sagt sie und versucht, durch den Spion zu sehen. »Ähm, wir haben früher zusammengearbeitet.«

»Wo?«

»In … ähm … diesem Herrenhaus. Bei den Grimthorpes.«

»Was haben Sie dort getan?«

»Was glaubst du wohl? Ich war … Dienstmädchen.«

Das gibt den Ausschlag. Ich springe vom Stuhl und öffne die Tür.

Die junge Frau steht vor mir und mustert mich mit großen Augen. Ihr Gesicht sieht eingefallen und bleich aus. Sie könnte ein bisschen mehr Sonnenlicht vertragen, und sie zittert, als ob ihr kalt wäre, dabei ist heute gar kein kalter Tag. Mir fallen rote Flecken an ihren Armen auf. Ich weiß, woher sie die hat. Wir hatten auch einmal Bettwanzen. Meine Beine sahen genauso aus wie eine Vorlage für Malen nach Zahlen, nur dass es schlimm gejuckt hat.

Wortlos sieht die junge Frau mich an.

»Sie sind eine Freundin von Gran, haben Sie gesagt?«

»Ja.« Sie nickt energisch.

Sie sieht nicht aus wie die Freundinnen von Gran, die ich bisher gesehen habe. Grans Freundinnen haben in der Regel graues Haar und eine Brille, genau wie Gran. Sie bringen Wolle mit, die sie auf Garagenflohmärkten gekauft haben, oder selbst gebackene Plätzchen. Aber als ich den Schrank öffne und den Lappen heraushole, um die Schuhe der jungen Dame zu säubern, nimmt sie ihn mir aus der Hand und weiß genau, was zu tun ist. Das ist ein weiterer Beweis dafür, dass sie die Wahrheit sagt – sie war auf jeden Fall schon einmal hier.

Nachdem sie die Sohlen ihrer schmutzigen alten Sneakers abgewischt hat, zieht sie sie aus und stellt sie ordentlich auf die Matte im Schrank. Dann betrachtet sie die Wohnung.

»Wow. Zeitschleife. Hat sich kein bisschen verändert.« Sie bemerkt den Stuhl neben der Wohnungstür, auf dem stolz Grans erst kürzlich zu Ende besticktes Kissen ruht.

»Sie macht immer noch Handarbeiten«, sagt die Frau, nimmt das Kissen und liest laut vor: »*Gott, gib mir die Gelassenheit, Dinge hinzunehmen, die ich nicht ändern kann, den Mut, Dinge zu ändern, die ich ändern kann, und die Weisheit, das eine vom anderen zu unterscheiden.* Hoppla. Das klingt ja wie meine alte Sponsorin.«

»Sponsorin«, sage ich. »Will heißen, jemand, der fördert und unterstützt.«

»So in der Art, ja.«

Da merke ich, dass ich unhöflich bin. Es kommt nicht oft vor, dass ich mich um Gäste kümmern muss. Genau genommen ist es noch nie vorgekommen. »Möchten Sie nicht hereinkommen?«, frage ich und denke, dass Gran stolz auf meine guten Manieren wäre.

»Wo ist sie?«, fragt die junge Dame. »Wo ist deine Gran?«

»Unten, sie legt Wäsche zusammen«, erkläre ich. »Sie hat heute drei Maschinenladungen. Wir haben viele Quartermünzen in unserem besonderen Glas gesammelt. Kommen Sie.«

Ich führe meinen Gast in die Küche. Sie stellt sich an den Tisch und berührt ihn so sanft, als ob sie eine nette Katze streicheln würde und nicht ein abgewetztes Möbelstück.

»Hätten Sie gern eine Tasse Tee?«, frage ich.

»Nein. Schon gut.«

»Bitte setzen Sie sich.« Ich deute auf Grans üblichen Platz am Tisch.

»Danke.« Sie rückt den Stuhl vom Tisch ab und setzt sich vorsichtig. »Du bist wirklich … höflich. Du bist ganz anders, als ich mir dich vorgestellt habe. Komm her, damit ich dich richtig anschauen kann.«

Ich stelle mich vor sie, und sie nimmt meine Hände. Sie beugt sich vor, bis ihr Gesicht dicht vor meinem ist. Und dann fängt sie einfach so an zu weinen.

»Es tut mir schrecklich leid«, sage ich. »Ich habe vor Kurzem erfahren, dass ich eine soziale Versagerin und nicht auf dem Niveau der Kinder in meinem Alter bin. Falls ich also etwas getan habe, das Sie aus der Fassung gebracht hat, habe ich das nicht absichtlich getan, das versichere ich Ihnen.«

Sie lässt meine Hände los und wischt sich über die Augen. »Du hast nichts falsch gemacht«, sagt sie.

»Vielleicht mögen Sie mich nicht. Nicht viele Leute mögen mich.«

»Doch, ich *mag* dich. Du hast ja keine Ahnung. Es ist nur … es ist, als ob ich in einen Spiegel sehe.«

Und da geht es mir auf. Ich weiß einfach, was zu tun ist.

Ich ziehe ein Papiertaschentuch aus dem Karton auf dem Küchentisch. »Tüchlein für das Näschen?«, frage ich.

Sie nimmt mir das Taschentuch aus der Hand. »Danke. Molly, als ich dich das letzte Mal sah, hast du überhaupt nicht gesprochen. Deine Großmutter hat sich Sorgen gemacht. Sie hat befürchtet, du wärst vielleicht …« Sie hält inne, als könnte sie die richtigen Worte nicht finden.

»Anders?«, schlage ich vor.

»Ja. Genau.«

»Ich *bin* anders«, sage ich. »Aber sprechen kann ich bestens. Ehrlich gesagt fällt es mir schwer, mich an die Regel, dass man Kinder nur sehen, aber nicht hören soll, zu halten. Oder nicht sehen und nicht hören. Oder wie die Regel auch lautet. Ich mag Worte. Und Sie? Ich mag das Wort ›Plaudertasche‹. Welches Wort mögen Sie?«

Sie putzt sich die Nase. »Ich mag einfachere Wörter. Im Moment mag ich das Wort ›Zuhause‹.« Wieder beginnt sie zu weinen, aber dann entdeckt sie den Umschlag auf dem Tisch. Sofort versiegen ihre Tränen, genauso wie das Wasser im Bad, wenn ich nach dem Händewaschen den Hahn zudrehe.

»Himmel. Monatserster«, sagt sie und schüttelt den Kopf. »Gehört das Haus noch immer demselben Ausbeuter? Wie hieß er noch?«

»Mr Rosso. Er ist immer noch der Vermieter. Ich hatte gedacht, er steht vor der Tür, nicht Sie.«

Mit einem Mal atmet sie sehr schnell. Sie kratzt sich heftig am Kopf, so heftig, dass es mich unruhig macht.

»Molly«, sagt sie. »Hast du Pflaster da?«

»Ach. Sie müssen sich für Ihre Arme nicht schämen. Für Bettwanzen können Sie nichts. Gran sagt, sie breiten sich von einer Wohnung auf die nächste aus, weil die Vermieter nicht genügend Geld für die sanitären Anlagen ausgeben. Das bedeutet nicht, dass Sie nicht sauber wären.«

»Aber ich bin nicht sauber, Molly«, sagt sie. »Genau das ist mein Problem.«

Ich gehe ins Bad und öffne den Schrank unter dem Waschbecken, in dem ganz hinten unser Erste-Hilfe-Kasten liegt. Ich hole ihn heraus und entnehme ihm die drei größten Pflaster für Grans Freundin. Als ich wieder aus dem Bad komme, steht sie an der Wohnungstür und zieht ihre schmutzigen alten Schuhe an. Sie wischt sich mit dem zerknitterten Taschentuch über die Augen.

»Gehen Sie schon wieder?«, frage ich.

»Ich muss los.«

»Wollen Sie denn nicht auf Gran warten? Sie freut sich bestimmt, Sie zu sehen.«

»Nein. Das war ein Fehler. Ich will nicht, dass sie mich so sieht.«

»Hier sind Ihre Pflaster.«

»Behalt sie. Wem will ich etwas vormachen? Ich kann nicht verbergen, was ich bin.«

Sie dreht den Knauf und öffnet die Tür.

»Warten Sie!«, sage ich. »Was soll ich Gran ausrichten?«

Sie bleibt stehen. »Richte ihr aus … richte ihr aus, dass sie sich wirklich gut um dich kümmert. Und dass ich sie vermisse.« Wieder fängt sie an zu weinen, und ich spüre einen Schmerz in meinem Bauch und meinem Herzen, einen tiefen Schmerz, den ich nicht verstehe.

»Warten Sie!«, sage ich erneut. »Ich weiß nicht einmal Ihren Namen.«

»Mein Name?« Sie sieht mich an. »Ich heiße Maggie.«

»Es hat mich gefreut, Sie kennenzulernen, Maggie.« Ich strecke die Hand aus, doch anstatt sie zu schütteln, drückt sie sie nur und küsst sie, bevor sie sie wieder loslässt.

»Kommen Sie jederzeit wieder zu Besuch«, sage ich.

Sie legt mir die Hand aufs Haar, dann nimmt sie sie wieder weg. »Auf Wiedersehen, Molly.«

Sie wendet sich ab und zieht die Tür hinter sich zu.

Ich schließe sofort ab. *Schließ die Tür ab Tag und Nacht, darauf gib immer schön acht.*

Dann lehne ich mich einen Augenblick an die Tür. Ich bin aus dem Gleichgewicht, mir ist schwindelig, aber ich bin auch aufgeregt. Ich komme mir richtig erwachsen vor. Ich habe einen Gast empfangen, meinen ganz eigenen, ganz allein! Wenn Erwachsene so miteinander umgehen, dann kann ich es vielleicht. Das ist nicht wie bei Kindern, die schrecklich und gemein sind, unhöflich und beleidigend. Und auch wenn Grans Freundin traurig war, ich habe das sofort verstanden. Und ich wusste auch, wie ich dafür sorgen kann, dass es ihr besser geht.

Ich gehe ins Bad und lege die Pflaster zurück in den Erste-Hilfe-Kasten. Da höre ich den Schlüssel im Schloss. Als ich aus dem Bad komme, tritt Gran gerade mit einem Wäschekorb ein, in dem sich die ordentlich gefaltete Wäsche türmt. Schnaufend stellt sie den Korb ab. »Meine Güte, Molly, da unten in der Waschküche ist es so heiß wie im Hades«, sagt sie und schließt die Tür ab. Sie zieht die Schuhe aus und wischt sie ab, dann geht sie direkt in die Küche und trinkt ein großes Glas Wasser. Ich folge ihr.

»Gran, wir hatten eine Besucherin«, sage ich. »Aber keine Angst, ich wusste, dass sie keine Fremde war, weil ich ihr Fragen gestellt habe und sie sie alle richtig beantwortet hat. Ich wusste, dass sie dich kennt, und mich kannte sie auch, von früher, als ich noch ein ganz kleines Würmchen war. Sie ist ein Dienstmädchen, Gran. Ihr habt zusammen gearbeitet. Es war nett, ein anderes Dienstmädchen kennenzulernen, auch wenn sie Bettwanzen hat. Es ist genau, wie du gesagt hast. Man darf den Menschen nicht die Schuld an ihren Lebensumständen geben. Ach, und sie sagt, du kümmerst dich gut um mich und dass sie dich vermisst. Das soll ich dir ausrichten.«

Gran stellt ihr Wasserglas mit einem dumpfen Knall ab. Ihr Mund steht weit offen, so weit, dass Bettwanzen hineinklettern könnten, wenn wir noch welche hätten. Ihr Blick wandert zum Küchentisch.

»Molly. War Mr Rosso da? Bitte sag, dass er den Umschlag mitgenommen hat.«

Ich blicke auch zum Tisch.

Da verstehe ich, was Gran vorhin mit den unsichtbaren Dingen gemeint hat.

In meinem Kopf treffen zwei Variablen zusammen: unsere heutige Besucherin und der Umschlag mit der Miete. Ich sehe die Gleichung, die sich daraus ergibt, aber es ist zu spät.

Beide sind weg.

# Kapitel 14

Ich habe nicht gut geschlafen, sondern mich die ganze Nacht hin und her gewälzt. Irgendwann habe ich die Hand nach Juan Manuel ausgestreckt und fand ihn nicht, er fehlte, nur ein leerer Platz auf der Matratze war von ihm geblieben. Ich erwog, ihn mitten in der Nacht anzurufen und ihm alles zu erzählen, was in den letzten Tagen geschehen ist, aber aus dieser Entfernung kann er mir ja überhaupt nicht helfen. Und was sollte ich ihm auch sagen? *Juan, ich habe es versäumt, dich darüber zu informieren, dass vor zwei Tagen im Teesalon des Hotels ein Mann tot umgefallen ist. Mittlerweile gilt sein Tod als Mord, und es ist gut möglich, dass in unserem Hotel ein Mörder frei herumläuft. Ach, und noch etwas – unser sehr guter Freund Mr Preston … Er ist ein Dieb. Und allmählich frage ich mich, ob er nicht womöglich noch etwas Schlimmeres ist.*

Kein Wunder, dass ich kein Auge zugetan habe.

Ich kann diese undenkbaren Gedanken nicht aus meinem Kopf löschen. Was, wenn Mr Preston, mein lieber Freund und Kollege, ein Mann, den ich für die personifizierte gute Seele gehalten habe, ein Dieb ist? Und wenn er dazu fähig ist, einen Diebstahl zu begehen, wozu dann noch?

Es ist lächerlich. Absurd. Ich habe Gran im Ohr, die mich tadelt: *Nur Narren ziehen voreilige Schlüsse.*

Sie hat recht. Und dennoch lässt sich nicht widerlegen, was ich beim Pfandleiher sah: Mr Preston, der am Tag nach J. D. Grimthorpes Tod eine seltene Erstausgabe von *Das Dienstmädchen im Herrenhaus* verkauft hat, nachdem der Wert des besagten Buchs durch die Decke gegangen war. Ist es möglich, dass Mr Grimthorpe aus reiner Gier ermordet wurde? Und ist es möglich, dass Mr Preston etwas damit zu tun haben könnte? Das ist die unglaubliche, unvorstellbare Befürchtung, die in meinem Inneren alles auf den Kopf stellt.

Ich werfe die Bettdecke von mir, schiebe meine heißen Füße in die Pantoffeln und stapfe in die Küche. Es ist 5:00 Uhr morgens, viel zu früh, um aufzustehen, aber ich ertrage es nicht mehr, wach zu liegen. Ich hole einen Eimer unter der Spüle hervor und fülle ihn mit Wasser. Dann durchsuche ich die Schublade nach einem zuverlässigen Putzlappen, marschiere ins Wohnzimmer und deponiere meine Ausrüstung neben Grans Vitrine.

Zur Ablenkung schalte ich den Fernseher ein, aber natürlich wird in den Nachrichten ausgerechnet die gestrige Pressekonferenz gezeigt, bei der Detective Stark Mr Grimthorpes Tod zum Mord erklärte. Ich verfolge, wie die Reporter Stark mit Fragen bombardieren.

»Detective, habe Sie irgendwelche Spuren?«

»Wir gehen jedem Hinweis nach, den wir haben«, erwidert Stark.

»Detective, ist der Mörder ein Hotelangestellter?«

»Wenn ich das wüsste, wäre ich dann hier?«

»Detective, Sie haben gesagt, sein Tee wurde mit Frostschutzmittel vergiftet. Wissen Sie, wie es dazu kommen konnte?«

»Wir arbeiten daran. Wir suchen nach einem wichtigen Beweisstück.«

»Detective, haben Sie eine Botschaft für den Mörder?«

Stark zögert. Es kommt mir so vor, als ob sie mich durch den Fernseher direkt ansieht. »Sie können die Wahrheit eine Weile vor mir verbergen, aber sie wird nicht für immer verborgen bleiben. Denken Sie einfach daran«, sagt sie, wendet sich ab und geht davon.

Ich schalte den Fernseher aus.

Dann nehme ich meinen Lappen und öffne behutsam die Glastüren von Grans Vitrine. *Grundreinigung, um mit sich selbst ins Reine zu kommen. Schnapp dir den Staubwedel, Mädel.*

*Ja, Gran,* denke ich bei mir, während ich ihre kostbaren Schätze herausnehme: eine Menagerie von Swarovski-Kristalltieren aus zweiter Hand, ihr ganzer Stolz, und ihre Souvenirlöffel von fernen Orten, die sie nie mit eigenen Augen gesehen hat.

Fieberhaft poliere ich jedes Stück, dann wende ich mich den gerahmten Fotos oben auf der Vitrine zu. Da ist ein neues Foto von meinem lieben Juan Manuel und mir mit Eiscreme-Schnurrbärten. Es gibt auch ältere Fotos, von Gran und mir. Aber es ist das Foto von meiner Mutter als junger Frau, das ich jetzt gründlich studiere. Das Haar so dunkel wie meins, dazu eine Porzellanhaut und leuchtende Apfelbäckchen, nicht blass und hohlwangig wie die fremde junge Frau, die an jenem Monatsersten vor so langer Zeit unsere Miete stahl. Damals hatte ich keine Ahnung, wer sie war. Erst als ich viel älter war, begriff ich, dass Maggie – die Fremde an der Tür – meine Mutter war und unter anderem gekommen, um mich zu sehen. Weshalb ich damals nicht eins und eins zusammengezählt habe, weiß ich nicht. Warum ist das immer so? Warum verstehe ich alles zu spät?

Ich stelle Grans Schätze zurück in die Vitrine, dusche und schrubbe das Bad, bis meine Finger so runzlig wie Dörrpflaumen sind. Am abgewetzten Küchentisch esse ich ein Crumpet und kaue jeden Bissen exakt zwanzigmal. Dann verlasse ich die Wohnung und gehe zur Arbeit, und die Sorge treibt mich an wie ein Düsentriebwerk.

Jetzt, da alle wissen, dass Mr Grimthorpe vergiftet wurde, wird dieser Arbeitstag im Regency Grand alles andere als normal werden. Ich habe keine Ahnung, was mich erwartet.

Als ich eintreffe, steht Mr Preston an seinem Portierspult und dirigiert die Scharen von Gästen auf dem roten Teppich. Ich dränge mich zwischen den Leuten hindurch zu ihm.

»Molly«, sagt er. »Haben Sie schon gehört, woran Mr Grimthorpe gestorben ist?«

»Ja. Und ich bin höchst bekümmert. Was meinen Sie, wer zu so etwas fähig wäre?«

»Eine Menge Leute. Dieser Mann war nicht das, was er zu sein schien.«

Ich mustere Mr Prestons Gesicht, das grimmig und angespannt ist. Die Lippen hat er in den Mund gesaugt. »Was ist mit Ihnen, Mr Preston? Sind *Sie* das, was Sie zu sein scheinen?«

»Molly, ist alles in Ordnung mit Ihnen?«, fragt er und legt mir die Hand auf den Arm. »Fühlen Sie sich schwach?«

Ich entziehe ihm meinen Arm. »Wir müssen uns unterhalten. Aber nicht hier. Nicht jetzt.«

»Meine Liebe, das sage ich doch schon die ganze Zeit.«

»Im Olive Garden. Um siebzehn Uhr fünfzehn«, sage ich. »Ich erwarte, dass Sie pünktlich sind.«

»Natürlich, Molly. Ist wirklich alles in Ordnung mit Ihnen?«

Ich fasse es nicht, dass er das noch einmal fragt. »Diese Frage sollten Sie sich selbst stellen, nicht mir«, erwidere ich.

Mr Preston sieht mich an, als versuchte er, eine ihm völlig unbekannte Person einzuordnen.

»Guten Tag«, sage ich, dann stapfe ich die Treppe hinauf und gehe durch die Drehtür ins Regency Grand.

In der Lobby herrscht sogar noch mehr Betrieb als gestern. Es wimmelt von Gästen und Schaulustigen, die mit großen Augen in Grüppchen miteinander tuscheln, doch in Anbetracht der zahlreichen Anwesenden ist es viel zu still, die Atmosphäre erinnert an eine Beerdigung. Kein Wunder.

Ich entdecke Mr Snow am Rezeptionstisch, wo er einer Rezeptionistin leise Anweisungen gibt. Sie wirkt pikiert, nervös und angespannt. Ich gehe zu ihm hinüber, als er gerade seine Unterhaltung beendet. Die Rezeptionistin eilt davon. Mr Snow wendet seine Eulenaugen mir zu. »Molly, ich kann es nicht fassen«, sagt er. »Ein Mann wurde vergiftet. Hier. In unserem Hotel. Wie ist das möglich?«

»Ich weiß es nicht, Mr Snow. Wir haben in den letzten Jahren unseren geschädigten Ruf wieder aufpoliert, aber jetzt ist er erneut und sehr schwer befleckt. Ich frage mich – wird dieser Fleck jemals herausgehen?«

»Nicht auszudenken, Molly. Die Polizei hat jemanden im Visier und stellt Fragen.«

Ich sehe mich in der Lobby um und entdecke mehrere Männer in schwarzer Kleidung und mit Ohrhörern, die ein Stück abseits stehen. »Wer sind die?«, frage ich. »Sie sehen nicht wie Gäste aus.«

»Das sind Undercover-Polizisten«, erwidert Mr Snow. »Und sie sind überall, sie beobachten jeden unserer Schritte. Anstatt das Hotel zu schließen, hat Detective Stark verlangt, dass wir den Betrieb aufrechterhalten und versuchen, uns ›normal zu verhalten‹. Sie und ihre Sonderermittler sind davon überzeugt, dass das die beste Methode ist, den Mörder aus seinem Versteck zu treiben.«

»Wird der Mörder denn nicht schon geflohen sein?«

»Anscheinend lässt die Art des Todes darauf schließen, dass der Mörder möglicherweise in der Nähe bleibt. Detective Stark hat etwas von Trophäen und der ›Pathologie der vergifteten Tasse‹ gesagt. Anscheinend macht es für manche Mörder einen Teil des Reizes aus, sich unbemerkt vor aller Augen aufzuhalten.«

Ein Beben durchläuft mich, und als ich mich in der Lobby umblicke, liegt auf allem und jedem, was ich sehe, der Schleier des Verdachts.

Mr Snows Blick wandert zur gläsernen Drehtür, hinter der Mr Preston von seinem Podium auf dem Treppenabsatz aus den Fußgängerverkehr dirigiert. »Schwer vorstellbar«, sagt er, »aber die Detectives sind offenbar davon überzeugt, dass der Mörder …« Er bricht ab.

»Spucken Sie es aus, Mr Snow. Dass es ein Angestellter ist? Einer von uns?«, frage ich.

Mr Snow nickt ernst.

Ein unsichtbarer Schraubstock klemmt mein Herz ein, und einen Augenblick lang frage ich mich, wie ich weitermachen soll. *Hoch das Köpfchen.*

»Ich gehe lieber an die Arbeit«, sage ich. »Dieses Hotel reinigt sich nicht von selbst.« Im Stillen füge ich hinzu, dass in jedem verborgenen Winkel des Hotels eine kriminelle Schmutzschicht lauert. Aber was wir nicht sehen, können wir nicht wegputzen.

»Seien Sie wachsam, Molly«, sagt Mr Snow.

»Das bin ich immer«, erwidere ich.

Ich gehe zu den Aufzügen. Plötzlich höre ich hinter mir ein vertrautes »Juu-huu!«. Als ich mich umdrehe, sehe ich zwei LAMM-Frauen auf einem der smaragdgrünen Sofas an der großen Treppe sitzen. Gladys, die lockige Vorsitzende, winkt mir mit ihrem kleinen roten Fähnchen, während Beulah geflissentlich Katzenhaare von noch immer demselben grässlichen Pullover zupft. Die beiden sind die letzten Personen, mit denen ich jetzt reden möchte, aber wie Mr Snow dem Personal oft in Erinnerung ruft: »Für unsere Gäste geben wir unser Bestes.«

»Meine Damen«, sage ich, während ich zu ihnen gehe. »Ich hoffe, Sie sind wohlauf.«

»Wohlauf?«, fragt Gladys. »Wie könnten wir? J. D. Grimthorpe ist kaltblütig ermordet worden.«

»Wir sind in tiefer Trauer«, fügt Beulah hinzu und schlingt sich die Arme um den Leib.

»Wissen Sie, ob das Social heute zur üblichen Zeit zum Frühstück öffnet?«, fragt Gladys.

»Das wird es«, erwidere ich. »Im Regency Grand sind wir stolz auf unsere Verlässlichkeit und unseren pünktlichen Service.«

»Gut«, sagt Beulah. »Ich muss etwas in den Magen bekommen, damit er sich beruhigt.«

Zwar kann ich mich auf meine Einschätzung der Emotionen anderer Menschen nicht immer verlassen, aber hier fällt mir unwillkürlich eine Unstimmigkeit auf. Beide Frauen scheinen mehr Angst zu haben, sie könnten das Frühstück verpassen, als vor einem etwaigen frei herumlaufenden Mörder. Und warum sind sie noch hier, obwohl die Chance, eben dem Mann zu begegnen, den zu sehen sie angereist waren, ziemlich exakt gleich null ist? Mit einem Mal fällt mir auf, dass die Dritte in ihrem üblichen Bunde, die Zierliche mit den pinkfarbenen Strähnchen, sich von der Herde entfernt hat.

»Wo ist denn die andere LAMM-Frau, die sonst immer bei Ihnen beiden ist? Ms Birdy. Ist sie nach Hause geflogen?«

»Nach Hause? Machen Sie Witze? Und die ganze Action verpassen?«, fragt Beulah. »Sie streift durchs Hotel und sammelt Hinweise. Und stellt Ihren Leuten ihre Theorien und mögliche Motive vor.«

»Meinen Leuten?«, frage ich.

»Ja. Den Undercoveragenten, den Männern in Schwarz, die heute überall im Hotel sind. Wir wissen, dass sie mit Ihnen zusammenarbeiten«, sagt Gladys. Sie deutet auf einen der Männer mit den Ohrhörern, die über die Lobby verteilt stehen.

»Sie arbeiten *nicht* mit mir«, erwidere ich. »Ich bin nur ein Zimmermädchen. Mehr nicht. Das ist alles.«

»Natürlich. Wir verstehen«, sagt Gladys. »Nick, nick. Zwinker, zwinker. Wir verraten niemandem ein Sterbenswörtchen. Aber wir haben Ihnen etwas Wichtiges mitzuteilen – Ihnen als Zimmermädchen natürlich.«

»Wenn Sie wirklich mich als Zimmermädchen meinen, werde ich zuhören. Was ist es?«

»Es geht um Birdy«, sagt Gladys.

Beulah kratzt über ihren katzenhaarverseuchten Pullover, dann sagt sie: »Wie Ihnen wahrscheinlich aufgefallen ist, kommen Birdy und ich nicht immer gut miteinander aus. Wir haben eine gemeinsame Vorliebe für alles, was mit J. D. Grimthorpe zu tun hat, aber sagen wir einfach, da hört die Liebe auch auf. Schon seit Jahren herrscht zwischen uns eine professionelle Rivalität.«

»Ich würde es eher professionelle Eifersucht nennen«, wirft Gladys ein.

»Sehen Sie, ich bin etwas, das Birdy nicht ist – nur ich bin Mr Grimthorpes Biografin.«

»*Inoffizielle* Biografin«, berichtigt Gladys.

»Im Lauf der Jahre habe ich eins gelernt, nämlich, dass man zierliche Frauen niemals unterschätzen darf. Birdy mag klein sein, aber sie ist stark, listig und …«

»Sie hat schon einmal mit Gift herumgespielt«, ergänzt Gladys.

Die beiden Frauen wechseln einen Blick.

»Wovon reden Sie?«, frage ich.

»Vor zwei Jahren nahm eine angesehene Wissenschaftlerin von einer lokalen Universität an unserem zweimal jährlich stattfindenden Symposium zum Thema ›J. D. Grimthorpes Genie‹ teil. Nach Birdys recht langatmigem Vortrag über Verbrechen und Bestrafung in J. D.s Kriminalromanen hob diese Wissenschaftlerin die Hand und sagte, sie habe noch nie verstanden, warum sein Werk so populär sei. Sie nannte seinen Schreibstil steif.«

»›Gestelzt‹ war das Wort, das sie benutzte«, sagt Beulah. »Birdy hat vor Wut geschäumt.«

»Als die Wissenschaftlerin am zweiten Tag des Symposiums zu unserem Krimi-und-Crumpets-Salon kam, hat Birdy ihr einen besonderen Brownie serviert, den sie selbst gebacken hatte«, erzählt Gladys.

»So braun wie mein Lieblingspullover und versetzt mit Abführmitteln«, fügt Beulah hinzu. »Sagen wir einfach, diese Wissenschaftlerin nahm nie wieder an einem unserer Symposien teil.«

»Typisch Birdy.« Gladys schüttelt ihren Lockenkopf. »Die Bestrafung passt zum Verbrechen.«

Die beiden Damen nicken unisono.

»Als diese Polizistin in den Nachrichten sagte, Mr Grimthorpe sei vergiftet worden, hatten wir beide den gleichen Gedanken: Birdy«, erzählt Beulah.

Gladys beugt sich zu mir. »Wenn Birdy einen Brownie vergiften konnte, wozu mag sie dann noch fähig sein?«

»Aber warum sollte sie ihr Idol vergiften?«, frage ich.

»Weil sie wütend ist«, schlägt Beulah vor. »Auf ihn und auf mich. Indem sie J. D. ermordet, bestraft sie uns beide.« Wieder beugt sich Beulah zu mir vor und senkt verschwörerisch die Stimme. »In letzter Zeit war ich Mr Grimthorpe nähergekommen und hatte Zugang zu Forschungsmaterial, von dem Birdy nichts weiß. Er sprach mit mir darüber, dass ich seine offizielle Biografin werden soll. Darüber war sie nicht glücklich. Sie wollte immer schon mehr sein als nur sein größter Fan. Sagen wir einfach, sie war gelb vor Neid, als ich ihr erzählte, dass ich ihr zuvorgekommen war.«

»Und wie schon erwähnt«, ergänzt Gladys, »Birdy hatte schon immer eine Vorliebe für *Cyanid und Sühne* – für den Roman, meine ich.«

»Es ist ihr Lieblingsbuch von J. D., weil der Bösewicht in Form eines verunreinigten Getränks bekommt, was er verdient. Ich bezweifle, dass das Zufall ist«, sagt Beulah.

»Beulah und ich haben das alles gestern Abend besprochen«, fügt Gladys hinzu, »und auch wenn es schwer vorstellbar ist, dass Birdy so tief gesunken sein könnte, sind wir zu dem Schluss gekommen, dass es klug wäre, jemand Offiziellen über ihre Vorgeschichte zu informieren. Sie wissen schon, vorsichtshalber.«

»Ich bin niemand Offizielles«, sage ich. »Es sei denn, Sie meinen, in meiner Eigenschaft als Chefzimmermädchen.«

»Natürlich«, sagt Gladys laut. »Wir verstehen.«

Beulah fasst mich am Arm. »Sie werden dem doch nachgehen, oder?«, flüstert sie.

»Ich werde nichts dergleichen tun. Sprechen Sie mit der Polizei. Und wenn Sie mich jetzt entschuldigen würden, ich muss los. Hotelzimmer reinigen sich nicht selbst.«

»Besonders Beulahs«, sagt Gladys. »In ihrem Zimmer sieht es aus wie bei einem Messie.«

»So schlimm ist es nicht«, widerspricht Beulah, während sie eine frische Ladung Katzenhaare von ihren Schultern streift.

Wortlos mache ich auf dem Absatz kehrt und gehe davon. Es muss gesagt werden: Ich bin erleichtert, sobald ich außer Sicht bin. Alles an diesen Frauen regt mich auf.

Ich eile die Treppe hinunter in den Hauswirtschaftsbereich, wo ich meine Uniform anziehe und mein Chefzimmermädchenschild an seiner korrekten Position direkt über dem Herzen befestige. Lily ist schon da. Ihre Schuhe stehen ordentlich nebeneinander vor ihrem Spind.

Schließlich werfe ich einen prüfenden Blick in den Spiegel und fahre hinauf in den ersten Stock. Oben angekommen entdecke ich Lilys Wagen am Ende des Flurs, aber als ich in die andere Richtung blicke, kommt Cheryl gerade mit einem Bündel kleiner Geldscheine in der fleischigen Hand aus einem Zimmer.

Nein. Nicht schon wieder. Das ist das zweite Mal in weniger als vierundzwanzig Stunden, dass ich einen Dieb auf frischer Tat ertappe, in flagranti. Cheryl ist zu ihrer alten Masche zurückgekehrt. Sie mopst Trinkgelder aus Zimmern, die sie gar nicht reinigt, Trinkgelder, die für Lily und mich bestimmt sind.

»Cheryl!«, sage oder vielmehr schreie ich, denn ich koche vor Wut. Ich marschiere zu ihr und bleibe vor ihr stehen. »Wie kannst du es wagen?«, frage ich. »Anderen Zimmermädchen die Trinkgelder zu stehlen. Du wirst dich erinnern, dass es ausdrücklich verboten ist, sich an Trinkgeldern zu vergreifen, die für andere Mitarbeiter bestimmt sind. Ist dir klar, dass das ein Entlassungsgrund ist?«

»Jetzt mal langsam, Molly!«, sagt Cheryl und hebt die Hände. »Kein Grund, sich so aufzuregen. Wie ich vorhin schon zu Lily gesagt habe, dachte ich, es wäre eine gute Idee, wenn wir Zimmermädchen unsere Trinkgelder alle zusammenschmeißen und dann gleichmäßig aufteilen. Weißt du, wie du selbst immer sagst: ›Alles zu teilen gerecht und fair, fällt Zimmermädchen doch nicht schwer.‹«

»Das bezieht sich auf das Arbeitspensum«, sage ich. »Du hast mich bewusst falsch verstanden.«

Lily streckt den Kopf aus einem Zimmer. Die dunklen Ringe unter ihren Augen sind so dick, dass sie wie ein Waschbär aussieht.

»Sag du es ihr, Lily«, fordert Cheryl sie auf. »Wir haben uns doch darauf geeinigt, die Trinkgelder zusammenzuwerfen, oder?«

Lily will etwas sagen, aber die Worte bleiben ihr im Hals stecken.

»Ich … glaub schon?«, bringt sie schließlich hervor, dann schüttelt sie den Kopf und verstummt.

Das beschwichtigt mich absolut nicht. Im Gegenteil, es weckt in mir den Wunsch, Cheryls gierige Pfoten in einen Eimer mit konzentrierter Lauge zu tauchen, aber stattdessen lächele ich und sage: »*Ich* bin Chefzimmermädchen. Es obliegt *mir,* zu entscheiden, wie die Trinkgelder zwischen den Zimmermädchen verteilt werden. Und um das festzuhalten: Ich habe für heute genug von schmutzigen Diebinnen.«

»Schmutzige Diebinnen?«, wiederholt Cheryl und schnaubt zum Nachdruck. »Das ist aber sehr hässlich, was du da über mich sagst. Wer hält sich denn jetzt nicht an ihr eigenes Regelbuch? Was wohl Mr Snow dazu sagen würde, falls ich beschließe, dich zu melden, Molly? Ich muss los. Vergesst nicht, laut zu schreien, falls eine von euch einen axtschwingenden Mörder hinter einer Zimmertür entdeckt. Oder noch besser, schreit nicht. Seid. Einfach. Still«, sagt sie und blickt dabei Lily an. Dann trampelt sie davon.

Sobald sie fort ist, kommt Lily aus dem Zimmer, das sie gereinigt hat, und bleibt mit gesenktem Blick und feuchten Augen vor mir stehen.

»Hast du dich wirklich einverstanden erklärt, die Trinkgelder mit ihr zusammenzuwerfen?«

Lily antwortet nicht. Sie regt sich nicht einmal.

»Nimmt dieses Anschweigen denn nie ein Ende?«, frage ich sie. »Ich weiß, im Moment geht es hier drunter und drüber, und das ist ziemlich beängstigend, aber es kommt alles wieder in Ordnung. Am Ende wird alles gut.«

Lilys Miene verändert sich nicht – ihr Gesicht ist eine sorgenvolle Maske. »Dieses Hotel«, flüstert sie. »Mir war nicht klar, wie schmutzig es ist. Ich weiß nicht, was ich tun soll.«

»Es gibt nur eins, was man im Angesicht von Schmutz tun kann, Lily. Und das ist putzen.«

Lily starrt mich einen Augenblick an, dann greift sie nach ihrem Wagen und geht davon.

# Kapitel 15

## FRÜHER

Ich stehe mit Gran in der Küche. Sie stellt mir eine Frage, aber der Boden unter meinen Füßen verzieht sich, und obwohl sie direkt vor mir steht, die Hände auf meinen Schultern, ist es, als würde sie im Inneren einer zugekorkten Flasche, die im Meer dümpelt, sprechen.

»Bitte sag, dass Mr Rosso den Umschlag mitgenommen hat«, wiederholt sie. »Molly?«

»Er ist nicht gekommen. Mr Rosso ist nicht vorbeigekommen.« Mein Blick ist auf den Küchentisch geheftet. Ich versuche, den Umschlag mit der Miete mit reiner Willenskraft wieder hervorzuzaubern, aber es gelingt mir nicht. Und ich weiß, dass er auch nicht wieder auftauchen wird.

»Diese Dame kannte dich. Sie hat gesagt, sie heißt Maggie.«

Grans Hände gleiten von meinen Schultern, und sie vergräbt ihr Gesicht darin. Ein Laut entfährt ihr, ein eigenartiger Laut, den ich erst ein Mal gehört habe, in einer Tiersendung – der Laut, den ein Mutterschaf ausstößt, nachdem ein Löwe sich ihr Junges geschnappt hat und damit davongelaufen ist.

»Gran, wer ist sie? Vielleicht ist es noch nicht zu spät.«

Tränen strömen über Grans Gesicht. »Ach, mein liebes Mädchen«, sagt sie. »Es ist um Jahre zu spät.«

»Aber wer ist sie denn?«

Gran schweigt. Auf ihrer Stirn bildet sich eine tiefe Falte. »Du weißt es nicht? Du weißt es wirklich nicht?«

Ich schüttele den Kopf.

»Woher auch? Für dich ist sie schließlich eine Fremde.«

»Sie ist eine Diebin«, sage ich. »Wir sollten die Polizei rufen. Die können sie schnappen und unser Mietgeld zurückholen.«

»Das hat keinen Zweck, Molly. Sie ist längst fort und das Geld mit ihr.«

Gran sackt auf dem Küchenboden zusammen. Ich setze mich im Schneidersitz vor sie. Ich spüre, wie meine Rippen sich um mein Herz zusammenziehen, denn jetzt wird mir bewusst, in welcher Notlage wir uns befinden.

»Gran, bitte weine nicht. Es tut mir so leid.«

Genau da klopft es an der Tür, und wir fahren beide zusammen. Das ist sie, denke ich bei mir. Das ist Maggie. Sie hat es sich anders überlegt und bringt uns das Geld zurück. Sie ist doch eine gute Seele!

Ich springe auf und helfe Gran hoch, ziehe ein Papiertaschentuch aus der Schachtel auf dem Küchentisch und reiche es ihr. Dann nehme ich einen Küchenstuhl und laufe damit zur Wohnungstür. Ich steige auf den Stuhl und blicke durch den Spion.

Was ich sehe, ernüchtert mich sofort. »Es ist Mr Rosso«, sage ich.

»Überlass ihn mir«, erwidert Gran, schnieft und putzt sich die Nase. Dann geht sie zur Tür, während ich den Küchenstuhl wegbringe.

Sie öffnet unserem Vermieter mit der Knollennase, der mit vor dem Bauch verschränkten Händen dasteht.

»Guten Tag, Mr Rosso«, sagt Gran. »Ich hoffe, der Ihre ist angenehm«, flötet sie, doch ihre Stimme bricht.

»Der Monatserste ist nur dann angenehm, wenn alle ihre Miete zahlen«, erwidert er.

Gran presst die Hände aneinander, dann reibt sie sich über die Hüften. »Mr Rosso«, sagt sie. »Ich fürchte, uns ist ein unvorhergesehenes Malheur widerfahren, das zu einer Verzögerung bei unserer Mietzahlung führt.«

»Und jetzt noch mal so, dass man es auch versteht«, entgegnet Mr Rosso.

»Wir haben das Geld für die Miete nicht. Aber ich bezahle Sie bald.«

Mr Rossos ohnehin schon rotes Gesicht nimmt einen Farbton irgendwo zwischen flammend Roter Bete und blutroter Rose an. »In diesem Haus wimmelt es von nichtsnutzigem Gesindel, aber ich dachte, Sie wären besser als die, Flora. Das habe ich wirklich geglaubt.«

»Es tut mir schrecklich leid, Sie zu enttäuschen«, erwidert sie. »Da gibt es diesen Spruch über Zitronen und Limonade, aber im Moment habe ich nicht einmal Zitronen, also kann ich nicht viel tun. Manchmal, Mr Rosso, macht einem das Leben einen Strich durch die Rechnung, auch wenn man die besten Absichten hat.«

»Das hat Folgen«, erwidert Mr Rosso, und seine Nasenlöcher blähen sich. »Leute wie Sie lernen es ja nicht anders.« Er dreht sich um und schlurft davon.

»Entschuldigung?«, ruft Gran ihm hinterher. »Würden Sie erklären, was Sie mit ›Leute wie Sie‹ meinen?«

Gran und ich strecken den Kopf zur Tür hinaus, weil wir eine Antwort erwarten, aber Mr Rosso gibt uns keine. Er blickt sich nicht einmal zu uns um.

Wir gehen zurück in unsere Wohnung. Gran schiebt sanft die Tür zu und schließt ab.

»Was hat er gemeint, Gran? Was passiert jetzt?«

»Leere Drohungen, Liebes. Nichts, weswegen du dir Sorgen machen müsstest.« Sie atmet tief durch und klatscht in die Hände. »Warum machen wir nicht das, was wir am besten können? Wollen wir die Wohnung von Grund auf reinigen?«

»Grundreinigung, um mit sich selbst ins Reine zu kommen«, trällere ich.

»Aufräumen und aufheitern«, antwortet Gran.

»Worauf wartest du noch? Schnapp dir den Staubwedel, Mädel!«, sage ich, während ich in die Küche renne, um Eimer und Lappen für unser Grundreinigungsabenteuer vorzubereiten.

Wir verbringen den ganzen Nachmittag mit Schrubben und Abstauben, Polieren und Wischen. Obwohl Gran müde aussieht und nicht vor sich hin summt wie sonst, fühle ich mich herrlich, gestärkt von dem spritzigen Zitrusduft, der in der Luft hängt, dem tröstlichen Geruch unseres Zuhauses.

Als die Dämmerung einsetzt und der Tag schwindet, ist in unserer bescheidenen Wohnung alles – von der Küche bis zum Bad, von der Wohnungstür bis zu unseren beiden Schlafzimmern – makellos, fleckenfrei und perfekt sauber.

Das Beste sparen Gran und ich uns immer bis zuletzt auf. Wir sind im Wohnzimmer und putzen ihre Vitrine. Umgeben von Swarovski-Kristalltieren, Souvenirlöffeln und gerahmten Fotos sitzen wir auf dem Boden. Gran hält das Foto von meiner Mutter in den Händen. Eine tiefe Furche bildet sich auf ihrer Stirn, während sie über den Goldrahmen reibt, damit er wieder glänzt.

Ein eigenartiges Geräusch ertönt – ein elektrisches Knistern. Dann geht plötzlich das Licht aus.

Stille.

»Gran?«, rufe ich.

Ich kann nichts sehen. Es ist stockfinster im Wohnzimmer. Aber ich stelle fest, dass meine Ohren im Dunkeln noch besser funktionieren.

Was ich als Nächstes höre, ist ein klagender, unverwechselbarer Laut – der Ruf eines Mutterschafs nach einem Lamm, das es nie wiedersehen wird.

# Kapitel 16

Den restlichen Tag über arbeite ich Seite an Seite mit Lily in der Hoffnung, dass meine Gegenwart ihr vielleicht hilft, sich mir zu öffnen, aber ach, meine Bemühungen bleiben erfolglos. Sie spricht in dieser Zeit insgesamt zwei Sätze: »Gibst du mir bitte ein frisches Handtuch?« und »Darf ich eine Toilettenpause machen?«. Was Lily auch zu schaffen macht, ich werde mich hüten, sie zu bedrängen – *Geduld bringt Rosen.*

Die einzige gute Nachricht ist, dass wir zusammen, in fast ungebrochenem Schweigen, mehr als die uns zugeteilten Gästezimmer gereinigt und so makellos hinterlassen haben, als hätte das Leben sie niemals besudelt, als existierten Schmutz und Unflat aller Arten gar nicht. Wenn es bloß so wäre. Wir wissen beide, dass dem nicht so ist. Denn so gründlich wir diese Zimmer auch reinigen, wir kennen die Gäste nicht, die dort wohnen, und einer von ihnen könnte Mr Grimthorpes Mörder sein. Und wenn der Täter kein Gast war, wer war es dann?

Jetzt ist es exakt 17:00 Uhr, und unser Dienst ist vorbei. »Der Tag ist geschafft«, sage ich zu Lily. »Danke für deine gewissenhafte, wenn auch schweigsame Arbeit.«

Sie antwortet nicht, sieht mir nicht einmal in die Augen, sondern tritt bloß hinter ihren Wagen, schiebt ihn zum Aufzug und fährt hinunter in den Hauswirtschaftsbereich, wo sie ihre Zimmermädchenuniform ablegen und bis morgen zu einer Zivilistin werden wird.

Es ist beinahe Zeit, mich im Olive Garden mit Mr Preston zu treffen, und offen gesagt habe ich den ganzen Tag an ihn gedacht – an Mr Preston, der seit Jahren ein zuverlässiger Freund ist. Mr Preston, der regelmäßig sonntags zum Abendessen zu Juan und mir kommt. Mr Preston, der für mich seit Langem zur Familie gehört. Mr Preston, der ein gestohlenes Buch verpfändet hat. Mr Preston, der – im besten Fall – ein Dieb zu sein scheint oder – im schlimmsten Fall …

Ratten und Halunken, windige Gesellen und Wölfe in Schafspelzen. Wie kann es sein, dass Mr Preston in solchen Kreisen verkehrt? Und doch habe ich mit eigenen Augen gesehen, wie er diese Erstausgabe versetzt hat. Er ist mit dem Buch unter dem Arm direkt in das Pfandleihhaus gegangen.

Im Hauswirtschaftsbereich ziehe ich meine Uniform aus und meine Zivilkleidung an. Lily ist schon fort und die anderen Zimmermädchen ebenso. Ich bin wieder einmal ganz allein. Ich betrachte mein Gesicht im Spiegel. Die seelische Anspannung hat es geschmückt – mit zwei dunklen Ringen unter den Augen. Wenn Juan Manuel da wäre, würde er mir etwas Liebes auf einen Zettel schreiben, wie beim letzten Mal, als ich bis zur Erschöpfung gearbeitet hatte.

»Was ist das?«, fragte ich, als er mir den Zettel reichte.

»Ein Rezept«, erwiderte er.

»Ruhe & Erholung für Molly Gray«, las ich. »Zu verabreichen von J. M. in Form eines Schaumbads, einer Fußmassage sowie Spaghetti mit Hackbällchen zum Abendessen – Reinigungsarbeiten sind Ms Molly nicht gestattet.« Hinter meinem Namen stand ein Herzchen.

Ich vermisse ihn so. Wenn er hier wäre, wüsste er einfach, was zu tun ist. An wen kann ich mich wenden in seiner Abwesenheit?

In diesem Augenblick erscheint Angela an der Tür zum Umkleideraum und lässt mich zusammenfahren.

»Du hast mich halb zu Tode erschreckt!«, sage ich. »Was machst du hier unten? Du solltest oben im Social sein.«

»Ja, schon klar«, sagt Angela. »Aber ich mache ein bisschen Detektivarbeit. Ich habe mit dem Küchenpersonal gesprochen, um zu erfahren, ob die Polizei alle Flüssigkeiten in der Speisekammer auf Gifte getestet hat.«

Da fängt sie schon wieder an, denke ich bei mir. »Angela, warum mischst du dich da ein? Halte dich einfach raus«, sage ich.

»Ich soll mir meine große Chance, ein Verbrechen aufzuklären, entgehen lassen? Kommt nicht infrage. Jedenfalls, nur damit du Bescheid weißt, die Polizei hat in der Küche alles getestet. Man hat nichts gefunden. Aber ich habe trotzdem meine eigenen Tests gemacht.«

»Du hast was getan?«

»Ich habe ein Schlückchen von jeder Flüssigkeit in der Küche probiert, um zu sehen, ob mich etwas krank macht.«

»Und was hast du festgestellt?«

»Dass Orangensaft und Essig, gefolgt von Sojasoße und Honig eine üble Magenverstimmung auslösen. Die gute Nachricht? Ich bin noch nicht tot umgefallen.«

»Ich fasse es nicht, dass du das getan hast, Angela. Du gehst zu weit.«

»Falsch«, erwidert sie. Sie geht hinaus auf den verlassenen Flur und sieht in beide Richtungen, dann kommt sie auf Zehenspitzen zurück in den Umkleideraum. »Schau, Molly. Allmählich wird es wirklich seltsam hier im Hotel. Die Undercoveragenten sind einem Verdächtigen auf der Spur. Das habe ich sie sagen hören. Es gibt ein paar Sachen, die du wissen musst.«

»Es gibt ein paar Sachen, die *du* wissen musst, Angela«, entgegne ich. »Und die erste ist, dass ich keine Ermittlerin bin und auch nicht für eine gehalten werden möchte. Ich habe Detective Stark gesagt, dass ich einen schrecklichen Fehler gemacht und mich für eine Gesetzeshüterin ausgegeben habe. Ich habe mich wegen Betrugs gestellt. Allerdings habe ich ihr nicht gesagt, wessen furchtbare Idee das ursprünglich war.«

Angela starrt mich ungläubig an, eine Hand in die Hüfte gestemmt. »Das ist ernsthaft das Dümmste, was ich je gehört habe«, sagt sie.

»Du klingst schon wie Detective Stark«, erwidere ich, während ich meinen Spind öffne und meine Handtasche heraushole. »Ich habe mehrmals versucht, den LAMM-Frauen begreiflich zu machen, dass ich nur ein einfaches Zimmermädchen bin, aber sie haben einfach nicht zugehört. Wegen deiner Lügengeschichte kommen sie ständig mit Hinweisen zu mir.«

»Gut. Das wird sich noch als nützlich erweisen.«

Ich merke, wie ich immer entnervter und ärgerlicher werde. Ich mag Angela wirklich, aber manchmal ist sie die sturste Person, die ich kenne. Ich knalle die Spindtür zu und gehe zur Tür.

»Warte, Molly! Wir müssen uns unterhalten. Gehst du nach Hause?«

»Nein. Ich treffe mich mit Mr Preston.« Ich drehe mich noch einmal zu ihr um. »Angela, ich verrate dir das im Vertrauen, und ich will nicht, dass du es irgendjemandem sagst, bevor ich mit ihm gesprochen habe, aber gestern habe ich Mr Preston dabei ertappt, dass er die seltene Erstausgabe verkauft hat, die aus dem Karton in der Lobby verschwunden war. Er hat sie bei dem Pfandleiher ein paar Straßen weiter versetzt. Ich habe es mit eigenen Augen gesehen.«

»Molly, wen interessiert das?«, fragt Angela. »Es war doch nur ein Buch.«

»Aber was ist, wenn das alles zusammenhängt? Was ist, wenn Grimthorpe ermordet wurde, um den Wert seiner Erstausgaben zu steigern?«

Angela zögert. Sie spielt mit dem Band ihrer Schürze, während sie darüber nachdenkt. »Nein. Ausgeschlossen.

Mr Preston würde keiner Fliege was zuleide tun. Du solltest keine voreiligen Schlüsse ziehen.«

»Jetzt klingst du wie Gran. Hör mal, ich muss los. Auf Wiedersehen, Angela.«

Ich drehe mich um und gehe ohne ein weiteres Wort die Treppe hinauf in die Lobby. Zittrig und verunsichert eile ich durch die Drehtür und die Treppe hinunter und mache mich auf den Weg zum nicht einmal einen Block entfernten Olive Garden.

Dort begrüßt mich lächelnd ein vertrauter Kellner und führt mich zu einer Sitznische, legt zwei Speisekarten auf den Tisch und geht.

Genau da entdecke ich Mr Preston am Eingang und winke. Ich ziehe mein Telefon aus der Handtasche – 17:14 Uhr. Zumindest wegen Unpünktlichkeit muss ich ihn nicht tadeln.

»Molly«, sagt er und rutscht auf die gepolsterte Sitzbank mir gegenüber. Er ist relativ förmlich gekleidet mit einem dunkelblauen Pullover über einem gestärkten weißen Hemd und einer Krawatte, die er sonst kaum trägt, nicht einmal zu unseren Sonntagsessen.

»Wie wundervoll, Sie wieder einmal außerhalb der Arbeit zu sehen«, sagt er, als er sitzt. »Ich möchte schon seit einer Weile privat mit Ihnen sprechen.« Er lächelt, und Krähenfüße schmiegen sich in seine Augenwinkel.

Selbst dem kann ich nicht trauen – seinem vertrauten Gesicht, das die reine Güte ausstrahlt, wie ich einmal glaubte. »Mr Preston, ich habe Sie heute hierhergebeten, weil Sie ein Lügner sind.«

Sofort werden seine Augen ganz groß. »Wie bitte?«

»Ein Lügner. Ein Heuchler. Ein Dieb. Sie haben mir immer gesagt, dass der Schein trügen kann, dass nicht alle Frösche sich in Prinzen verwandeln. Mr Preston, schweren Herzens muss ich Ihnen sagen, dass ich Sie als das erkannt habe, was Sie sind – samt Warzen und allem Drum und Dran.«

»Mein liebes Mädchen, ich weiß nicht, wovon Sie reden. Da muss ein Irrtum vorliegen.«

»Nein. Gestern habe ich Sie auf dem Rückweg von der Polizeiwache draußen vor dem Pfandleiher gesehen, mit einem besonderen Buch in Ihren diebischen Händen. Sie haben es verkauft, die Erstausgabe von *Das Dienstmädchen im Herrenhaus.*«

Mr Preston zuckt die Achseln. »Das streite ich gar nicht ab. Der Preis ist beträchtlich gestiegen, und ich kann zwar verstehen, dass man der Meinung sein kann, ich würde aus dem Tod des Autors Profit schlagen, aber die Wahrheit ist, Molly, ich habe ein bisschen zusätzliches Geld dringend nötig. Ich werde alt. Das ist einer der Punkte, über die ich mit Ihnen sprechen wollte, aber ich hatte Sorge, dass es Sie zu sehr mitnimmt. Koffer zu tragen ist eine Arbeit für einen jungen Mann, und ich weiß nicht, wie lange ich das noch machen kann. Ich denke darüber nach, in den Ruhestand zu gehen. Und dafür brauche ich ein finanzielles Polster, einen kleinen Notgroschen.«

»Diebstahl ist keine Art, ein Fabergé anzulegen!« Ich spreche mit Donnerstimme, aber das merke ich erst, als sich die Köpfe diverser Gäste zu mir umdrehen.

»Diebstahl?«, flüstert Mr Preston und beugt sich über den Tisch. »Ich habe in meinem ganzen Leben nichts gestohlen, schon gar kein Fabergé-Ei.«

Ich mustere ihn und suche nach Anzeichen der Verschlagenheit, die so oft eine Lüge verrät, finde aber keine.

Also versuche ich es mit einer neuen Taktik. »Es war einmal ein Karton«, sage ich. »In dem war eine seltene Erstausgabe von *Das Dienstmädchen im Herrenhaus,* die Ms Serena Sharpe gehört. Im einen Moment stand er noch auf dem Rezeptionstresen. Dann ging der Feueralarm los, und *zack,* der Karton war weg. Als ich das Buch das nächste Mal sah, befand es sich in Ihren Händen.«

»Ach, Molly«, sagt Mr Preston, stützt die Ellbogen auf den Tisch und vergräbt das Gesicht in den Händen.

»Ellbogen gehören nicht auf den Tisch, nicht jetzt und auch sonst nicht«, rufe ich ihm in Erinnerung.

Mr Preston seufzt, nimmt die anstößigen Glieder aber vom Tisch.

Der Kellner kommt zu uns. »Hallo zusammen. Sind Sie beide bereit zu bestellen?«, fragt er.

»Chardonnay, zwei Glas«, sagt Mr Preston.

»Ich werde *keinen* Wein trinken«, sage ich. »Für mich Wasser. Das ist hier wohl kaum eine Feier.«

Der Kellner blickt von mir zu Mr Preston und wartet auf weitere Erklärungen. Als er die nicht erhält, entfernt er sich unauffällig.

»Molly«, sagt Mr Preston. »Ich habe ein Geständnis zu machen.«

Hier ist er, der Augenblick, in dem alle meine Ängste sich zu hässlicher Realität erhärten und mein ganzes Vertrauen zu einem Mann, der für mich zur Familie gehört hat, von einem auf den anderen Moment zerstört wird. Aber ich werde ihm zuvorkommen. »Also geben Sie es zu: Sie haben Mr Grimthorpe vergiftet.«

»Was?! Ich habe nichts dergleichen getan! Wie kommen Sie denn auf diese Idee?«

Ich sehe ihn genau an, mustere sein Gesicht. Er ist den Tränen nahe.

»Molly, das Einzige, was man mir vorwerfen kann, ist eine harmlose kleine Lüge.« Er nimmt eine Serviette aus dem Ständer und tupft sich damit die Stirn ab, ehe er weiterspricht. »Als Sie mich vor ein paar Tagen nach Mr Grimthorpe gefragt haben, habe ich angedeutet, dass ich ihn nicht kenne, aber ich kenne ihn sehr wohl. Oder vielmehr, ich kannte ihn vor langer Zeit.« Er hält inne und sieht mich an, als wartete er darauf, dass ich irgendwelche Schlüsse ziehe.

»Fahren Sie fort«, sage ich.

»Diese Erstausgabe, die ich versetzt habe, hat Grimthorpe mir selbst geschenkt, vor Jahren, als ich bei ihm angestellt war, und Sie … nun, Sie waren noch ein ganz kleines Würmchen.«

Nichts davon ist plausibel. Auf mich wirkt es wie ein geschicktes Manöver, das mich von der furchtbaren Wahrheit ablenken soll. »Die Grimthorpes hatten niemals einen Portier«, sage ich und verschränke die Arme. »Das weiß ich genau.«

»Korrekt«, bestätigt Mr Preston. »Aber sie hatten einen Pförtner.«

In meinem Kopf dreht sich alles. Die Sitzbank unter mir kippt zur Seite und schwankt. Erinnerungen und Gefühle kollidieren miteinander, als würde ein Tornado durch mich hindurchfegen.

»Molly? Ich bin kein Mörder. Ich bin nicht einmal ein Dieb. Dass Sie für möglich halten, ich könnte so tief sinken … nun … das bricht mir das Herz.« Mr Preston greift über den Tisch hinweg nach meiner Hand. »Das Einzige, dessen ich schuldig bin, ist, Ihnen nicht früher gestanden zu haben, dass ich Mr Grimthorpe kannte. Und am Tag nach seinem Tod kam ich auf dem Heimweg von der Arbeit beim Pfandleiher vorbei und sah eine Erstausgabe im Schaufenster, für die ein astronomisch hoher Preis verlangt wurde. Das hat mich auf die Idee gebracht, meine eigene Ausgabe zu verkaufen. Außerdem habe ich Mr Grimthorpe immer verachtet, warum also sein Buch behalten? Ihre Großmutter hat immer Geduld gepredigt, aber bei der Arbeit in diesem kaltherzigen Haushalt hat sie sich zu viel gefallen lassen, besonders wenn Mr Grimthorpe betrunken war. Sie glaubte, wenn er nur nüchtern bleiben könnte, würde alles anders werden, aber sie hat sich geirrt. Mrs Grimthorpe hat fast niemanden in die Nähe ihres Mannes gelassen, nur Ihre Gran und seine persönliche Sekretärin. Sie sagte, diese beiden seien die einzigen Frauen außer ihr selbst, die stark genug seien, um mit seinen Launen fertigzuwerden. Ihre Großmutter hat lange zu den Grimthorpes gehalten. Aber selbst sie hat am Ende die Wahrheit erkannt. Grimthorpe war ein gemeiner und abscheulicher Mann, der ihre Loyalität nicht verdiente. Und auch Mrs Grimthorpe hat Ihre Großmutter im Stich gelassen. Sie haben sie beide auf unterschiedliche Weise verraten.«

»Das alles hat Gran mir nie erzählt«, sage ich.

»Nein. Natürlich nicht. Sie hat sich geschämt, sie fühlte sich gedemütigt. Sie wollte das alles hinter sich lassen, einen Neuanfang machen.«

»Warum erzählen Sie mir das alles?«

»Weil es mit dem zu tun hat, was ich Ihnen schon seit einer geraumen Weile zu sagen versuche.«

»Dass Sie mich kannten. Früher. Als ich ein Kind im Herrenhaus der Grimthorpes war. Das habe ich verstanden.«

»Das ist nur ein Teil. Ich erinnere mich an Sie, das tapfere kleine Mädchen, das die Hand seiner Großmutter hielt, wenn es über den Rosenweg zum Haus ging. Dasselbe kleine Mädchen ging diesen Weg eines Tages allein in die entgegengesetzte Richtung und stellte sich vor die Kameras am Tor, um dem Pförtner ein Geschenk zu machen. Erinnern Sie sich?«

Natürlich erinnere ich mich. Wie könnte ich die Freundlichkeit dieses Unbekannten jemals vergessen? Aber ich wusste nicht, mit wem ich da sprach. Damals hatte ich keine Ahnung.

In meinem Magen rumort und krampft es. »Mr Preston«, sage ich. »Ich habe einen schrecklichen Fehler gemacht.« Scham brennt in meiner Kehle, und ich suche einen Augenblick nach den richtigen Worten. »Ich habe mit dem Finger auf Sie gezeigt und vergessen, dass dabei drei Finger auf mich zeigen. Ich weiß nicht, wer das Buch vom Rezeptionstresen gestohlen hat, aber ich sehe jetzt, dass Sie es nicht waren. Und ich sehe noch viel mehr. Es tut mir schrecklich leid. Werden Sie mir je verzeihen?«

»Ihnen verzeihen? Molly, das versteht sich von selbst. Jetzt und immer.«

Ich atme auf. »Da war noch etwas, was Sie mir sagen wollten.«

Mr Preston tätschelt meine Hand. »Ich habe Ihnen gerade eine Menge erzählt. Vielleicht ist es besser, wenn wir uns den Rest für ein andermal aufsparen.«

»Sie werden es nicht vergessen?«

Er blickt mich mit seinen warmherzigen, feuchten Augen an. »Ich könnte es niemals vergessen, Molly. Niemals.«

# Kapitel 17

## FRÜHER

Ich bin ein kleines Mädchen, das im Dunkeln sitzt und Angst hat, während seine Großmutter, die es nicht sehen kann, auf dem Wohnzimmerboden schluchzt. Es waren nicht Grans Tränen, die mir Angst machten. Und es war auch nicht die Dunkelheit. Ich hatte Angst vor mir selbst, vor meinem grenzenlosen Unvermögen, etwas rechtzeitig zu verstehen.

Das Schluchzen hört auf. Ich kann Gran nicht sehen, aber ich höre sie umherschlurfen. Dann Schritte, das vertraute Quietschen des Waschtischunterschranks im Bad, Geräusche, als würde sie darin herumsuchen.

»Gran?«, rufe ich.

»Ich bin gleich bei dir«, antwortet sie. »Bleib, wo du bist.«

Wieder Schlurfen und Schritte. Ein Reißen, dann Zischen.

»Es werde Licht«, sagt Gran und stellt eine brennende Kerze auf einen Beistelltisch. Daraufhin zündet sie die anderen Kerzen an, die zu ihren Füßen stehen, und verteilt sie im Raum. Die Wirkung ist wundersam, das gesamte Zimmer ist in ein bezauberndes Licht getaucht.

»Wo ein Wille ist, ist auch ein Weg. Ich hatte meinen Willen für einen Moment verloren, Molly, aber jetzt ist er wieder da. Tee?«

»Wir haben keinen Strom. Der Wasserkessel funktioniert nicht.«

»Wir haben immer noch Eis im Gefrierfach, jedenfalls für ein Weilchen. Ich kann uns die kalte Variante machen.«

Sie nimmt eine Kerze und geht in die Küche. Während sie dort herumhantiert, sitze ich reglos auf dem Boden und höre sie summen, als wäre alles in Ordnung mit der Welt. Ein paar Minuten später kommt sie mit der Kerze, zwei hohen Gläsern, einem Krug und einem Tablett mit einigen Keksen zurück.

»Tee für zwei?« Sie stellt das Tablett auf den Wohnzimmertisch, setzt sich aufs Sofa und klopft neben sich aufs Polster.

Ich nehme neben ihr Platz.

Den Rest des Abends trinken wir Eistee und essen Gebäck. Wir können nicht David Attenborough oder *Columbo* anschauen, deshalb unterhält Gran mich mit Geschichten über Feen und Prinzessinnen, Lords und Ladys, Dienstmädchen und andere Bedienstete, die unten arbeiten. Irgendwann merke ich, wie mir die Augen zufallen. Eine Hand schließt sich um meine und führt mich zum Bett.

Meine Gran. So war sie immer. Sie fand immer eine Möglichkeit, Hoffnung zu entfachen. Und was ist Hoffnung, wenn nicht der Entschluss, Licht ins Dunkel zu bringen?

Am nächsten Morgen scheint die Sonne, und Kerzen werden keine gebraucht, obwohl der Strom noch immer abgestellt ist und es in unserer Wohnung kein heißes Wasser gibt. Ich wasche mich mit kaltem Wasser, Katzenwäsche nennt Gran das, auch wenn es gar keine Katzen in unserer Wohnung gibt.

Auf dem Weg zu den Grimthorpes frage ich Gran aus. »Was sollen wir wegen der Miete machen? Was ist, wenn

Mr Rosso den Strom nie wieder anstellt? Was ist, wenn wir für den Rest unserer Tage im Dunkeln leben müssen?«

»Keine Sorge, Molly. Deine Gran hat einen Plan.«

Als wir ankommen, bleiben wir wie immer am Tor stehen.

Gran klingelt, aber anstatt Hallo zu sagen und um Einlass zu bitten, sagt sie: »Ich komme zum Wachturm.« Das ist höchst ungewöhnlich. Sie ist noch nie zum Turm gegangen, dieser uneinnehmbaren Festung, die nur einen Steinwurf vom Tor entfernt über das Anwesen wacht.

Ein Summen ertönt, und das Tor öffnet sich.

»Du wartest einen Augenblick hier«, sagt Gran zu mir.

Ich nicke. Ich bin verwirrt, aber Gran wird schon wissen, was sie tut. Sie geht am schmiedeeisernen Zaun entlang zum Wachturm und betritt ihn durch eine Tür an der Rückseite, von der ich gar nichts wusste. Wozu? Warum geht sie hinein? Was macht sie da?

Unterdessen vertreibe ich mir die Zeit damit, die Spitzen auf dem Zaun zu zählen. Gerade als mir schwindelig wird und Wellen durch den Boden unter meinen Füßen zu laufen scheinen, tritt Gran aus dem Turm und kommt zu mir zurück.

Als sie bei mir ist, bleibt sie stehen. »Ich habe einen Schuldschein erhalten«, sagt sie mit ihrer Singsangstimme. »Nachher bekomme ich das Geld für die Miete. Was bedeutet, es wird wieder Strom geben. Es werde Licht.« Sanft legt sie mir die Hand auf den Rücken und führt mich auf dem Rosenweg zum Haus.

Unterwegs denke ich über die Neuigkeit nach, aber ich werde nicht recht schlau daraus. »Und wer hat dir das Geld für die Miete gegeben, Gran?«

»Der Pförtner.«

Der Unsichtbare, der geheimnisvolle Mann im Turm? »Warum leiht der Pförtner uns Geld?«

»Weil es immer noch ein paar gute Seelen auf dieser Welt

gibt, Molly. Eine davon ist dort im Turm. Er wacht die ganze Zeit über uns.«

Ich drehe mich um und betrachte die dreigeschossige Säule aus kaltem, grauem Stein mit den getönten Fenstern, durch die man hinaus-, aber nicht hineinsehen kann. In diesem Augenblick weiß ich, was ich zu tun habe.

Den Vormittag verbringe ich mit Silberpolieren in der Silberkammer. Um halb zwölf kommt Mrs Grimthorpe herein, um meine Arbeit zu prüfen.

»Das genügt«, sagt sie. »Du darfst nach oben gehen und still lesen.«

Also gehe ich hinauf in die Bibliothek, wo ich *Große Erwartungen* aus dem Regal ziehe und mich damit auf der Chaiselongue einrichte. Kaum sitze ich, höre ich ein Klicken, und durch den Spalt in der Wand fällt Licht auf den Boden. Dann das Schlurfen von Pantoffeln, das *Oxford Dictionary* bewegt sich, und gleich darauf öffnet sich die Bücherwand. Mr Grimthorpe steht an der Tür und grinst von einem Ohr zum anderen.

»Pip«, sagt er. »Wo bist du gewesen? Ich habe dich seit Tagen nicht hier oben gesehen. Ich hatte gehofft, dass du wieder auftauchst. Du bist wirklich die kindliche Prophetin, die junge Wahrsagerin, die, die alles weiß.«

»Ich weiß nichts«, erwidere ich. »Mit jedem Tag, der vergeht, weiß ich weniger als vorher.«

»Aber du hast mir die Antwort gegeben. Ich habe eine Ewigkeit damit gerungen, und du hast mir die Lösung geboten – die Laugenlösung. Das Ende ist nahe, Pip. Ich habe meinen neuesten Roman fast abgeschlossen.«

Ich betrachte den gebrechlichen Mann vor mir. Er strahlt wie das Fabergé-Ei auf dem Kaminsims unten.

»Wirklich?«, frage ich. »Sie haben das Buch fertig geschrieben?«

»Beinahe«, erwidert er. »Die Lauge und das Dienstmädchen. Beides war deine Idee. Du bist darauf gekommen – wie eine Leiche im einen Moment da und gleich darauf fort sein kann. Aufgelöst. Zersetzt. Verschwunden. Unsichtbarkeit und Abwesenheit und die Auswirkungen. Ich werde noch einige Tage benötigen, um die letzten Zeilen niederzuschreiben, aber ich bin fast so weit. Und ich glaube, ich habe es geschafft. Ich habe mir einen neuen Platz auf dem literarischen Regal verdient – *in perpetuum.*«

Er läuft eine Weile auf und ab, dann nimmt er ein schwarzes Moleskin-Büchlein und seinen Füllfederhalter und schreibt mit großen, geschwungenen Buchstaben etwas hinein. Sein kantiger Körper ist heute anders, verwandelt. Seine asymmetrische Knorrigkeit, seine spitzen Winkel – alles an ihm ist heute verstärkt, geschmeidig und zielgerichtet. Er ist wie ein Panther auf der Jagd.

*Rattattattatta.*

Da ist es wieder. Das Klappern der Schreibmaschine, laut und deutlich. Die Dame in Blau ist wohl in ihrem Büro, und wo das auch sein mag, jetzt ist sie bei der Arbeit und tippt für den großen Schriftsteller das Ende seines neuen Werks ab.

Da Mr Grimthorpe heute so in Hochstimmung ist, beschließe ich, es zu wagen. »Mr Grimthorpe«, sage ich. »Wo ist das Büro Ihrer Sekretärin? Ich sehe sie jeden Tag durch den Seiteneingang ins Haus gehen und höre sie ständig schreiben, aber ich habe noch nie gesehen, wo sie arbeitet.«

»Du schaust also nicht allzu genau hin«, sagt Mr Grimthorpe. Er schlägt sein Notizbuch zu und schenkt mir ein schiefes Grinsen.

»Sie läuft nie durchs Haus«, sage ich. »Manchmal frage ich mich, ob es sie wirklich gibt.«

Mr Grimthorpe gluckst laut. »Oh, es gibt sie. Es gibt sie eindeutig.«

Ich habe keine Ahnung, was daran so lustig ist, aber ich bin dankbar, dass seine gute Laune anhält. Er kommt zu mir an die Tür. »Heute kann mir nichts etwas anhaben, Pip. Ich könnte über Wasser laufen. Ich fühle mich wie damals, bevor ich aufhörte zu trinken, wie damals, als mein erstes Buch auf der Bestsellerliste stand und ich überglücklich war. Heute bin ich zu allem fähig.«

In diesem Augenblick höre ich Gran aus dem Erdgeschoss rufen: »Zehn Minuten bis zum Tee!«

Mr Grimthorpe hört sie auch. »Früher ist sie jeden Tag hier heraufgekommen und hat bei mir gesessen. Wusstest du das? Sie hat mir zugehört, wenn mir nach Reden zumute war. Und in der schlimmsten Phase – dem Zittern und den Schweißausbrüchen – hat sie mich mit Geschichten unterhalten. Sie hat mich während der finstersten Tage abgelenkt. Jetzt kommt sie kaum noch hier herauf.« Mr Grimthorpe leckt sich die Lippen, seine Zunge zuckt über das Elfenbein seiner Zähne, bevor sie wieder im Mund verschwindet.

»Wenn Sie Gran brauchen, warum gehen Sie dann nicht einfach nach unten?«, frage ich.

Er nickt und setzt sein unwiderstehliches Lächeln auf. »Gute Idee, Pip. Vielleicht mache ich das.«

»Ich muss jetzt gehen«, sage ich.

»Ah ja, polieren und wienern. Alles in einen Zustand der Perfektion zurückversetzen, das vergebliche Bemühen meiner Frau, die Illusion einer perfekten Ehe und eines perfekten Ehemanns aufrechtzuerhalten, zweier Dinge, die sie niemals hatte. Ich werde dir ein Geheimnis verraten, Pip: Die Blüte ist nie von Dauer. Nichts Goldenes hat Bestand.«

»Ich muss jetzt gehen«, sage ich. »Da ist etwas, was ich tun muss. Auf Wiedersehen, Mr Grimthorpe.« Ich rücke das *Oxford Dictionary* zurecht, die Bücherwand schließt sich, und Mr Grimthorpe ist dahinter verschwunden.

Viel Zeit habe ich nicht. Gran wird bestimmt gleich wieder nach mir rufen. Ich gehe hinaus auf den Flur und auf Zehenspitzen die große Treppe hinunter. Ich hole meine Schuhe aus dem Vorraum und ziehe sie an, dann öffne ich die Haustür, schleiche mich hinaus und schließe sie geräuschlos wieder.

Ich hüpfe den Rosenweg entlang, wo die Blüten ihre beste Zeit mittlerweile hinter sich haben. Die schweren Köpfe hängen herab und lassen ihre Blütenblätter auf das Kopfsteinpflaster fallen. Ich suche nach einem Exemplar, das noch nicht welk und verblüht ist. Es dauert eine Weile, aber schließlich entdecke ich tief im Inneren eines der Sträucher versteckt eine dunkelpurpurrote Blüte, deren Blätter sich gerade zum Höhepunkt ihrer Pracht entfalten. Ich strecke den Arm in den dornigen Strauch und ignoriere die Kratzer, bis meine Finger den Stiel finden, der diese letzte prachtvolle Rose nährt. Ich zwacke ihn ab und ziehe die Blüte heraus. Mein Arm ist von oben bis unten voller nadelspitzendünner roter Kratzer, aber das macht nichts, denn was ich in der Hand halte, ist es wert – ein vergänglicher Schatz, das letzte Exemplar der diesjährigen Ausbeute.

Den Rest des Wegs trage ich meine Rose behutsam in beiden Händen. Als ich zum schmiedeeisernen Tor komme, klingele ich genau so, wie Gran es sonst macht, und halte den Mund vor die schmalen Sprechschlitze.

»Können Sie mich hören?«, frage ich. »Können Sie mich sehen? Ich bin Molly, Dienstmädchen in Ausbildung. Over.«

Ich warte auf eine Antwort. Nichts. Ich sehe zum Wachturm, dann drücke ich den Knopf noch einmal.

»Wer Sie auch sind, ich weiß, dass Sie Gran und mir geholfen haben. Sie haben uns Geld für unsere Miete geliehen. Ich finde das sehr großzügig. Ich wollte Ihnen nur ein Geschenk bringen. Und Ihnen selbst sagen: vielen Dank.«

Ein Klicken, ein leises Knistern.

»Sehr gern geschehen, mein liebes Mädchen«, höre ich.

Wieder blicke ich zum Wachturm. Die getönten Fenster geben nichts preis, aber das hält mich nicht davon ab, meine Rose in die Höhe zu halten, um sie dem Pförtner zu zeigen, bevor ich sie auf den Vorsprung an der Klingelanlage lege.

Ich verbeuge mich tief in seine Richtung und mache meinen schönsten Knicks. Dann laufe ich zurück über den Rosenweg zum Herrenhaus.

# Kapitel 18

Seit ich ein kleines Mädchen war, sagt man mir – direkt oder indirekt –, dass ich eine Versagerin bin. Nicht gut genug. Erfüllt die Anforderungen nicht. Erfasst nicht, was andere vergleichsweise mühelos verstehen. Molly, die Mutantin. Roomba, der Saugroboter. Vollpfosten.

Bis jetzt habe ich keines dieser Urteile so ganz geglaubt. Ich habe gewettert über die Annahme, meine Andersartigkeit mache mich minderwertig. Ich habe mich geweigert, sie zu akzeptieren. Aber während meine Füße jetzt über den Gehweg hämmern auf dem Weg zur Arbeit, wo ich Mr Preston zum ersten Mal wieder gegenübertreten muss, seit ich ihn fälschlich für einen Mörder hielt, glaube ich allmählich, all das, was da immer über mich gesagt wurde, könnte wahr sein. Vielleicht *bin* ich minderwertig. Jedenfalls bin ich eine Närrin, eine Eselin, wenn es je eine gab. Wie konnte ich Mr Preston für einen schlechten Menschen halten? Wie konnte mir eine so grobe Fehlleistung unterlaufen? Und wenn ich bescheuert genug dafür war, zu welchen anderen kolossalen Irrtümern bin ich noch fähig?

Heute Morgen rief Juan Manuel an, als ich gerade einen Bissen von meinem English Muffin zum vierzehnten Mal kaute. Ich schluckte hinunter, dann fragte ich ihn: »Bin ich ein guter Mensch? Bin ich eine gute Seele?«

Am anderen Ende der Leitung herrschte für einen Augenblick Schweigen. »*Mi amor*, wovon redest du? Du bist eine mehr als gute Seele. Molly, du bist mein Schatz, mein Fabergé.«

Ich trank meinen Tee aus, dann wechselte ich komplett

das Thema, fragte Juan nach seinem Urlaub und seiner Mutter und seinen Geschwistern, bis er fröhlich von allen erzählte und meine seltsame Frage ganz vergaß.

Jetzt bin ich am Haupteingang des Regency Grand mit seiner eleganten Fassade. Hotelangestellte wuseln umher und helfen den Gästen mit ihrem Gepäck. Mr Preston steht in seinem Portiersmantel und mit seiner Mütze am Portierspult, ein Bild der Würde und Anmut. Er sieht, wie ich am Fuß der Treppe stehen bleibe. Meine Beine wollen sich nicht bewegen. Ich verdiene den roten Teppich nicht. Ich habe ihn nie verdient.

Eilig kommt er zu mir herunter und nimmt meinen Arm. »Molly, ist alles in Ordnung mit Ihnen?«

»Nein. Mit mir war noch nie alles in Ordnung.«

»Aber, aber«, sagt er und führt mich die Treppe hinauf. »Einen Fuß vor den anderen. Nur so kommt man in diesem Leben irgendwohin.«

»Das hat Gran immer gesagt«, erzähle ich ihm und halte mich an seinem Arm fest.

»Ich weiß«, erwidert er.

Vor der Drehtür bleiben wir stehen. »Ich habe Sie einer furchtbaren Sache beschuldigt. Sie sollten mir nicht verzeihen, Mr Preston. Ich verdiene Ihre Liebenswürdigkeit nicht.«

»Wir machen alle Fehler. Es ist das, was wir hinterher machen, was zählt.«

»Das hat Gran auch immer gesagt.«

Er lächelt und drückt meinen Arm. Bis zu diesem Augenblick habe ich noch gar nicht richtig zur Kenntnis genommen, wie sehr er in kurzer Zeit gealtert, wie grau sein Haar geworden ist, das jetzt vollständig silbern ist, ohne jedes Schwarz darin. Selbst das habe ich bisher nicht richtig gesehen. Mr Preston wird irgendwann in nächster Zeit in den Ruhestand gehen, was bedeutet, ich werde ihn nicht mehr jeden Tag sehen. Allein bei diesem Gedanken wird mir das Herz schwer.

»Molly«, sagt Mr Preston, »ich habe gestern Abend mit Angela gesprochen. Sie möchte mit uns reden. Gleich jetzt.«

»Sie haben mit Angela gesprochen?«, wiederhole ich tumb und frage mich, was um alles in der Welt Mr Preston nach Feierabend mit ihr zu besprechen gehabt haben könnte.

»Unsere Unterhaltung gestern hat mich nachdenklich gemacht. Ich habe sie angerufen, weil ich wissen wollte, was sie über diesen Karton denkt, der da aus der Lobby verschwunden ist, und über die seltene Erstausgabe von Mr Grimthorpes Roman, die ich im Schaufenster des Pfandleihers gesehen hatte. In einem Punkt hatten Sie recht, Molly – es ist etwas faul an alledem. Gestern Abend konnte Angela auch nicht viel Licht in die Sache bringen, aber heute Morgen will sie unbedingt über irgendetwas reden. Sie möchte, dass wir zu ihr ins Restaurant kommen.«

»Na schön«, sage ich. »Mir bleiben noch ein paar Minuten bis zu meiner Schicht.«

Mr Preston sagt den Angestellten vom Parkdienst, dass er eine Pause macht, dann lässt er mich vor sich durch die Drehtür gehen und folgt dicht hinter mir.

Wir finden Angela im Social hinter dem Tresen. Das flammend rote Haar zerzaust, die Augen zusammengekniffen, blickt sie konzentriert auf den Bildschirm ihres Laptops, der auf der Theke vor ihr steht. Sie ist so in das vertieft, was sie betrachtet, dass sie uns nicht einmal ansieht. Schließlich nimmt sie uns doch zur Kenntnis und winkt uns zu sich. Mr Preston und ich setzen uns nebeneinander auf Barhocker.

»Wird es lange dauern?«, frage ich. »Ich sollte eigentlich an die Arbeit gehen.«

»Molly, du kommst immer eine halbe Stunde zu früh zur

Arbeit«, sagt Angela. »Und glaub mir, wenn du siehst, was ich dir gleich zeige, kriegst du Zustände. Sie auch, Mr Preston«, fügt sie hinzu. »Am besten, Sie machen es sich bequem.«

Mr Preston nimmt die Mütze ab und legt sie auf die Theke.

Mit einer schwungvollen Bewegung dreht Angela ihren Laptop zu uns um. Auf dem Bildschirm ist eine Website namens KultureVulture.com geöffnet. Das Logo ist ein ominöser Raubvogel mit einem alten Buch in den Krallen.

»Was ist das?«, fragt Mr Preston.

»Ein Onlineshop für Memorabilien«, erwidert Angela. »Die Leute versteigern da gebrauchte Bücher, Autogramme von Berühmtheiten, Sammlerstücke und alles, wovon sie sonst noch glauben, dass sie es verkaufen können. Einer hat sogar die schmutzige Unterwäsche eines Rockstars angeboten. Und das Schlimmste daran? Sie hat sich verkauft. Seht euch diese Seite an.« Angela klickt einen anderen Tab an. »Dieser Verkäufer nennt sich ›The Grim Reaper‹.«

Mr Preston liest die Eigenbeschreibung des Verkäufers, der sich »Der Sensenmann« nennt, laut vor: »Verkauf von Originalartikeln aus dem Besitz der Reichen, Toten und Berüchtigten. Hundertprozentig seriös. Anonyme Insiderquellen!«

»Jetzt seht euch das an«, sagt Angela und scrollt hinunter zu einigen als verkauft gekennzeichneten Artikeln.

Ich traue meinen Augen nicht und schnappe nach Luft.

»Alle diese Artikel haben mit Mr Grimthorpe zu tun?«, fragt Mr Preston, bevor ich auch nur einen Ton herausbringe.

»Die meisten«, erwidert Angela. »Ein Artikel nicht.« Sie scrollt zu einem Foto, auf dem diverse leere Scotchfläschchen aus einer Minibar zu sehen sind. Die Bildunterschrift lautet: »Das letzte flüssige Abendmahl von Mr Charles

Black – *dem* Mr Black – am Tag, an dem er unverhofft im Regency Grand Hotel starb!«

Mir dreht sich der Kopf. Mein Herz beginnt zu rasen.

»Und jetzt seht euch das an.« Angela deutet mit dem Mauszeiger auf zwei bereits verkaufte Artikel, einen Füllfederhalter und eine Karte mit einer Nachricht. »Dieser Doppel-Whopper könnte Ihnen gehören!«, lautet die Bildunterschrift. »J. D. Grimthorpes Füllfederhalter und ein skandalöser Liebesbrief, den er seiner persönlichen Sekretärin geschrieben hat!«

»Du liebe Güte«, sagt Mr Preston. »Klicken Sie darauf.«

Angela klickt die Abbildung an, um sie zu vergrößern.

Ich betrachte den schwarz-goldenen Füllfederhalter mit der eleganten Feder. »Das ist Mr Grimthorpes Füller«, sage ich. »Er war in dem verschwundenen Karton.«

»Sind das nur meine alten Augen, oder ist dieser Liebesbrief unleserlich?«, fragt Mr Preston.

»Der Verkäufer macht manche Abbildungen absichtlich unscharf«, erklärt Angela. »Nur der Käufer bekommt den ›Insider-Knüller‹ zu sehen.«

»Das ist Regency-Grand-Briefpapier«, sagt Mr Preston, der das vertraute Logo trotz der unscharfen Abbildung erkennt.

»Also, ich fress einen Besen. Sie haben recht«, sagt Angela.

»Aber die irren sich, was diese Nachricht betrifft«, werfe ich ein. »Diese Nachricht hat nicht Mr Grimthorpe geschrieben. Das war Mr Snow. Er hat es sogar zugegeben.«

»Passt«, sagt Angela. »Wie der Name dieser Website schon sagt: Die Verkäufer hier sind wirklich Geier. Die würden einem alles erzählen, um Kasse zu machen.«

»Und wie viel haben dieser Füller und die Nachricht gebracht?«

»Fünfhundert Dollar«, sagt Angela. »Plus Expressversand und Bearbeitungsgebühr.«

»Wer gibt denn so viel Geld für solchen Mist aus?«, fragt Mr Preston.

»Viele Leute«, sagt Angela. »Und nicht nur Sammler. Podcaster und Reporter auch. Seht euch das an.« Sie klickt auf ein Foto eines schwarzen Moleskin-Notizbuchs mit dem Monogramm JDG und dann auf eine Abbildung des aufgeschlagenen Notizbuchs, dessen Seiten mit unleserlichem Gekritzel gefüllt sind. »Da steht, es gehöre J. D. Grimthorpe, aber ich bezweifle, dass es echt ist.«

»Oh, das ist echt«, entgegne ich. »Es ist definitiv echt.« Ein weiteres Angebot fällt mir ins Auge. »Scroll mal nach oben, bitte.«

Angela klickt einen bereits verkauften Artikel an, für den wie folgt geworben wird: »J. D. Grimthorpes letzte Worte! Seien Sie der Erste, der die Rede liest, die er nicht mehr gehalten hat!«

Mir dämmert etwas, und mein Herz schlägt schneller. »Das sind die Stichwortkarten, die vom Pult verschwunden sind«, sage ich. »Die Abbildung ist unscharf gemacht, aber das sind die Karten!«

»Damit wäre das klar. Das war auf jeden Fall ein Insider«, sagt Mr Preston. »Entweder der Anbieter arbeitet hier, oder er steckt mit jemandem, der hier arbeitet, unter einer Decke.«

Angela nickt, ihr Mund bildet eine schmale Linie. »Kapierst du es langsam, Molly?«, fragt sie.

Unsere schlimmsten Befürchtungen haben sich gerade bewahrheitet. »Es gibt einen Dieb, der hier arbeitet«, sage ich. »Und derjenige könnte auch …« Ich breche ab. Ich will es nicht laut aussprechen.

»… ein eiskalter Mörder sein«, ergänzt Angela. »Da ist noch etwas. Und ich muss dich warnen, Molly. Was jetzt kommt, wird ein Schock für dich.«

Ich balle die Fäuste auf dem Tresen. Ich weiß nicht, wie

viel mehr ich noch ertragen kann. Der Barhocker, auf dem ich sitze, schwankt.

Angela scrollt zum letzten Angebot, dem einzigen Artikel, der mit Grimthorpe zu tun hat und noch nicht verkauft ist. Es ist ein Exemplar seines letzten Buchs, »eines der letzten, die er noch signiert hat!«, und es wird zum »Schnäppchenpreis von nur 100 Dollar!« angeboten.

»Jetzt halte dich fest«, sagt Angela. Sie klickt ein Foto des Titelblatts an, auf das J. D. Grimthorpe eine persönliche Widmung geschrieben hat:

*Liebste Lily,*
*im Gegenzug für Ihre Freundlichkeit,*
*mein Dank fürs Lesen.*

Darunter folgt seine Signatur, so, wie sie auch in dem Buch steht, das er für mich signiert hat, und in jeder anderen signierten Ausgabe, die ich je gesehen habe, die Buchstaben zittrig und wacklig, so vollkommen unberechenbar wie der Mann selbst – unverkennbar ein echtes Grimthorpe-Autogramm.

Angela blickt nicht mehr den Bildschirm, sondern mich an, und ihr Gesichtsausdruck ist einer, den ich aus meinem mentalen Katalog menschlichen Verhaltens erkenne. Mr Prestons Gesichtsausdruck ist eine Kopie von Angelas. Früher habe ich diesen Blick mit Qual verwechselt, aber mittlerweile kenne ich die Bezeichnung für diese tiefe, quälende Verlegenheit, die sich nicht auf einen selbst bezieht, sondern auf jemand anderen: Sie heißt Mitleid.

»Bitte«, sage ich. »Bitte sag, dass Lily nicht der Grim Reaper ist. Ich kann das nicht glauben. Das kann nicht sein!«

»Wir wollen keine voreiligen Schlüsse ziehen, Molly«, sagt Mr Preston. »Vielleicht gibt es eine rationale Erklärung dafür.«

»Er hat recht«, fügt Angela hinzu. »Unschuldig bis zum Beweis des Gegenteils und so weiter. Wir wissen nichts mit Sicherheit. Bis jetzt nicht.«

»Außerdem hat Lily während dieser komischen Sache mit Mr Black noch nicht hier gearbeitet«, sagt Mr Preston. »Sie kann unmöglich wissen, dass Scotch das Letzte war, was der Mann getrunken hat, bevor er starb.«

»Sie weiß es«, erwidere ich. »Weil ich es ihr gesagt habe. Als ich sie angelernt habe, haben wir stundenlang gemeinsam Zimmer gereinigt. Ich habe ihr von dem Tag erzählt, als Mr Black den gesamten Scotch aus seiner Minibar getrunken und einen Haufen leerer Flaschen hinterlassen hatte. Ich habe ihr gesagt, dass ich dachte, er hätte auf seinem Bett das Bewusstsein verloren, während er in Wirklichkeit tot war. Ich habe ihr erzählt, dass hinterher alle Finger auf mich zeigten. Man kann als Zimmermädchen nicht vorsichtig genug sein, habe ich gesagt. Es sollte ihr als abschreckendes Beispiel dienen.«

Angela und Mr Preston wechseln einen besorgten Blick, der mich auch nicht beruhigt.

Ich sage ihnen nicht, was ich gerade in Endlosschleife im Ohr habe, Lilys leises Flüstern, als sie wiederholt, was ich schon weiß: »Schuld ist immer das Zimmermädchen.«

# Kapitel 19

## FRÜHER

Na bitte. Ich habe es getan. Ich habe dem geheimnisvollen Mann im Wachturm ein kleines Geschenk dagelassen, um ihm dafür zu danken, dass er Gran und mir hilft. Es fühlt sich gut an, das getan zu haben, auch wenn irgendetwas in mir zu gerne wüsste, weshalb dieser Mann so großzügig ist. Vielleicht frage ich Gran morgen beim Frühstück und versuche herauszufinden, was sie sonst noch über ihn weiß.

Ich gehe zurück zum Haus, öffne die schwere Eingangstür, schlüpfe hindurch und schließe sie leise wieder. Es ist mir gelungen, mich so unauffällig davonzustehlen und zurückzukehren, dass Gran und Mrs Grimthorpe sicher nichts gemerkt haben.

Ich wische meine Schuhsohlen ab und stelle die Schuhe zurück in den Schrank im Vorraum. Im Salon höre ich Stimmen. Im ersten Moment denke ich, ich bilde mir das nur ein, weil eine der Stimmen nämlich die eines Mannes ist.

Auf Socken schleiche ich durch den Flur zum Salon, dessen gläserne Flügeltür offen steht. Drinnen steht Gran hinter dem Teewagen, den sie für mich vorbereitet hat. Auf der anderen Seite des Wagens steht Mr Grimthorpe. Es ist das erste Mal, dass ich ihn außerhalb seines Arbeitszimmers sehe, und das an sich ist schon ein Schock, und dann ist er auch noch hier unten im Empfangssalon und spricht leise mit Gran. Offenbar hat er meinen Rat angenommen und sie von sich aus aufgesucht. Aber irgendetwas ist da komisch. Ich beschließe, erst einmal nur zu beobachten, still und ungesehen.

Ich drücke mich im dämmrigen Flur an die Wand und betrachte Gran eingehend. Wie sie da hinter dem Teewagen steht, ist eigenartig, ganz steif, die Hände auf dem Griff, Gesicht und Knöchel weiß.

»Sie haben mich in meiner Not verlassen. Welche Frau tut so etwas Herzloses?« Mr Grimthorpe klingt ruhig und gemessen, aber da ist ein Unterton, bei dem sich mein Magen verkrampft.

»Ich habe nichts dergleichen getan, Mr Grimthorpe«, antwortet Gran. »Meine Aufgabe war es, Ihnen durch die schlimmste Zeit Ihrer Entwöhnung hindurchzuhelfen. Aber als Sie … als Sie …«

»Als ich *was?*«, fragt Mr Grimthorpe, und das letzte Wort ist lauter als die davor.

»Ich habe heute sehr viel zu tun, Sir. Ich habe viel Arbeit für Mrs Grimthorpe zu erledigen. Ich muss wirklich gehen.«

»Weil Sie meiner Frau dienen, nicht mir? Ist es das? Hat meine Frau Ihnen befohlen, sich von mir fernzuhalten? Haben Sie sich bei ihr über mich beschwert?«

»Sir, Ihre Frau und ich kamen überein, dass es nach Ihrer Genesung meine Aufgabe ist, das Haus zu reinigen. Und zu kochen. Mehr nicht.«

»Ihre Aufgabe ist es, zu tun, was man Ihnen sagt. Dafür bezahle ich Sie«, sagt Mr Grimthorpe und geht einen Schritt auf den Teewagen zu.

»Es ging Ihnen besser«, sagt Gran. »Sie hatten das Schlimmste hinter sich. Deshalb bin ich nicht mehr nach oben gegangen. Und nur um das klarzustellen, ich werfe Ihnen nicht vor, was … was Sie vorher getan haben. Sie waren krank. Ihre Dämonen hatten Sie im Griff. Belassen wir es einfach dabei.«

»Ich bin ein neuer Mensch, Flora«, sagt Mr Grimthorpe und verzieht den Mund zu einem schiefen Lächeln.

Gran lässt den Griff des Teewagens los, den ihre Hände wie ein Schraubstock umklammert haben. »Ich freue mich aufrichtig, dass Sie abstinent sind.«

»Abstinent. Also nüchtern, vernünftig, rein«, sagt Mr Grimthorpe. »Erinnert Sie das an jemanden?«

Gran hebt die Schultern.

Unversehens schlüpft Mr Grimthorpe um den Wagen herum und packt Gran. Es passiert so schnell, dass ich nicht recht begreife, was ich da sehe. Es ist, als hätte er sich von einem Augenblick zum anderen von einem Menschen in einen Wolf verwandelt. Mit den Händen befummelt er Grans Taille. Seine Zähne blitzen weiß auf, dann klebt sein Mund an ihrem Hals. Was tut er da? Will er sie essen? Gran fuchtelt mit den Händen und versucht, ihn wegzuschieben.

Ich komme aus meinem Versteck und stürze in den Salon. »Gran!«, schreie ich.

Mr Grimthorpe erstarrt. Dann lässt er sie sofort los. Sein Haar ist zerzaust. Einer seiner mit Monogramm versehenen Pantoffeln ist ihm vom Fuß gerutscht und zeigt jetzt auf mich wie ein todbringender Pfeil.

»Pip«, sagt Mr Grimthorpe. »Ich habe deine Gran nur … zum Tee eingeladen.« Unauffällig schlüpft er mit dem Fuß zurück in den abtrünnigen Pantoffel.

Gran hat die Lippen zusammengepresst. Sie sieht mich an, und Tränen sammeln sich in ihren Augen. Sie möchte etwas sagen, das merke ich, aber die Worte bleiben ihr im Hals stecken.

»Tee ist ein wundervolles Getränk, findest du nicht auch?«, bemerkt Mr Grimthorpe. »Er hat mir durch die schlimmste Finsternis geholfen. Mit Honig gesüßter Tee. So ist es doch, Flora? Einen verbitterten Mann gelüstet es immer nach Süße. Möchtest du eine Tasse mit uns trinken, Pip?«

Seine Augen sind stahlblau, so wie immer, nicht blutunterlaufen. Er ist groß, schlank und gut gekleidet, nicht buckelig und behaart. Er ist sauber und sieht respektabel aus, kein Wolf im Schafspelz. In den Ecken seines Arbeitszimmers stapeln sich keine Knochen, und er lebt auch nicht auf einer Brücke und terrorisiert alle, die hinüberwollen.

Aber jetzt erkenne ich es. Ich erkenne es so klar wie noch nie – dass ein Mann ein Mann und zugleich ein Ungeheuer sein kann.

# Kapitel 20

Molly? Molly?«

Das ist Mr Preston, der auf dem Barhocker neben mir sitzt und mich mit beiden Händen festhält, damit ich nicht hinunterfalle.

Angela beobachtet uns mit besorgter Miene. Sie klappt ihren Laptop zu.

»Es geht mir gut«, sage ich.

»Nein, es geht dir nicht gut«, widerspricht Angela. »Du bist gerade eben ohnmächtig geworden, Molly. Wenn Mr Preston dich nicht aufgefangen hätte, wärst du vom Barhocker gefallen und voll auf den Boden geknallt.«

Mir ist schwindelig, und ich fühle mich benommen. Am Rand meines Blickfelds blinken winzige Lichtpünktchen.

»Aber, aber«, sagt Mr Preston. »Tiefe Atemzüge, Molly.«

Ich gehorche.

»Sie weilt wieder unter den Lebenden«, teilt Mr Preston Angela mit und lässt mich los. »Kein Grund zur Panik.«

»Seht doch, was für einen Schlamassel ich angerichtet habe«, sage ich. »Ich habe Schmutz in dieses Hotel gebracht. Ich habe eine Ratte eingestellt, eine Ratte namens Lily.«

Mr Preston dreht sich wieder zu mir um. »Jetzt hören Sie mir mal gut zu, junge Dame. Machen Sie nicht denselben Fehler zweimal.«

»Welchen Fehler?«, frage ich.

»Voreilige Schlüsse zu ziehen. Sie wissen genau, wohin das führt. Es gibt nur eine Möglichkeit, das zu vermeiden.«

»Und zwar?«, frage ich.

»Indem wir Lilly selbst zu Wort kommen lassen«, erwidert Mr Preston.

»Aber sie bringt ja kaum einen vollständigen Satz heraus«, wendet Angela ein.

»Sie spricht«, sage ich. »Mit mir. Wenn sie sich wohlfühlt. Es dauert ein Weilchen.«

Wir beschließen, dass wir zumindest versuchen müssen, Lily zum Reden zu bringen und ihre Verteidigung in ihren eigenen Worten zu hören. Wir schmieden einen Plan und setzen ihn sogleich in die Tat um.

»Geht es Ihnen gut genug, um sie zu holen?«, fragt Mr Preston.

»Ja«, erwidere ich. Ich bleibe einen Augenblick neben meinem Barhocker stehen, um meine Standfestigkeit zu testen. »Es geht mir jetzt besser«, verkünde ich schließlich, und das stimmt größtenteils. Zumindest dreht sich die Welt nicht mehr.

»Dann los, Molly«, sagt Angela. »Und immer schön atmen.«

Ich nicke den beiden zu, dann eile ich aus dem Social und nach unten, wo ich Lily in der Umkleide des Hauswirtschaftsbereichs finde. Sie legt gerade ihre Uniform an und macht sich bereit für den Tag. Als ich anstelle von »Guten Morgen« verkünde, ich hätte »eine ernste und bedeutsame Angelegenheit« mit ihr zu besprechen, und sie dann anweise, mir nach oben ins Social zu folgen, blickt sie völlig entgeistert.

Mr Preston und Angela sind noch genau dort, wo ich sie zurückgelassen habe. Als Lily sie sieht, bleibt sie wie angewurzelt stehen.

»Was ist los?«, fragt sie, kaum lauter als im Flüsterton.

»Genau das müssen wir herausfinden«, sage ich.

Mr Preston steht auf, als Lily und ich uns nähern. »Bitte, nehmen Sie doch Platz, Lily«, sagt er und bietet ihr seinen

Hocker an. Sie setzt sich steif, meidet aber jeden Blickkontakt.

»Lily«, sage ich. »Du bist möglicherweise in Schwierigkeiten, aber wir sind uns noch nicht sicher. Wir möchten dir die Gelegenheit geben, dich zu erklären. Eins möchte ich klarstellen: Wir unterstellen dir nicht, dass du eine Diebin oder Schurkin oder Mörderin bist. Das wäre unbesonnen und voreilig.«

»Was Molly sagen möchte, ist«, fügt Mr Preston hinzu, »dass wir bis auf Weiteres von deiner Unschuld ausgehen.«

Angela stellt ihren Laptop auf die Theke vor Lily und klappt ihn auf. »Wir wollten dir das hier zeigen«, sagt sie und deutet auf die KultureVulture-Seite auf dem Monitor. Daraufhin geht sie mit Lily sämtliche Angebote des Grim Reaper durch und endet mit der signierten Ausgabe von Mr Grimthorpes Buch, gewidmet der *liebsten Lily*.

Lily rührt sich während der gesamten Vorführung kaum, so als wäre sie versteinert. Auch als sie aufgefordert wird, sich zu äußern, sagt Lily nichts. Überhaupt nichts.

»Sicher sehen Sie, dass das besorgniserregend ist und alles darauf hindeutet, dass *Sie* im Hotel gestohlen haben, dass *Sie* der Grim Reaper sind«, sagt Mr Preston.

Lily nickt.

»Hast du denn nichts zu deiner Verteidigung zu sagen? Eine Erklärung vielleicht?«, frage ich.

Lily sieht mir direkt in die Augen. »Schuld ist immer das Zimmermädchen«, sagt sie.

»Du gibst es also zu«, erwidert Angela. »Du hast das alles gestohlen und auf dieser schmierigen Website verkauft.«

»Nein«, antwortet Lily, so leise, dass wir uns alle zu ihr vorbeugen. »Das habe ich nicht gesagt. Ich meine nicht mich.«

»Wenn Sie nicht die Schuldige sind, wer ist es dann?«, fragt Mr Preston.

»Man kann sich um Kopf und Kragen reden«, entgegnet Lily, und ihre Augen sind zwei spiegelglatte Teiche.

»Lily«, sage ich, »das höre ich seit Tagen immer wieder von dir, aber ich weiß nicht, was du damit meinst.«

»Am einen Tag bist du die Chefin, Molly, am nächsten bist du es nicht«, erwidert sie. »Ich mache ihre Arbeit und meine eigene. Sie zwingt mich zu tun, was sie mir befiehlt, sie sagt, sonst bin ich dran, aber ich will sie nicht mehr decken. Sie hat mich gezwungen, den Alarm auszulösen, damit sie den Karton in der Lobby an sich nehmen konnte. Sie stiehlt die Trinkgelder aus allen Zimmern. Und wenn ich nicht dichthalte, verliere ich noch einmal meine Arbeit und finde nie wieder eine andere. ›Halt den Mund. Man kann sich um Kopf und Kragen reden.‹ Das sagt sie.«

Mr Preston bleibt der Mund offen stehen. Angela schlägt sich die Hand vor die herabgefallene Kinnlade.

»Wer sagt das alles, Lily?«, will Mr Preston wissen. »Wir müssen ihren Namen hören.«

Er mag ihn noch hören müssen, aber ich nicht. Ihr Name hängt wie ein Pesthauch in der Luft.

Schon komisch, es ist genau so, wie Gran gesagt hat: Manchmal fügt sich eins zum anderen, und man hat das Gefühl, das fehlende Detail war die ganze Zeit schon da.

»Cheryl«, sagt Lily entschieden. »Sie ist eure Ratte.«

Es kommt mir wie ein Déjà-vu vor. Unsere Besprechung mit Lily ist zu Ende, und erneut eile ich durch die Lobby und die Treppe hinab in den Hauswirtschaftsbereich, um ein Zimmermädchen zu suchen, aber diesmal ein anderes. Ich bin spät dran für meine Schicht, was mir große Sorgen bereitet, aber nicht so große wie Lilys Enthüllung.

Ich finde sie an ihrem Spind, bereits vollständig umgezogen und im Begriff, ein Chefzimmermädchenschild auf ihrer Uniform zu befestigen, gleich über dem Herzen. Wie kann sie es wagen! Ich kann mich gerade noch davon abhalten, ihr die Nadel aus der Hand zu reißen und sie damit zu erstechen.

*Wut ist keine Lösung. Geduld bringt Rosen.*

»Cheryl«, sage ich und setze ein unechtes Lächeln auf. »Wie schön, dich heute Morgen zu sehen, und auch nur eine Viertelstunde zu spät. Ich wollte dir Bescheid geben, dass es oben in der Bar Orangensaft und Muffins gratis gibt.«

Sie schlurft zu mir und bleibt direkt vor mir stehen.

»Angela hat gesagt, du liebst alles, was gratis ist«, füge ich hinzu.

Sie stemmt eine Hand in die Hüfte. »Ach ja?«, sagt sie.

»Ja«, bestätige ich. Tatsächlich war es so: Als ich Mr Preston und Angela fragte, wie um alles in der Welt ich die schlampige, reizbare, diebische, nichtsnutzige Cheryl dazu bewegen sollte, zu uns ins Social zu kommen, kam Angela auf diese Idee. »Sag ihr einfach, es gibt was zu essen. Da wird sie anbeißen.«

Cheryl mustert mich, dann zuckt sie die Achseln. »Muffins klingt gut. Hauptsache, ich muss nicht arbeiten.«

Und schon gehe ich die Treppe wieder hinauf und durch die Lobby und plaudere dabei mit meiner Erznemesis und größten Rivalin. Ich lächele und lächele und lächele, während ich sie durch die prachtvolle Lobby ins Social geleite, wo Mr Preston gerade ein Muffin mit Schokostückchen von dem Berg isst, den Angela auf die Theke gestellt hat. Lily sitzt regungslos auf ihrem Hocker.

»Ach, hallo, Cheryl«, sagt Mr Preston und bietet ihr seinen Platz an. »Wie schön, dass Sie sich zu uns gesellen. Erweisen Sie mir die Ehre?«

Cheryl lässt sich auf den Hocker plumpsen. »Danke«, sagt sie, nimmt sich einen Muffin und bedeutet Lily mit einem Fingerschnipsen, dass sie ein Glas Orangensaft möchte, welches Lily ihr einschenkt und wortlos reicht.

»Uff, tut gut, mal ein bisschen zu sitzen«, sagt Cheryl.

»Fleißig gearbeitet heute Morgen, obwohl du gerade erst zur Arbeit gekommen bist?«, bemerke ich, und da schiebt Angela den Muffin-Teller zu mir und bedeutet mir liebenswürdig, ich solle mir einen in den Mund stopfen.

»Hey, falls Snow reinkommt und uns alle faulenzen sieht, war das eure Idee, nicht meine«, sagt Cheryl.

»Natürlich!«, erwidert Angela. »Wir wollen doch nicht, dass *du* für etwas verantwortlich gemacht wirst, was *wir* getan haben. Wofür hältst du uns?«

Cheryl beißt in ihren Muffin und kaut. Sie mustert uns mit ihren Knopfaugen, findet aber offenbar nicht, was sie sucht. »Na schön, das ist einfach nur schräg«, sagt sie schließlich. »Was wollt ihr alle? Was geht hier wirklich ab?«

Mr Preston räuspert sich. »Da Sie schon fragen – wir hätten da tatsächlich etwas, worüber wir mit Ihnen reden möchten.«

Angela verliert keine Zeit, sondern knallt ihren Laptop mit der geöffneten KultureVulture-Seite auf die Theke. »So ein schöner Tag«, sagt sie. »Und trotzdem auch irgendwie grimmig, nicht wahr, Cheryl?«

Cheryl betrachtet den Bildschirm. »Das hat nichts mit mir zu tun. Nichts.«

»Sie kennen die Wahrheit, Cheryl«, flüstert Lily. »Ich habe es ihnen gerade erzählt.«

Cheryl fährt zu Lily herum. »Du miese Petze. Der Pfandleiher hat mir gerade dreißigtausend Dollar für diese seltene Erstausgabe gegeben. Ich hätte dir was abgegeben, Lily. Wie konntest du nur so dämlich sein?«

»Ich habe es dir doch gesagt«, erwidert Lily, und ihre Stimme ist ein leises Messer. »Ich will dein schmutziges Geld nicht. Ich will nur meinen Job behalten.«

Cheryls gierige Knopfaugen blicken von Lily zu Angela zu Mr Preston und landen schließlich bei mir. »Wartet doch mal«, sagt sie. »Wir können uns doch einigen, oder? Den Erlös meiner Verkäufe durch vier teilen, solange ihr den Mund haltet? Wir werden verdammt viel reicher sein, wenn ihr einfach den Mund halten könnt.«

Wenn ich jetzt irgendeinen Mund halten müsste, würde ich Cheryls halten, und zwar zu, und ihre Nase gleich mit.

»Ich denke, wir haben genug gehört«, sagt Mr Preston. »Sind wir uns da einig?«

Angela nickt und ich ebenfalls.

»Ich habe garantiert genug gehört«, sagt Lily, und jetzt flüstert sie nicht mehr. Ihre deutlich vernehmbare Stimme macht mich maßlos stolz.

»Molly, würde es Ihnen etwas ausmachen, Mr Snow zu holen?«, fragt Mr Preston.

»Ob es mir etwas ausmachen würde? Im Gegenteil, es ist mir ein Vergnügen.«

Ich knickse vor Cheryl, tiefer, als ich jemals in meinem Leben vor jemandem geknickst habe, denn dies ist für sehr lange Zeit die letzte Höflichkeit, die jemand von uns Cheryl erweisen wird.

# Kapitel 21

## FRÜHER

Es gibt Augenblicke im Leben, die so einschneidend sind, dass sie einen deutlichen Riss zwischen *früher* und *später* hinterlassen. Ich habe das eindringlich erlebt an dem Tag, an dem Gran starb. Aber das war nicht das erste Mal in meinem Leben, dass mir so etwas widerfuhr.

Das erste Mal war an dem Tag, an dem ich sah, was Mr Grimthorpe Gran im Empfangssalon des Herrenhauses antat. Auch wenn ich es erst viel später richtig verstanden habe, verwandelte mich dieses Erlebnis augenblicklich von einem Kind in eine Erwachsene.

Vermutlich hätte mir von Anfang an klar sein müssen, dass Mr Grimthorpe ein Ungeheuer war. Mein Instinkt hatte es mir gesagt, noch bevor ich ihm begegnete. Aber wie bei so vielem konnte ich nicht recht glauben, was ich da vor der Nase hatte. Ich konnte die Hinweise noch nicht so zusammenfügen, wie ich es im Rückblick kann.

Heute weiß ich, warum manche Tage so schwer für Gran waren, warum sie an diesen Tagen zwar meine Vorhänge aufzog, dann aber vergaß zu sagen: »Steh auf und schenk der Welt ein Lächeln.« Warum sie das Frühstück schweigend zubereitete, anstatt ihre fröhliche kleine Melodie zu summen. Weil es ihr davor graute, zur Arbeit zu gehen, und sie solche Angst hatte, Mr Grimthorpe könnte zudringlich werden. An manchen Abenden saß sie mir mit stumpfem Blick gegenüber und stocherte in ihrem Essen, aß aber kaum etwas und war in Gedanken offensichtlich woanders.

Sie fing sich wieder – Gran fing sich immer wieder –, indem sie versuchte, das Positive an allem zu sehen, sich darauf konzentrierte und sich einredete, Grimthorpe sei ein neuer Mensch, und wenn er erst nüchtern bleibe, werde er nie wieder über sie herfallen. So war Gran. Sie besaß eine grenzenlose Fähigkeit, einen Hoffnungsschimmer im Dunkeln zu entfachen. Und meistens gelang es ihr auch. Mich hat sie jedenfalls davon überzeugt, dass in unserer abgeschiedenen kleinen Welt alles in Ordnung war und eine unfassbar strahlende Zukunft vor uns lag. Alles, was sie tat, zielte darauf ab, dass ich nicht nur überlebte, sondern gedieh. Erst heute weiß ich, wie sehr sie in dieser dunklen Zeit gelitten hat und welche Bürde sie ganz allein trug.

Vor meinem geistigen Auge bin ich wieder ein Kind. Gran und ich sitzen an unserem alten Küchentisch beim Frühstück an dem Tag, nachdem Mr Grimthorpe sich vor meinen Augen von einem Menschen in einen gefräßigen Wolf verwandelt hatte. Wie immer schwinge ich unterm Tisch die Beine vor und zurück, aber nichts wird je wieder so sein wie zuvor. So viel habe ich immerhin begriffen. Normalerweise bombardiere ich Gran morgens mit meinen kindlichen Fragen, meinen existenziellen Zwickmühlen und Was-wäre-dir-lieber?-Spielen. Doch nicht heute.

Ich zwinge mich, meinen Haferbrei zu essen, aber als Gran sagt, es sei Zeit, zur Arbeit zu fahren, rühre ich mich nicht vom Fleck. Ich kann nicht.

»Das ist nicht richtig«, sage ich. Es ist das erste Mal, dass ich das, was ich im Salon gesehen habe, erwähne. Ich zögere kurz. »Gran, du darfst da nicht wieder hingehen.« Ich weiß nicht, wie ich das, was ich sagen möchte, ausdrücken soll, weil ich keine Worte habe für das, was ich da gesehen habe.

»Molly, heute ist ein brandneuer Tag.« Gran springt so schnell auf, dass die Beine ihres Stuhls über den Boden scharren. »Die Sonne scheint. Die Vögel zwitschern.« Sie stellt unsere kaum angerührten Schälchen in die Spüle und bleibt mit dem Rücken zu mir stehen. Ihre Hände umklammern die Kante der Arbeitsfläche. »Lass uns jetzt gehen. Es ist Zeit.«

Als sie sich zu mir umdreht, lächelt sie, und ich schwöre, dieses Lächeln ist aufrichtig. Sie hat es mit reiner Willenskraft aus irgendeiner Quelle tief in ihr heraufbeschworen, und jetzt bietet sie es mir an wie einen Strauß frisch gepflückter Rosen. Sie setzt ihre tapferste Miene auf, denn was bleibt ihr anderes übrig?

Diese rhetorische Frage hat mich gestern Abend wach gehalten. Ich lag im Bett, hatte Grans Lonestar-Quilt bis zum Kinn hochgezogen, starrte in die Dunkelheit und überlegte, was wir tun könnten. Irgendwann bildete sich in meinem Kopf ein Plan heraus. Plötzlich sah ich es ganz klar vor mir. Ich wusste, was ich zu tun hatte.

Gran hat einmal zu mir gesagt, dass man im Leben manchmal etwas Falsches tun muss, um etwas Richtiges zu erreichen. Das habe ich nie vergessen. Es ist zu einem Lebensmotto geworden.

Während ich noch unter dem Tisch die Beine schwinge, habe ich meine Entscheidung bereits getroffen.

Es ist ein brandneuer Tag. Die Sonne scheint. Die Vögel zwitschern. Ich habe einen Plan, und es gibt nichts, was mich davon abhalten kann, ihn auszuführen. Nichts.

Wir sind pünktlich am Herrenhaus. Der unsichtbare Pförtner hat uns das Tor geöffnet, und jetzt stehen Gran und ich auf dem Weg zum Haus. Plötzlich kommen mir Zweifel. Was, wenn ich es nicht tun kann? Wenn es doch nicht das Richtige ist? Was, wenn ich einen schrecklichen Fehler mache? Nein. Ich werde nicht auf diese Zweifel hören. Wir müssen dem Ungeheuer entfliehen. Wir müssen vor dem Wolf davonlaufen.

Gran habe ich nichts davon gesagt, und das werde ich auch nicht, aber bevor wir auch nur vor der Haustür stehen, sind meine Füße wie am Boden festgewachsen. Gran legt mir ihre warme Hand auf den Arm. Da lösen sich meine Füße wieder vom Boden, und wir gehen zusammen zum Haus.

Die Rosen links und rechts von uns sind jetzt alle verblüht, jede einzelne, welk und kraftlos hängen die Köpfe herab. Ein Stück vor uns fegt Jenkins die abgefallenen Blütenblätter zu einem Haufen zusammen, den er mit der Harke auf seine Schubkarre befördert. Ein neuer Geruch liegt in der Luft, der süßliche Duft des Verfalls.

»Guten Morgen, Flora«, sagt Jenkins, als wir an ihm vorübergehen. »Wie geht es Ihnen und der kleinen Maus an diesem schönen Tag?«

»Recht gut, Jenkins, denke ich«, erwidert Gran.

»Die Rosensaison ist vorbei«, sagt er, »aber es gibt immer ein nächstes Jahr.«

»Darauf kann man sich freuen«, erwidert Gran.

»So etwas brauchen wir alle, nicht wahr?«

Gran nickt. »Das stimmt.«

Wir gehen weiter, bis wir vor der Haustür stehen. Ich packe den Kiefer des Messinglöwen und klopfe dreimal. Die massive Tür schwingt auf, und Mrs Grimthorpe lässt uns ein. Gran und ich ziehen die Schuhe aus, wischen sie wie üblich ab und bringen sie in die dunkle Ecke ganz hinten im Vorraum, die für die Haushaltshilfen reserviert ist.

Mrs Grimthorpe legt sofort los. »Heute ist Waschtag, Flora, gehen Sie nach oben und sammeln Sie die Schmutzwäsche ein. Beeilen Sie sich. Es gibt viel zu tun.«

Gran zuckt kaum merklich zusammen. Vorher wäre mir das gar nicht aufgefallen, aber heute sehe ich es.

»Wenn Sie die Wäsche eingesammelt haben, bringen Sie sie in den Keller. Bleiben Sie dort und überwachen Sie die

Maschinen. Die Waschmaschine bereitet wieder einmal Probleme. Und seien Sie vorsichtig mit dem Bleichmittel. Beim letzten Mal haben Sie so viel verwendet, dass Sie ein Loch in eines von Mr Grimthorpes Hemden geätzt haben.«

»Da war ein Fleck, Madam«, sagt Gran. »Ich habe versucht, ihn zu entfernen.«

»Und das geht nur, indem man das Gewebe völlig zerstört?«, fragt Mrs Grimthorpe. »Jedes halbwegs vernünftige Dienstmädchen sollte es ja wohl besser wissen.«

»Ja, Ma'am«, erwidert Gran.

»Kind, du darfst oben in der Bibliothek lesen«, sagt Mrs Grimthorpe. »Das Silber kannst du heute Nachmittag polieren.«

»Wäre es in Ordnung, wenn ich im Salon lese?«, frage ich. »Nur heute?«

Mrs Grimthorpe runzelt die Stirn, dann sagt sie: »Ich denke schon, unter der Bedingung, dass du dich nur auf einen einzigen Sessel setzt und ansonsten nichts anrührst. Und kein Putzen oder Polieren, hörst du? Lass die Pfoten von Mr Grimthorpes Schätzen.«

»Ja, Ma'am«, sage ich.

»Dann ab mit dir.«

Gran drückt kurz meinen Arm und folgt Mrs Grimthorpe in den hinteren Teil des Hauses. Ich stütze mich einen Moment am Geländer ab, dann gehe ich die Haupttreppe hinauf, um mein Buch zu holen.

Das Knarren der Dielen klingt heute anders, wie eine Warnung. *Tu's nicht. Geh nicht nach oben.* Auf dem ersten Treppenabsatz sehe ich aus dem Fenster. Da ist sie, Mr Grimthorpes persönliche Sekretärin mit ihrem blauen Kopftuch und den blauen Handschuhen. Wie üblich betritt sie das Haus durch die Seitentür. Unwillkürlich frage ich mich: Musste sie das Ungeheuer auch schon abwehren?

Ich steige die restlichen Stufen hinauf und betrete den

Damastflur, zwinge meine Schritte Richtung Bibliothek. An der Schwelle bleibe ich stehen und sehe hinein. Durch den Spalt unter der verborgenen Tür im Regal fällt Licht auf den Boden, und ich höre Mr Grimthorpe auf der anderen Seite in seinen Pantoffeln umherschlurfen.

Auf Zehenspitzen schleiche ich hinein, schnappe mir *Große Erwartungen* und verschwinde so leise, wie ich gekommen bin.

Ich gehe zurück nach unten und durch die gläserne Tür in den Salon, nehme auf einem der königsblauen Sessel mit der hohen Rückenlehne Platz und beginne still zu lesen.

*Rattattattatta.*

Das Klappern beginnt, als ich gerade ein Kapitel beende, das Hintergrundgeräusch mit dem vertrauten Rhythmus, Mr Grimthorpes Sekretärin, die irgendwo tief im Haus verborgen auf der Maschine schreibt.

Die Nase ins Buch gesteckt, warte ich, bis ich Gran an der offenen Tür vorübergehen sehe. Sie lächelt mir zu und geht weiter. Ich lausche ihren Schritten auf der knarrenden Treppe in den ersten Stock. Wenige Minuten später kommt sie mit zwei großen Wäschesäcken auf dem Rücken zurück nach unten. An der Salontür bleibt sie kurz stehen.

»Alles in Ordnung?«, fragt sie.

»Alles in Ordnung«, erwidere ich. »Und bei dir?«

»Wunderbar«, antwortet sie. »Heute ist ein brandneuer Tag.«

Sie schleppt ihre schwere Last über den Flur zur Küche. Gleich darauf höre ich, wie Mrs Grimthorpe Gran Anweisungen zublafft und sie mit ihrer messerscharfen Zunge tadelt.

Schließlich wird die Kellertür geöffnet, und am *bum, bum, bum* erkenne ich, dass Gran die schweren Wäschesäcke die Treppe hinunterschiebt.

»Um Himmels willen, können Sie nicht ein Mal etwas

richtig machen?«, schimpft Mrs Grimthorpe. »Warum tragen Sie die Säcke nicht?« Ihr Tadel hallt durchs ganze Haus. Grans Antwort lautet wie immer: »Ja, Ma'am. Ja, Ma'am.«

Kurz darauf klackert Mrs Grimthorpe über den Flur heran. An der Tür bleibt sie stehen und beäugt mich mit ihrem üblichen geringschätzigen Blick.

»Ich gehe nach draußen, um Jenkins darüber zu unterrichten, wie man die Rosenabfälle ordentlich entsorgt. Wenn sie Mehltau haben und man sie unter den Kompost mischt, infiziert die Krankheit den gesamten Garten, aber so etwas weiß er natürlich nicht. Das Personal scheint heutzutage überhaupt nichts mehr zu wissen.«

»Ja, Ma'am«, sage ich.

»Ich bleibe nicht lange fort. Und vergiss nicht«, sagt sie noch und zeigt mit ihrem knochigen Finger auf mich, »du hast hier nichts anzurühren.«

Ich nicke. Sie macht auf ihren Pfennigabsätzen kehrt und geht hinaus.

Bis ich die Haustür hinter ihr ins Schloss fallen höre, bleibe ich, wo ich bin. Dann schlage ich mein Buch zu und lege es auf den Beistelltisch.

Es ist Zeit.

Ich gehe zum Kaminsims und betrachte das glänzende Fabergé-Ei. Es ist ganz genauso schön wie an dem Tag, als ich es zum ersten Mal sah, zart und bezaubernd mit seinen kostbaren, funkelnden Edelsteinen und seinem kunstvollen Sockel aus dem edelsten, reinsten Gold.

Mir ist klar, dass es einen weiteren Riss in der Zeit geben wird, ein neues *früher* und *später*, wenn ich das hier getan habe. Aber das hält mich nicht auf. Nichts kann mich aufhalten.

Ich strecke die Hand aus und nehme das Fabergé-Ei an mich. Es liegt befriedigend schwer und solide in meinen Händen. Ich eile zurück an meinen Platz, schlage *Große Er-*

*wartungen* auf und verberge gerade meinen Schatz auf dem Schoß hinter meinem Buch, als ich Mrs Grimthorpe zurück ins Haus kommen höre.

»Flora!«, kreischt Mrs Grimthorpe mit ihrer markerschütternden Stimme.

Es ist jetzt eine Stunde her, dass ich den ersten Schritt meines Plans ausgeführt habe. Ich bin im Keller. Ich habe die Dienstbotentoilette benutzt, denn ausnahmsweise ist Gran auch hier, und ich muss den Spinnen nicht allein trotzen.

»Flora!«, kreischt Mrs Grimthorpe noch einmal, noch schriller.

Das kann nur eins bedeuten: Sie hat es gefunden.

Schnell trockne ich mir die Hände ab und verlasse die gruselige Toilette.

Gran faltet gerade eines von Mr Grimthorpes adretten weißen Hemden zusammen. Als sie das zweite Kreischen der Todesfee oben hört, erstarrt sie kurz.

»Flora Gray! Hören Sie mich? Kommen Sie unverzüglich in die Küche! Und bringen Sie Ihre verflixte Enkelin mit!«

Gran sieht mich an und zuckt die Achseln.

Ich zucke ebenfalls die Achseln und sage keinen Ton.

Gran geht mir voran die feuchte Kellertreppe hinauf. Ich folge ihr. Wir gehen in die Küche, wo Mrs Grimthorpe steht und schnaubt und schnauft, das Gesicht puterrot, die Pupillen in ihren Augen stecknadelkopfklein vor Wut.

»Kommen Sie mit«, sagt sie, keine Bitte, sondern ein Befehl, und geht in die Silberkammer. Wir folgen ihr.

Ich habe sämtliche polierten Silbergegenstände vom Vortag ordentlich auf dem Tisch aufgereiht zurückgelassen. Er ist von Silber bedeckt, bereit für ein vornehmes Bankett, das niemals stattfinden wird. Ich arbeite jetzt seit vielen Tagen hier, sodass jedes Regal hinter Mrs Grimthorpe blitzt und glänzt, jeder silberne Servierteller, jedes Besteckset, jedes Tablett auf Hochglanz poliert. Nur ein Regal mit angelaufenem Silber ist noch übrig. Es ist schade, dass ich meine Aufgabe nicht werde beenden können. Aber so sei es. Es spielt keine Rolle. Jetzt nicht mehr.

»Flora«, sagt Mrs Grimthorpe. »Ich war soeben im Salon, um mich zu vergewissern, dass Ihr kleiner Tunichtgut auch nichts anrührt. Alles sah einwandfrei aus, bis mir eine Lücke auf dem Kaminsims auffiel. Da wurde mir klar, dass das Fabergé-Ei fort ist. Ich habe überall danach gesucht. Dann kam ich auf die Idee, in der Silberkammer nachzusehen. Und raten Sie mal, was ich gefunden habe.«

Mrs Grimthorpe stürzt vor und öffnet den Schrank, in dem ich meine Gummihandschuhe, meine Schüssel, meine abgetragene Schürze und den Krug mit der Lauge verwahre.

»Sehen Sie!«, sagt Mrs Grimthorpe. »Sehen Sie nur, was in ihre Schürze gewickelt ist.«

Gran nimmt meine Schürze und zieht das Fabergé-Ei aus der fadenscheinigen vorderen Tasche. Sie dreht sich zu mir um, die Augen weit aufgerissen, der Mund offen. Verwirrung und Erschütterung stehen ihr deutlich ins Gesicht geschrieben.

»Sie wollte es stehlen, Flora! Sie war im Begriff, es aus dem Haus zu schmuggeln, die gierige kleine Teufelin«, sagt Mrs Grimthorpe. »Man kann heutzutage niemandem mehr in seinem Haus trauen. Keine Loyalität. Keine Grenzen. Keine Moral.«

»Aber Ma'am, sie ist nur ein Kind«, sagt Gran. »Ich bin sicher, es gibt eine Erklärung dafür.«

»Sie ist einfach eine Diebin, das ist sie. Sie sollten sie unterweisen, ihr den Unterschied zwischen Richtig und Falsch erklären. Wenn ich in meinem Leben eins gelernt habe, dann, dass der Apfel nie weit vom Stamm fällt. Wenn das Mädchen eine Diebin ist, was sagt mir das dann wohl über Sie?«

»Nein. In diesem letzten Punkt irren Sie sich«, sage ich und baue mich direkt vor Mrs Grimthorpe auf. »Aber mit dem Rest haben Sie recht. Ich wollte das Fabergé-Ei stehlen. Ich habe es genommen und wollte es mit zu mir nach Hause nehmen. Aber es war alles meine Idee. Gran hatte nichts damit zu tun. Sie würde so etwas niemals machen.«

»Molly, wie konntest du nur?«, fragt Gran. »Du weißt es doch besser.«

»Das stimmt«, sage ich. »Aber ich habe es trotzdem getan.«

»Sehen Sie?«, stößt Mrs Grimthorpe hervor. »Kein Moralbewusstsein. Kein Verständnis von Richtig und Falsch. Das ist bei Leuten wie euch angeboren. Wenn ihr keine Diebe seid, seid ihr Lügner, wie all die anderen vor euch. Hinaus, alle beide. Sofort!«

»Bitte tun Sie das nicht«, sagt Gran. »Sie wissen doch, wie schwer es heutzutage ist, zuverlässiges Personal zu finden.«

»Raus!«, kreischt Mrs Grimthorpe so misstönend, dass Gran zusammenzuckt. Sie nimmt meine Hand und läuft mit mir aus dem Zimmer.

Mrs Grimthorpe folgt uns durch die Küche und den Flur, vorbei am bourgeoisen Klecks und der »Gold de Toilette« bis zur Haustür. Sie öffnet die Tür zum Vorraum und verfolgt wutschnaubend, wie Gran und ich hastig unsere Schuhe holen.

Sobald wir die Schuhe angezogen haben, öffnet Mrs Grimthorpe die Tür ganz weit, dann packt sie mich am Kragen und schiebt mich hinaus. Gran folgt mir. »Sie sind eine Schande. Sie dürfen nie mehr wiederkommen – niemals. Haben Sie mich verstanden?«

Sie wendet sich ab, geht zurück ins Haus und knallt die schwere Tür zu.

Einen Augenblick lang stehen Gran und ich nur da, zu benommen, um uns zu rühren. Ein Stück vor uns steht Jenkins wie erstarrt neben seiner Schubkarre auf dem Rosenweg und sieht hilflos zu uns.

Gran nimmt mich am Arm, und gemeinsam gehen wir davon, laufen zum letzten Mal, wie ich glaube, über den Rosenweg zum Tor des Grimthorpe-Anwesens.

»Ich kann es nicht fassen«, sagt Gran, als wir den Weg halb hinter uns haben. »Molly, warum um alles in der Welt tust du so etwas? Warum wolltest du das Fabergé-Ei stehlen?«

Ich antworte nicht, weil es keine Rolle mehr spielt.

Was zählt, ist einzig, dass Mr Grimthorpe Gran nie wieder etwas antun kann.

# Kapitel 22

Ich finde Mr Snow in seinem Büro, wo er am Schreibtisch arbeitet. Ich marschiere direkt hinein und sage: »Mr Snow, Sie werden dringend im Social gebraucht. Zwar geht es in dieser Angelegenheit nicht um Leben und Tod, aber es ist eine Situation, die unverzüglich Ihre Aufmerksamkeit erfordert.«

»Was für eine Situation?«, fragt er.

Ich brauche einen Augenblick, um die richtigen Worte zu finden, aber dann sage ich: »Schädlingsbekämpfung. Es gibt eine Ratte in unserem Hotel. Und zwar keine gewöhnliche.«

Damit habe ich seine Aufmerksamkeit. Er schlägt die Akte zu, an der er arbeitet, steht auf und richtet seine Brille, die wie üblich verrutscht ist. Ich gehe ihm voran hinaus, und er folgt mir. Mit zügigen Schritten marschieren wir durch die labyrinthischen Flure zum Social.

Er entdeckt die Unregelmäßigkeit auf den ersten Blick. Cheryl sitzt auf einem Barhocker, flankiert von Mr Preston und Lily. Angela steht hinter der Theke.

»Arbeitet in diesem Hotel eigentlich niemand mehr?«, fragt Mr Snow. »Ich will hoffen, dass Sie einen guten Grund haben.«

»Mir ist klar, dass wir aussehen wie der Beginn eines schlechten Witzes«, erwidert Angela. »Kommen ein Portier und zwei Zimmermädchen in eine Bar.«

Mr Snow seufzt. »Molly hat etwas von Ungeziefer gesagt. Womit genau haben wir es diesmal zu tun?«, fragt er.

»Mit ihr«, sage ich und zeige mit dem Finger auf Cheryl – zur Hölle mit den guten Umgangsformen.

Verwirrt runzelt Mr Snow die Stirn.

Angela klappt ihren Laptop auf und führt ihn durch Cheryls sämtliche Angebote auf KultureVulture.com. Während Mr Snows Augen hinter der Schildpattbrille immer größer werden, bleibt Cheryl so ungerührt wie ein Klumpen in einer Sauciere, die Arme vor der Brust verschränkt, die Lippen trotzig geschürzt.

Als Angela ihre Präsentation beendet hat, wendet Mr Snow sich Cheryl zu. »Sie haben Lily befohlen, den Feueralarm auszulösen? Und Sie haben diesen Karton gestohlen, der für Serena bestimmt war? Sind Sie wirklich dieser« – er winkt in Richtung Laptopmonitor –, »dieser Grim Reaper?«

Sie zuckt die Achseln. »Ich sehe mich eher als Recycling-Unternehmerin. Übrigens, was Sie den Zimmermädchen bezahlen, ist beschissen. Das wissen Sie, oder? Und als Sie mich degradiert haben, wurde meine Bezahlung noch schlechter. Was haben Sie erwartet?«

»Was ich erwarte«, sagt Mr Snow, »ist, dass Sie nicht betrügen, plündern oder stehlen, schon gar nicht von Ihren Kolleginnen.«

»Du hast Lily zur Beihilfe gezwungen«, sage ich. »Wie konntest du so etwas nur tun?«

»Na, das ist ja frech«, erwidert Cheryl. »Wie oft habe ich dich die Marmeladengläschen von Gästetabletts im Flur stehlen sehen? Oder die Schokotäfelchen, die die Gäste nicht gegessen hatten?«

»Das ist kein Diebstahl«, entgegne ich. »All das wäre sonst im Abfalleimer gelandet, ich habe es lediglich gerettet. Es gibt dazu eine Regelung im *Leitfaden und Handbuch für Zimmermädchen.*«

»Du und dein gottverdammtes Handbuch. Gib's zu. Du bist genauso ein Müllfledderer wie ich.«

Ich versteife mich. In meinen Schläfen pocht es. Ich bin

im Verlauf meines Lebens schon vieles genannt worden, aber noch nie hat mich eine Beschimpfung so gekränkt wie diese.

»Warum nennst du dich Grim Reaper?«, fragt Angela Cheryl. »Warum gerade dieser Name?«

»Weil er gut klingt. Man nennt das Marketing.«

»Vielleicht ist diese Namenswahl aufschlussreicher, als Sie beabsichtigt hatten«, sagt Mr Preston. »Sensenmann.«

»Worauf soll sie denn schließen lassen?«, fragt Cheryl.

»Auf Mord«, sagt Lily mit kräftiger, klarer Stimme, so weit von einem Flüstern entfernt wie nur möglich.

Cheryl lacht schallend und klopft sich auf die Schenkel. »Diese Reinigungsmittel, die ihr beide so liebt, müssen euch das Hirn aufgeweicht haben. Ich lasse vielleicht hier und da mal was mitgehen, aber ich bin keine Mörderin.«

»Freut mich zu hören«, sagt Mr Snow. »Bitte, nehmen Sie noch einen Muffin, Cheryl, er geht aufs Haus.« Abrupt steht er auf, zieht sein Mobiltelefon aus der Tasche und tätigt einen Anruf. »Sie können das alles selbst erklären.«

»Erklären? Wie meinen Sie das? Hab ich doch gerade«, sagt Cheryl.

»Ich rufe die leitende Ermittlerin an. Ich rufe Detective Stark an.«

Zwanzig Minuten später: Kommt eine Detective in eine Bar und steuert direkt auf die Quelle des dort herrschenden Tumults zu, drei Zimmermädchen, eine Barkeeperin, einen Portier und einen Hotelmanager, die über eine beim örtlichen Pfandleiher zum Verkauf stehende Erstausgabe eines Buchs streiten.

»Ich habe mein Eigentum verkauft, *Sie* dagegen unrechtmäßig erworbene Artikel! Verstehen Sie denn den Unterschied nicht?«, fragt Mr Preston Cheryl.

»Wenn das Buch in diesem Karton so wertvoll war, hätte

man es in einem Safe verwahren müssen«, entgegnet Cheryl. »Man kann heutzutage nicht vorsichtig genug sein.«

»Verdammte Hacke, Cheryl! Ist das dein Ernst?«, fragt Angela.

Mehrere vertraut wirkende Ermittler betreten hinter Detective Stark das Social. Sie bleiben am Eingang stehen und halten dort Wache, während Stark zu uns kommt. Lily, Mr Snow und Mr Preston erheben sich sofort von ihren Barhockern.

»Danke, dass Sie so schnell gekommen sind, Detective«, sagt Mr Snow.

»Ist das wirklich nötig?«, fragt Cheryl. »Sollte ich nicht wieder an die Arbeit gehen?«

»Sie gehen nirgendwohin«, erwidert Mr Preston.

»Wäre jemand von Ihnen so freundlich, mir zu erklären, was zur Hölle hier vorgeht?«, sagt Stark.

Sofort stellt Angela ihren Laptop vor sie hin und geht mit ihr die Beweise durch, während Cheryl auf ihrem Barhocker direkt neben ihr spöttisch lächelt, die Arme vor der Brust verschränkt.

»Fast alle Artikel dieses Anbieters haben einen Bezug zu Grimthorpe, nur diese nicht«, hält Angela fest. »Die Scotch-Fläschchen aus der Minibar. Cheryl hat zugegeben, dass sie der Grim Reaper ist. Sie ist fast alle gestohlenen Grimthorpe-Artikel an einen einzigen Käufer losgeworden.«

Stark wendet sich Cheryl zu und mustert sie. »Wie lange verkaufen Sie schon Artikel auf dieser Website?«, fragt sie.

»Seit sie hier arbeitet«, antwortet Angela. »So sieht es jedenfalls aus.«

»Die Scotch-Fläschchen aus der Minibar«, sagt Stark. »Sie behaupten, sie seien das Letzte, was Mr Black vor seinem Tod getrunken hat.«

»Das stimmt auch«, erwidert Cheryl. »Ich habe sie von

Mollys Zimmermädchenwagen gerettet. Aber das ist Jahre her.«

»Wer sind Ihre Komplizen hier im Hotel? Das Küchenpersonal? Oder vielleicht die anderen Zimmermädchen?« Stark sieht mich und Lily an, und da könnte ich schreien, bin aber ausnahmsweise so geistesgegenwärtig, still zu sein.

»Machen Sie Witze?«, fragt Cheryl und deutet auf Lily und mich. »Die da würden einen Goldklumpen nicht mal dann erkennen, wenn er sie an der Stirn trifft.«

»Sie hat Lily gezwungen, sich zur Komplizin ihrer Straftaten zu machen«, sage ich.

»Ich wollte ihr nicht helfen, Detective«, ergänzt Lily. »Aber … aber …« Die Worte bleiben ihr in der Kehle stecken.

»Na los«, sage ich. »Sprich es aus.«

»Es ist bloß so, dass ich diesen Job dringend brauche«, fährt Lily fort. »Und ich dachte, man wird eher ihr als mir glauben.«

Cheryl will etwas sagen, überlegt es sich aber anders. Ihre Lippen sind so stark geschürzt, dass sie mich an die runzlige Öffnung im Hinterteil einer Katze erinnern.

»Diese unleserlichen Stichwortkarten«, sagt Stark. »Was stand auf denen, Cheryl?«

»Woher soll ich das wissen? Ich habe sie mir nicht genauer angeschaut. Sahen langweilig aus«, erwidert sie.

»Wer hat sie gekauft?«, will Stark wissen.

»Keine Ahnung. Ich habe alles per Kurier an irgendein Postfach gleich hier in der Stadt geschickt. Meine Kunden legen Wert auf Anonymität. Ich kenne nicht einmal ihre echten Namen.«

»Bewahren Sie die Adressen der Käufer denn nicht auf?«

»Doch, aber die sind wertlos. Kann man nicht verkaufen.«

»Unter aller Kanone«, murmelt Mr Preston.

»Cheryl, Sie werden mir dieses Postfach nennen«, verlangt Stark. »Ich werde es auf der Wache überprüfen.«

Cheryl zuckt die Achseln. »Klar.«

»Was ist mit dem Liebesbriefchen hier?«, fragt Detective Stark. »Diese Abbildung ist ebenfalls unscharf. Das haben Sie wohl auch nicht gelesen?«

»Offen gesagt doch, das wirkte ein bisschen pikanter«, gibt Cheryl zu. »Aber dann war es doch nur sentimentales Geschwafel. Klang wie eine billige Grußkarte aus dem letzten Jahrhundert. Sie war mit *Ihr glühendster Verehrer* unterschrieben. Der alte Grimthorpe hatte offenbar was mit seiner persönlichen Sekretärin. Immer das Gleiche. Uralter Knacker, junge Geliebte. Bisschen wie bei den Blacks.«

»Sie irrt sich«, werfe ich ein. »Diese Nachricht stammt nicht von Mr Grimthorpe.« Ich sehe zu Mr Snow, dessen Gesicht rot anläuft.

»Die Nachricht stammt von mir«, räumt er ein. »Ich hege eine gewisse … Zuneigung zu Ms Sharpe – Serena –, schon seit sie vor Wochen unseren Teesalon für die Pressekonferenz angefragt hat. Diese Nachricht, die ich ihr in den Karton gelegt habe … nun ja … ich gestehe, sie war eine Erklärung meiner romantischen Absichten.«

»Sie haben ihr auch in ihrem Zimmer eine Nachricht hinterlassen, nicht wahr, Mr Snow?«, sage ich.

»Zusammen mit zwölf langstieligen Rosen«, ergänzt Detective Stark.

»Ja«, gibt Mr Snow zu. Er zieht sein Einstecktuch aus der Brusttasche und wischt sich die Schweißtröpfchen ab, die wie Tau auf seine Stirn getreten sind. »Serena ist eine bezaubernde junge Frau – intelligent, geschäftstüchtig und elegant. Wie Sie jemals glauben konnten, sie sei Mr Grimthorpes Geliebte, geht über meinen Horizont, Cheryl. Sie ist ein Ausbund von Schönheit.«

»Oje«, sagt Mr Preston. »Liebe macht blind.«

»Hatten Sie und Ms Sharpe eine Liebesbeziehung?«, fragt Detective Stark.

»Um Himmels willen, nein!«, erwidert Mr Snow.

»Aber nicht, weil er nicht gewollt hätte«, bemerkt Angela leise.

Stark wendet sich an Lily. »Haben Sie Cheryl Ihre signierte Ausgabe von Mr Grimthorpes neuestem Buch gegeben?«

»Gegeben?«, fragt Lily mit erhobenem Kinn. »Sie hat sie sich genommen. Sie hat gesagt, ich kann sie zurückhaben, wenn ich mich als gutes Zimmermädchen erweise, indem ich alle meine Zimmer und ihre dazu in einer einzigen Schicht reinige.«

»Das ist unmöglich«, werfe ich ein. »Kein Zimmermädchen könnte das schaffen.«

»Genau«, bestätigt Mr Preston.

»Die Erstausgabe aus dem Karton. Warum steht die nicht auf Ihrer Grim-Reaper-Seite? Und wo ist sie jetzt, Cheryl?«, fragt Stark.

»Verkauft«, antwortet sie. »Ich habe sie beim Pfandleiher ein Stück die Straße runter versetzt. Der kriegt Top-Preise für alte Bücher, noch besser als über diese Website.«

Da kommt mir eine Idee. Plötzlich erkenne ich es ganz deutlich. Cheryl hat alles gestohlen, was sie in ihre schmutzigen Finger bekommen hat. Sogar die Stichwortkarten vom Pult. Also hat sie ja vielleicht noch anderes an sich genommen. »Der Honigtopf mit dem Honiglöffel«, sage ich. »Der auf Mr Grimthorpes Teewagen an dem Tag, an dem er starb. Hast du den auch an dich genommen, Cheryl? Dieser Löffel war das Letzte, was Mr Grimthorpes Lippen berührt haben.«

»Ein Honigtopf mit Löffel?«, fragt Cheryl. »Über den weiß ich nichts.«

»Wenn Sie lügen, bringen Sie sich nur noch mehr in

Schwierigkeiten, als Sie es jetzt schon sind«, warnt Stark. »Geben Sie es zu. Sie haben ihn gestohlen.«

»Hab ich nicht«, widerspricht Cheryl. »Aber das mit dem Löffel ist wirklich gut – ›das Letzte, was die Lippen des berühmten Schriftstellers berührt haben!‹. Der Text schreibt sich ja von selbst. Die Geier bei KultureVulture lieben diesen Quatsch. ›Einzigartige Liebhaberobjekte‹ nennen sie den Krempel.«

»Das Moleskin-Notizbuch«, fährt Stark fort. »Sie haben die Fotos vieler der Schriftstücke unleserlich gemacht. Warum nicht auch dieses?«

Bisher bin ich während der gesamten Unterhaltung ruhig und gelassen geblieben, aber jetzt zieht sich ein Haarriss durch meinen Gleichmut. Wie ist es möglich, dass ich das bisher nicht erkannt habe? Tief in meinem Inneren bricht etwas auf, mir wird schwindelig. Die Offenbarung, die ich erlebe, ist so erschütternd, dass ich taumele.

Ich spüre eine Hand auf meinem Arm – nicht Mr Prestons, nicht Mr Snows. Lily stützt mich und zieht mich an ihre Seite.

»Molly!«, höre ich Mr Preston rufen.

»Was zur Hölle ist mit ihr los?«, fragt Detective Stark.

Das x in der Gleichung, der Schlüssel zu diesem Rätsel – er war die ganze Zeit da, direkt vor meiner Nase!

»Detective Stark«, sage ich. »Ich muss etwas gestehen. Es gibt da etwas, was Sie wissen müssen. Ich kannte Mr Grimthorpe in meiner Kindheit.«

Die Detective schüttelt den Kopf. »Na und? Was hat das hiermit zu tun?«

Alle Blicke ruhen auf mir. Cheryls Gesicht drückt boshafte Vorfreude aus.

»Mr Grimthorpe litt unter einer Schreibblockade«, erkläre ich. »Der Beweis ist gleich dort, in diesem schwarzen Moleskin-Notizbuch. Er war hochgebildet, aber er konnte kein einziges Wort schreiben. Ich erinnere mich ganz deutlich daran – auf seinem Schreibtisch im Herrenhaus waren ganze Stapel dieser Notizbücher, von denen er behauptete, es seien seine ersten Entwürfe. Sie waren genauso wie das eine, das Cheryl aus dem Karton an der Rezeption gestohlen hat – mit Monogramm und voller unleserlichem Gekritzel. Damals als Kind dachte ich, es wäre ein Code oder eine Geheimsprache. Aber das war es nicht. Das ist mir jetzt klar.«

»Wie üblich, Molly, ergibt das, was Sie sagen, keinen Sinn«, sagt Stark.

»Verstehen Sie denn nicht? Das schwarze Moleskin-Notizbuch ist der Beweis für ein Motiv«, sage ich. »Jemand hatte einen guten Grund, Mr Grimthorpe tot haben zu wollen.«

»Selbst ich verstehe nicht, worauf du hinauswillst«, sagt Angela.

»Ich auch nicht«, fügt Mr Preston hinzu.

»Um Himmels willen, Molly«, sagt Stark. »Jetzt spucken Sie's schon aus, ja?«

»Pfui. Ich werde nichts dergleichen tun«, sage ich. »Ich will auf das Motiv hinaus. Will heißen, einen Grund zu töten. Mr Grimthorpe hat seine Bücher nicht selbst geschrieben, kein einziges davon. Das war jemand anders.«

# Kapitel 23

Früher dachte ich, so etwas passiert nur in Filmen wie den alten Schwarz-Weiß-Klassikern, die Gran und ich immer an Filmabenden zusammen in unserer Wohnung anschauten, auf unserem abgewetzten Sofa aneinandergekuschelt. Aber jetzt weiß ich, dass es auch im richtigen Leben passieren kann – dass ein Abschnitt der eigenen Vergangenheit vor dem geistigen Auge ablaufen kann wie ein Spielfilm; dass man blitzartig eine Lebensphase vor sich sehen kann und sich an alles erinnert, was man damals durchlebt, was einen bis zu diesem Augenblick geführt und einen zu der Person gemacht hat, die man ist.

Das ist es, was ich jetzt erlebe, als ich Detective Stark die Wahrheit über diese wenigen schicksalhaften Wochen erzähle, in denen ich mit Gran im Herrenhaus der Grimthorpes gearbeitet habe, als ich Silber polierte, in der Bibliothek las und mich mit einem verhaltensgestörten Mann anfreundete, einem Schriftsteller, dem ich Ideen lieferte, ohne zu ahnen, dass er damit einen internationalen Bestseller schreiben würde. Ich habe das alles in Technicolor erneut durchlebt. Und ich habe es noch einmal mit neuen Augen gesehen.

Mr Snow schlug vor, Detective Stark und ich sollten uns in sein Büro zurückziehen, wo wir ungestört sind, und da befinden wir uns jetzt seit einer Stunde. Ich sitze auf einem Stuhl einer stattlichen Polizistin gegenüber, die mich schon immer eingeschüchtert hat. Und ich erzähle ihr meine Lebensgeschichte.

Eins muss ich ihr zugutehalten: Zum allerersten Mal hört Stark aufmerksam und geduldig zu. Ausnahmsweise erkennt sie, dass ich ihr voraus bin, dass ich etwas weiß, was sie nicht weiß. Ich sehe, wie sie sich bemüht, die Fakten zusammenzufügen, die Vergangenheit mit dem in Verbindung zu bringen, was vor Kurzem hier geschah – mit dem ungelösten Rätsel um den vergifteten Autor im Regency Grand Hotel.

Gran hat immer gesagt: *Geschichten sind eine Möglichkeit, sich in jemanden hineinzuversetzen.*

Sie hatte recht. Jedes Märchen lehrt eine Lektion.

*Das Ungeheuer gibt es wirklich, nur nicht so, wie man es sich vorgestellt hat.*

*Kein Geheimnis bleibt für immer verborgen.*

*Das Dienstmädchen wird am Ende rehabilitiert werden.*

»Rattattattatta«, sage ich zu Detective Stark. »Im Hintergrund war immer dieses Geräusch, das Maschineschreiben seiner persönlichen Sekretärin. Mr Grimthorpe selbst hat mit der Hand geschrieben, aber ich habe nicht ein einziges Mal gesehen, dass er mit diesen schwarzen Notizbüchern etwas anderes angefangen hätte, als darin herumzukritzeln. Er hat mir damals gesagt, seine persönliche Sekretärin würde abtippen, was er schreibt, und ich habe ihm geglaubt. Aber jetzt denke ich, dass das gar nicht stimmte.«

»Sie haben eben gesagt, Sie hätten ihm die Idee für das Ende seines erfolgreichsten Romans geliefert«, sagt Detective Stark. »Die Auflösung mit der Lauge.«

»Ja. Das war meine Idee. Aber was, wenn er auch den Rest der Geschichte, den Rest all seiner Geschichten von jemand anderem bekommen hat? Vielleicht war diese Sekretärin mehr als eine Schreibkraft. Vielleicht war sie …«

»Eine Ghostwriterin?«, schlägt Stark vor.

»Ja«, erwidere ich.

»Eine Ghostwriterin, die im Verborgenen arbeitete, während der Betrüger im Rampenlicht den ganzen Ruhm eingeheimst hat«, sagt Stark.

»Und die schwindelerregend hohen Honorare kassiert hat«, füge ich hinzu. »Müsste das nicht Unzufriedenheit hervorrufen? Wäre das kein Motiv für Rache?«

Unvermittelt steht Detective Stark auf und läuft durch den Raum. Die Vibrationen ihrer schweren Schritte pflanzen sich bis in mein Rückgrat fort.

»Ich habe im Lauf der Zeit einige Schriftsteller kennengelernt«, sagt sie. »Diejenigen, die Polizeikrimis schreiben, lassen sich manchmal von mir beraten. Sie wollen wissen, ob die Details stimmen. Sagen wir einfach, diese Autoren wissen verdammt viel darüber, wie man jemanden ermordet, ohne eine Spur zu hinterlassen. Die Frage ist: Könnte ein Schriftsteller – oder eine Ghostwriterin – dieses Wissen einsetzen und einen echten Mord begehen? Und falls ja, könnte sie damit durchkommen?« Detective Stark bleibt abrupt stehen. »Molly, ich glaube, ich habe Sie unterschätzt.«

»Wie meinen Sie das?«

»Ich weiß nicht immer, wovon Sie reden. Aber Sie haben gerade eine ganze Reihe von Hinweisen miteinander verknüpft, von denen mir nicht einmal klar war, dass es Hinweise *sind*. Ich brauche Ihre Hilfe.«

»Meine Hilfe? Wobei?«

»Wir unternehmen einen Ausflug mit dem Auto.«

Mit Detective Stark irgendwohin zu fahren, ist das Beängstigendste, was ich mir im Moment vorstellen kann. »Wohin fahren wir?«

»Zum Anwesen der Grimthorpes natürlich.«

Jetzt fahre ich also in einem von Detective Stark gelenkten Streifenwagen durch die Außenbezirke der Stadt. Dass ich mich auf dem Beifahrersitz befinde anstatt hinter der kugelsicheren Scheibe auf der Rückbank, tröstet mich nur marginal. Ich fühle mich wieder wie ein kleines Mädchen, während wir uns einem Haus nähern, von dem ich nie gedacht hätte, dass ich es noch einmal wiedersehen würde, und dann nicht einmal mit meiner geliebten Gran, sondern mit dieser einschüchternden Polizistin am Steuer neben mir. Meine Hände zittern. Ich umklammere den Türgriff, wie ich es auch vor all den Jahren im Taxi bei meinem ersten Besuch in diesem Herrenhaus tat.

Ehe wir uns auf den Weg machten, telefonierte Stark mit einem Richter. Sie erklärte ihm alles und sprach sich für einen Haussuchungsbefehl aus, dessen eine Ecke jetzt aus der Innentasche ihrer schwarzen Jacke ragt.

»Ist es noch weit?«, fragt Stark, während sie auf die Straße vor uns blickt.

»Nein. Nur noch fünf Minuten.«

Stark nickt, dann lässt sie den Blick über die herrschaftlichen Häuser gleiten, die hier und dort in diesem dicht besiedelten, baumbestandenen Vorort stehen. »Verdammt schnieke Gegend«, sagt sie.

»Übertrifft meine kühnsten Träume«, sage ich.

Nach der nächsten Kurve kommt das Anwesen der Grimthorpes in Sicht. »Das ist es. Da vorn.«

Das monumentale dreistöckige Herrenhaus ist noch genauso beeindruckend wie damals, als ich ein Kind war, mit seinen drei Reihen schwarz gerahmter Fenster – das furchterregende Gesicht einer achtäugigen Spinne.

Stark fährt direkt vor das schmiedeeiserne Tor. Der schwarze Lack blättert ab, und es setzt Rost an. Der Wachturm ist nur einen Steinwurf entfernt, und die getönten Fenster verbergen, wer sich im Inneren befindet.

Detective Stark hält an. Wir steigen beide aus und gehen zum Tor.

Die Knöpfe der Gegensprechanlage sind mit der Zeit verwittert und rissig geworden. »Sie müssen beim Pförtner klingeln«, sage ich. »Er ist in dem Wachturm dort.«

Stark legt die Hand auf das Tor und drückt. Es quietscht, lässt sich aber mühelos öffnen.

»Oh«, sage ich. »Die Dinge haben sich geändert.«

Ich folge der Detective durchs Tor.

Wir gehen den vertrauten, von blutroten Rosen flankierten Weg entlang. Die Knospen beginnen gerade, sich zu öffnen. Sie verströmen einen himmlischen Duft, hypnotisierend und sirupsüß.

»Dieses Haus hat auch schon bessere Zeiten gesehen«, sagt Stark. »Sieht aus wie Fawlty Towers.«

Das Herrenhaus ist renovierungsbedürftig – der Anstrich ist verblichen und rissig. Die Rosen sind das Einzige, was gut gepflegt wirkt.

Wir kommen zur vornehmen Haustür mit dem Löwentürklopfer, dessen Messing sich in der Witterung schwärzlich verfärbt hat. Bei meinem letzten Besuch hier war meine kleine Hand in Grans Hand geborgen. Diese Erinnerung trifft mich mitten ins Herz.

»Sie klopfen an, ich übernehme das Reden«, sagt Detective Stark.

Ich packe den Messingkiefer und klopfe dreimal.

Schwere Schritte, Schlurfen, dann dreht sich der Knauf, und die gewaltige Tür öffnet sich. Vor uns steht ein grauhaariger Mann mit vorstehenden Augen und einem ledernen Werkzeuggürtel um die Taille, in dem Pflanzkellen, Baumscheren, Heckenscheren und anderes Gerät stecken. Mit zunehmendem Alter ist er rundlicher geworden, sein Körper ist kein Ausrufezeichen mehr, sondern eher wie ein Fragezeichen geformt. Doch als ich ihm in die Augen sehe, erkenne ich ihn sofort wieder.

»Jenkins? Sind Sie das?«

»Molly? Molly Gray?«

»Sie erinnern sich an mich.«

»Natürlich«, erwidert er. »Meine kleine Maus. Das Silbermädchen, das alles bis zur Perfektion poliert hat. Ach, ist das lange her. Es war ein düsterer Haushalt damals. Aber Sie haben alles zum Glänzen gebracht.«

»Sie waren freundlich zu mir«, sage ich, »aber ich hatte ein bisschen Angst vor Ihnen. Ich war noch zu klein, um gute von schlechten Seelen unterscheiden zu können.«

»Sie waren ein entzückendes kleines Ding, voller jugendlicher Energie. Ich habe oft gelauscht, wenn Sie Ihre fantasievollen Geschichten erzählt haben. Und auch so fleißig. Ihre Großmutter war immer so stolz auf Sie. Wie geht es Flora?«

»Sie ist gestorben«, berichte ich sachlich.

»Ach, das tut mir leid. Sie war eine gute Frau.«

»Die allerbeste«, sage ich.

»So weit dazu, dass ich das Reden übernehme«, kommentiert Detective Stark seufzend.

Jenkins wendet sich der stattlichen Polizistin neben mir zu. »Und Sie sind?«

»Detective Stark«, erwidert sie. »Ich leite die Ermittlungen zum Tod des Hauseigentümers. Ich habe mich gefragt, wer zurzeit hier im Herrenhaus ist. Dachte, ich schaue mal vorbei.«

»Ich fürchte, im Moment ist außer mir niemand hier«, antwortet Jenkins. »Wir warten auf die Testamentseröffnung. Ich nehme an, das Anwesen wird irgendwann demnächst zum Verkauf angeboten. Mrs Grimthorpe dreht sich bestimmt im Grabe um.«

»Dürfte ich fragen, woran sie gestorben ist, Jenkins?«

»Ein Schlaganfall, vor fünf Jahren«, erwidert Jenkins, »unmittelbar nachdem sie in ihrem Garten eine Rose gepflückt hatte. Sie wissen ja, Molly, Mr Grimthorpe war immer schon sonderbar, aber danach wurde er noch sonderbarer. Paranoider. Er hat gesagt, ohne seine Frau würden seine Geheimnisse nie sicher sein. Aber er hat nie wieder zur Flasche gegriffen.

Er hatte Mrs Grimthorpe ein Versprechen gegeben, und das hat er gehalten. Ich vermute, das war der einzige Punkt, in dem er ihr treu war.« Jenkins hält inne und blickt hinab auf die Kiste zu seinen Füßen. Sie ist bis oben hin voller angelaufener Silbersachen, Schnickschnack und Gemälde. »Ich räume das Haus aus. Ich habe Anweisungen erhalten.«

Er mustert Stark von Kopf bis Fuß. »Also … haben Sie einen Durchsuchungsbeschluss?«, fragt er.

»Ja«, sagt Stark. »Habe ich.« Sie zieht ihn aus der Jacke, und Jenkins betrachtet ihn einen Moment lang, ehe er ihn ihr zurückgibt.

»Jenkins, würde es Ihnen etwas ausmachen, wenn ich mich auch ein bisschen umsehe?«, frage ich. »Es würde mir sehr viel bedeuten. Ich habe so schöne Erinnerungen an dieses Haus.«

»Da könnten Sie glatt die Einzige sein, die die hat«, erwidert er. An Stark gewandt fragt er: »Haben Sie es schon herausgefunden – wer Mr Grimthorpe vergiftet hat?«

»Nein«, erwidert Stark. »Aber das werden wir schon. Es ist nur eine Frage der Zeit.«

Jenkins nickt, die tiefen Falten in seinem Gesicht wie eine Karte nicht gelüfteter Geheimnisse. »Sie können reinkommen«, sagt er. »Ich bin im Empfangssalon und räume da alles aus. Hat keiner was für alte Sachen übrig heutzutage. Veränderungen stehen bevor.«

»Danke, Jenkins«, sage ich, als er den Karton mit den ausrangierten Sachen zur Seite schiebt, damit wir vorbeikönnen. Die Kristallsplitter des modernistischen Kronleuchters über uns sind so voller Spinnweben, dass die gesamte Lampe eher wie Treibholz wirkt.

»Hier entlang«, sage ich zu Detective Stark und führe sie die Haupttreppe hinauf. Die Stufen knarren noch schlimmer als früher, ächzen und stöhnen unter jedem Schritt.

Oben angekommen, sage ich: »Folgen Sie mir«, und gehe

über den Flur, in dem die Lampen sich automatisch einschalten – zumindest die mit intakten Glühbirnen. Die Damasttapete ist ausgeblichen und glanzlos. Einst sah ich Augen in ihrem Muster, aber jetzt nicht mehr. Waren sie jemals wirklich da, oder haben sie nur in meiner Einbildung existiert?

Wir passieren ein Schlafzimmer nach dem anderen, die Türen stehen offen, aber überall sind die Vorhänge zugezogen.

»Es ist schmutzig hier«, stellt Detective Stark fest.

Sämtliche Ecken, alle Wandleuchter sind von einer dicken Schmutz- oder Staubschicht bedeckt. »In diesem Haus gibt es schon sehr lange kein Dienstmädchen mehr«, sage ich. Ich frage mich, ob Gran das letzte war. Vielleicht hat Mrs Grimthorpe niemandem mehr getraut, nachdem sie sie entlassen hatte.

Wir gelangen zur Bibliothek am Ende des Flurs. Ich gehe ans Fenster, ziehe die Vorhänge zurück und lasse Licht durch das deckenhohe Fenster hereinströmen.

Dieser Raum ist nicht mehr das, was er einmal war. Die Bücher sind vernachlässigt, die ledernen Buchrücken staubig. Detective Stark betrachtet alles – die Leiter mit den Rädern, die verstaubte Nymphe, die einen schmutzigen Lampenschirm trägt, die Bücherregale, die alle vier Wände säumen. Sie entdeckt die Unregelmäßigkeit sofort, das eine Buch, das ein Stück vorsteht und nicht staubig ist – das *Oxford Dictionary* an der vierten Wand.

»Das ist es?« Sie deutet darauf.

»Ja. Die Geheimtür, eine Pforte in eine andere Dimension.« Ich trete vor und drücke dagegen. Die vierte Wand öffnet sich und gibt den Blick auf Mr Grimthorpes Arbeitszimmer frei.

»Jetzt schau sich das einer an«, sagt Stark, die Augen staunend aufgerissen.

Sein Schreibtisch steht noch an derselben Stelle wie früher, und darauf türmen sich Stapel von schwarzen Moleskin-Notizbüchern mit Monogramm. Sie haben sich beträchtlich vervielfältigt, seit ich das letzte Mal hier war. Zu den Stapeln auf dem Schreibtisch sind weitere am Boden gekommen, von denen mir manche bis zur Taille gehen. Der Raum ist derart damit vollgestellt, dass nur ein schmaler Weg zu Mr Grimthorpes Schreibtisch und ein weiterer zum Bücherregal an der hinteren Wand frei geblieben sind.

»Hoppla«, sagt Stark. »Das ist ja abgedreht. War Grimthorpe ein Messie?«

»In gewisser Weise. Der Herr über alles. Und über nichts.«

Stark nimmt eines der Moleskins, schlägt es behutsam irgendwo auf und findet nur unleserliches Gekritzel und Gekrakel. »Nicht zu entziffern. Genau wie das, das Cheryl verkauft hat«, sagt sie.

Sie sieht sich noch ein paar Notizbücher an, und ich mache das Gleiche, obwohl es mir widerstrebt, meine Hände damit zu beschmutzen. Der Inhalt ist so, wie ich ihn in Erinnerung habe – Gekritzel und Gekrakel, keine richtige Schrift, kein Code und schon gar kein handschriftlich verfasster Roman.

»Da ist nichts, was jemand hätte abtippen können«, sagt Stark schließlich.

»Eben«, erwidere ich. »Und Mr Grimthorpe hat nie auf der Maschine geschrieben. Das war immer seine Sekretärin, die da getippt hat, im Verborgenen, während diese Notizbücher sich vermehrt haben, unangetastet.«

Stark entdeckt etwas in dem Bücherregal an der hinteren Wand, ein weiteres Buch, das ein Stück vorsteht und das einzige in diesem Regal, das nicht staubig ist – ein zweites *Oxford Dictionary*. Sie geht hin und drückt dagegen. Eine Tür in der Wand springt auf.

»Was?«, rufe ich aus. »Das ist mir gar nicht aufgefallen!«

»Wie schön, dass ich auch zu etwas nutze bin«, entgegnet Stark. Sie geht durch die schmale Tür und gelangt in ein modernes Büro, makellos sauber und strahlend weiß – ein krasser Kontrast. Ich folge ihr. In einer Ecke befindet sich eine Wendeltreppe nach unten, die wohl zum Seiteneingang des Herrenhauses führt. Modul-Regale von IKEA säumen eine Wand, und in den Fächern liegen ausgedruckte Manuskripte, die Blätter ordentlich übereinandergelegt und mit Gummibändern zusammengebunden. Jeder von Mr Grimthorpes Romanen belegt ein Fach und hat ein ordentlich beschriftetes Titelblatt. Sie sind nach Erscheinungsjahr geordnet, vom neuesten Roman, der auf glattem, weißem Papier ausgedruckt wurde, bis hin zu seinem größten Bestseller, *Das Dienstmädchen im Herrenhaus,* dessen Manuskript im Lauf der Zeit vergilbt ist.

»Sieht nach den Manuskripten seiner Romane aus«, sagt Stark, kauert sich hin und besieht sie sich genauer.

Sie steht wieder auf und geht hinüber zu einem einfachen Schreibtisch an einer Seite des Zimmers, auf dem ein zugeklapptes roségoldenes MacBook und daneben ein Drucker stehen, sonst nichts.

Dann entdecke ich sie. In einem Nischenbogen hinter dem Schreibtisch steht eine alte Schreibmaschine, und darüber hängt ein einzelnes Foto in einem vergoldeten Rahmen. Ich gehe näher heran, um es besser erkennen zu können.

Was ich darauf sehe, ist eine große Überraschung, aber andererseits ist das alles nur logisch. Da steht sie, die Frau mit dem blauen Kopftuch und den blauen Handschuhen, einen Arm um ein kleines Mädchen gelegt, das ihr Ebenbild ist. »Das ist sie«, sage ich. »Die Dame in Blau, seine frühere persönliche Sekretärin. Als ich ein Kind war, kam sie jeden Tag durch den Seiteneingang hier herauf. Ich bekam nie heraus, wo ihr Büro war, aber ich habe sie ständig tippen gehört.«

Stark kommt zu mir und betrachtet das Foto aus nächster Nähe. »Aber wer ist das Kind neben ihr?«

Wieder einmal weiß ich etwas früher als Detective Stark. Ich habe eins und eins zusammengezählt und bin auf eine Summe gekommen, die mehr ist, als ich gedacht hätte. »Sie erkennen sie nicht? Schauen Sie genau hin.«

Stark kneift die Augen zusammen. »Himmel. Ist sie das?«

»Ja«, bestätige ich. »Die Ähnlichkeit ist frappierend, nicht wahr? Dieses kleine Mädchen ist Ms Serena Sharpe.«

# Kapitel 24

Wie überaus nett von Ihnen, unbefugt hier einzudringen und in meinem Büro herumzuschnüffeln. Bitte fühlen Sie sich wie zu Hause.«

Detective Stark und ich fahren zusammen und drehen uns um. An der Tür steht Ms Serena Sharpe, in ihrer Hand klimpern Autoschlüssel.

»Der Mann unten hat uns eingelassen«, erklärt Stark.

»Das habe ich gehört. Dürfte ich fragen, was zum Teufel Sie in meinem Büro treiben?«

»Ich kannte Ihre Mutter«, platze ich heraus. »Oder besser gesagt, ich kannte sie nicht, aber ich habe sie gesehen, als ich als Kind hier mit meiner Großmutter gearbeitet habe. Sie war Mr Grimthorpes persönliche Sekretärin. Dieses Foto – Sie sind ihre Tochter.« Ich deute auf das Bild an der Wand.

Ms Sharpe seufzt. »Ja. Das ist meine Mutter. Na und?«

»Das haben Sie noch nie erwähnt«, sagt Detective Stark.

»Und dass Ihre Mutter die wahre Autorin von Mr Grimthorpes Büchern war, haben Sie auch nicht erwähnt«, füge ich hinzu.

Ms Sharpe fixiert mich mit ihrem Sphinxblick. Dann geht sie durch den Raum und stellt sich vor die Nische, in der die Schreibmaschine ihrer Mutter steht. Sie legt einen Finger auf den Buchstaben I. »Wie sind Sie darauf gekommen?«, fragt sie.

»Die Moleskin-Notizbücher«, sage ich. »Sie enthalten nur Gekritzel, und trotzdem *rattattatta*. Ihre Mutter hat ständig irgendetwas auf der Maschine geschrieben. Jeden Tag.«

Sie nickt bedächtig. »Mrs Grimthorpe hat sie ihrer Diskretion wegen ausgewählt, unter anderem. Meine Mutter war gut darin, sich im Hintergrund zu halten, und glänzend im Bewahren von Geheimnissen.« Ms Sharpe betrachtet das Foto. »Grimthorpe war nie ein richtiger Schriftsteller. Ganz früher, bevor er die Schreibblockade bekam, hat er sich ungeheuerliche Plots und Verwicklungen ausgedacht, die er meiner Mutter in langen Suaden vorgestellt hat. Sie hat seinen Wahnsinn dann in etwas Vernünftiges, Romanartiges gegossen, etwas, das auf dem Papier fesselnd war. Sie war so gut darin, dass sie ihn zu einem Bestsellerautor machte. Aber die wahre Magie hinter seinen Büchern kam immer von ihr.«

»Er hat sie geheim gehalten«, sage ich.

»Ja«, bestätigt Ms Sharpe. »Mrs Grimthorpe kannte die Wahrheit, aber sonst niemand.«

»Warum haben Sie mir bisher nichts davon erzählt?«, fragt Stark. »Als Sie zu mir auf die Wache kamen, haben Sie Ihre Mutter nicht erwähnt, und Sie haben sich geweigert, sich zu dem zu äußern, was Mr Grimthorpe ankündigen wollte.«

Ms Sharpe geht hinter ihren Schreibtisch und setzt sich auf ihren makellosen Bürostuhl. »Ich konnte es Ihnen nicht sagen, weil ich einen Vertrag unterschrieben habe«, erklärt sie. Sie deutet auf die beiden weißen Stühle vor ihr. »Bitte, setzen Sie sich.«

Detective Stark fügt sich. Ich nehme neben ihr Platz.

Ms Sharpe verschränkt die Hände und legt sie auf den Schreibtisch. »Ich weiß seit vielen Jahren, dass meine Mutter seine Ghostwriterin war. Ich habe sie angefleht, eine angemessene Vergütung und einen Anteil an J. D.s Beteiligungen zu verlangen, aber sie war eine alleinerziehende Mutter, die große Angst vor ihrem Chef und dem Verlust eines sicheren Arbeitsplatzes hatte. Sie wusste, dass sie mehr verdient hatte, aber sie konnte sich nie dazu durchringen, ihn oder seine Frau mit Forderungen zu konfrontieren. Sie wollte sich nicht ihrem Zorn aussetzen.« Ms Sharpe verstummt und blickt durch die offene Tür in Mr Grimthorpes chaotisches Arbeitszimmer. »So ein belesener Mann, und dennoch konnte er kein vernünftiges Buch schreiben. So kaputt.«

»Kaputt und mächtig«, sage ich. »Er konnte einem das Gefühl geben, man sei etwas Besonderes und trotzdem zugleich sehr klein.«

Ms Sharpes Augen weiten sich. »Ganz genau. Als meine Mutter letztes Jahr starb, ohne je eine anständige Vergütung für ihre Texte erhalten zu haben, habe ich vor Wut gekocht. Sie hatte ihr ganzes Leben lang knausern müssen. Über Jahrzehnte hatte sie nur ein Sekretärinnengehalt bezogen. Die Angst ließ sie schweigen, aber bei mir funktionierte das nicht. Ich habe einen Plan ersonnen.«

Detective Stark und ich wechseln einen Blick. »Fahren Sie fort«, sagt sie.

»Ich habe mein BWL-Studium abgebrochen und den Posten als Mr Grimthorpes persönliche Sekretärin übernommen. Er war begeistert. Er hatte Kontinuität und Verschwiegenheit, und das mit einem jüngeren, hübscheren Modell. Er war so töricht anzunehmen, dass ich ebenfalls schreiben kann, aber ich hatte nie das Talent meiner Mutter fürs Geschichtenerzählen. Als ihm das klar wurde und er drohte, mich zu entlassen, habe ich ihm meinerseits gedroht.«

»Womit?«, fragt Detective Stark.

»Ich habe ihm gesagt, ich würde ihn als den Betrüger entlarven, der er war, ich würde der ganzen Welt erzählen, dass meine Mutter die wahre Autorin seiner Bücher ist«, sagt sie und deutet auf die Fächer mit den Manuskripten. »Ich habe ihm gedroht, ich würde ihn auf jeden Cent verklagen, den er je damit verdient hat … es sei denn, er akzeptiert meine Bedingungen.«

»Und die waren?«, frage ich.

»Eine Pauschalzahlung in Höhe von fünf Millionen Dollar und einhundert Prozent seiner Beteiligungen von jetzt an für jedes Buch, das meine Mutter geschrieben hat.«

»Will heißen, für alle«, sagt Stark.

»Ja«, bestätigt Ms Sharpe.

»Wie hat er reagiert?«, frage ich.

»Mit eisiger Ruhe. Ich glaube, ihm war klar, dass er das verdient hatte.« Ms Sharpe legt die Hände auf den zugeklappten Laptop vor ihr. »Er hat meine Bedingungen akzeptiert und nicht einmal versucht, mich dazu zu bewegen, Stillschweigen über die Rolle meiner Mutter zu bewahren. Aber im Gegenzug hatte er selbst ein paar Forderungen.«

»Und zwar?«, frage ich.

»Er bestand darauf, die Neuigkeit selbst bekannt zu geben. Er wollte die Kontrolle über die Botschaft.«

»Daher die Pressekonferenz im Hotel«, bemerkt Stark.

»Ja. Und er ließ mich einen Vertrag unterschreiben, der vorsieht, dass unsere gesamte Abmachung null und nichtig ist, wenn ich vor dem großen Ereignis irgendetwas durchsickern lasse.«

»Will heißen, kein Geld für Sie«, sagt Stark.

»Will heißen, keine Anerkennung für meine Mutter«, entgegnet Ms Sharpe in rasiermesserscharfem Ton. »Deshalb durfte ich nichts sagen, als Sie mich gefragt haben, was Mr Grimthorpe bei der Pressekonferenz ankündigen wollte. Ich wollte nicht, dass der Vertrag nichtig wird.«

Ms Sharpe verstummt, zieht das Dokument aus einer Aktenschublade und reicht es Stark, die es ernst durchliest und dann nickt.

»Was passiert jetzt?«, frage ich. »Da Tote nicht mehr reden können.«

»Ich habe einen Anwalt konsultiert. Anscheinend stecke ich in der Klemme. Wenn ich die Wahrheit enthülle, keine Vereinbarung, selbst nach seinem Tod.«

»Anerkennung für Ihre Mutter zu bekommen bedeutet also den Verzicht auf jeden finanziellen Gewinn?«, frage ich.

»Korrekt«, erwidert Ms Sharpe mit einem Lächeln, das nicht ganz bis in ihre Katzenaugen reicht.

Detective Stark steht auf und läuft vor Ms Sharpes Schreibtisch auf und ab. »Sie müssen ihn gehasst haben«, sagt sie unvermittelt.

»Das tue ich immer noch«, erwidert Ms Sharpe.

»Dann lassen Sie mich Ihnen diese Frage stellen: Haben Sie ihn so sehr gehasst, dass Sie ihn vergiftet haben?«

Ms Sharpe lacht, aber es klingt dünn und blechern. »Haben Sie denn gar nichts begriffen? Tot nutzt er mir nichts.«

»Lebendig hat er Ihnen auch nichts genutzt«, halte ich fest.

Stark sieht mich an, die Lippen zu einem fast unmerklichen Lächeln verzogen.

»Täuschen Sie sich nicht«, sagt Ms Sharpe. »Ich habe diesen Mann mit jeder Faser gehasst. Er hat meine Mutter auf vielerlei Arten ausgenutzt, mehr, als ich aufzählen kann. Er hat ihre Talente benutzt und als seine eigenen verkauft. Er hat auch noch anderes getan.«

»Wie zum Beispiel?«, fragt Stark.

»Er hat Ihrer Mutter unerwünschte Avancen gemacht und das dann gegen sie verwendet«, sage ich.

Ms Sharpe mustert mich neugierig. »Woher wissen Sie das?«

»Meine Großmutter«, erwidere ich. »Bei ihr hat er das auch gemacht. Ich vermute, er hat es bei allen seinen weiblichen Angestellten gemacht, und deshalb hat Mrs Grimthorpe auch darauf beharrt, nur die beiden Frauen, denen sie vertraute, im Haus zu haben. Und mit vertrauen meine ich, die Frauen wurden gezwungen, Stillschweigen zu bewahren.«

»Ihre Großmutter und meine Mutter.«

»Ja.«

»Er ist sein ganzes Leben lang damit durchgekommen, er hat es sogar bei mir versucht«, erzählt Ms Sharpe. »Ich schwöre, ich habe ihn so wütend von mir gestoßen, dass ich ihn fast getötet hätte. So ein mächtiger Mann und dabei so schwach. Ich habe immer gedacht, dass er eines Tages einfach tot umfällt, weil er so empfindlich war. Ich hatte mich schon darauf gefreut. Ich hätte nur nicht damit gerechnet, dass er genau am falschen Tag stirbt.«

Ein Wort, das sie verwendet hat, ragt heraus. »Empfindlich«, sage ich. »Warum beschreiben Sie Mr Grimthorpe als empfindlich?«

»Der jahrelange Alkoholismus hatte seinen Tribut gefordert. Seine Leber und seine Nieren waren hinüber«, erklärt Ms Sharpe.

»Was erklärt, warum das Frostschutzmittel ihn so schnell außer Gefecht gesetzt hat«, ergänzt Detective Stark. »Seine Organe konnten das Gift gar nicht mehr abbauen.«

In diesem Augenblick erscheint Jenkins an der Tür des Büros. Er trägt ein Tablett mit einer dampfenden Teekanne und drei Porzellantassen, die ich von früher wiedererkenne. »Ma'am? Ihr Tee. Ich wusste nicht, ob Sie auch Tassen für Ihre Gäste möchten.«

»Meine Gäste? Sie haben sie doch eingelassen, Jenkins«, entgegnet Ms Sharpe.

»Mir ist nicht viel anderes übrig geblieben«, sagt er, aber er sieht ihr nicht in die Augen. »Jedenfalls habe ich Tee für drei gebracht.« Er stellt das Tablett auf ihrem Schreibtisch ab, lächelt mir zu und schlüpft wieder hinaus.

Ms Sharpe nimmt die Kanne und schenkt Tee in die drei

Tassen ein. »Also bedienen Sie sich ruhig«, fordert sie Detective Stark und mich auf.

»Ich trinke meinen schwarz«, sagt Stark und ergreift die zarte Tasse, die zu klein wirkt für ihre großen Hände. »Bin keine große Teetrinkerin. Kaffee ist eher mein Ding.«

Auch ich nehme eine der entzückenden Porzellantassen vom Tablett. Ich gebe einen Tropfen Milch hinein und rühre mit einem angelaufenen Silberlöffel um, der einen zarten melodischen Klang erzeugt, wenn er das edle Porzellan streift, das gleiche Klingeln, das ein Regency-Grand-Löffel an einer Regency-Grand-Teetasse erzeugt.

Bei diesem Gedanken schnappe ich nach Luft und hätte mir fast den heißen Tee über den Schoß gegossen. Ich lege den Löffel auf die Untertasse und stelle die Teetasse auf Ms Sharpes Schreibtisch ab.

Mein Herz beginnt zu hämmern. Von einem Augenblick zum anderen fügt sich alles zusammen, jedes Detail, jede Unbekannte, alles fügt sich perfekt ineinander. Mir stockt der Atem. Der Raum kippt zur Seite. »Detective Stark«, sage ich. »Wir müssen zum Hotel. Sofort!«

»Aber wir sind doch gerade erst hier angekommen. Und ich habe noch mehr Fragen an Ms Sharpe.«

»Nein! Keine Fragen mehr. Dafür haben wir keine Zeit. Wir müssen schleunigst zum Regency Grand!«

»Was zum Teufel ist denn los, Molly? Warum haben Sie es plötzlich so eilig?«, fragt Stark.

»Weil nicht Ms Sharpe Mr Grimthorpe getötet hat. Und ich weiß jetzt genau, wer es stattdessen war.«

# Kapitel 25

Vor langer Zeit hat Gran mir eine wahre Geschichte über ein Dienstmädchen, eine Ratte und einen Löffel erzählt, die ich nie vergessen habe. Einem Dienstmädchen in einem Schloss wird die Schuld am Verschwinden eines Silberlöffels gegeben, aber Jahre später wird dieser Löffel in einem Nest neben dem Skelett der Ratte gefunden, die ihn stibitzt hatte.

Daran denke ich jetzt, während ich neben Detective Stark in ihrem Streifenwagen sitze. Wir stehen gleich draußen vor dem Tor zum Grimthorpe'schen Anwesen, und auf dem Schoß habe ich ein edelsteinbesetztes Ei, ein Abschiedsgeschenk von Jenkins.

Gerade habe ich der Polizistin in allen Einzelheiten erklärt, warum wir so eilig zum Regency Grand zurückmüssen. Ich habe ihr alles erzählt, was ich weiß, alles, woran ich mich noch erinnere.

»Ich fasse es nicht«, sagt Stark, als ich geendet habe. »Molly, wie zur Hölle haben Sie sich das alles zusammengereimt?«

»Details. Man hat Ihnen ja schon gesagt, dass ich ein Auge dafür habe, aber Sie haben es nicht geglaubt. Mir mag entgehen, was für Sie offensichtlich ist, aber ich hatte schon immer ein Gespür für das, was andere ignorieren. Wir sind alle gleich, aber auf unterschiedliche Weise, Detective Stark. Das hat meine Großmutter mich vor langer Zeit schon gelehrt.«

»Ich … bedauere, dass ich … Sie unterschätzt habe«, sagt Stark. Es klingt, als hätte sie einen Frosch im Hals, weil sie für diese paar Worte so lange braucht.

»Die meisten Menschen unterschätzen mich«, erwidere ich. »Aber das spielt im Moment keine Rolle. Wir müssen uns beeilen.«

Detective Stark nickt und lässt den Motor an. Mein Rücken wird in den Sitz gedrückt, als sie beschleunigt und die Straße entlangrast.

»Übrigens«, sagt sie, sobald wir unterwegs sind, »warum hat dieser eigenartige Mann darauf bestanden, dass Sie diesen albernen alten Plunder mitnehmen?« Sie wendet den Blick für einen Augenblick von der Straße ab und sieht das angelaufene Schmuck-Ei in meinem Schoß an.

»Das Fabergé-Ei?«

»Sie glauben doch nicht wirklich, dass es ein Fabergé-Ei ist, oder, Molly? Das ist Nippes aus dem Ein-Dollar-Laden.«

»Schönheit liegt im Auge des Betrachters, Detective. Dieses Ei hat mir als Kind viel bedeutet, und ich werde es in Ehren halten. Man muss hinter die Fassade blicken, um den wahren Wert in allem zu erkennen.«

»Reden Sie immer noch von dem Ei?«, fragt Stark.

»Was glauben Sie denn, wovon ich rede?«, frage ich zurück.

Detective Stark antwortet nicht, aber ich spüre, dass der Wagen noch weiter beschleunigt. Während wir Richtung Regency Grand brettern, schaltet sie Blaulicht und Sirene ein.

Wir erreichen das Hotel in Rekordzeit und kommen mit quietschenden Reifen vor der Treppe mit dem roten Teppich zum Stehen.

»Molly, was ist denn los? Ist alles in Ordnung?«, fragt Mr Preston, als ich aus dem Auto springe und an ihm vorbeihaste.

»Keine Zeit!«, rufe ich ihm zu.

»Sie können nicht einfach einen Streifenwagen mit Blaulicht im Ankunftsbereich stehen lassen«, schreit ein Angestellter des Parkdienstes Detective Stark zu.

»O doch, ich kann!«, gibt sie zurück, während wir beide schon durch die Drehtür eilen.

Wir rennen zur Rezeption, wo Mr Snow gerade Gästen behilflich ist.

»Haben die LAMM-Frauen schon ausgecheckt?«, frage ich ihn.

»Molly, Sie unterbrechen uns«, sagt Mr Snow.

»Ich bitte vielmals um Entschuldigung für diesen Verstoß gegen das Protokoll zum Umgang mit Gästen, aber dies ist zufälligerweise ein Notfall.«

»Haben Sie sie gehört?«, fragt Stark. »Wann reisen diese gottverdammten Spinatwachteln ab?«

»Morgen«, antwortet Mr Snow.

»Wir müssen in das Zimmer einer dieser Frauen. Sofort«, verkündet Stark.

»Sie können nicht einfach ohne Anlass ein Gästezimmer betreten«, sagt Mr Snow. »Das ist eine Verletzung der Privatsphäre.«

»Ihr Zimmermädchen hat gerade entscheidende Informationen in diesem Fall aufgedeckt. Sie ist da etwas Großem auf der Spur«, erklärt Stark.

Mr Snows Augenbrauen erreichen den höchsten Punkt auf seiner Stirn. »In diesem Fall folgen Sie mir bitte«, sagt er.

Wir drei gehen zum Aufzug und fahren schweigend in den dritten Stock. Dort angekommen, finden wir Sunshine und Lily mit ihren Zimmermädchenwagen auf dem Flur. Sunshine blickt bestürzt, als sie uns sieht. Lily bleibt wie angewurzelt stehen.

»Molly, was ist los?«, fragt Sunshine.

»Keine Zeit!«, sage ich und marschiere hinter Mr Snow und Detective Stark auf Zimmer 404 zu.

Draußen vor der Tür bleiben wir stehen. »Sie machen die Honneurs«, sagt Mr Snow.

»Verhalten Sie sich einfach ganz normal, Molly«, sagt Detective Stark.

»Das ist eindeutig nicht meine starke Seite«, erwidere ich. Dennoch klopfe ich dreimal an. »Housekeeping!«, rufe ich mit fester, gebieterischer Stimme.

Wir warten und halten die Ohren an die Tür.

Nichts. Kein Laut.

»Da ist niemand«, sagt Mr Snow, holt seinen Universalschlüssel hervor und öffnet.

Wir gehen hinein und sehen uns um.

»Das ist eindeutig das richtige Zimmer«, sage ich.

Es wurde kürzlich gereinigt – das Bett ist perfekt gemacht, die Ecken der Laken sind akkurat untergeschlagen und eingesteckt –, aber um das Bett herum ist jeder Zentimeter Oberfläche mit allem möglichen Unrat bedeckt. Auf dem Boden stehen Kartons voller Ordner, jeder mit GRIMTHORPE und einer Ziffer beschriftet. Am Fenster liegt ein aufgeklappter Koffer, in dem sich bunt durcheinander Kleidungsstücke türmen, allesamt voller Katzenhaare.

Mr Snow hält sich die Nase zu.

»Das ist ja widerlich«, sagt Stark. »Hier sieht es aus, als wäre eine Ratte eingezogen. Reinigen die Zimmermädchen dieses Zimmer nicht täglich?«

»Doch, das tun wir«, sage ich. »Aber eine gründliche Reinigung können wir erst vornehmen, wenn der Gast abgereist ist. In einem belegten Zimmer können die Zimmermädchen nur die Oberflächen reinigen.«

Ich gehe zur Minibar am Fenster. Es ist genau so, wie ich es in Erinnerung habe: Auf dem kleinen Kühlschrank befindet sich eine Anhäufung von nicht dorthin gehörenden kleinen Regency-Grand-Shampooflaschen neben diversen angebrochenen Päckchen mit Knabbereien, deren Inhalt teilweise auf dem Boden verstreut liegt – Müsli, Kräcker –, und daneben ein großes Glas Erdnussbutter.

Detective Stark geht zum Schreibtisch gegenüber dem Bett, auf dem sich kreuz und quer Papiere, Aktenmappen, Notizblocks, Bücher und zusammengeknüllte Quittungen türmen. »Sehen Sie sich das an, Molly«, sagt Stark.

Ich gehe zu ihr. Sie deutet auf ein schwarzes Moleskin-Notizbuch mit dem Monogramm JDG. Daneben liegt ein weiteres schwarzes Moleskin, aber mit einem anderen Monogramm: BB.

Zwar bin ich daran gewöhnt, bei meiner Arbeit die persönlichen Gegenstände der Hotelgäste anzufassen, aber als ich nun Beulahs Moleskin-Notizbuch in die Hand nehme, nicht, um Ordnung zu machen, sondern, um hineinzusehen, fühlt sich das komisch an. Die erste Seite ist mit »Beinahezusammentreffen« überschrieben, und danach ziehen sich stichwortartige Notizen über viele Seiten.

»Es ist ein Verzeichnis«, sage ich zu Detective Stark, während Mr Snow zuschaut.

»Stimmt!«, ruft Stark aus. »Hier sind sämtliche Versuche, Mr Grimthorpe zu treffen, aufgeführt.«

Ich blättere durch die datierten Seiten, die viele Jahre zurückreichen. Aufs Geratewohl lese ich:

- Flyer geschickt, um ihn mit LAMM bekannt zu machen: KEINE ANTWORT.
- E-Mail an Website geschickt und mich als seinen größten Fan vorgestellt: KEINE ANTWORT.
- Private Telefonnummer und Adresse herausgefunden. Nachricht mit Kontakt-Info auf der Mailbox hinterlassen: KEINE ANTWORT.
- Zum fünften Mal als seine offizielle Biografin beworben, per Einschreiben geschickt: KEINE ANTWORT.

Ich blättere zu den neuesten Einträgen:

- Zettel unter der Zimmertür im Regency Grand durchgeschoben und ein Abendessen im Social vorgeschlagen: KEINE ANTWORT.
- Vor seinem Zimmer auf J. D. gewartet: TREFFER!
- Ihn gebeten, besorgniserregende neue Fakten zu entkräften: ABGELEHNT.
- Um Genehmigung gebeten, offizielle Biografie zu schreiben: ABGELEHNT.
- Um Einlass in sein Zimmer gebeten: TÜR VOR DER NASE ZUGEKNALLT.

»Von wann ist der letzte Eintrag?«, fragt Stark.

»Vom Tag vor der Pressekonferenz«, antworte ich.

Detective Stark und ich verschränken die Blicke.

»Ich sehe hier nichts, was uns entscheidend weiterbringt«, sagt Mr Snow und schüttelt den Kopf.

»Aber ich«, erwidere ich. »Ich brauche Lily.«

Ich lege das Notizbuch auf den Schreibtisch und stürze hinaus auf den Flur. Ihr Wagen hält eine Tür am anderen Ende des Flurs offen. Drinnen finde ich Lily. Sie saugt gerade den Teppich so, dass Zen-Garten-Linien entstehen.

»Lily!«, rufe ich, aber sie hört mich nicht. Ich schalte den Staubsauger aus. »Lily.« Sie schreit auf und weicht in eine dunkle Ecke neben dem Bett zurück.

»Schon gut«, sage ich. »Du bist nicht in Schwierigkeiten. Aber du musst jetzt sofort mit mir kommen.«

Ohne auch nur eine Sekunde zu vergeuden, nehme ich ihre Hand, eile mit ihr hinaus auf den Flur und zurück zu Zimmer 404, wo Mr Snow und Detective Stark warten.

Außer Atem bleibe ich vor Stark stehen, Lily neben mir.

»Lily«, sage ich. »Erinnerst du dich daran, wie wir neulich genau dieses Zimmer gereinigt haben?«

Sie nickt.

»Und erinnerst du dich daran, in welchem Zustand es war?«

Wieder nickt sie. »Es herrscht immer totales Chaos. Man kann kaum putzen bei dem ganzen Gerümpel. So war es bisher jedes Mal, wenn ich hier putzen wollte.«

»Genau«, erwidere ich. »Und weißt du noch, wie wir über die unzähligen Shampoofläschchen gelacht haben, und dass überall Essen herumlag so wie jetzt auch – angebrochene Müsli- und Crackerpackungen und dieses große Glas Erdnussbutter da drüben?«

Lily nickt. »Ja. Jetzt sieht es genauso aus.«

»Nicht ganz«, sage ich. »Neulich war an dem Glas Erdnussbutter etwas anders.«

»Es war offen, und ein Löffel steckte darin«, sagt sie.

»Genau! Ich habe den Löffel herausgenommen, den Deckel auf das Glas geschraubt und gefragt, wer so etwas macht, das Glas offen und den Löffel stecken zu lassen. Ich habe den Löffel abgewaschen, und dabei fiel mir auf, dass es kein Regency-Grand-Silberlöffel war, sondern ein gewöhnlicher aus Edelstahl aus dem Social. Weißt du noch?«

Lily nickt. »Ja. Ich habe dich gefragt, ob ich ihn zurück ins Restaurant bringen soll, aber du hast Nein gesagt. Wenn der Gast ihn brauche, sei es in Ordnung, ihn in seinem Zimmer zu lassen.«

»Ganz genau! Und ich habe diesen Edelstahllöffel auf die Minibar gleich neben das Glas Erdnussbutter gelegt. Aber da ist er nicht mehr. Er ist weg. Lily, hast du dieses Zimmer heute gereinigt?«

»So gut ich konnte. Leicht ist das nie.«

»Und hast du dabei diesen Löffel gesehen?«

Lily blickt von mir zu Mr Snow und weiter zu Detective Stark. Schließlich nickt sie.

»Wo?«

Sie deutet auf den Nachttisch und geht hin. »Er liegt gleich hier. Neben der Lampe.«

Ich eile zu ihr. Da ist er – derselbe gewöhnliche Edelstahllöffel. »Das ist der Löffel«, sage ich.

Detective Stark und Mr Snow kommen zu uns. Stark betrachtet den Löffel, dann beugt sie sich vor, zieht die Nachttischschublade auf und findet darin ein offenes, mit rotem Satin ausgeschlagenes Kästchen mit einem silbernen Regency-Grand-Honigtopf.

»O nein!«, sagt Lily. »Ich habe den Nachttisch abgewischt. Das ganze Ding war schmierig und klebrig. Ich habe ihn gründlich abgewischt, genau so, wie du es mir beigebracht hast, Molly – Grundreinigung, um mit sich selbst ins Reine zu kommen. Ich wusste das nicht. Ich wusste nicht, was in dieser Schublade ist!«

»Keine Sorge«, sage ich zu ihr. »Du hast alles so gemacht, wie es von dir erwartet wird.«

Detective Starks Gesicht wirkt abgespannt, ihre Augen sind geweitet. »Also hat die Mörderin die Waffe behalten. Sie hat sie in ein mit Satin ausgeschlagenes Kästchen gelegt. Das ist ganz ehrlich die merkwürdigste Mordtrophäe, die ich je gesehen habe.« Sie wendet sich an mich. »Molly, wir kannten von Anfang an das Verbrechen. Und den Tatort.«

»Mord. Im Teesalon«, erwidere ich.

»Jetzt haben wir ein Motiv«, fährt Detective Stark fort.

»Rache«, sage ich. »Rache für die Zurückweisung.«

»Ich fürchte, ich kann Ihnen nicht folgen«, wirft Mr Snow ein. »Wie um alles in der Welt kommen Sie darauf, dass die Bewohnerin dieses Zimmers des Mordes schuldig ist? Sie haben doch nur entdeckt, dass der Gast ein bisschen Silber stehlen wollte.«

»Genau da irren Sie sich, Mr Snow«, sagt Detective Stark. »Wir haben die Mordwaffe gefunden. Da ist sie.«

»Aber das sind doch nur ein Honigtopf und ein gewöhnlicher Löffel«, wendet Mr Snow ein.

Detective Stark zupft das Einstecktuch aus Mr Snows Brusttasche. »Darf ich?«, fragt sie.

Mr Snow zuckt die Achseln und rückt seine Brille zurecht.

Stark faltet das Einstecktuch auseinander und nimmt damit behutsam den Silberdeckel vom Honigtopf, ohne ihn mit den Fingern zu berühren. Sofort steigt ein süßlicher, verbrannter Geruch davon auf.

»Das riecht merkwürdig. Der Honig ist nicht mehr gut«, sagt Mr Snow. »Und er hat nicht die richtige Farbe.«

»Weil es kein normaler Honig ist«, sage ich.

»Was ist es dann?«, fragt Mr Snow, und sein Blick wandert zwischen mir und Detective Stark hin und her.

»Ein mit einer entscheidenden Zutat vermischter Honig«, antworte ich.

»Womit vermischt?«

»Mit gewöhnlichem Frostschutzmittel«, sagt Detective Stark.

# Kapitel 26

Als ich ein Kind war, machten Gran und ich es uns immer auf dem Sofa gemütlich, um *Columbo* zu schauen. Gran hatte jedes Mal großes Vergnügen daran, wenn der Mörder zu lügen begann.

»Riechst du es nicht, Molly?«, fragte sie einmal.

»Ich rieche gar nichts«, antwortete ich.

»Ich rieche eine Ratte«, trällerte sie mit ihrer Singsangstimme.

»Wir müssen sie einfangen, schnell!« Ich machte mir große Sorgen, dass eine neue Ungezieferplage unsere Wohnung befallen könnte.

»Ich meine das nicht wörtlich, Molly. Ich meine die Mörderin in *Columbo*. Kannst du sehen, wie sie lügt? Wie sie versucht, alles zu vertuschen?«

Der unstete Blick. Die wechselnden Angaben. Der Wunsch nach Geheimhaltung, der mit dem großen Bedürfnis nach Anerkennung ihres kriminellen Genies konkurrierte. »Ja«, sagte ich. »Jetzt sehe ich es auch.«

»Pass gut auf, was Columbo als Nächstes macht«, erwiderte Gran. »Achte darauf, wie er die Ratte aus ihrem Nest lockt.«

»Wie denn?«

»Mit Worten. Er legt einen Köder aus.«

Es ist diese Erinnerung, die mich auf die Idee bringt, was als Nächstes zu tun ist.

Wir vier – Mr Snow, Lily, Detective Stark und ich – stehen in der Lobby am Rezeptionstresen. Nachdem wir Zimmer 404 wieder verlassen hatten, wies Detective Stark drei ihrer Spezialisten an, die Beweise dort zu sichern.

»Beulah ist nicht in ihrem Zimmer, aber sie schleicht sicher hier irgendwo herum«, sage ich.

»Wichtig ist, dass wir sie überrumpeln«, meint Detective Stark.

»Wie denn?«, fragt Lily.

»Wir legen einen Köder aus«, schlage ich vor. »Wir kündigen einen kostenlosen Workshop zu Mr Grimthorpe an.«

»Clever«, sagt Detective Stark.

Ich kann nicht recht glauben, dass sie das wirklich gesagt hat, jedenfalls nicht in Bezug auf mich.

»Wir können das für morgen planen«, bietet Mr Snow an.

»Nein. Wir machen es jetzt«, sagt Stark. »Genau genommen machen *Sie* es, Mr Snow. Sie kündigen den Workshop mit einer Durchsage über die Hotellautsprecheranlage an, jetzt gleich.«

Schweißperlen sammeln sich an Mr Snows Haaransatz. »Wir können so einen Workshop nicht einfach aus dem Hut zaubern. Eine Veranstaltung zu planen dauert seine Zeit.«

»Ich will ja keine Spitzendeckchen oder diese verdammten Sandwichhappen. Machen Sie einfach diese Durchsage. Und zwar schnell.«

Mr Snow geht hinter den Tresen, schaltet das Mikrofon ein und spricht hinein. »An alle Gäste des Regency Grand Hotel. Dies ist eine besondere Ankündigung für alle Fans von J. D. Grimthorpe. Es wird einen kostenlosen Workshop zu Leben und Zeit des berühmten Autors geben, im Teesalon, um …« Er hält inne und bedeckt das Mikrofon mit der Hand. »Wann?«, flüstert er Stark zu.

»Jetzt!«, formt sie mit den Lippen.

»… in fünf Minuten«, sagt Mr Snow ins Mikrofon. »Wir servieren Tee. Und Sandwichhappen. Außerdem wird ein VIP-Gast live vor Ort sein.«

Er schaltet das Mikrofon aus und kommt hinter dem Tresen hervor. Die fragenden Blicke der Rezeptionistinnen folgen ihm.

»VIP-Gast?«, frage ich, als er wieder neben mir steht.

»Ich konnte ja schlecht sagen, die Polizei, oder?«, erklärt er.

»Sie haben Tee versprochen«, sagt Lily zu Mr Snow.

»Und Sandwichhappen«, ergänze ich.

»Ach je. Das habe ich. Lily, bitte geben Sie in der Küche Bescheid. Und bitten Sie auch Angela um Hilfe.«

Lily läuft zum Social. Ich will ihr folgen, aber Detective Stark hält mich zurück. »Sie bleiben bei mir, Molly. Beobachten Sie, und hören Sie gut zu. Wenn Sie etwas bemerken, das mir nicht auffällt, sagen Sie es mir, okay?«

»Sehr wohl«, erwidere ich.

Sie dreht sich um, verlässt mit großen Schritten die Lobby und geht Richtung Teesalon. Mr Snow und ich folgen ihr.

Wir kommen gerade rechtzeitig an. Aus der anderen Richtung nähert sich bereits eine vertraute Schar Damen – insgesamt etwa zehn –, angeführt von einer großen, lockigen Frau, die wie immer ihr rotes Fähnchen schwenkt.

»Wir sind wegen des Workshops hier«, verkündet Gladys, die Vorsitzende der LAMM-Frauen. »Wer ist der besondere Gast?«, fragt sie Mr Snow. »Ist es Serena Sharpe?«

»Die Ankündigung enthielt einen Fehler«, antwortet ihr Detective Stark. »Der VIP-Gast, nach dem wir suchen, ist Mr Grimthorpes größter Fan. Wissen Sie, wo sie sein könnte?«

Ein Stromschlag scheint durch die LAMM-Frauen zu gehen. Hände fliegen in die Höhe, und mehrere Mitglieder treten vor.

»Ich! Ich bin sein größter Fan!«

»Nein, nicht sie. Ich!«

»Ich! Hier!«

»Ich bin hier drüben!«

Die LAMM-Frauen drängen näher. Mr Snow breitet die Arme aus, um sie davon abzuhalten, den Teesalon zu stürmen.

»Bitte!«, rufe ich mit meiner entschiedensten, gebieterischsten Zimmermädchenstimme. »Es kann nur einen größten Fan geben.«

»Sie da.« Detective Stark deutet auf die Frau im knötchenübersäten, katzenhaarverseuchten braunen Pullover, die mittlerweile ein vertrauter Anblick ist. »Vor zwei Tagen sind wir uns genau hier begegnet. Sie sind Mr Grimthorpes offizielle Biografin, oder?«

»Inoffiziell«, korrigiert Gladys und wedelt mit ihrem Fähnchen.

»Sie sind nicht nur sein größter Fan«, sage ich zu Beulah, »sondern auch die weltweit führende Grimthorpe-Expertin, nicht wahr?«

»Es gibt viele andere LAMM-Mitglieder, die ebenso kenntnisreich wie Beulah sind«, sagt Gladys und schnaubt.

»Das stimmt!«, höre ich eine leise Stimme aus der Mitte der Schar. Sie gehört Birdy, deren fuchsiarote Strähnchen sie von allen anderen LAMM-Frauen abheben. Sie steht auf Zehenspitzen, damit man sie sehen kann. »Ich bin sein größter Fan. Ich bin es, mit der Sie sprechen wollen«, sagt Birdy nachdrücklich.

»Das sind Sie ganz sicher nicht«, erwidert Detective Stark. »Wenn Sie uns jetzt bitte entschuldigen würden, wir müssen uns ungestört mit J. D. Grimthorpes Biografin unterhalten.«

»Gehen Sie irgendeiner Spur nach?«, ruft eine der LAMM-Frauen. »Haben Sie J. D.s Mörder gefunden?«

»Leider nicht«, antwortet Detective Stark. »Wir sind ratlos. Oder etwa nicht, Detective?« Stark sieht mich an. »Detective?«, wiederholt sie.

»Ich bin kein Detective«, sage ich.

»Sie sind besser als der Haufen, mit dem ich bisher zusammengearbeitet habe«, beharrt Stark. Sie wendet sich wieder an Beulah. »Wir könnten wirklich Ihre Hilfe brauchen, Ma'am, als wahre Grimthorpe-Aficionada.«

Beulah scheint zu wachsen und zupft ihren Pullover zurecht.

»Wir danken Ihnen allen«, sage ich. »Wir haben die benötigte Expertin. Jetzt gehen Sie bitte weiter.« Mr Snow steuert die LAMM-Frauen höflich Richtung Lobby, während Detective Stark Beulah in den Teesalon führt. Ich folge ihnen und steuere ebenfalls auf den Tisch mit der weißen Decke in der Mitte der Bühne zu, an den sie sich gesetzt haben. Ich rücke mir einen Stuhl vom Tisch ab und setze mich ihnen gegenüber.

Ich erwarte, dass Stark mit irgendeiner Version von *Sie sind wegen Mordes an J. D. Grimthorpe festgenommen* loslegt, aber das macht sie nicht. Sie macht etwas völlig anderes.

»Was für eine Ehre, in vertraulichem Rahmen mit einer Expertin wie Ihnen sprechen zu können«, beginnt sie. »Als Detective Gray und ich Ihnen neulich begegneten, war uns sofort klar, dass wir uns in Gegenwart einer wahrhaft großen literarischen Biografin befanden.«

Beulah errötet. »Ich bekomme nicht oft die Wertschätzung, die ich verdiene, nicht einmal bei LAMM. Wie schön, anerkannt zu werden«, sagt sie.

»Selbstverständlich«, erwidert Stark. »Und es tut mir leid, dass wir Sie unter Vorspiegelung falscher Tatsachen hierhergelockt haben, aber wir brauchen Ihre Mithilfe. Es scheint einen organisierten Korruptionsring im Regency Grand zu geben. Wir wissen natürlich, dass Sie in keiner Weise darin verwickelt sind, aber wir haben Grund zu der Annahme, dass Sie als Mr Grimthorpes größter Fan und Biografin uns helfen können. Erzählen Sie es ihr, Molly.«

»Was denn erzählen?«, frage ich völlig verwirrt.

»Von der Website«, souffliert Stark.

»Richtig. Jemand verkauft auf einer populären Website Grimthorpe-Sammlerstücke. Detective Stark wurde – ich meine, *wir* wurden gerufen, um auch dieses Verbrechen zu untersuchen.«

»Soweit ich weiß, ist es kein Verbrechen, etwas auf einer Website zu kaufen«, sagt Beulah.

»Wir ermitteln gegen den Verkäufer, nicht gegen den Käufer«, erklärt Stark. »Der Käufer, wer es auch sein mag, ist wirklich klug. Sehr geschäftstüchtig.«

Beulah hebt die Hände. »Sie haben mich ertappt! Die kluge Käuferin bin ich. Ich habe die gesamte Grimthorpe-Sammlung gekauft, sobald sie angeboten wurde. Allerdings habe ich das im guten Glauben getan, die Artikel seien rechtmäßig erworben worden. Ich wollte natürlich sein Vermächtnis schützen.«

»Natürlich«, sage ich.

Detective Stark stupst mich unter dem Tisch an.

»Sagen Sie«, meldet Stark sich zu Wort, »angesichts Ihrer überragenden Recherchefähigkeiten, warum sind Sie da nicht Mr Grimthorpes *autorisierte* Biografin?«

Beulah zupft Haare von ihrem Pullover. »Ist mir schleierhaft«, antwortet sie. »Aber es spielt jetzt keine Rolle mehr. Er ist tot. Ich kann über ihn schreiben, was ich will. Und das werde ich.«

»Ich meinesteils freue mich darauf, Ihre Biografie von Mr Grimthorpe zu lesen«, sage ich. »Sie wird sicher sehr aufschlussreich sein.«

»Oh, das wird sie. Wussten Sie, dass ich seit zwei Jahrzehnten zu ihm forsche? Ich habe diesem Mann ein Gutteil meines Lebens gewidmet und viel zu wenig Wertschätzung für meine Mühen erfahren. Ich dachte immer, meine Biografie würde schmeichelhaft sein.« Sie beugt sich vor und senkt die Stimme. »Aber sagen wir einfach, neuere Erkenntnisse deuten darauf hin, dass er nicht das war, was er zu sein schien.«

»Faszinierend«, sagt Stark.

»Erzählen Sie uns unbedingt mehr darüber«, füge ich hinzu.

Beulah legt die verschränkten Hände auf den Tisch. »Dann müssen Sie mir aber zusichern, dass nichts davon in einer unautorisierten Biografie verwendet oder sonst wie öffentlich verbreitet wird. Mein Buch muss das erste auf dem Markt sein. Es wird meinen Platz als führende Biografin unserer Zeit festigen. Mein Name wird *in perpetuum* auf den Regalen weiterleben.«

»Bemerkenswert«, sage ich, ohne zu erklären, dass ich damit die von ihr verwendete lateinische Formulierung meine, die Mr Grimthorpes Sprachgebrauch präzise spiegelt.

»Wir werden Ihre Forschungsergebnisse nicht stehlen«, sagt Detective Stark. »Und wissen Sie, ich habe das komische Gefühl, dass Sie recht haben: Beulah Barnes *ist* ein Name, der in die Geschichte eingehen wird.« Stark lächelt, doch ihr Lächeln erreicht ihre Augen nicht ganz. »Jetzt zu diesen Grimthorpe-Sammlerstücken.«

»Alles ehrlich erworben«, erwidert Beulah. »Und tut mir leid, über den Verkäufer weiß ich nichts, falls Sie darauf hinauswollen. Aber ich bin jetzt stolze Eigentümerin eines von Grimthorpes Original-Moleskin-Notizbüchern mit Monogramm, neben anderen wertvollen Artikeln. Aufgrund dieser Notizbücher war man sich bei LAMM jahrelang sicher, dass er seine ersten Entwürfe mit der Hand schrieb. Wie in den meisten Fragen lagen sie falsch.«

»Falsch?«, fragt Stark.

»Er hat nur darin herumgekritzelt«, erklärt Beulah.

»Das erscheint mir nicht allzu verwerflich«, sage ich.

»Warum hat sich Ihre Meinung über diesen Mann so gewandelt?«

»Aufgrund weiterer Beweise. Der Liebesbrief zum Beispiel.«

»Liebesbrief?«, wiederhole ich.

»J. D. hatte eine Affäre mit dieser hübschen jungen Sekretärin von ihm, Serena Sharpe«, sagt Beulah.

»Hatte er nicht«, widerspreche ich und spüre einen weiteren sanften Tritt unter dem Tisch.

»Molly hat recht«, bestätigt Stark dann. »Wie sich herausgestellt hat, stammt diese Nachricht von jemand anderem hier im Hotel.«

»Schauen Sie, nicht bei allen KultureVulture-Artikeln ist die Herkunft klar, aber lassen Sie mich Ihnen versichern, dass J. D. ein Betrüger war«, sagt Beulah. »Seine Stichwortkarten für die große Ankündigung beweisen es.«

»Sie haben also seine Stichwortkarten?«

»Ja. Ich habe sie zusammen mit allem anderen gekauft.«

»Sie wussten, dass wir hier eine Mordermittlung durchführen, sind aber nicht auf die Idee gekommen, uns diese Karten auszuhändigen?«, fragt Stark.

Beulah schnaubt. »Schöne Ermittlung. Sie wissen überhaupt nichts über diesen Mann. J. D. Grimthorpe hatte einen ganzen Keller voller Geheimnisse.«

»Geheimnisse?«, fragt Stark. »Zum Beispiel?«

»Wussten Sie, dass er eine Zeit lang schwerer Alkoholiker war?«, fragt Beulah. »Ich habe ehemalige Angestellte von ihm ausfindig gemacht – Wachleute, Gärtner und ein Dienstmädchen. Sie wurden allesamt entlassen. Dem Dienstmädchen zufolge war J. D.s Frau eine Tyrannin, und er selbst war *nicht* das, was er zu sein schien. Das Dienstmädchen hat ihn beschuldigt, er sei zudringlich geworden, und als sie etwas gesagt hat, wurde sie entlassen. Mich hat er allerdings nicht anzurühren gewagt.« Beulah zupft noch ein paar Katzenhaare von ihrem Busen und lässt sie fliegen.

»Sie haben ihn also kennengelernt?«, frage ich. »Sie haben J. D. persönlich getroffen?«

»Ja. Gleich vor seinem Hotelzimmer. Lektion gelernt: Hüten Sie sich, Ihre Idole kennenzulernen. Sie werden den Erwartungen nicht immer gerecht.«

»Seine Bücher waren kraftvoll«, sagt Stark, »und doch war er in gewisser Weise schwach, nicht wahr?«

»Ja«, sagt Beulah. »Leber- und Nierenschäden durch jahrelangen Alkoholmissbrauch.«

»Das wussten Sie also auch«, hält Stark fest.

»Selbstverständlich. Wie gesagt, J. D. war mein Lebenswerk.«

In diesem Augenblick erscheinen Lily und Angela mit einem Teewagen am Eingang des Teesalons und schieben ihn zu uns an den Tisch. Angela ringt die Hände, ihr Blick schweift durch den Raum. Lily hat die Schultern nach hinten genommen und trägt den Kopf höher, als ich es bislang bei ihr erlebt habe. Ausnahmsweise wirkt sie überhaupt nicht schreckhaft.

»Verzeihen Sie die Störung«, sagt Lily, und ihre Stimme klingt wie ein Fanfarenstoß.

Wir alle wenden uns ihr zu.

»Angela und ich wurden angewiesen, diesen Teewagen hierherzubringen«, erklärt sie. »Er ist gratis, für Mr Grimthorpes größten Fan.« Sie verstummt und macht den perfektesten Knicks, den ich je gesehen habe.

»Das ist sehr aufmerksam«, sagt Beulah.

»Sie tragen Ihren Anstecker ja gar nicht«, bemerkt Angela und deutet auf Beulahs Pullover, an dem sonst ihre Größter-Fan-Plakette prangte.

»Ich habe ihn verloren«, erklärt Beulah.

»Das ist ja komisch«, sagt Angela. »Ich dachte, ich hätte

gesehen, wie Sie ihn neulich im Social abgenommen haben. Sie haben ihn auf den Tisch geworfen und da liegen lassen.«

»Das muss jemand anders gewesen sein. Uns LAMM-Frauen kann niemand auseinanderhalten. Ziemlich kränkend ist das.«

Lily nimmt die Teekanne und schenkt dampfend heißen Tee in eine Regency-Grand-Tasse. Sie stellt sie vor Beulah hin. »Wie trinken Sie Ihren Tee, Ms Barnes?«, fragt sie.

»Vier Stück Zucker«, antwortet Beulah. »Ich bin eine kleine Naschkatze.«

»Ah ja«, sagt Lily. »Sie trinken Ihren Tee also genauso wie Mr Grimthorpe.«

»Nein«, widerspricht Beulah. »J. D. hat ihn mit Honig getrunken, nicht mit Zucker. Immer mit Honig. Viel Honig.«

Und da ist es – ein weiteres aufschlussreiches Detail, das Lily ihr entlockt hat. Ein Mona-Lisa-Lächeln stiehlt sich auf Lilys Lippen, während sie vier Stück Zucker in Beulahs Tasse gibt. Sie rührt mit einem Regency-Grand-Silberlöffel um, der einen zarten melodischen Klang erzeugt, wenn er das Porzellan streift.

»Danke«, sagt Beulah, als Lily ihr die Tasse reicht.

In diesem Augenblick erscheinen drei verdeckte Ermittler an der Tür. Einer von ihnen trägt einen schlichten Aktenkarton.

Beulah will gerade einen Schluck Tee trinken, hält aber inne. »Was tun die hier?«

»Zusätzliche Security«, erwidert Detective Stark. »Wir können nicht vorsichtig genug sein, solange im Hotel Straftäter frei herumlaufen. Bitte entschuldigen Sie mich einen Augenblick.« Sie geht hinüber zu den drei Männern. Nach einem kurzen Wortwechsel händigen sie ihr den Karton aus. Stark kommt damit zurück zum Tisch, stellt ihn vor Beulah hin und nimmt den Deckel ab. Im Karton liegt ein gewöhnlicher Edelstahllöffel, und daneben steht ein mit rotem Satin ausgeschlagenes Kästchen mit einem silbernen Regency-Grand-Honigtopf darin.

»Können Sie uns das erklären, Beulah?«, fragt Stark mit Blick auf die Gegenstände im Karton. Dann sieht sie Beulah in ihr perplexes Gesicht.

»Waren Sie in meinem Zimmer? Warum haben Sie in meinen Sachen gewühlt?«

»Warum haben Sie diese Gegenstände in Ihrem Zimmer aufbewahrt?«, fragt Stark.

»Herrgott! Manchmal ist eine Zigarre nur eine Zigarre.«

»Aber dieser Löffel ist kein gewöhnlicher Löffel, Beulah. Er ist eine Mordwaffe. Und dieser silberne Honigtopf ebenso«, sagt Stark. »Sie haben vor Mr Grimthorpes großer Ankündigung eine entscheidende Zutat hinzugegeben, nicht wahr? Sie haben den Honig mit Frostschutzmittel versetzt, und da Sie von Grimthorpes Naschsucht wussten, war Ihnen klar, dass er es in seinem Tee nicht herausschmecken würde. Sie wussten auch, dass es ihn rasch töten würde, bei dem Schaden, den seine Leber und seine Nieren durch den Alkoholmissbrauch genommen hatten.«

»Das ist ja grotesk. Warum sollte ich mein Idol vergiften?«, fragt Beulah.

»Weil er Sie zurückgewiesen hat«, sage ich. »Was bedeutet, dass Ihr Lebenswerk vergebliche Mühe war.«

»Sie beschuldigen die Falsche. Sie sollten mit ihr reden. Sie ist diejenige, die ihm den Tee serviert hat!«, sagt Beulah und zeigt mit dem Finger auf Lily.

»O nein«, entgegnet Lily. »Das Dienstmädchen ist nicht schuld. Diesmal nicht.«

»Unglaublich«, sagt Angela. »Wie können Sie damit leben?«

»Sie haben die Idee direkt der Handlung eines seiner Bücher entnommen – den verbitterten Bösewicht, der mit einer Tasse voller Süße getötet wird. Ist es nicht so, Beulah?«, frage ich.

Beulahs Wut wächst, und ohne Vorwarnung fällt sie über mich her. »Sie! Sie behaupten, Ermittlerin zu sein, aber das glaube ich nicht. Sie sind nur ein Zimmermädchen. Sie haben ihn getötet. Sie und diese Stille da stecken unter einer Decke! In diesem Hotel wimmelt es von Gesindel, das vor nichts zurückschreckt, um sich persönlich zu bereichern, nicht einmal davor, die Abfälle eines toten Gasts zu verkaufen, um Kohle zu machen!«

Detective Stark steht auf. »Das genügt, Beulah Barnes. Das Spiel ist aus. Sie sind festgenommen«, sagt sie, während ihre Mitarbeiter vorstürzen, um Beulah Handschellen anzulegen. »Sie haben das Recht zu schweigen. Alles, was Sie sagen, kann und wird vor Gericht gegen Sie verwendet werden. Und verdammt noch mal, Schweigen ist jetzt wirklich Ihre beste Wahl, denn Sie haben ganz sicher schon zu viel gesagt.«

»Zu viel gesagt? Ich habe nicht annähernd genug gesagt!«, schreit Beulah und kämpft gegen die Männer an, die sie an den gefesselten Handgelenken halten und zum Ausgang führen. »Und es steht noch immer Ihr Wort gegen meines!«

»Ihr ›Wort‹ wurde aufgezeichnet, Beulah«, sagt Angela, während Lily eine Serviette vom Teewagen nimmt. Zum Vorschein kommt Angelas Mobiltelefon, das alles aufnimmt.

»Ich verbiete Ihnen, noch einmal in mein Hotelzimmer zu gehen!«, kreischt Beulah. »Das ist eine Verletzung meiner Privatsphäre! Ich verklage das Regency Grand!«

»Seien Sie still«, sagt Stark. »Sie schaufeln sich Ihr eigenes Grab.«

Während Beulah abgeführt wird, geht mir durch den Kopf, dass gerade eben ihr wahres Wesen ans Licht gekommen ist – denn Löcher zu graben ist genau das, was Ratten tun.

# Kapitel 27

Wir hören Beulah noch protestieren, als Starks Männer sie schon in Richtung Lobby zerren.

Endlich ist es still im Raum.

Wir Übrigen drehen uns zu Lily um, in deren Gesicht immer noch dieses Mona-Lisa-Lächeln erstrahlt.

»War das Ihre Idee, den Teewagen hereinzubringen?«, fragt Detective Stark.

Lily nickt.

»Du hast sie dazu gebracht zuzugeben, dass sie wusste, wie Grimthorpe seinen Tee trinkt«, sage ich.

Wieder nickt Lily.

»Unglaublich«, sagt Stark. »Und Angela, gut gemacht, das mit der Aufzeichnung.«

»Danke«, erwidert Angela. »True-Crime-Podcasts. Sie haben mich alles gelehrt, was ich weiß.«

»Wären Sie beide so freundlich, eine Minute am Eingang Wache zu stehen, während ich mich unter vier Augen mit Molly unterhalte? Ich habe das Gefühl, dass die Lämmer bald wieder hier auftauchen könnten, und ich bin nicht in Stimmung, ihre Fragen zu beantworten.«

»Natürlich«, sagt Angela, während Lily nickt. Die beiden gehen zur Tür.

Detective Stark und ich bleiben, wo wir sind. Wir betrachten beide die Trophäen im Aktenkarton auf dem Tisch.

»Molly, eins verstehe ich immer noch nicht. Woher wussten Sie, dass dieser Löffel der Schlüssel zu allem ist?«

»Der Klang. Als Jenkins im Herrenhaus den Tee hereinbrachte, musste ich daran denken, wie ich in meiner Kindheit zum ersten Mal den hellen Wohlklang eines echten Silberlöffels auf einer edlen Porzellantasse gehört habe. Ich liebe diesen Klang. Dann musste ich an den Tag denken, an dem Mr Grimthorpe seine Ansprache halten wollte. Er hat die Teetasse von Lily entgegengenommen, Honig hineingegeben und mit dem Löffel aus dem Honigtopf umgerührt.«

»Ja, und?«, fragt Detective Stark.

»Ich weiß, wie es klingt, wenn ein Regency-Grand-Teelöffel eine Regency-Grand-Teetasse streift«, erkläre ich. »Dieser zarte, melodische Klang – Musik in meinen Ohren. Aber an diesem Tag war der Klang ganz falsch – ein dumpfes Klappern.«

»Weil der Löffel, den Beulah verwendet hat, kein Silberlöffel war?«

»Genau. Es war ein Edelstahllöffel aus dem Social, derselbe, den ich ein paar Tage vorher in ihrem Erdnussbutterglas hatte stecken sehen.«

Detective Stark schüttelt den Kopf. »Sie haben wirklich ein Auge für außerordentlich seltsame Details. Und das Ohr dafür auch.«

»Meistens bemerke ich die falschen Dinge zur falschen Zeit. Das wird mir schon, seit ich denken kann, zum Verhängnis.«

»Und Sie glauben, deshalb sind Sie anders als alle anderen?«, fragt Stark. »Molly, ich habe mich in Ihnen getäuscht. Ich habe Sie von Anfang an falsch verstanden.«

»Man sollte nicht nur nach dem Äußeren urteilen. Das hat meine Großmutter immer gesagt.«

»Kleine Berufskrankheit«, erwidert Stark. »Sie werden vielleicht überrascht sein, aber falls Sie sich beruflich verändern möchten – die Truppe könnte jemanden mit Ihren Fähigkeiten gut brauchen. Meine Truppe, meine ich.«

»Aber ich bin Zimmermädchen. Meine Aufgabe ist es, Hotelzimmer zu reinigen, bis sie wieder in einem Zustand der Perfektion sind. All das Chaos und den Schmutz zu beseitigen, den die Menschen hinterlassen.«

»Ist das so anders als das, was ich mache? Ich versuche auch, die Welt sauberer zu hinterlassen, als ich sie vorgefunden habe«, sagt Stark.

Ich sehe die Ähnlichkeiten, wirklich. Und dennoch bin ich noch nie auf die Idee gekommen, etwas anderes zu sein als das, was ich jetzt bin.

»Es ist unmöglich, Detective«, sage ich. »Meinen Beruf zu wechseln würde bedeuten, umzuschulen, wieder zur Schule zu gehen.«

»Ja, schon. Na und?«

»Ich war nie gut in der Schule. Genau genommen war ich eine totale Versagerin, Gleichaltrigen in jeder Hinsicht unterlegen, unfähig, die Anforderungen zu erfüllen.«

»Vielleicht waren die Anforderungen falsch gestellt. Vielleicht war es die falsche Schule. Vielleicht haben die Lehrer denselben Fehler gemacht, den ich gemacht habe – sich auf Ihre Schwächen zu konzentrieren anstatt auf Ihre Stärken.«

»Wissen Sie, dass Sie genau wie meine Großmutter klingen?«

Eine Erinnerung kehrt mit solcher Macht zurück, dass der Raum sich um mich dreht. Ich drücke mir die Hände auf den Bauch. Es ist der Augenblick nach Grans Tod. Gran liegt in unserer Wohnung tot in ihrem Bett, und ich stehe direkt neben ihr, halte ihr Gelassenheitskissen im Arm und drücke es an meine Brust, als eine Welle der Trauer über mir zusammenschlägt und droht, mich in die Tiefe zu ziehen und zu ertränken.

An dieses Kissen denke ich jetzt. Es liegt auf dem Stuhl an der Tür der Wohnung, die ich mir mit meinem geliebten Juan Manuel teile. Ich sehe dieses Kissen jeden Tag. Gran hat es mit Weisheit bestickt. Warum hat sie ausgerechnet diese Worte gewählt? Warum dieses Gebet?

Erst jetzt kommt mir in den Sinn, dass diese Botschaft dauerhafte Gültigkeit besitzt, dass sie *in perpetuum* in mir nachhallen soll.

*Gott, gib mir die Gelassenheit, Dinge hinzunehmen, die ich nicht ändern kann, den Mut, Dinge zu ändern, die ich ändern kann, und die Weisheit, das eine vom anderen zu unterscheiden.*

Was ist es, das ich akzeptieren muss?

Ich bin, wer ich bin. Molly. Mit all meinen Schwächen und Eigenheiten. Und auch mit all meinen Stärken.

Vielleicht ist es an der Zeit, mich so zu akzeptieren, denn es gibt nichts, was ich daran ändern kann.

Bin ich ein Zimmermädchen oder nur als eines angestellt? Ist das etwas, was ich ändern möchte? Ist es etwas, was ich ändern *kann*? Überdies: Besitze ich die Weisheit, das eine vom anderen zu unterscheiden?

»Wir gehen besser«, sagt Detective Stark. »Wir sollten uns vergewissern, dass Beulah auch in meinem Streifenwagen ankommt. Ich habe das Gefühl, dass es in der Lobby bald sehr voll wird.«

»Sie haben recht. Die Schnüffler sind wahrscheinlich schon eingetroffen.«

Stark legt den Deckel zurück auf den Aktenkarton, was ein außerordentlich befriedigendes Geräusch erzeugt.

»Kommen Sie«, sagt Stark und geht zur Tür. Gemeinsam verlassen wir den Teesalon, nicken Angela und Lily zu, die an der Tür Wache stehen, und laufen durch die Gänge, bis wir die prachtvolle Lobby des Regency Grand erreichen. Oh, wie ich diese Lobby liebe. Wie ich sie vermissen würde, wenn ich sie nicht fast jeden Tag sehen könnte – die herrliche geschwungene Treppe, die hinauf auf die luxuriöse Galerie führt, die Böden aus italienischem Marmor, der Geruch der Zitruspolitur, der die Luft erfüllt, die Rezeptionistinnen, schwarz-weiß gekleidet wie adrette kleine Pinguine.

Von ferne beobachte ich, wie sie neue Gäste aufnehmen. Auf den smaragdgrünen Sofas sitzen Menschen beisammen, plaudern und beobachten andere Leute, tauschen Vertraulichkeiten und Geheimnisse aus, die tief in das Gewebe des Hotels einsickern.

Ich beobachte all diese Gäste, registriere ihre Gesichtsausdrücke. Manche Gesichter sind für mich deutlich lesbar, transparent und offen, aber die meisten sind so verschlossen wie die Türen ihrer Hotelzimmer oben. Es ist, wie Gran immer gesagt hat: Menschen sind ein Rätsel, das niemals gelöst werden kann.

»He, Sie.« Jemand tippt mir auf den Arm. »Sie arbeiten doch hier, oder? Wissen Sie, was da draußen auf der Treppe los ist?«

»Ich?«, frage ich und wende mich dem Reporter zu. »Woher sollte ich etwas wissen? Ich bin nur ein Zimmermädchen.«

»Oh. Richtig. Verzeihung.« Er trottet davon, um jemand Wichtigeres zu suchen.

»Gehen wir, Molly.« Detective Stark führt mich zur blitzenden Drehtür, und wir gehen hindurch auf den roten Teppich draußen auf dem Treppenabsatz.

Es herrscht drangvolle Enge. Die LAMM-Frauen blockieren eine Seite der Treppe, plaudern und schwatzen und versichern sich gegenseitig, sie hätten ja schon immer vermutet, dass Beulah labil sei. Beulah ist bereits halb die Treppe hinab und kämpft immer noch gegen die Beamten an, die ihre Handgelenke in den Handschellen fest im Griff haben. Detective Stark läuft die Treppe hinunter, um ihnen zu helfen.

»Das ist doch verrückt! Sehen Sie denn nicht, dass ich der Welt einen Gefallen getan habe?«, ruft Beulah. »Ich habe die Welt von einem Ungeheuer befreit! Sie sollten mir danken, anstatt mich zu verhaften!«

Na bitte – gerade hat sie es in aller Öffentlichkeit zugegeben.

Ich entdecke Birdy mit ihren fuchsiaroten Strähnchen, die sich bemüht, zu Beulah vorzudringen. »Wie konntest du nur?«, brüllt sie sie an. »Wie konntest du ein solches literarisches Genie vergiften?«

»Er war kein Genie. Er war ein Betrüger!«, brüllt Beulah zurück. »Und ein Triebtäter!«

»Du bist die Betrügerin, Beulah Barnes! Außerdem bist du eine Mörderin!«, schreit die lockige Gladys und schwingt ihr rotes Fähnchen wie ein Schwert. »Du wirst für immer aus LAMM ausgeschlossen!«

Jetzt rücken die Reporter und die übrigen Schaulustigen in voller Stärke an, blockieren die Treppe, filmen mit ihren Telefonen und rufen Beulah Fragen zu.

»Hey, haben Sie ihn wirklich getötet? Warum haben Sie das getan?«

»Arbeiten Sie hier? Sind Sie sein größter Fan?«

»Hatten Sie Hilfe? Oder haben Sie es allein getan?«

Mr Preston drängt die Menge zurück, bis er direkt vor Beulah steht.

»Haltet sie gut fest, Jungs«, befiehlt Detective Stark, während Beulah mit den Zähnen knirscht und weiter versucht, sich loszureißen.

»Sachte jetzt, Ms Barnes«, sagt Mr Preston. »Es hat doch keinen Sinn, so um sich zu schlagen. Benimmt sich so eine Biografin von Ihrem Kaliber?«

Unvermittelt wird Beulah still. Es ist, als hätte Mr Preston einen Schalter in ihr umgelegt. Sie blickt ihn an, als wäre er der einzige Mensch auf der Welt, der zählt.

»Erlauben Sie mir, Ihren Arm zu nehmen, Madam?«, fragt Mr Preston.

»Treten Sie zurück, alle Mann! Lassen Sie den Portier durch«, ruft Detective Stark.

Ihre Mitarbeiter lassen Beulah zwar nicht los, aber sie erlauben Mr Preston, ihren Arm zu nehmen. Die versammelten Menschen schauen schweigend zu.

»Ich verstehe nicht«, sagt Beulah zu Mr Preston. »*Ich* habe die Wahrheit herausgefunden. Ohne Grimthorpe ist die Welt ein Stück besser geworden.«

»In diesem letzten Punkt sind wir einer Meinung«, erwidert Mr Preston.

»Lassen Sie nicht zu, dass die meine Forschungsarbeit vernichten«, bittet Beulah. »Bitte, meine Biografie muss das Licht der Welt erblicken. Und werden Sie dafür sorgen, dass sich jemand um meine Katzen zu Hause kümmert? Sie verdienen es nicht, zu leiden.«

»Ich werde tun, was ich kann«, erwidert Mr Preston.

An Mr Prestons Arm geht Beulah leichtfüßig die Treppe hinab wie eine Prinzessin, die zu einer königlichen Kutsche geführt wird, anstatt wie eine einsame, psychisch gestörte Frau, die einen berühmten Mann ermordet hat. Mr Preston führt sie bis ganz hinunter zum Polizeiwagen, neben dem Mr Snow wartet.

Stark öffnet die Tür ihres Streifenwagens.

»Sachte jetzt, Madam«, sagt Mr Preston, lässt Beulahs Ellbogen los und legt schützend die Hand auf ihren Kopf, als Starks Mitarbeiter sie auf den Rücksitz schiebt und die Tür schließt.

»Bringen Sie sie auf die Wache«, ordnet Stark an. »Ich komme bald nach.« Einer der Männer nimmt den Autoschlüssel von ihr entgegen und steigt ein.

Die Menge drängt vor, und Mr Preston und die Angestellten des Parkdienstes halten sie zurück, bis der Wagen abgefahren ist. Das Letzte, was ich sehe, ist Beulahs verwirrte Miene. Sie blickt aus dem sich beschlagenden Autofenster, als fragte sie sich, wie um alles in der Welt es so weit gekommen ist.

Sobald der Wagen fort ist, trabt Detective Stark bis zum ersten Treppenabsatz hinauf und bahnt sich einen Weg zum Portierspult.

»Meine Damen und Herren!«, ruft sie mit fester, gebieterischer Stimme. »Falls Sie Fragen haben – seien sie drängend, unangemessen oder einfach nur dumm –, wären Sie so freundlich, die an mich zu richten? Die Angestellten dieses Hotels haben in den letzten Tagen genug unter Belästigungen gelitten. Um das festzuhalten: Sie hatten *zu keinem Zeitpunkt* Schuld an irgendetwas in dieser Sache.«

Die Menge umringt sie, aber Detective Stark schenkt den Leuten keine Beachtung, sondern sieht zu mir.

Ich mache einen Knicks, trete einen Schritt zurück und neige den Kopf genau so, wie Gran es mich vor so vielen Jahren gelehrt hat. Als ich den Blick wieder hebe, ist Detective Stark hinter einer unerbittlichen Woge von Gästen, Reportern und Hotelangestellten verschwunden.

Mit einem Mal ist mir schwindlig. Ich bekomme keine Luft. Ich halte mich am Geländer fest, weil ich befürchte, dass ich gleich hier auf der Treppe vor dem Regency Grand ohnmächtig werde.

Da spüre ich eine Hand am Arm.

»Ist alles in Ordnung mit Ihnen?«

Es ist Mr Preston. Er hatte schon immer ein Gespür dafür, wann ich eine Stütze brauche. Was würde ich bloß ohne ihn machen?

»Es geht gleich wieder«, sage ich.

Ich blicke zur Straße, wo der Streifenwagen schwarze Reifenspuren hinterlassen hat. »Ich sollte sie wegputzen«, sage ich.

»Was wegputzen?«

»Die Reifenspuren. Auf der Straße.«

»Du liebe Güte, Molly. Wir haben Schlimmeres zu bereinigen. Hat sie es wirklich getan, diese Beulah? Ich habe oft mit ihr gesprochen. Sie hat immer gesagt, sie sei Grimthorpes Biografin und größter Fan.«

»Sie ist auch seine Mörderin, fürchte ich, Mr Preston.«

Ich warte darauf, dass er etwas Respektvolles über den Toten sagt, aber das macht er nicht. Er schweigt.

»Wissen Sie noch, wie ich Ihnen von einem Hotelzimmer erzählt habe, das Lily und ich gereinigt hatten und das so vollgemüllt war, dass es aussah wie ein Rattennest?«, frage ich.

»Natürlich«, erwidert Mr Preston. »Erst letzte Woche haben Sie Juan und mich mit dieser schrägen Geschichte amüsiert.«

»Das war Beulahs Zimmer. Überall lagen Abfälle herum, Unmengen von Shampoofläschchen … und ein vergifteter silberner Honigtopf.«

Mr Preston schüttelt den Kopf. »Einsamkeit und innere Leere – horten, um das Vakuum zu füllen. Ein furchtbares Leiden mit einem einfachen Heilmittel.«

»Welches ist das?«

»Freundlichkeit. Ein offenes Ohr. Ein liebevoller Arm. Wenn sie davon irgendetwas gehabt hätte, wäre es vielleicht nicht dazu gekommen.«

Mir geht auf, wie recht er damit hat.

»Molly? Ist wirklich alles in Ordnung mit Ihnen?«

»Ja. Genau genommen ist es eine Erleichterung, dass wir damit abschließen können. Vielleicht können wir jetzt hier wieder zur Normalität zurückkehren.«

»Hoffen wir es. Ende gut, alles gut«, sagt Mr Preston. »Molly, was ich fragen wollte. Meinen Sie, Sie könnten irgendwann demnächst einen Moment erübrigen, damit wir unsere Unterhaltung führen können? Ich muss wirklich mit Ihnen reden.«

Ich nicke. Doch dann kommt mir ein neuer Gedanke. Ein schrecklicher Gedanke. Ich fasse es nicht, dass ich nicht schon eher darauf gekommen bin.

Hastig nehme ich Mr Prestons Hände in meine. »Sie sind doch nicht etwa krank, oder? Bitte sagen Sie, dass Sie nicht sterben.«

Mr Preston lacht leise. »Mein liebes Mädchen, schon als Kind hatten Sie eine überbordende Fantasie. Und einen Hang zu voreiligen Schlüssen. Ich bin nicht krank, Molly. Ich bin völlig gesund, jedenfalls für einen tattrigen alten Mann.«

Ich seufze erleichtert. »In diesem Fall«, sage ich, »brauche ich Zeit, um mich auszuruhen und zu erholen. Es war ein anstrengender Tag, genauer gesagt, eine anstrengende Woche. Kann es warten, bis Juan Manuel zurückkommt?«

Mr Preston tätschelt meinen Arm. »Natürlich. Schließlich wartet es jetzt schon so lange, da macht es auch nichts, wenn es noch ein bisschen länger wartet.«

# Eine Woche später

REGENCY GRAND HOTEL

# Kapitel 28

Als Zimmermädchen in einem Hotel erlebe ich allerhand Déjà-vu-Momente. Manchmal, wenn ich Zimmer 401 reinige, könnte ich auf das *Oxford Dictionary* schwören, dass ich in Zimmer 201 bin. In meinen nächtlichen Träumen ändern die Flure ihren Verlauf und verschmelzen miteinander, und schmutzige Bettwäsche vermischt sich mit sauberer, aber am Ende bringe ich alles in Ordnung. Ich mache die Betten in Rekordzeit, schlage die Ränder der Laken akkurat unter, lege Willkommensschokolädchen auf die Kopfkissen und hinterlasse alles in einem Zustand höchster Sauberkeit.

Im Moment habe ich gerade einen solchen Déjà-vu-Moment. Ich stehe im Teesalon des Regency Grand und lasse den Blick vor dem heutigen großen Ereignis ein letztes Mal durch den Raum wandern, ebenso wie vor gut einer Woche am Tag von Mr Grimthorpes großer Ankündigung, der Ankündigung, zu der er nicht mehr kam.

Ich habe frische weiße Leinendecken aufgelegt, sämtliche Servietten zu Rosenknospen gefaltet und an allen Plätzen mit dem frisch polierten Regency-Grand-Silber gedeckt. Jetzt bewundere ich das Ergebnis – wirklich ein herrlicher Anblick. Hoffen wir nur, dass heute niemand tot umfällt, die perfekte Anordnung der Dinge stört und den erstklassigen Ruf unseres Fünf-Sterne-Boutiquehotels befleckt.

Heute haben wir die Gelegenheit zur Wiederauferstehung – ich meine das Regency Grand, nicht Mr Grimthorpe. Mr Grimthorpe wird niemals mehr atmen.

Ich habe unermüdlich auf diesen Augenblick hingearbeitet, aber nicht ich allein. Ich hatte jede Menge Hilfe. Als ich heute Morgen zur Arbeit kam, blieb ich auf der Treppe vor dem Hotel stehen, um Mr Preston zu begrüßen.

»Der große Tag ist da«, sagte er.

»Ja«, erwiderte ich. »Die Ankündigung ist um Punkt zehn.«

»Oh.« Mr Preston räusperte sich. »Das habe ich nicht gemeint. Ich meinte, heute führen wir unsere Unterhaltung.«

Inmitten all der Vorbereitungen für die Pressekonferenz hatte ich Mr Prestons Besuch zum Tee in meiner Wohnung glatt vergessen. Ich hatte vorgeschlagen, unsere von ihm lange ersehnte Unterredung heute Nachmittag zu führen, dann wären wir auch beide da, um Juan bei seiner Rückkehr in Empfang zu nehmen. Mr Preston hatte diesem Plan gern zugestimmt.

Mr Preston glaubt, er hält eine große Überraschung für mich bereit, aber ich weiß schon, was er mir sagen will – dass er seine Arbeit als Portier des Regency Grand aufgeben und in den Ruhestand gehen will. Er glaubt, diese Neuigkeit wird mein fragiles Gleichgewicht erschüttern, aber das wird sie nicht. Ich bin stärker, als alle glauben. Gute Seelen halten einiges aus.

Natürlich werde ich ihn schrecklich vermissen, aber ich werde weitermachen. Und wir werden immer noch unsere Sonntagsessen haben.

»Viel Glück heute da drin«, sagte Mr Preston heute Morgen. »Ich bin hier, falls Sie etwas brauchen.«

»Das sind Sie immer«, erwiderte ich. »Und dafür bin ich dankbar.«

Er tippte sich an die Mütze. Dann lief ich die Treppe hinauf und durch die blitzende Drehtür ins Regency Grand. Das große Schild mit dem Goldrahmen stand in der Lobby und kündigte das heutige große Ereignis an.

HEUTE
VIP-Pressekonferenz
**THEMA: J. D. GRIMTHORPE**
Verstorbener Kriminalschriftsteller
10:00 Uhr
Regency Grand, Teesalon

Ich eilte am Schild vorbei und die Treppe hinab in den Umkleideraum des Hauswirtschaftsbereichs, wo ich Lily fand, die heute früher zur Arbeit gekommen war. Wir zogen unsere Uniformen an, und ich befestigte das Chefzimmermädchenschild gewandt über meinem Herzen. Aber dann überraschte ich Lily mit der Aufforderung: »Warte einen Moment. Gib mir deine Anstecknadel.«

Lily sah mich verwirrt an, legte aber ihre Anstecknadel mit dem Aufdruck »Zimmermädchen in Ausbildung« in meine Hand. Ich tauschte sie gegen die aus, die ich in meiner anderen Hand verborgen hatte – einer funkelnagelneuen Anstecknadel, schwarz mit glänzenden goldenen Buchstaben:

LILY
*Zimmermädchen*

Sie schnappte nach Luft und nahm die Nadel von meiner Handfläche. »Wirklich?«, fragte sie, als sie den Beleg für ihre Beförderung in ihren eigenen Händen hielt.

»Du hast sie dir verdient. Steck sie an«, erwiderte ich.

Sie drehte sich zum Spiegel um und befestigte sie genau über ihrem Herzen.

»Lily, meinst du, du kannst unserem VIP-Gast den Tee servieren, genauso wie du es letzte Woche getan hast?«

Sie schüttelte den Kopf, die Augen erschrocken aufgerissen.

»Ich meine das nicht wortwörtlich. Ich versichere dir, das

Endergebnis der heutigen Veranstaltung wird kein vorzeitiger Tod sein. Schaffst du das, Lily? Sonst sag es mir.«

»Ich schaffe es«, sagte sie mit ihrer neuen, selbstbewussten Stimme. »Ein gutes Zimmermädchen hat eine Ich-schaffe-das-Einstellung«, fügte sie hinzu. »Das hast du mich gelehrt.«

»Dann gehe ich jetzt besser«, sagte ich. »Bitte bereite den VIP-Teewagen vor. Du kannst ihn um fünf vor zehn in den Teesalon bringen.«

Lily knickste und ging.

Gleich darauf hörte ich im Flur das vertraute Schlurfen. Das konnte nur eine Person sein.

»Guten Morgen, Cheryl«, sagte ich, als sie den Umkleideraum betrat. Wunder geschehen, und der Beweis zeigte sich auf der Wanduhr. Cheryl war zu früh zur Arbeit gekommen!

»Welchem Umstand verdanken wir das Vergnügen deiner Pünktlichkeit?«, fragte ich sie.

»Weiß nicht«, erwiderte sie achselzuckend. »Steht in diesem nervigen Handbuch von dir nicht irgendwas über frühe Vögel und wie schlau die sind?«

Ich biss die Zähne zusammen, sagte aber nichts. Immerhin war ihr pünktliches Eintreffen ein Zeichen von Besserung, und das ist genau das, worauf ich gehofft hatte.

Nach einer recht leidenschaftlichen Debatte zwischen Mr Snow und mir vor einer Woche wurde beschlossen, dass wir Cheryl trotz ihrer abscheulichen Diebstähle und des Unheils, das sie damit angerichtet hatte, nicht entlassen würden. Ich wollte ihr eine letzte Chance geben, sich als Zimmermädchen zu rehabilitieren.

Allerdings habe ich ihr ausdrücklich klargemacht, dass zügelloses Verhalten in jedweder Form nicht geduldet wird. »Anders gesagt, du darfst dich nicht wie eine diebische Ratte oder ein Müllfledderer aufführen«, erklärte ich. Ich erlegte ihr ein PIP auf und verkündete, ich hegte »große Erwartungen« hinsichtlich ihrer beruflichen Zukunft. Natürlich verstand sie meine geistreichen Anspielungen auf den Roman von Charles Dickens nicht, deshalb erklärte ich ihr, dass PIP eine Abkürzung für »Programm zur intensiven Professionalitätsentwicklung« war und bedeutete, dass die Bedingung für Cheryls Weiterbeschäftigung die strikte Einhaltung sämtlicher Regeln im *Leitfaden und Handbuch für Zimmermädchen* war. Es bedeutete außerdem, dass sie ihre Ausbildung zum Zimmermädchen erneut durchlaufen und direkt an meiner Seite arbeiten würde, damit ich jeden ihrer Schritte überwachen konnte – und das mache ich seitdem tagtäglich.

Ich glaube schon, dass Cheryl dankbar für meine Milde ist, auch wenn sie das nicht in Worten ausgedrückt hat. Doch sie zeigt es anders. Vor ein paar Tagen musste sie niesen und wollte sich schon die Nase am Ärmel abwischen, aber ich hielt sie davon ab. »Ah, ah, ah«, sagte ich. »Tüchlein für das Näschen.« Ich reichte ihr eines von meinem eigenen Wagen.

Gestern ertappte ich sie dabei, dass sie ihren Toilettenlappen auch für das Waschbecken eines Gasts benutzen wollte. »Ah, ah, ah«, sagte ich. »Wie lautet die Regel?«

»Bei der Arbeit am Klo ist steril das A und O«, erwiderte sie mit nur einem Hauch Sarkasmus.

Sie sehen also: Wir machen Fortschritte.

»Erde an Molly. Bist du bei uns?«

Ich schüttele meine Träumerei ab und stelle fest, dass Angela und Detective Stark an der kastanienbraunen Absperrkordel vor dem Eingang zum Teesalon stehen. Angela hebt die Kordel an, und sie schlüpfen beide darunter hindurch und kommen zu mir.

»Detective Stark«, sage ich. »Ich wusste gar nicht, dass Sie heute kommen wollten.«

»Ich auch nicht«, erwidert Stark. »Aber die Lämmer sind gestern auf der Wache aufgetaucht und haben das hier für mich abgegeben.«

Ich betrachte die Kette mit dem VIP-Pass für die heutige Veranstaltung, die um ihren Hals hängt.

»Ich konnte nicht anders«, sagt sie. »Neugier ist der Katze Tod und all das.«

»Hoffen wir, dass bei der heutigen Veranstaltung keine Katze und auch sonst niemand zu Tode kommt«, erwidere ich.

»Wie laufen die Vorbereitungen für das Gerichtsverfahren?«, fragt Angela.

»Beulah hat sich schuldig bekannt«, berichtet Stark. »Es wird also keine Verhandlung geben. Nur eine Urteilsverkündung. Und Sie werden nicht glauben, was sie zugegeben hat.«

»Sagen Sie schon!« Angela reibt sich vorfreudig die Hände.

»Das Dienstmädchen, das sie ausfindig gemacht hatte – das, das vor einer Ewigkeit für die Grimthorpes gearbeitet hat«, erzählt Stark. »Wie sich herausstellte, wusste dieses Dienstmädchen die ganze Zeit von der Ghostwriterin im Herrenhaus. Sie sagte, sie sei, lange bevor sie entlassen wurde, darauf gekommen, was Grimthorpes persönliche Sekretärin wirklich für ihn getan hat.«

»Haben Sie mit diesem Dienstmädchen geredet?«, frage ich.

»Nein. Sie hat Beulah alles erzählt, sich aber Anonymität ausgebeten. Sie sagte, sie habe gute Gründe dafür, unsichtbar zu bleiben. Und als Beulah erkannte, dass sie ihr Leben einem Betrüger gewidmet hatte, ersann sie einen Plan.«

»Um Mr Grimthorpe zu töten«, sage ich.

»Nicht direkt«, erwidert Stark. »Sie beschloss, nach dem Grundsatz, im Zweifel für den Angeklagten, zu verfahren.

Ihre Biografie schrieb sie zu einem schonungslosen Enthüllungsbericht um. So hatte sie nun zwei Versionen – ihr ursprüngliches, schmeichelhaftes Porträt und das neue, das absolut vernichtend war.«

»Aber warum?«, frage ich. »Wozu brauchte sie zwei Versionen von ihrer Biografie?«

»Sie wollte ihn selbst fragen, ob er wirklich ein Betrüger und Triebtäter war. Welche Version sie veröffentlicht hätte, hing vollständig von seiner Antwort ab.«

»Aber als sie Grimthorpe am Tag vor der großen Ankündigung draußen vor seinem Hotelzimmer traf, hat er sich geweigert, ihre quälenden Fragen zu beantworten«, sage ich. »Beulah hat dazu etwas in ihren Aufzeichnungen notiert.«

»Hm, hm«, bestätigt Stark. »Außerdem hat er sie als seine offizielle Biografin abgelehnt, auch als sie drohte, ihren Enthüllungsbericht zu veröffentlichen.«

»Und er hat ihr die Tür vor der Nase zugeschlagen«, füge ich hinzu.

»Nach dieser Begegnung beschloss sie also, ihn zu töten«, sagt Angela in düsterem, entschiedenem Ton. »Dieser Dreifachschlag hat eine geheime Mordlust in Beulah entfacht.«

»Und wie es aussieht«, fügt Stark hinzu, »war Grimthorpes Teewagen hier im Teesalon nicht der einzige, den Beulah vergiftet hat. Sie hat jeden Honigtopf auf jedem Teewagen vergiftet, der ihm zu seinem Zimmer gebracht wurde, vom Tag vor dem großen Ereignis bis zum nächsten Morgen.«

»Das erklärt, warum er so schnell gestorben ist«, sage ich. »Er hatte seit mehr als vierundzwanzig Stunden vergifteten Tee getrunken.«

»Na, mein lieber Herr Gesangsverein«, wirft Angela ein. »Das ist ja wie der Plot seines Romans *Cyanid und Sühne*. Das würde einen Wahnsinnspodcast abgeben.«

»Dann machen Sie den doch«, fordert Stark sie auf.

Angela reißt die Augen auf. »Glauben Sie, das könnte ich?«

»Ja, das glaube ich«, erwidert Stark.

Bevor Angela diese Möglichkeit weiter erwägen kann, betritt Mr Snow den Teesalon. Er trägt eine smaragdgrüne Weste und eine Fliege mit Paisleymuster.

»Junge, Junge«, sagt Detective Stark. »Da will aber jemand Eindruck schinden.«

»Gut, Sie zu sehen, Detective«, sagt Mr Snow. Er zieht sein Einstecktuch aus der Tasche und wischt sich den Schweiß von der Stirn. »Ist alles bereit? Die Gäste stehen draußen Schlange. Soll ich sie hereinlassen?«

»Lassen Sie die Hunde los, Mr Snow«, sagt Angela.

»Und die LAMM-Frauen«, füge ich hinzu.

Mr Snow geht zum Eingang des Teesalons, und gleich darauf strömen die VIP-Gäste in den gut ausgestatteten Raum. Viele von ihnen sind erkennbar LAMM-Frauen, die Gesichter und das ergraute Haar mittlerweile ein vertrauter Anblick. Doch nur zwei stechen besonders heraus – Birdy, die zierliche Schatzmeisterin mit den pinkfarbenen Strähnchen, und Gladys, die hochgewachsene, lockige, fähnchentragende Vorsitzende.

Detective Stark nimmt vor der Bühne Platz, während die LAMM-Frauen sie umschwärmen, mit Fragen zu Beulah und der Gerichtsverhandlung bombardieren und darüber zanken, wer neben der leitenden Ermittlerin sitzen darf.

Unterdessen stürzen die Reporter in den hinteren Teil des Raums, rufen einander Anweisungen zu, machen ihre Kameras und Telefone bereit und richten ihre Aufmerksamkeit auf das von einem Scheinwerfer angeleuchtete Pult in der Mitte der Bühne.

In meiner Tasche brummt mein Telefon. Ich ziehe es hervor. Es ist eine Textnachricht von meinem geliebten Juan Manuel.

**JM:** Fünf Minuten bis zum Boarding des ✈. Kann es nicht erwarten WBDZS!
**MG:** WBDZS?
**JM:** Wieder bei dir zu sein.
**MG:** Ich kann es auch nicht erwarten!

Und das stimmt. Ich vermisse ihn so. Das Leben wird gleich besser sein, wenn er wieder zur Tür hereinkommt. Nur eine Sorge nagt an mir: Wie soll ich ihm bloß all das erklären, was in seiner Abwesenheit geschehen ist? Wird er mir jemals verzeihen, dass ich es vor ihm geheim gehalten habe? Aber darüber kann ich nicht nachdenken. Noch nicht.

*Einen Fuß vor den anderen. Nur so kommt man im Leben irgendwohin.*

Ich sehe auf dem Telefon nach der Uhrzeit. Fünf vor zehn. Wie aufs Stichwort erscheint Lily mit ihrem VIP-Teewagen. Sie schiebt ihn neben die Bühne und nickt mir zu, während sie an ihre Position geht.

Die Gäste trinken ihren Tee, genießen die Sandwichhappen und erfüllen den Raum mit erwartungsvollem Stimmengewirr.

Dann kommt Mr Snow mit einer Teetasse und einem Löffel herein. Er geht direkt auf die Bühne, tritt ans Pult und schaltet das Mikrofon ein.

»Guten Morgen allerseits«, sagt er und klopft mit dem Silberlöffel an die Regency-Grand-Tasse, um um Aufmerksamkeit zu bitten – so ein entzückendes, wohlklingendes Geräusch.

»Es ist mir ein entschiedenes Vergnügen, unsere VIP-Rednerin vorzustellen, die eine bedeutende Ankündigung in Bezug auf den kürzlich verstorbenen, international renommierten Meister des Kriminalromans, Mr J. D. Grimthorpe, machen wird. Bitte heißen Sie eine charmante junge Dame von außergewöhnlicher Haltung und Distinktion willkommen, Mr Grimthorpes ehemalige persönliche Sekretärin, die reizende Ms Serena Sharpe!«

Die verborgene Tür in der Holztäfelung öffnet sich, und die Leute verstummen. Ms Sharpe betritt in einem eleganten, maßgeschneiderten blauen Kostüm die Bühne.

Sie stellt sich ans Pult und hält Stichwortkarten in den zitternden Händen. Sie räuspert sich, dann ergreift sie das Wort. »Vor einer Woche beehrte just diese Bühne ein Mann mit seiner Anwesenheit, der behauptete, der alleinige Schöpfer von *Das Dienstmädchen im Herrenhaus,* einem der meistverkauften Kriminalromane aller Zeiten, sowie unzähliger anderer Bestsellertitel zu sein, und wollte eine Ankündigung machen. Wie Sie alle wissen, kam es zu dieser Ankündigung nicht mehr.«

Im Teesalon ist es so still, dass man eine Stecknadel fallen hören könnte. Alle Blicke ruhen auf Ms Sharpe.

»Heute verrate ich Ihnen das Geheimnis, das er Ihnen nicht mehr erzählen konnte. Es ist dieses: J. D. Grimthorpe war nicht der Autor seiner Bücher. Tatsächlich wurden sie von meiner verstorbenen Mutter, seiner ehemaligen persönlichen Sekretärin, geschrieben.«

Gemurmel und Getuschel werden laut und verbreiten sich von einem Gast zum anderen durch den gesamten Teesalon.

»Mehr als dreißig Jahre lang«, fährt Ms Sharpe fort, »schrieb meine Mutter alle seine Romane, half ihm, seine wirren Ideen zu klaren und fesselnden Handlungssträngen zu formen. Sie erhielt ein bescheidenes Gehalt als seine persönliche Sekretärin, während sie in Wahrheit seine Ghostwriterin war.«

Ms Sharpe wartet ab, bis das Getuschel verstummt, dann fährt sie fort. »Ich habe Mr Grimthorpe zu der Pressekonferenz letzte Woche genötigt, bei der er der Welt auf seine Weise die Wahrheit enthüllen wollte – will heißen, nur die halbe Wahrheit, elliptisch und narzisstisch. Ich bezweifle nicht, dass er eine Möglichkeit gefunden hätte, das Verdienst meiner Mutter zu schmälern, aber das war mir egal, denn im Gegenzug für mein Stillschweigen hätte ich eine Pauschalsumme und hundert Prozent seiner Autorenhonorare von jetzt an bekommen.

Wie es scheint, ist Gerechtigkeit wirklich möglich, jedenfalls manchmal. Letzte Woche hat Mr Grimthorpes Verlag sich mit meinen Anwälten in Verbindung gesetzt, um mir mitzuteilen, dass sie rechtliche Schritte eingeleitet haben, um der rechtmäßigen Autorin von Grimthorpes Büchern, also meiner Mutter, sowohl die Anerkennung als auch die Honorare zukommen zu lassen. Alles, was ich jemals wollte, war, dass sie als Autorin anerkannt wird. J. D. Grimthorpe war ein Betrüger und kein Meister des Kriminalromans. Die wahre Urheberin seines Werks war meine Mutter, Abigail Sharpe. Jetzt ist es ihr Name, der in die Literaturgeschichte eingehen wird – *in perpetuum*. Ich danke Ihnen.«

Ms Sharpe legt ihre Stichwortkarten aufs Pult, verlässt die Bühne und steuert auf den Ausgang zu. Als die Leute begreifen, dass sie geht, springen sie auf und bombardieren sie mit Fragen.

»Ms Sharpe! Wohin wollen Sie? Wir haben noch Fragen!«

»Erzählen Sie uns mehr über Ihre Mutter! Wie war Abigail?«

»Woher bekam sie ihre Ideen?«

»Hat sie sich vom wahren Leben inspirieren lassen?«

»Ms Sharpe, werden Sie ihre autorisierte Biografie schreiben?«

»Wird es eine Fortsetzung von *Das Dienstmädchen im Herrenhaus* geben?«

Ms Sharpe gelingt es zwar, aus dem Teesalon hinauszukommen, aber sie zieht eine Schleppe aus VIP-Gästen,

LAMM-Frauen und Journalisten hinter sich her. Das Trommelfeuer ihrer Fragen hallt durch den gesamten Flur.

Nach ein, zwei Minuten sind nur noch wenige Nachzügler im Teesalon, darunter ich und eine Polizistin von imposanter Statur.

Ich gehe zu Stark, die allein an ihrem Tisch direkt vor der Bühne sitzt.

Sie nimmt sich ein Stück Shortbread vom Gebäckteller. »Tja, das war das«, sagt sie und beißt hinein.

»Allerdings«, sage ich.

»Wow. Die sind gut.«

»Wurden gleich unten in der Küche gebacken.«

Detective Stark richtet ihren Laserblick auf mich. »Molly, ich meine das ernst, was ich neulich gesagt habe, dass Sie eine hervorragende Kriminalpolizistin abgeben würden.« Sie beißt noch einmal vom Shortbread ab, kaut achtsam und schluckt hinunter. »Und nur, damit Sie es wissen, in meinem Beruf gibt es auch Uniformen. Ich ziehe es vor, in Zivil zu arbeiten, aber das bedeutet nicht, dass Sie das auch tun müssten.«

Sie reicht mir den Teller mit dem Gebäck. Ich nehme mir ein Stück Shortbread.

»Es gibt auch ein Namensschild«, fügt sie hinzu. »Sie könnten es direkt über Ihrem Herzen befestigen, genauso, wie Sie es jetzt machen.«

Ich beiße vom Shortbread ab und versuche, es mir vorzustellen – ich in Polizeiuniform mit DETECTIVE GRAY auf einem Namensschild über dem Herzen.

»Bietet die Polizeiwache chemische Reinigung an?«, frage ich. »Werden die Uniformen jeden Tag gereinigt und in hauchdünne Plastikfolie gehüllt?«

Stark blinzelt irgendwie komisch. »Wie kommt es, dass ich nie recht weiß, was Sie wohl als Nächstes sagen werden?«, fragt sie. »Was die chemische Reinigung angeht – ich schätze, hauchdünne Plastikfolie ließe sich arrangieren. Für die richtige Mitarbeiterin. Ich muss Sie allerdings warnen, der Arbeitstag einer Polizistin ist lang. Das Verbrechen macht niemals Pause. Wir arbeiten mehr als die meisten.«

»Mehr als Zimmermädchen?«

»Da ist was dran.« Und damit steht sie unvermittelt auf und geht zum Ausgang. An der Tür bleibt sie stehen und dreht sich noch einmal zu mir um. »Werden Sie über das, was ich gesagt habe, ernsthaft nachdenken?«

Sie wartet, während ich noch einen Bissen Shortbread esse, zwanzigmal kaue und dann erst hinunterschlucke. »Ich werde darüber nachdenken«, verspreche ich ihr.

»Gut. Man sieht sich, Molly Gray.«

Was sie als Nächstes tut, überrumpelt mich völlig. Sie stellt ihren rechten Fuß hinter den linken und macht langsam einen tiefen Knicks. Dann nickt sie mir zu und geht.

# Epilog

*Habe nie Angst vor einem Neubeginn. Ein Kapitel muss enden, damit ein anderes beginnen kann.*

Ich stehe vor Grans Vitrine in der Wohnung, die ich früher mit ihr geteilt habe und bald wieder mit meinem geliebten Juan Manuel teilen werde, wenn er binnen Kurzem von seiner Reise zurückkehrt.

In der einen Hand halte ich einen Lappen, in der anderen ein Schmuck-Ei. Das Fabergé-Ei ist seit weit über zehn Jahren nicht gereinigt worden. Ich bin mir sicher, dass ich die Letzte war, die das getan hat, und ich bekam Ärger, weil ich die Patina des Alters entfernt und das angelaufene Gold und die staubigen Edelsteine wieder auf Hochglanz poliert hatte.

Es ist mir egal, ob meine Reinigung das Ei weniger wertvoll macht. Ich weiß nicht einmal, ob dieses Ei eine so kostbare Rarität ist, wie Mrs Grimthorpe es vor all den Jahren behauptet hat. Das ist es nicht, was zählt – jedenfalls nicht für mich. Was ich sehe, ist so wunderschön und bezaubernd, dass es mir jedes Mal, wenn ich es betrachte, den Atem verschlägt. Ich fahre mit dem Lappen ein letztes Mal darüber, dann stelle ich es auf Grans Vitrine, gleich neben das Foto meiner Mutter als jungem Mädchen. Maggie, die Fremde vor meiner Tür. Maggie, die sagte, sie habe einmal mit Gran als Dienstmädchen gearbeitet. Stimmt das? Hat auch sie einmal in diesem lieblosen Haushalt gearbeitet, Silber poliert und unter Mr Grimthorpe gelitten? Drei Jahre nach ihrem rätselhaften Erscheinen bei uns erzählte Gran mir, meine Mutter sei gestorben. Und dennoch habe ich manchmal Visionen davon, wie sie aus heiterem

Himmel auftaucht und an meine Tür klopft, so, wie sie es vor all den Jahren getan hat. Aber bisher ist das nicht geschehen. Und ich muss wohl akzeptieren, dass es auch nie geschehen wird.

Kaum habe ich das gedacht, klopft es an der Wohnungstür, und ich fahre zusammen und schnappe nach Luft. Ich blicke durch den Spion und sehe zu meiner Erleichterung Mr Preston, genau pünktlich, in Freizeitkleidung anstatt mit Portiersmütze und -mantel. Er tritt von einem Fuß auf den anderen.

Ich öffne die Tür. »Mr Preston, kommen Sie doch herein. Ich habe unseren Tee fertig. Wir haben gerade genug Zeit für eine Unterhaltung, bevor Juan Manuel kommt.«

»Wunderbar«, sagt er und tritt ein. Er reicht mir eine Schachtel. »Weizenkleie-Rosinen-Muffins. Ihre Lieblingssorte«, fügt er augenzwinkernd hinzu.

»Wie überaus aufmerksam. Ich serviere sie mit unserem Tee.« Ich nehme die Schachtel mit in die Küche.

Mr Preston zieht die Schuhe aus und wischt die Sohlen mit dem Lappen aus dem Wandschrank ab, dann stellt er sie ordentlich auf die Matte darin.

»Wie war der restliche Tag, Mr Preston?«

»Ich habe es überlebt«, erwidert er. »Als die Pressekonferenz beendet war, wurden die Angestellten vom Parkdienst und ich auf der Treppe nahezu überrannt. Ich musste die Menschenmenge regelrecht abwehren, damit die arme Ms Sharpe in einem Taxi entkommen konnte.«

»Kannten Sie sie als Kind?«

»Nein. Im Gegensatz zu Ihrer Großmutter hat Abigail Sharpe ihre Tochter nie mit ins Herrenhaus gebracht. Sie waren das einzige Kind dort – unser heller Hoffnungsschimmer inmitten all der tristen Düsterkeit.«

Der Wasserkessel kocht. Ich gieße das Wasser in eine richtige Teekanne und trage sie zusammen mit zwei Porzellantassen auf Grans Silbertablett aus dem Wohltätigkeitsladen ins Wohnzimmer.

Mr Preston nimmt auf dem Sofa Platz, aber er ist sichtlich unruhig. Er zappelt und rutscht auf seinem Platz hin und her.

»Juan wird bald hier sein«, sage ich. »Er ist schon gelandet. Aber jetzt haben wir noch Zeit für ein Schlückchen Tee.«

»Wunderbar«, sagt Mr Preston.

Ich schenke Tee in meine Lieblingstasse, die mit den hübschen gelb-weißen Gänseblümchen darauf, und reiche sie ihm. Ich selbst nehme Grans Tasse mit der Cottage-Szene.

»Dann komme ich wohl lieber gleich zur Sache«, sagt er. Er trinkt einen Schluck und stellt die Tasse auf die Untertasse. »Es gibt keine Möglichkeit, es schonend zu formulieren, Molly, wobei ich vermute, Sie wissen schon seit einer Weile, was ich jetzt sagen werde.«

»Ich weiß es wirklich, das will ich zugeben, Mr Preston. Es ist absolut vernünftig von Ihnen, sich zur Ruhe zu setzen. Sie verdienen es, Ihren Lebensabend zu genießen. Niemand kann ewig arbeiten.«

Mr Preston sieht mich an, aber ich kann seinen Blick nicht recht deuten. Schließlich sagt er: »Molly, ich bin dein Großvater.«

Zuerst bin ich mir sicher, dass ich mich verhört habe. Aber dann verstehe ich, was wirklich los ist. Der arme Mr Preston ist stärker gealtert, als mir klar war, und verliert den Bezug zur Realität. Meine Güte! Sein Verstand wird sauer wie warme Milch.

Aber als Mr Preston es wiederholt – »Molly, hast du mich gehört? Ich bin wirklich dein Großvater« –, da stelle ich meine Teetasse ab. Alles dreht sich um mich. Fabergé-Eier und Muffins und Grans Silber aus dem Wohltätigkeitsladen tanzen vor meinen Augen.

»Molly, bitte nicht ohnmächtig werden. Hier.« Er nimmt meine Tasse vom Tisch und drückt sie mir in die Hände. »Tee kuriert alles.«

»Das hat Gran auch immer gesagt«, antworte ich zwischen zwei langen, zittrigen Atemzügen.

»Ich weiß«, erwidert er.

Ich sehe ihn an, während die Welt sich allmählich wieder langsamer dreht und zum Stillstand kommt. »Mr Preston, sind Sie bei klarem Verstand?«

»Was? Natürlich bin ich das.«

Ich warte darauf, dass er noch mehr dazu sagt.

»Molly, vor vielen Jahren, als deine Gran und ich jung und verliebt waren, wollten ihre Eltern uns unbedingt voneinander fernhalten. Es gab einmal eine Zeit, da deine Gran Geld hatte. Ihre Eltern waren sehr wohlhabend. Flora gehörte zu den oberen Zehntausend, und ich war in den Augen ihrer Eltern nur ein nichtsnutziger armer Schlucker. Aber siehst du, es ist ihren Eltern nicht gelungen, uns voneinander fernzuhalten.«

»Wieso nicht gelungen?«

Mr Preston trinkt einen Schluck Tee. »Ich meine das wörtlich, nicht im übertragenen Sinn.« Er räuspert sich und wird wieder zappelig.

Ich brauche einen Augenblick. »Oh«, sage ich dann. »Ich verstehe.«

»Molly, als ich erfuhr, dass deine Großmutter schwanger war, war ich nicht bestürzt. Ganz und gar nicht. Ich sagte Flora, das sei das Beste, was mir je passiert war. Ich wollte mit ihr durchbrennen und glücklich bis ans Ende unserer Tage leben. Wir schmiedeten einen Plan, aber wir konnten ihn nicht umsetzen.«

»Warum nicht?«

»An dem Tag, an dem wir geplant hatten, zusammen wegzulaufen, ging ich zu ihr nach Hause. Ihr Elternhaus war ein schniekes dreistöckiges Gebäude in einem Stadtviertel, das weit entfernt von meinem lag. Ich klopfte an die Tür, wurde aber nicht eingelassen. Ihre Eltern hatten nicht einmal die Courage, selbst mit mir zu sprechen. Es war der Butler, der mir sagte, dass sie längst fort war.«

»Sie war weggelaufen?«

»Nein. Sie war gegen ihren Willen fortgebracht worden. Von ihren Eltern. Sie schickten sie in eines dieser Heime für unverheiratete Mütter, wo man der Mutter ihr Baby gleich nach der Geburt wegnimmt.«

»Aber sie haben ihr das Baby nicht weggenommen«, sage ich und sehe zu dem Foto auf der Vitrine. »Gran hat sie behalten. Sie hat meine Mutter großgezogen.«

»Ja, weil sie aus diesem lieblosen Haus weglief. Sie entkam. Sie kehrte in diese Stadt zurück und ging zu ihren Eltern, um sie um Verzeihung zu bitten, aber ihre Eltern haben sie enterbt. Sie war im achten Monat schwanger, Molly. Sie nahm eine Arbeit als Hausangestellte an, bei einer sehr wohlhabenden Familie. Als ihre Zeit kam, nahm sie sich ein paar Tage frei, um ihr Baby zu bekommen, und dann arbeitete sie weiter, den Säugling auf die Hüfte gepackt.«

»Aber warum ist sie nicht zu Ihnen zurückgegangen? Warum haben Sie ihr nicht geholfen?«

»Sie wollte nichts mehr mit mir zu tun haben. Ihre Eltern hatten ihr Scham eingeflößt, sie hatten ihr gesagt, sie sei eine Versagerin und ein Taugenichts, sie begreife immer erst dann, wie die Dinge wirklich stehen, wenn es zu spät sei. Deine Gran hat sich jahrelang geweigert, mich zu treffen. Sie hat diese Wohnung gemietet, Molly, und hier hat sie bis zu ihrem Tod gelebt. Hast du irgendetwas von dem, was ich dir gerade erzählt habe, gewusst?«

»Nein.«

»Ich habe oft versucht, ihr zu helfen. Sie ließ mich einfach nicht. Sie wollte mich auch mein Kind nicht sehen lassen.

Irgendwann gab ich auf. Ich lernte meine Frau Mary kennen, und wir heirateten und bekamen unsere Tochter Charlotte. Und wir waren sehr glücklich. Aber ich habe Flora nie vergessen. Und ich habe auch deine Mutter nie vergessen.«

»Maggie«, sage ich.

»Dann hat deine Gran dir also ihren Namen genannt.«

»Nein. Das hat sie nicht.«

»In einer großen Notlage hat Flora mich schließlich wieder in ihr Leben gelassen. Ich hatte Mary natürlich alles erzählt. Meine geliebte Frau kannte die ganze Geschichte, sie wusste, dass ich mit Flora ein uneheliches Kind hatte. Meine Mary war eine gute Frau. Zwischen ihr und deiner Gran entwickelte sich im Lauf der Jahre eine wunderbare Freundschaft. Wenn deine Gran zu kämpfen hatte, so ganz allein, dann war es Mary, die sie davon überzeugte, unsere Hilfe anzunehmen. Wir taten, was wir konnten, wenn wir es konnten.«

»Das Geld für die Miete«, sage ich. »Sie haben es uns gegeben.«

»Ja. Und später, als deine Mutter sich mit diesem Kerl einließ, mit diesem …«

»Windigen Gesellen?«, schlage ich vor.

»Ich wollte ›diebischer Drogendealer‹ sagen, aber du warst schon immer höflicher als ich.« Er sieht mich an und hat Tränen in den Augen. »Es tut mir leid, dass ich dir das alles nicht schon viel früher erzählt habe. Ich habe es versucht, aber ich fand nie die richtigen Worte. Ich hatte Angst, dass der Schock dich aus der Bahn werfen könnte.«

»Das hat er nicht. Und das wird auch nicht passieren.«

»Nein. Du warst schon immer stärker, als alle denken.«

Ich richte den Blick auf Grans Teetasse auf meinem Schoß. »Ich hatte nie eine Mutter. Und ich hatte auch nie einen Vater. Ich habe Gran verloren.« Ich hebe den Blick und sehe den Mann vor mir an. »Mr Preston, ich kann es nicht fassen. Ich war nie glücklicher als in diesem Augenblick. Es ist wie Zauberei. Ich habe ein Stück meiner Familie zurückbekommen.«

Ich spüre eine warme Hand auf dem Arm. Durch den Schleier meiner Tränen kann ich Mr Preston kaum erkennen. »Ich weiß nicht mehr, wie ich Sie nennen soll. Mr Preston kommt mir nicht ganz richtig vor«, sage ich.

»Wie wäre es mit Gran-Dad?«, schlägt er vor.

Ich nehme meine Tasse und trinke einen Schluck heißen Tee. »Ja«, sage ich und stelle die Tasse wieder auf die Untertasse. »Gran-Dad. Das gefällt mir sehr.«

Genau in diesem Augenblick hören wir an der Tür ein Geräusch, einen Schlüssel, der sich im Schloss dreht. Die Wohnungstür öffnet sich, und Juan Manuel kommt herein. Er rollt einen großen Koffer hinter sich her. Ich springe auf und stürze zur Tür.

»*Mi amor!*«, sagt er und nimmt mich in die Arme. »Wie ich dich vermisst habe …«

Es tut so gut, ihn wiederzuhaben. Ich halte ihn ganz fest und möchte ihn gar nicht mehr loslassen. Erst als mir klar wird, dass ich Mr Preston ganz allein auf dem Sofa habe sitzen lassen, löse ich mich von Juan.

»Mr Preston«, sagt Juan, geht zu ihm und klopft ihm auf den Rücken. »Geht es Ihnen gut?«

»Ja«, erwidert mein Gran-Dad. »Besser denn je.«

»Gut.« Juan schenkt uns sein schönes, strahlendes Lächeln. »Als Erstes soll ich dich von meiner Familie grüßen. Wenn ich das nicht mache, komme ich in Teufels Küche. Meine Mutter sendet liebe Grüße. Mein Neffe schickt sein Schulzeugnis. Er will mit seinen guten Noten angeben. Er will außerdem einen Hund, aber meine Schwester ist dagegen. Er wird sie allerdings noch überreden, da bin ich mir sicher. Hier, schaut, das ist ein Foto von allen, als sie mich zum Flughafen gebracht haben.«

Juan ruft ein Foto auf seinem Telefon auf – seine riesige Familie, alle am Abflug versammelt. Grinsend halten sie ein Transparent hoch, auf dem steht HASTA PRONTO – bis bald. Sie sind so viele, dass sie kaum alle aufs Bild passen.

Während Juan weiterplaudert und sich neben Mr Preston setzt, gehe ich in die Küche, hole noch eine Tasse und einen Teller mit Leckereien und stelle alles auf den Couchtisch.

»Molly, schau dir das an«, sagt Juan und zeigt mir ein weiteres Foto. »Siehst du? Meine Mutter, sie hat dir auf Englisch eine Karte geschrieben.« Seine Mutter hält die Karte stolz in die Höhe. Juan zoomt die aufgeklappte Karte heran: *Für meine Schwiegertochter,* steht da. *Ich vermisse und liebe dich. Besuch uns bald.*

»Aber ich bin nicht ihre Schwiegertochter«, sage ich.

»Noch nicht«, erwidert Juan, aber bevor ich nachfragen kann, wie er das meint, zwitschert er weiter wie ein Vögelchen und beteuert, wie sehr er mich vermisst habe und wie schön es gewesen sei, seine Familie zu sehen, aber wie toll es sei, wieder zu Hause zu sein.

Mit einem Mal verstummt er. »Ich bin unhöflich«, sagt er dann. »Ich habe euch beide nicht einmal gefragt, wie es euch geht. Das tut mir sehr leid. Ihr wisst ja, wenn ich aufgeregt bin, rede ich wie ein Wasserfall.«

»O ja, das wissen wir.« Mein Gran-Dad lacht leise.

»Und? Wie geht es euch?«, fragt Juan. »Alles in Ordnung?«

Ich schenke ihm eine Tasse Tee ein und hoffe, dass ich diese Frage nicht beantworten muss.

»Ende gut, alles gut«, sagt mein Großvater. »Aber es war …« Er hält inne und sucht nach der richtigen Formulierung.

»Eine turbulente Zeit«, sage ich.

»Turbulent?«, fragt Juan.

»Will heißen, stürmisch, explosiv, heftig«, erkläre ich.

»Sagen wir einfach, wir hatten es mit sehr ungewöhnlichem Geschmeiß zu tun.«

»*Was?*«, fragt Juan. »In unserer Wohnung?«

»Nein«, erwidert mein Gran-Dad, »im Hotel.«

»Seid ihr es losgeworden? Habt ihr Fallen aufgestellt?«

»Allerdings«, antworte ich lächelnd.

»Genau genommen«, sagt mein Großvater, »war es Molly, die die Ratte geschnappt hat.«

Juan wendet sich mir zu und grinst von einem Ohr zum anderen. »Das ist meine Molly. Angst hält sie niemals auf. Genau genommen lässt sie sich von nichts aufhalten.«

»Da haben Sie ja so recht«, bestätigt mein Gran-Dad. »Wissen Sie, sie war schon als Kind so.«

»Wirklich?«, fragt Juan. »Erzählen Sie mir mehr darüber.«

Während sich die beiden unterhalten, bereitet mein Gran-Dad den Boden für die bevorstehenden erderschütternden Enthüllungen: der Mord, der sich in Juans Abwesenheit ereignet hat, und die Neuigkeit, dass er nicht nur Mr Preston, der Portier, sondern tatsächlich mit mir verwandt ist. Von meinem Fleisch und Blut.

Ich sitze ihnen gegenüber, höre zu, warte und trinke Tee aus Grans Lieblingstasse.

Sie ist nicht hier bei uns, meine Gran. Sie sitzt nicht auf dem Sofa zwischen meinem Geliebten und ihrem eigenen, und sie summt auch nicht in der Küche ihre kleine Melodie. Aber ich weiß, dass sie trotzdem hier ist, weil sie immer hier ist. Sie ist der Schlüssel zu allem. Ihre Präsenz zeigt sich tagtäglich in den Konturen meines gesamten Lebens.

Ich weiß, dass sie zusieht. Ihre Stimme habe ich sogar jetzt im Ohr:

*Wunder gibt es immer wieder, Molly.*

*Was uns nicht umbringt, macht uns stärker.*

*Geduld bringt Rosen.*

# Danksagung

Man braucht ein Dorf, um ein Buch zu veröffentlichen. Wirklich.

Als ich *The Maid. Ein Zimmermädchen ermittelt* schrieb, tat ich das im Geheimen, weil ich Angst hatte zu scheitern. Was, wenn es nicht gut genug wäre? Was, wenn die Menschen das, was ich da in die Welt setzte, furchtbar fänden?

Sagen wir einfach, ich konnte *Ein geheimnisvoller Gast* nicht ganz so geheim halten wie *The Maid*. Die gute Nachricht? Ich hatte beim Schreiben die besten Unterstützer, die eine Schriftstellerin sich wünschen kann. Sie haben sich im Hintergrund für mich eingesetzt und mich geleitet, während ich mich mit dem schwierigsten aller Unterfangen abmühte – dem gefürchteten *zweiten Buch*.

Madeleine Milburn, dir ist gar nicht klar, wie außergewöhnlich du bist. Es ist Ausdruck übermenschlicher Großzügigkeit, so vielen Schriftsteller:innen so viel zu geben. Ein Riesendank geht auch an das fantastische Team in der Agentur Madeleine Milburn Literary, TV & Film Agency: Rachel Yeoh, Liane-Louise Smith, Valentina Paulmichl, Giles Milburn, Saskia Arthur, Amanda Carungi, Georgina Simmonds, Georgia McVeigh und Hannah Ladds.

Was ist die ideale Lektoratsform? Ein Dreieck. Meine drei genialen Lektorinnen ergeben einen so kraftvollen Dreiklang, dass er mich noch jedes Mal in die richtige Richtung weist. Ich danke euch, Nicole Winstanley bei Penguin Random House in Kanada, Hilary Teeman bei Ballantine in den USA und Charlotte Brabbin bei HarperFiction in Großbritannien. Und ich danke den fantastischen Teams in euren drei Verlagshäusern, insbesondere Dan French, Bonnie Maitland, Beth Cockeram, Meredith Pal und Kristin Cochrane in Kanada; Michelle Jasmine, Caroline Weishuhn, Taylor Noel, Megan Whalen, Jennifer Garza, Quinne Rogers, Kara Welsh, Kim »Blue Type« Hovey, Jennifer Hershey, Hope Hathcock, Diane McKiernan, Elena Giavaldi, Pamela Alders, Cindy Berman und Sandra Sjursen in den USA; Kimberley Young, Lynne Drew, Sarah Shea, Maddy Marshall, Emilie Chambeyron, Alice Gomer und Bethan Moore in Großbritannien.

Zu meinen Leinwand-Cheerleadern gehören Chris Goldberg, ein brillanter Autor und Produzent bei Winterlight Pictures, der unermüdlich zuversichtliche Josh McLaughlin bei Wink Pictures und die ausgebuffte und charmante Josie Freedman bei ICM.

Freunde, Autorinnen und Verlagsmenschen – ihr wisst, wer ihr seid. Würde ich hier alle eure Namen aufführen, würde ich womöglich eine neue Papierknappheit verursachen. Adria Iwasutiak, Sarah St. Pierre, Janie Yoon, Felicia Quon, Sarah Gibson, Jessica Scott, Adriana Pitesa und Carolina Testa – ihr erinnert mich daran, wie Leidenschaft im Verlagswesen aussieht. Aileen Umali, Eric Rist, Ryan Wilson, Sandy Gabriele, Roberto Verdecchia, Sarah Fulton, Jorge Gidi, Martin Ortuzar, Jimena Ortuzar, Ingrid Nasager, Ellen Keith, Matthew Lawson, Zoe Maslow, Liz Nugent, Amy Stuart, Nina de Gramont und Ashley Audrain – ihr haltet mich geistig gesund (nun, ihr gebt jedenfalls euer Bestes). Ein weiterer Dank geht an Arlyn Miller-Lachmann für ihre klugen Kommentare und Gedanken.

Ich muss mich dafür entschuldigen, dass ich den besten Bruder der Welt habe, Dan Pronovost (tut mir leid, ihr anderen, die ihr andere Brüder habt; die können einfach nicht mithalten). Außerdem habe ich seine Familie, ein echtes Geschenk: meine wundervolle Schwägerin Patty, meine

Nichte Joane und meinen Neffen Devin. Ihr bringt mich zum Lachen, und ich bin dankbar dafür, dass ihr auch *über mich* lacht. Wenn das keinen Dank verdient, dann weiß ich auch nicht. Freddie und Pat – mögen wir noch lange unsere Margaritas erheben. *Ma tante Suzanne et ma cousine Louise,* ihr seid auf diesen Seiten und für immer in meiner DNA. Und mein geliebter Tony: Ich weiß nicht, wie oder warum du mich erträgst, aber ich bin sehr froh darüber.

Liebe Leserinnen und Leser, ihr seid wundervoll. Durch euch wird die Welt besser. Danke für eure Unterstützung.

Dad, du warst der erste Leser dieses Buchs. Es ist okay, dass du nicht mehr bei uns bist, aber immer, wenn ich dich innerlich rufe, habe ich deine Stimme im Ohr. Danke, dass du mir antwortest.

»Ein mysteriöser Gast« ist ein fiktionales Werk. Namen, Figuren, Orte und Ereignisse sind der Fantasie der Autorin entsprungen oder werden fiktiv verwendet. Jede Ähnlichkeit mit tatsächlichen Ereignissen, Örtlichkeiten oder lebenden wie toten Personen ist rein zufällig